타인의 피
보브와르

일신서적출판사

타인의 피
차례

타인의 피 …… 5
작품해설 …… 293

나탈리 솔로스킨에게

"각자는 모든 점에 있어서 만인에게 책임이 있다."
― 도스토예프스키

타인의 피

1

문을 열자 좌중의 시선이 그에게로 쏠렸다.
"무슨 일인가?" 하고 그가 물었다.
롤랑은 불 앞에 있는 의자에 기대앉아 있었다.
"내일 아침 결행할 것인지 어떤지 알고 싶어."라고 롤랑이 말했다.
내일. 그는 주위를 둘러보았다. 방 안에는 잿물과 캬베츠 수프 냄새가 코를 찔렀다. 마들렌은 식탁 위에 두 팔을 세우고 담배를 피우고 있었다. 도니즈는 펼쳐져 있는 책으로 눈을 돌렸다. 그들은 살아 있다. 그들에게는 이 밤도 끝나고 아침이 올 것이다.
롤랑은 지그시 그를 보았다.
"도저히 더 이상 기다리지 못하겠어."라고 그는 조용히 말했다. "간다면 나는 여덟시에 가지 않으면 안 돼."
그는 환자에게 말하듯이 조심성있고 주의 깊게 말했다.
"물론이지."
어떻게 대답해야 할 것인지 뻔히 알고 있으면서도 그로서는 그것이 되지 않았다.
"잠에서 깨어나거든 내게 와주게. 문을 두들기기만 하면 돼. 그때까지 좀 생각해보고 싶네."

"알았어. 여섯시경에 문을 두들기기로 하지."라고 롤랑은 말했다.
"그 여자는 좀 어때?"라고 도니즈가 물었다.
"지금쯤 자고 있을 거야."
그가 대답했다. 그리고 문 쪽으로 걸어갔다.
"일이 있으면 불러주세요."라고 마들렌이 말했다. "롤랑은 자러 가지만 우리들은 밤새도록 여기에 있겠어요."
"고맙소."
그는 문을 밀었다. 결정하는 것이다. 그녀의 눈은 감겨 있었다. 입술 사이로 숨이 새어나오고 있다. 담요가 상하로 움직인다. 그런데 너무 들썩거린다. 불확실한 목숨으로 숨소리가 너무 거칠다. 생명은 괴로워서 지금이라도 사라지려 하고 있다. 새벽이 되면 끊어지겠지. 나 때문이야. 전에는 자크, 이번에는 엘렌이다. 내가 그녀를 사랑하지 않았기 때문이며, 사랑했기 때문이기도 하다. 그녀가 너무 접근해왔기 때문이며, 너무 멀리 떨어져 있었기 때문이기도 하다. 내가 존재하고 있기 때문인 것이다. 나는 존재하고 있다. 자유롭고, 고독하고, 영원했던 그녀가 나라는 존재의 잔혹한 사실을 피하지 못한 채 그 기계적인 시간의 운행에 얽매어서 나의 존재에 종속되고만 것이다. 그리고 한복판에 눈먼 강철 막대기를 박아놓은 운명의 사슬 끝에는 금속의 가혹한 현존(現存)이 있고, 나의 현존이 있고, 그녀의 죽음이 있었다. 불투명하게, 불가피하게, 아무런 이유도 없이 그곳에 있었기 때문이었다. 나는 존재하지 않았던 인간인 것이다. 전에는 자크, 이번에는 엘렌이다.

문 밖은 밤이었다. 가로등도 켜 있지 않고 별도 없고, 사람의 목소리도 들리지 않는 밤이었다. 조금 전 야경꾼이 지나갔다. 그러나 지금은 아무도 지나가지 않는다. 거리에는 인적이 끊겨 있었다. 큰 호텔이나 관청 앞에서는 보초가 경비를 서고 있다. 아무 일도 없다. 그러나 여기서는 어떤 일이 일어나고 있다. 그녀가 죽어가고 있는 것이다.(전에는 자크였다.) 이 말은 또 얼어붙는다. 그러나 천천히 밤이 흘러가는 사이에 다른 말이나 과거의 영상을 통하여, 처음부터의 추문이 역사의 장을 펼친다. 추문은 역사같이 독특한 형태로 되어 있었다. 다른 일도 가능하며, 내가 탄생한 이래 아무것도 정해져 있지 않은 것 같았다. 즉 인간의 어떠한 운명에도 절대적인 부패가 숨겨져 있는 것이었다. 그것은 나의 탄생 이래로 있어왔으며 빈사의 방의 냄새와 음침한 속에 있으며, 각 순간에도 또 영원한 속에도 존재하고 있다. 나는 오늘도, 그리고 언제라도 거기에 있다. 언제라도 거기에 있었던 것이다. 그 전에는 시간이 존재하지 않았었다. 시간이 시작되고부터는 영구히, 나 자신의 죽음을 초월하여 나는 그곳에 있었다.

 그는 그곳에 있으면서 처음에는 그것을 느끼지 못했다. 지금의 나에게는 복도의 창에 기대고 있는 그의 모습이 보인다. 그러나 그는 그것을 알지 못했다. 그는 세계만이 존재하고 있다고 믿고 있었다. 잉크나 먼지 냄새, 다른 노동 냄새가 물씬거리는 때 묻은 창 너머로 밖을 바라보고 있었다. 여기서는 햇빛이 떡갈나무로 만든 가구에 내리쪼이고 있었는데 아래 있는 사람들은 초록빛 램프 갓의 둔탁한 광선 아래 헐떡거리고 있었다. 오후 내내, 인쇄기는 단조로운 소리를 내며 덜컹거리고 있었다. 이따금 그는 도망쳤었다. 그는 눈, 귀, 콧구멍으로 회한을 빨아들이면서 오래도록 꼼짝도 하지 않고 있었다. 때 묻은 창 아래 바닥 위에는 권태가 도사리고 있었다. 그러나 벽이 환한 긴 방에는 회환이 조용하게 소용돌이치고 있었다. 직공들이 얼굴을 들면 부르주아의 어린 아이 같은, 그의 영리하고 생기 발랄한 얼굴이 보인다는 것을 그는 알지 못했다.

 푸른색 비로드 커튼이 볼에 닿아 기분이 좋았다. 동으로 만든 그릇들이 반짝거리는 요리장에서는 열에 녹은 라드와 설탕을 끓인 싸늘한 냄새가 흘러나왔다. 살롱에서는 비단처럼 부드러운 목소리가 속삭이고 있었다. 그러나 여름 꽃들의 향기, 온화한 겨울 날 빠작빠작 타오르는 불꽃 속에도 회한은 언제까지나 사라지지 않고 떠돌고 있었다. 휴가 중 멀리 여행할 때는 회한을 뒤에 남겨둔 채 떠나갔다. 회한을 잊어버리고 밤하늘에 흐르는 별을 보거나 사과를 씹거나, 담수에 발을 담그거나 했다. 가구에 흰 먼지가 앉은, 매캐한 냄새가 나는 방으로 돌아와서 나프탈렌 냄새를 풍기는 커튼을 젖히면 끈질긴 회한은 다시 본래의 모습으로 나타나는 것이었다. 계절이 바뀌고 풍경이 바뀌어 세 모서리를 금으로 칠한 책 속에는 새로운 연애 이야기가 전개되고 있었다. 그러나 인쇄기가 돌아가는 단조로운 소리는 조금도 달라지지 않았다.

어두컴컴한 일층에서는 몸에 익은 그 냄새가 온 집 안에서 풍기고 있었다.
"언젠가는 모두 너의 집이 될 것이다."

현관 정문에는 '브로말 부자(父子), 인쇄업'이라고 돌에 새긴 글자를 걸어놓았다. 아버지는 조용한 발걸음으로 공장에서 집으로 걸어 올라오셨다. 그는 계단에 감돌고 있는 답답한 공기도 아무렇지도 않게 들이마셨었다. 엘리자베스와 쉬종은 별로 이상한 생각을 갖고 있지 않았다. 그녀들은 자기의 방 벽에 판화를 걸거나 소파에 쿠션을 갖다놓거나 했다. 그러나 어머니는 확실히 가장 좋았던 날들의 눈부심마저도 흐리게 하는 그 불안을 알고 있었다. 그녀에게도 눈부시게 잘 다듬어 만든 마룻바닥이나 비단 커튼이나 두터운 융단을 통하여 회환이 물씬거리고 있음이 보였다.

그녀는 밖에서도 미지의 회한을 만났음에 틀림이 없다. 그녀는 가죽 외투 안이나 금실로 수놓은 의상 속에 통통한 작은 몸뚱이를 감싸고 회환을 어디에든 갖고 다녔다. 그러기에 그녀는 언제나 더 이상 변명할 여지가 없는 모습을 하고 있었다. 그녀는 소사나 상인에 대해서도 미안한 듯한 표정으로 말했다. 그녀는 종종걸음으로 걸어다녔으며, 자기가 차지하고 있는 공간을 마치 더욱 작게라도 하려는 듯이 완전히 몸을 움츠리고 걸었다. 그는 어머니께 이것저것 물어보고 싶은 생각이 들었으나 어떤 식으로 말을 꺼내야 할지 잘 몰랐다. 어느 날 그는 공장 사람들에 대한 것을 말해보았다. 그러자 그녀는 빠른 말씨였지만 침착한 목소리로 말했다.

"하지만 그 사람들도 별로 싫은 기분은 아닐 게다. 그들은 몸에 익숙해져 있으니까. 그리고 살다가 보면 누구든지 싫은 일이라도 해야 할 때가 있는 법이다."

그는 더 이상 물어보려 하지 않았다. 어머니는 언제나 화나게 해서는 안 될, 까다롭고 유력한 증인 앞에서 이야기하는 듯한 인상을 주었다. 그러나 그는 어머니가 요리사의 아이를 위하여 백화점에서 파는 것 같은 산의(產衣)

를 열심히 만들거나 하녀가 서툴게 꿰맨 것들을 밤 늦도록 고치거나 하는 것을 보자 그녀의 기분을 알 수 있을 것만 같았다.

"참 구질구질해. 그런 짓을 하지 않아도 될 텐데……."라고 쉬종과 엘리자베스는 비난하는 듯한 어조로 말했다. 어머니는 자기 자신을 정당화하려 하지는 않았다. 아침부터 밤까지 우왕좌왕하면서 언제나 피해 다녔으며 늙은 가정부의 이동식 의자를 몇 시간이고 밀어주거나 귀머거리 사촌 여동생과 손가락이나 입술로 얘기하기도 했다. 그런데도 늙은 가정부나 사촌 여동생을 좋아하는 것도 아니었다. 그것은 그녀들을 보살펴주는 것이 아니라 온 집 안에 스며 있는 불쾌한 냄새 때문이었다.

그녀는 이따금 장을 데리고 가난한 사람들을 돌보러 갔다. 어린 아이들에게 크리스마스 트리와 간식 거리를 갖다주었다. 아이들은 봉제된 멋진 곰이나 예쁜 에이프런을 선물로 받고 공손하게 인사를 했다. 그들이 비참하다는 생각은 조금도 들지 않았다. 누더기를 걸치고 길가에 앉아 있는 거지라도 마찬가지이다. 사막에는 낙타가 있고 중국에 책상다리를 한 중국인이 있듯이 길가의 그들은 자연스런 장소를 차지하고 있는 것이다. 시적(詩的)인 방랑자나 불쌍한 고아에 관한 이야기를 들어도 언제나 마지막에는 기쁜 눈물, 악수, 새로운 내복, 황금빛 빵이었다. 그들은 빈곤을 위로받고 부잣집 아이들에게 자선하는 기쁨을 주기 위하여 존재하고 있는 것 같았다. 장은 빈곤에는 마음이 움직이지 않았다. 그러나 그 밖에 무언가가 있다는 것을, 그것이 세 모서리를 금으로 칠한 책에도 씌어 있지 않을 때가 있다는 것을 그는 알고 있었다. 이것은 어머니도 말해주시지 않는 점이었다. 아마도 이야기하는 것이 금지되어 있었으리라.

나의 마음이 처음으로 추문을 알게 된 것은 여덟 살 때였다. 나는 복도에서 책을 읽고 있었다. 어머니가 흔히 하시던 비난과 변명이 뒤섞인 표정으로 들어오셔서 말했다.

"루이즈의 아기가 죽었다는구나."

꼬불꼬불한 계단과 비슷한, 문이 많은 돌로 만들어진 복도를 나는 기억하고 있다. 어머니는 어느 문의 뒤에나 방이 한 개씩 있었으며 그곳에서 한 가족이 살고 있다고 말씀했었다. 우리는 안으로 들어갔다. 루이즈가 나를 끌어안았다. 그 볼은 보드랍고 촉촉하게 젖어 있었다. 어머니는 그녀와 나란히 침대에 걸터앉아서 나직한 목소리로 말하기 시작했다. 요람 속에는 눈을 감은 창백한 아기가 있었다. 나는 빨간 바닥, 장식없는 벽, 가스 풍로를 보았다. 나는 울음을 터뜨렸다. 나는 울고 있었으나 어머니는 지껄이고 있었고 아기는 죽어 있었다. 나는 나의 저금통을 텅텅 비웠을 수도 있고, 어머니는 몇 밤을 지새울 수도 있었을 것이다. 그래도 아기는 다시 살아 나지는 못할 것이다.

"이 아이는 어찌 된 거요?" 하고 아버님이 물으셨다.

"장과 함께 루이즈의 집에 갔었어요."라고 어머님이 말씀하셨다.

그 이야기는 이미 보고가 끝났을 터인데 어머니는 뇌막염으로 고통 속에 밤을 지샌 일, 그리고 새벽녘에 싸늘해진 몸에 대한 것들을 다시 한 번 감동적으로 되풀이해서 말씀하셨다. 아버님은 포타주를 드시며 듣고 있었다. 나는 먹을 수가 없었다. 그 집에서는 루이즈가 울고 있었다. 그녀도 음식이 목구멍으로 넘어가지 않을 것이다. 하지만 아이는 다시 살아나지 못할 것이다. 세계를 더럽힌 이 오점을 지울 수는 없을 것이다.

"어서 수프를 들려무나." 하고 아버님이 말씀하셨다. "다른 사람은 벌써 다 먹었잖니."

"배가 고프지 않아요."

"억지로라도 좀 들려무나." 하고 어머님도 말씀하셨다.

나는 숟갈을 입으로 가져갔으나 속이 메스꺼워서 숟갈을 접시 위에 놓고 말았다.

"못 먹겠어요."

"그래." 하고 아버지는 말씀하셨다. "루이즈의 아기가 죽은 것은 매우 슬픈 일이다. 나도 루이즈가 안됐다고 생각은 하지만 그렇다고 울고만 있어서야 되겠니? 어서 들거라."

나는 먹었다. 이 말이 일거에 나의 목구멍을 조이고 있던 힘을 풀어주었던 것이다. 나는 미적지근한 액체가 목구멍의 점막을 지나 흐르는 것을 느꼈다.

그리고 한 숟갈 한 숟갈마다 나의 체내에 인쇄소의 냄새 이상으로 메스껍게 해주는 것들이 흘러들었다. 그러나 기운은 조금 생겼다. 평생 그러고만 있을 수는 없겠지. '오늘 밤, 날이 샐 때까지. 그리고 앞으로 며칠 동안이겠지. 평생은 절대 아니야. 말하자면 이것은 그의 불행이지 우리의 불행은 아니니까. 이것은 그의 죽음이다. 자크는 벤치 위에 누워 있었으며 칼라는 찢기웠고 얼굴 위에는 피가 응어리져 있었다. 그것은 그의 피이지 나의 피가 아니다 '나는 결코 잊지 않을 것이다.' 마르셀도 마음속으로 그렇게 외쳤다. '결코 잊지 않을 것이다, 귀여운 얼굴을, 영리한 이 아이를. 너의 웃음소리나, 생기에 찬 눈을 결코 잊지 않을 것이다.' 그의 죽음은 우리들 생활의 밑바닥에 얌전히 깃들어 있다. 살아 있는 우리들은 그것을 생각한다. 그것을 상기해냄으로써 살아 있는 것이다. 그런데도 그의 죽음은 이제 존재하지 않는다. 죽어버린 그로서는 그 죽음은 한 번도 존재한 적이 없었다. 일생이 아니다. 며칠 동안도, 단 일분도 존재하지 않는 것이다. 엘렌이여, 그대는 침대 위에서 혼자 있었다. 그리고 나에게는 너의 입에서 나오는 숨소리밖에는 들리지 않는다. 하지만 그것도 너에게는 들리지 않는 것이다.'

그는 포타주도 먹고 저녁 식사도 다 마쳤다. 이번에는 그랜드 피아노 아래에 앉아버렸다. 샹들리에는 찬란하게 반짝였으며, 당의(糖衣)를 입힌 과일이 반짝거리고 있었다. 케이크처럼 부드럽고 아름다운 부인들이 미소짓고 있었다. 그는 어머니를 바라보고 있었다. 어머니는 향수를 뿌린 이 요정들과는 비슷하지 않다. 양어깨가 드러난 검은 옷을 입고 역시 검은 머리칼은 물결을 이루면서 어깨 주위를 휘감고 있었다. 그러나 어머니의 앞에 있으면 꽃이나 사치스런 과자를, 또는 조개껍질이나 해변의 파란 돌 등을 생각해낼 수는 없었다. 그저 하나의 존재, 인간적인 순수한 존재일 뿐이었다. 그녀는 굽이 높은 신발을 신고 살롱이 좁다면서 휘젓고 다녔다. 그리고 미소짓고 있었다. 조금 전까지는 어찌할 바를 모르는 얼굴을 하고 긴장한 낮은 목소리로 루이즈의 귓전에 속삭였던 그녀가, 지금은 전처럼 웃고 있다. 일생을 그럴 수는 없다. 그는 융단 털을 짓밟고 있었다. 루이즈의 아기는 죽어버렸다. 그는 억지로 그 영상을 떠올리려 했다. 침대맡에 걸터앉아서 울고 있는 루이즈의 모습, 그는 이제 울지는 않았다. 그리고 역시 그 고정된, 투명한 영상을 통하여 지금 그는 연보라, 초록, 장미빛 의상을 눈으로 쫓고 있었다. 그러자 다시 욕망이 솟아올랐다. 크림 같은 팔에 달라붙어서 머리털에 얼굴을 묻고 엷은 비단 자락을 꽃잎처럼 짓이겨주고 싶은 욕망이다. 루이즈의 아기는 죽었다. 무익하게. 그것은 나의 불행이 아니다. '나의 죽음이 아니다. 나는 눈을 감는다. 꼼짝도 하지 않고 있다. 그러나 내가 생각하는 것은 나의 일이다. 그리고 그의 죽음은 나의 삶 속으로 들어올 수 있지만 나는 그의 죽음 속으로 들어갈 수가 없다.' 나는 피아노의 그늘로 파고 들었다. 그리고 침대에서 잠이 들 때까지 울었다. 그것은 뜨뜻미지근한 포타주와 함께 유유히 흘러든 때문이다. 그것은 회한보다도 쓴, 나의 과오 때문이다. 루이즈가 울고 있는 동안 미소를 지었다는 과오, 나의 눈물을 흘리고, 그의 눈물을 흘리게 하지 않았다는 과오다. 그것은 타인이라는 과오였다.

그러나 그는 너무 어렸기 때문에 그것을 알 수 없었다. 꽉 쥐었던 손가락이 펴졌기 때문에, 목이 자유로워졌기 때문에, 과오가 갑자기 몸 속으로 들어오게 된 것이라 생각하고 있다. 그 과오란 나의 가슴을 가득 채우는 공기 그 자체이며 혈관을 흐르는 피, 생명의 열(熱)이라는 것을 그는 알지 못했다. 그는 공부만 많이 하면 이런 오욕감은 두 번 다시 맛보지 않을 것이라고 생각하고 있었다. 그는 공부했다. 그는 학생용 책상 앞에 앉았다. 그의 천진스런 시선은 과거가 없는 미래처럼 무구한 페이지를 넘겼다. '아무것도 씌어 있지 않은 종이. 공허한 화포(畫布). 미래의 혁명 저쪽에서 빛나고 있는 깨끗하게 얼어붙은 땅. 마르셀은 화필을 버렸다. 자크 머리 위의 피. 우리가 흘리지 않아도 되었던 핏방울 대신, 또한 우리가 흘린 핏방울 대신 탕기(湯氣)가 물씬거리는 피. 너의 피. 새하얀 탈지면이나 거즈에 묻어 있는 빨간 피. 너의 불룩한 혈관 속의, 나태하고 묵직한 피.

'엘렌은 오늘 밤……. 꽃도 없이, 영구차도 없이, 우리는 너를 매장하게 될 것이다.' 내 손 위의 이 흙. 우리들의 영혼 위의 이 흙. 이것이 아이가 쓴 듯한 글씨체로 굵고 가늘게 쓴 영리한 소년의 미래였다. 나는 그런 것은 알지 못했다. 나의 존재의 무게도 알지 못했다. 흰 페이지를 앞에 두고 그는 화려한 미래를 생각하면서 미소짓고 있었다.
 어머니는 사리에 맞게 말씀하셨다. 그런 때는 언제나 그 움츠린 듯한 몸짓이나 겁먹은 듯한 걸음걸이를 하지 않는 사람 같았다. 그녀는 빈곤과 노예, 군대와 전쟁은 격렬한 열광이나 음산한 오해 등과 같은 것이어서 인간의 어리석음, 측량키 어려운 어리석음 이외의 아무것도 아니라고 말했다. 인간이 희망하기만 하면 매사가 그렇게 되지 않아도 된다는 것이다. 나는 인간들의 미치광이 같은 짓에 화가 났다. 우리들은 손을 잡고 거리를 걸어야 한다고 생각하고 있었다. 어머니는 작은 하이힐을 신고 종종걸음으로 걸었으며, 나는 아이처럼 난폭하게 그녀를 마구 끌고 갔다. 그렇게 하면 광장을 지나가는 사람들을 멈추게 할 수 있고, 카페에 들어와서 사람들에게 연설을 할 수도 있는 것이다. 그렇게 불가능하다고는 생각지 않았다. 세빌의 차양이 쳐 있는 거리에서 쿠데타가 일어났던 열광적인 아침, 사람들은 혼란에 빠지고 갑자기 뛰었다. 아버지는 인파를 따라 엘리자베스와 쉬종의 손을 잡고 뛰었었다. 어머니는 멈추어 섰다. 그리고 어리석게 밀고 당기는 것을 제지하려고 작은 양손을 벌렸다. 아버지가 어머니를 붙잡지 않고, 그 또한 남자다운 큰 손을 벌린다면 군중들도 틀림없이 온순하고 조용하게 걸었을 것이라고 나는 생각했다.
 그러나 나의 아버지는 군중의 맹목적인 걸음을 멈추게 하려고는 꿈에도 생각하지 않았다. 그는 위엄있게 군중 속에서 빠져나가 그 어떤 충고도 그의 한결같은 발걸음을 방해할 수는 없었다. 내가 천진스런 질문을 시작하자, 처음에 아버지는 미소를 지었었다. 그러나 곧 웃음은 사라져버렸다. 아버지는 자기의 일과 극기하는 생활을 까다로운 표정을 지으면서 자랑스럽게 말하는 것이었다. 그는 신변의 사치스러움에 대해서 그것을 향락하려는 생각은 추호도 없었으므로 자기에게는 그만큼 확실한 권리가 있다고 생각하고 있었다. 그는 하루 종일 일을 했으며 밤이 되면 메모를 해가면서 큰 책을 읽고 있었다. 손님을 초청하기를 싫어했으며 거의 외출도 하지 않았다. 음식물에 대해서도 무관심했다. 시거, 부르고뉴산 술, 1893년산의

아르마냐 술 등은 다만 그의 마음의 평정을 위하여 필요히 특별 취급되는 물건 같았다.
"평등이라 하는 것은 언제나 낮은 곳에서 행해진다."라고 아버지는 설명했다. "너는 대중을 향상시킬 수는 없다. 결국 뛰어난 자들을 없애고 말 뿐이다." 그 목소리는 단정적이고 반박할 길이 없었다. 그러나 그 눈 속에서는 일종의 격렬한 공포의 빛이 떠오르고 있었다. 나는 잠자코 있었다. 그리고 나는 조금씩 그 진상을 알 수 있었다. 아버지는 세계의 썩은 냄새를 향수처럼 들이마시며 즐기고 있는 것이다. 그러나 우리 집만이 그러한 것은 아니었다. 저녁때, 나는 지하철 속에서 똑같은 답답함을 느꼈다. 남자는 무릎 위에 두 손을 올려놓고 있었다. 여자의 눈은 흐리멍덩해 있었다. 달리는 차의 동요로, 답답한 공기 속에서 그들의 땀과 노고가 흔들리고 있었다. 전차가 타일을 바른 정류장 안으로 들어서자 극채색 포스터의 스토브나 통조림 광고가 지상의 일상생활을 반영하고 있었다. 그리고 전차는 다시 어두운 터널 속으로 들어갔다. 그것은 마치 피로에 지친 군중의 운명 같아서 나의 가슴을 답답하게 했다. 나는 친구인 마르셀과 관람했던 영화를 상기해보았다. 그것은 지하 깊숙이 묻힌 도시 이야기로, 그곳에서는 인간들이 고뇌와 암흑 속에서 괴로워하고 있었다. 한편 오만한 종족은 백색 테라스에서 눈부신 햇빛을 쬐고 있었다. 스토리의 최후는 홍수와 혁명으로 위를 아래로 뒤집어놓은 대혼란이 야기되고 다시 밝은 화해로 된다. 그리하여 나는 '이 사람들은 어찌하여 반항하지 않는 것일까?' 하고 의아하게 생각했다. 나는 일요일이면 종종 마르셀을 오베르빌리에나 팡탕으로 데리고 가곤 했다. 우리들은 몇 시간이고 낡은 담장을 따라 가스 탱크, 거무스레한 벽돌 건물 사이를 배회했다. 그곳에 모든 인생이 있었다. 아침부터 저녁때까지 기진맥진해지는 똑같은 동작, 일주일에 한 번씩 있는 일요일.
"저 사람들은 **습관**이 되어버렸어."
그렇다면 그것은 더욱 안 되는 일이다.
내가 어머니 앞에서 혁명이란 말을 사용했을 때 어머니의 얼굴은 새빨개졌다.

"아이인 네가 뭘 안다구! 알지도 못하면서 그런 소리를 해?"
 나는 뭐라고 변명하려 했으나 어머니는 질렸다는 듯이 부르르 몸을 떨었으므로 단념해버렸다. 인생이나 세상의 무언가를 바꾸려 하는 것은 바보 같은 소리다. 어떻게 손을 쓰지 않더라도 모든 것은 한탄스런 상태였으니까. 어머니는 감정과 이성을 비난하는 듯한 것을, 즉 아버지, 결혼, 자본주의 등 일체의 것을 열심히 변호했었다. 왜냐하면 악은 제도 속에 있는 것이 아니라 우리들 인간의 마음속에 잠재해 있기 때문이다. 한 구석에 쪼그리고 가능한 한 몸을 웅크리고 있는 것이 좋다. 처음부터 잘못된 노력을 하기보다는 모든 것을 받아들이는 것이 좋다고 하는 것이다. 정말로 조심스럽다. 바보스러울 정도로 소심하다! 마치 도망칠 길이라도 있는 것처럼! 입술을 꽉 물고 문을 꼭 닫고 있다. 그래도 나의 침묵은 명령하듯 소리친다. '너는 아무 말도 하지 않지만 나는 간다'라든가, '네가 아무 말도 하지 않으니까 가지 않겠다.'라고 나의 모든 존재가 말한 것이다. 그렇다면 전진이다. 밤의 진흙 속으로 전진하는 것이다. 결정하지 않으면 안 된다. 나는 너의 죽음을 결정했으니 책임을 면할 수 없었다. 그것도 다시 한 번 하지 않으면 안 된다. 나는 용서해달라고 외치고 싶다. 그러나 용서 같은 것은 없다. 아아, 사랑받지 못했던 여자여! 내가 더 일찍부터 '신중'이라는 올가미를 벗겨놓았더라면 나는 문을 열고 가슴과 마음도 열어놓았을 것이다. 나는 말없이 몸을 뻣뻣하게 하고 있었다. 나는 사람을 죽이기 위해서는 손가락 하나도 움직이지 않을 것이다.' 그리하여 나는 꼼짝도 하지 않고 몸의 모든 중량을 땅 위에 두고 있었다. 너는 죽어가고 있다. 그리고 전신에 줄무늬 같은 맷자국이 나 있고 뼈와 가죽만 남아 학대받아 죽어가는 사람들이 있다. 2백만의 포로들이 철조망 너머에서 떨고 있다. 소녀 로자는 창 밖으로 몸을 던졌다. 그 사나이는 독방에서 바짓가랑이로 목을 매고 있었다.' 바보스런 이야기다! 그런 이런 신중함을 싫어했다. 그는 한쪽 손을 들었다. 팔을 전부 들었다. 그는 화난 얼굴로 어머니를 바라보고 있었다.
 "그들은 세계를 바꿔놓고 있어요."

이 경솔함! 바보스런 경솔함! 그는 떠들고 싶고 행동하고 싶다고 생각했다. '그 결과가 셔츠를 풀어헤친 채 눈을 감고, 얼굴에 피가 응어리져 벤치 위에 눕혀진 자크이다.'

그러나 그 무렵은 모든 것이 그리 대수롭지 않게 여겨졌다. 불쌍하고 순진한 청년이었다. 그는 주먹을 번쩍 들었다. 그리고 '내일은 인터내셔널, 우리들의 것이다.'라고 합창하고 있었다. 전쟁, 실업, 강제노동, 빈곤 등은 물러가라. 악의를 가진 사람들에게는 죽음을, 지상에는 기쁨이 넘치라. 그는 마음속으로 낡은 세계를 분쇄하고 그 파편으로 새로운 세계를 세웠다. 아이들이 장난감 나무를 쌓아올리듯이.

"했어! 나는 입당했어!"

나는 마르셀의 아틀리에로 들어가면서 힘차게 소리쳤다.

마르셀은 화필을 놓고 화가(畵架)를 벽 쪽으로 돌려놓았다. 그의 그림은 전부 벽 쪽으로 향해놓아 그 볼품없는 뒷면밖에는 보이지 않았다.

"당연히 그렇게 될 것이라고 생각했어."

"우리가 손가락 하나 까딱하지 않고 세계가 저절로 변할 것이라고 생각했나?"

내가 말했다.

마르셀은 고개를 저었다.

"이 세계에서 기대할 것이라곤 아무것도 없어. 재료가 나쁘거든. 전혀 다른 세계를 만드는 것이 나아."

"자네의 세계는 캔버스 위에밖에는 존재하지 않아."

그는 의미있게 웃었다.

"어차피 알게 되겠지."

그는 알고 있었던 것이다. 그러나 그 무렵에는 그도 젊었었다. 회의적이지만 희망을 가지고 있었다. 거의 매일처럼 나는 그를 방문했었다. 그는 기꺼이 나를 맞이할 때도 있었으며 모르는 체할 때도 있었다. 어쨌든 그는 나를 맞아주었다. 대개는 문을 거칠게 닫지 말아야 했다. 이것은 그로서도 알지 못했던 것이다. 또는 문을 닫아둘 수 없다는 것을 알고 있었을 것이다.

나는 안으로 들어갔다. 작은 책상 앞에서 자크가 공부하고 있었다. 그는 형을 많이 닮았지만 그 얼굴의 생김새는 온순하고 결코 거칠지 않았다. 마르셀은 테이블 위에 싸구려 포도주를 올려놓았다. 또한 그 테이블 위에는 조약돌, 못, 성냥개비, 실로 만든 기묘한 모양의 모자이크나 연꽃처럼 생긴 나무 뿌리, 조개껍질, 선인장 등이 가득 놓여 있었다. 유리병 속에는 작은 해마(海馬)가 들어 있었다. 그 검고 꺼칠꺼칠한 작은 꼬리가 말 비슷한 멋진 얼굴을 떠받치고 있었다. 우리는 담배를 피우면서 이야기를 나누었다. 나는 얘기하기를 좋아했다. 나는 조심스럽게 내가 서둘러 진행했던 정화된 땅으로 마르셀을 데리고 갈 작정이었다. 그러나 나의 이야기를 듣고 있던 쪽은 자크였다.

마르셀이 얼굴을 쳐들었다.

"프롤레타리아 편에 서서 싸우는 것은……." 하고 그는 말했다. "우리로서는 할 수 없는 일이야. 같은 밭에서 사는 인간도 아니잖아."

"그것은 우리와 프롤레타리아가 똑같은 것을 바라고 있기 때문이지."

"천만의 말씀. 노동자들은 자기들이 해방되기를 바라고 있네. 자네가 바라고 있는 것 같은 다른 사람의 해방이 아니야."

"그런 것은 아무래도 좋아. 요는 똑같은 결과가 되는 것이 문제야."

"그러나 결과와 거기에 도달하기까지의 투쟁과는 떼어놓을 수 없다. 헤겔이 그것을 교묘하게 설명하고 있지. 자네도 한 번 헤겔을 읽어보게."

"그럴 틈이 있어야지."

그의 철학적 면밀함에 나는 약간 지겨움을 느끼지 않을 수 없었다. 그는 말로만 그러는 것이라고 생각하고 있었다. 그런데 그는 정열적으로 살고 있었던 것이다.

"물론 사람은 획득하기 위하여 요구하지."라고 그는 말했다. "하지만 요구한 것을 획득하고 싶은 것이다. 내가 바라지 않았던 행복은 나의 행복이 아니다. 즉 행복이 되지는 않는 것이다. 파시스트들은 이것을 도저히 알 수 없겠지. 마르크스는 인간에게 취할 것을 요구하고 받기를 권유하지 않으므로 존경할 만해. 하지만 자네와 나에게는 얻을 것이 아무것도 없어.

우리는 그런 인간이 아니야. 누구든지 자기 자신을 공산주의자로 할 수는 없어."

"그렇다면 우리는 어찌해야 좋단 말인가?"

그는 유감스럽다는 듯이 어깨를 으쓱거렸다.

"그건 잘 모르겠는걸."

나는 히죽 웃었다. 그 역시 아직 학생인 것이다. 그것은 내가 웃을 일이 아니었다. 적어도 그는 지상에서 어떤 위치를 차지하고 그 자신의 불투명한 존재가 아무리 해도 빠져나갈 수 없다는 것을 알고 있었다. 나 또한 그것을 알고 있다고는 말할 수 없다. 나는 그 어떤 회한도 떠오르지 않는 미래의 지평선 외에는 눈길을 주고 있지 않았었다.

그리고 어느 날, 나는 나 자신의 모습을 보았다. 오믈렛에서 모락모락 김이 오르고 나의 멋진 상의나 잘 손질한 손 위에 햇빛을 가득 받으며 가족과 함께 식탁에 앉아 있는 나 자신이 고체처럼 불투명하게 보였다. 자크가 본 그대로의, 공장 안을 서성거리고 있을 때 직공들이 본 것 같은, 있는 그대로의 나를 보았다. 즉 브로말의 아들로 말이다. 놀란 듯한 가족들의 시선을 받고 나의 부어오른 볼 위에, 어안이 없는 듯한 네 사람의 시선을 받자 나는 갑자기 확실하게 나를 볼 수 있었다.

아침 내내 볼은 몹시 부어 있었다. '뭐라고 말해 속일 수 있을까?' 나는 식당으로 들어갈 때까지 젖은 타월을 오래도록 볼에 대고 식히고 있었다. 한쪽 눈은 거의 뜰 수가 없었다.

"어머니, 편히 주무셨어요? 아버지, 편히 주무셨어요?"

그는 밝은 표정으로 이렇게 아침 식사를 했다. 그는 어머니께 입을 맞추기 위해 몸을 구부렸다.

"아니, 너 얼굴이 왜 그러냐?"

브로말 부인이 깜짝 놀라며 말했다.

"정말, 얼굴이 부었네!"

쉬종이 이렇게 맞장구를 쳤다.

그는 그 말에는 대답도 하지 않고 의자에 앉아 냅킨을 폈다.

"어머니가 왜 그러냐고 묻지 않느냐."

이번에는 브로말 씨가 퉁명스럽게 말했다.

"아무 일도 없었어요." 장은 말했다. 그는 손가락으로 빵을 뜯었다. "어젯밤, 친구들과 몽마르트르에 있는 술집에 갔는데 싸움을 좀 했어요."

"누구하고?"

어머니가 물으셨다. 그녀는 난처할 때 흔히 그러하듯이 약간 얼굴이 빨개졌다.

"르들리외 형제였어요. 마르셀과 자크 말이죠."

장이 말했다. 그 역시 얼굴이 빨개질 것 같았다. 어머니께 거짓말을 하기는 싫었다.

"그럼 그 애들한테 얻어맞은 모양이구나."라고 브로말 씨가 천천히 말했다. 아버지의 눈이 안경 너머로 반짝거렸다.

"네."

그는 말했다. 그는 부은 얼굴을 손으로 가렸다.

"그 애는 주먹이 꽤나 센 모양이구나. 망치 같은 주먹인 모양이지?" 그는 험한 눈초리로 아들을 노려보았다. "너는 심야에 빌리에 앞에서 사회주의를 외쳐대는 미치광이들과 무슨 짓을 한 거지?"

장의 얼굴이 갑자기 상기되었다. 그는 침을 꿀꺽 삼켰다.

"회합을 끝내고 돌아오던 길이었어요."

"그건 또 무슨 이야기지?"

이번에는 브로말 부인이 물었다.

"그 이야기란." 브로말 씨는 자제하듯이 말했다. "오늘 아침 경찰이 전화를 걸었더군. 댁의 아드님이 경관을 모욕하고 또 구타하여 입건될 뻔했다는 거야. 다행히 페랑 경위는 친절한 사람이라서 내 아들임을 알자 저 녀석을 풀어주었다는 거요."

일과 명예로 가득 찬 생애……장은 아버지의 볼, 중풍으로 야윈 볼에 불룩 튀어나온 보라빛 혈관을 보고 있었다. 브로말 씨가 지금처럼 침착한 것은 자기를 억제하고 있다는 증거였다. 장은 한참 동안 바라보고 있었으나 역시 틀렸다. 빨간 코와 반백의 수염에도 불구하고 아버지의 멋진 얼굴에는 압도될 것만 같았다.

"이쪽에서 손을 대지도 않았는데 경관이 먼저 덤벼들었어요."라고 그는 말했다. "공공 장소에서 집회를 한다는 것이었지요. 경관은 곤봉으로 우리를 두들겨 패더니 경찰서로 연행했어요."

"경찰로서야 당연히 할 일을 한 것이지." 브로말 씨가 말했다. "헌데 내가 알고 싶은 것은 네가 어찌하여 공산주의의 집회에 있었느냐 하는 점이다."

죽음 같은 침묵이 흘렀다. 장은 손가락으로 빵을 부수었다.

"그 문제로 제가 아버지와 의견이 맞지 않는다는 것은 알고 계시잖아요?"

"그럼 너도 공산주의자란 말이냐?"

"넷."

장은 분명하게 대답했다.

"아니, 장."

어머니는 애원하듯이 말했다. 품위없는 말은 말아달라고 부탁하는 듯 했다.

브로말 씨는 한숨을 내쉬더니 천천히 식탁에 차려놓은 음식을 가리켰다.

"그러면 너는 지금 여기서 무엇을 하고 있니? 그토록 싫은 자본가의 식탁에서."

그는 조소하듯이 장을 바라보았다.

그때 그는 문득 자기 자신을 되돌아보았다. 그는 당황해서 널찍한 식당, 오래된 술이 가득 들어 있는 찬장, 치즈를 친 오믈렛을 보았다. 그는 다른 사람들과 거기에 앉아 있었던 것이다. 그는 자리에서 일어나 식당을 나갔다. 나의 방, 나의 집. 인간의 육체는 극히 좁은 장소를 차지하고 극히 작은 공기를 움직일 뿐이지만 이처럼 부드러운 동물의 주위에 부풀어오른 거대한 껍질이 무서웠던 것이다. 그리고 그의 양복장 속에는 브로말의 아들을 위해

고급 양복지로 특별히 맞춘 옷이 많이 걸려 있다.
 그는 문을 쾅 닫았다. 그리고 그는 오랫동안 방 안을 서성댔다. 화창한 가을 날씨였다. 누렇게 물든 마로니에 가지에는 철 지난 꽃들이 생기있게 흔들리고 있었다. 그는 좋은 구두에 특별히 맞춘 양복을 입고 브로말 씨의 아들로서 걸어가고 있었다. 그는 지상에서 하나의 장소, 자기가 선정한 것이 아닌 한 장소를 차지하고 있었다. 거북하다는 생각은 들었으나 별로 불안하지도 않았다. 틀림없이 모든 것이 잘 수습되겠지. 틀림없이 좋은 수가 생길 것이라고 확신하고 있었다. 자기가 위험한 인물이 될 것이라고 어찌하여 생각할 수 있단 말인가. '나는 길 모퉁이에서 무게도 없는 그림자를 드리우고 있는 낯선 수목처럼 위험하고, 자크가 미소를 지으면서 보고 있던 검고 딱딱한 피스톨처럼 위험한 존재이다.' 나무 타는 냄새를 맡으면서 주머니에 두 손을 쑤셔넣고 어슬렁거리는 모습은 벌레도 죽이지 않을 것처럼 보였다. 그는 아스팔트 위로 구르는 밤알을 걷어찼다. 그가 마시고 있는 공기는 누구한테서 훔친 것도 아니었다. '이제 브로말의 아들이 아니다.'라고 그는 생각했다. 기술은 곧 익힐 수 있을 것이다. 길어야 이 년만 견습공 노릇을 하면 충분하다. 그 뒤에 그가 먹을 빵은 진짜로 자기의 빵이 될 것이다. 그는 문득 자기가 무척 행복하다는 생각이 들었다. 이제까지의 소년 시대가 언제나 썩은 맛을 내던 이유가 확실해졌다. 그의 혈관 속에서 흐르고 있던 것은 낡은 세계의 썩은 액체였다. 그러나 이번에는 뿌리를 잘라내고 새롭게 자기 자신을 만들어내는 것이다.
 양파를 볶는 냄새가 무도장에 진동했다. 문 안에서는 맛있게 지글거리는 소리가 들렸다. 그는 문을 두들겼다.
 "어서 들어와."
 마르셀의 목소리가 들렸다. 자크는 눈이 아리도록 자욱한 연기 속에서 프라이팬을 들여다보고 있었다. 장은 얼굴을 가리기 위해 두 손으로 양쪽 턱을 가렸다.
 "어떤가, 빵집 조수?"
 그는 긴 의자에 걸터앉아 쉬고 있는 마르셀의 곁으로 다가가서 말을 걸었다.

"잘 왔군."

마르셀은 아무렇게나 손을 내밀면서 말했다. 그리고 그는 급히 몸을 일으켰다.

"아니 어떻게 된 거야, 그 얼굴은? 자크, 너도 보았지?"

자크는 두 개의 큼직한 소시지가 기름을 내면서 연기를 뿜고 있는 프라이팬에서 얼굴을 들었다.

"몹시 다쳤군! 어쩌다 그랬지?"

장은 볼을 문지르면서, "곤봉에 얻어맞았어."라고 말했다.

"심하게 얻어맞은 모양이군." 자크는 놀란 표정으로 말했다. "어제 밤에 그랬지?"

"음, 빌리에서 막 나오는데 경관들에게 잡혔어."

그 목소리는 무척 자랑스러웠다. 바보, 깜깜 무소식이군. 그의 존재가 위험하고 그 말 속에, 그 듣기 좋은 목소리 속에 올가미가 감춰져 있는 것도 모르고 있는 것이다. 게다가 내가 큰 입을 벌리고 벙글거리면서 멋대로 떠들어도 마르셀이 나를 계단에서 떠밀어버리려 하지도 않았다니 정말 바보 같았다.

"가루가 될 뻔했군요."

자크가 말했다.

"걱정하지 마."라고 마르셀은 말했다.

"보다시피 가루가 되지는 않았어." 그는 장의 관자놀이를 만져보았다. "찜질을 해보지 그래."

"먹을 것이나 좀 줘."라고 장이 말했다.

그는 갈색 양파 카나페 위에 얹힌 소시지를 먹음직스럽게 쳐다보았다. 벌어진 틈새로 소시지의 익은 살점이 삐져나와 있었다.

"아직 식사도 못 한 모양이군." 마르셀이 말했다. "집에도 가지 못했나?"

"아니야, 집엔 갔었어."

장이 말했다.

"한 바탕 소동이라도 벌어졌단 말인가?"
"으음."
이렇게 대답하고 장은 두세 발짝 걸어 그림이 걸려 있지 않은 화가(畫架) 곁에서 걸음을 멈추었다.
"내가 조금 전에 무슨 생각을 하고 있었는지 자네는 모를 거야. 나는 아버지한테 아무 말도 하지 않고 마르탱 영감 밑에 들어가서 인쇄공 견습을 할 작정일세. 그래서 일을 다 배우면 집에서 나와버리겠어."
자크의 눈이 믿을 수 없을 정도로 감격하여 반짝거렸다.
"그건 또 왜?" 마르셀이 물었다. "그것이 자네에게 어떤 진보를 가져다 준다는 거지?"
"나는 일생을 잘못된 입장에서 살고 싶지 않아."
"올바른 입장이 있기라도 하단 말인가?" 마르셀이 말했다. 그러고는 프라이팬 소시지를 듬성듬성 썰어서 내놓았다. "어서 먹으라구."
"자아." 식사가 끝났을 때 그는 말했다. "자리를 비켜주게. 나는 일을 해야 하니까."
"밖으로 나가겠어."라고 나는 말하면서 자크 쪽을 보았다. 날씨도 화창해서 나는 혼자 있고 싶지 않았다. "자네는 공부하겠나? 아니면 나와 함께 산책이나 하면 어떻겠는가?"
그는 놀라움과 기쁨으로 얼굴을 붉혔다.
"방해가 되는 것은 아닐까요?"
"내가 제의한 일이 아닌가?"
우리들은 몬슬리 공원으로 가서 연못가에 걸터앉았다. 수면에서는 백조 한 마리가 떠다니고 있었으며 우리들 주위에는 아이들이 있었다.
"당신이 부럽군요." 자크가 말했다. "언제나 해야 할 일을 훤히 다 알고 있는 것 같아서."
"자네도 인텔리의 여러 가지 걱정거리에서 해방된다면……."
"하지만 나는 인텔리인걸요."
자크가 말했다. 나는 어깨를 움츠렸다.

"그러면 단념해. 계속해서 철학을 하는 것이 좋겠군."
"행동을 위한 행동은 속임수겠지요."라고 그는 말했다. "하지만 나의 방황도 속임수겠지요."

그는 확신이 서지 않는 눈으로 나를 쳐다보았다. 그는 아직 젊고 열정적이었다. 그에게 있어서 산다는 것은 쉬운 일임에 틀림없다. 자연에 맡겨두기만 하면 되는 것같이 보였다.

"자네는 지나치게 겁이 많아." 나는 말했다. "프롤레타리아의 입장이 자네의 입장이 될 수 있을지 어떨지 생각하고 있는 한 똑같게는 되지 않아. 이것이 나의 입장이라고 말하면 되는 거야."

"그러나 나는 어떤 이유가 없이는 그런 말을 할 수 없습니다라고 단언했어야 했지만……." 자크는 말없이 큰 백조 쪽을 보면서 미소지었다. "당신께 보여드릴 것이 있습니다."

"그래? 보여봐."

그는 머뭇거리다가 주머니 속에 손을 넣었다.

"시(詩)인데 최근에 쓴 것입니다."

나는 시에 대해서는 별로 아는 것이 없었으나 그 시는 퍽 마음에 들었다.

"아주 좋은 시 같군." 나는 말했다. "어쨌든 이 시는 좋아. 그 밖에도 쓴 시가 많이 있나?"

"조금은 있습니다. 원하신다면 보여드리지요."

그는 몹시 기뻐하는 것 같았다.

"마르셀은 뭐라고 했지?"

"마르셀은 형이니까요."

자크는 멋쩍은 듯이 말했다.

나는 마르셀이 동생을 젊은 천재라고 생각하고 있는 것은 아닐까 하고 생각했다. 그런데 백조가 헤엄치고 있는 연못가에서 내가 조용하게 죽음의 길 안내를 시작한 이 청년은, 육친의 온화한 눈으로 보자면 어떤 인간이었을까? 어떤 인간이 아니었을까?

그 후 나는 매일을 공장에서 보냈다. 아버지께는 기술을 배우고 싶다고 말씀드렸다. 이번에는 내가 작업장의 냄새 속에, 녹색 갓을 씌운 희미한 불빛 아래 빠지게 되었다.

"환기가 잘 되지 않는군요."라고 나는 마르탱 영감님에게 말했다. "새로운 통풍기를 달아야 해요. 아버님께 말씀드리시지요."

마르탱 영감은 수염을 쓰다듬으며, "훨씬 전부터 이랬는걸." 하고 말했다. 공장에는 참다운 프롤레타리아라 하기보다는 소사 비슷한 늙은 직공이 몇 사람 있을 뿐이었다. 나는 그들의 정중한 말투나 완고한 체념이 싫었다. 오래 전부터도 이랬어요. 그러니까 자기가 고른 것은 아니다, 이처럼 타성적으로 존재하고 있는 일체의 것을 파괴하지 않으면 안 된다. 나 자신은 라이노타이프의 건반 앞에 앉아서 나 자신을 새로이 선택했던 것이다. 해낼 것이다. 나는 덮어씌운 회색 천을 만져보았다. 집에서 나오면 얼굴을 들고 맨손으로 거리를 활보하는 것이다. 이제 브로말의 아들이 아니다. 한 인간에 지나지 않는다. 진실된, 한 점의 오점도 없는, 이제 자기 자신 이외에는 의지하지 않는 인간에 지나지 않는다. 얼굴을 쳐들자 젊은 직공의 시선과 마주쳤다. 그러자 그 직공은 갑자기 시선을 돌리고 말았다. 먼지 투성이의 작업복 아래로 그는 나의 엷은색 신사복을 꿰뚫어보고 있었던 것이다. 그에게 말을 걸려 하면, 그는 나를 선동가라고 생각할 것이다. 나는 아직도 부르주아의 아들이다.

"당신은 언제 결심할 작정인가요?"

자크가 물었다.

"일을 다 배운 다음."

이렇게 해서 2년이 흘렀다. 나는 유능한 인쇄공이 되어 있었다. 조판과 인쇄 기술을 모두 알게 되었다. 그러나 나는 아직도 집에서 나오지 않고 있었다.

"직장을 잡지 않으면……."

그러나 나는 일자리를 찾지도 않았다. 그것은 어머니 때문이었다. 그녀가 거기에 있었다. 꼼짝도 하지 않고 입을 다문 채, 물어보거나 하지도 않았지만 최초의 충격을 만나면 입술을 굳게 다물려 하는 것 같았다. 빌리에의 집회

후 식사를 할 때처럼, 그녀가 쉬종의 비밀스런 밀회를 목격했던 날처럼 우리들은 자유로웠다. 우리들의 영혼을 더럽히는 일도, 일생을 엉망으로 만드는 것도 자유였다. 그런데도 어머니는 평생을 고통 속에 지내는 자유 밖에는 갖고 있지 않았다. 그것은 그녀가 무엇을 요구하는 것보다 훨씬 나빴다. 그녀가 요구하거나 비난한다면 미워할 수도 있었을 것이다. 그런데 그녀는 거기에 있었다. 나는 거기에 있는 어머니가 원망스러웠다. 한 자리에 계속 있었기 때문이었다. 내가 미워하지 않으면 안 되는 것은 그녀의 존재 바로 그것이었다. 그녀를 사랑하면서 그 존재를 증오할 수 있었을까. 나는 알 수가 없었다. 나는 사실과 싸우고 있었다. '나의 사랑과 너의 죽음이라는 사실', 이것은 그녀의 잘못도 아니며 나의 잘못도 아니었다. 우리들 사이에 그 과실이 있었으니 피할 수밖에 도리가 없었다. 그녀를 피하고, 나의 과오로 인해 그녀에게 미치게 될 불행을 피하고, 나아가서는 나 자신을 피하여 그녀를 괴롭힐 만한 비밀을 내 안에서 찾아내지 않는 것이다.

"어머니와 얘기해보는 수밖에는 방법이 없다. 결국에 가서는 잘 이해하여 주실 것이다."

어느 날 밤, 그는 어머니 곁으로 갔다. 그녀는 작은 응접실에서 전등 가까이 앉아 있었다. 그리고 책을 읽고 있었다. 그녀는 1년 전부터 그 아름다운 검은 머리를 잘라 단발을 하고 있었다. 머리카락은 짧고 텁수룩했다. 그래도 그 머리는 인간의 풍성함을 말해주고 있었다. 동물의 털도 아니고, 풀이 자란 것도 아니었다. 현명한 손으로 잘 다듬고 빗질을 하고 윤기나게 한 여자의 모발이었다. 그는 한참 동안 그것을 바라보다가 그녀의 앞에 가서 앉았다. 그는 단숨에 말을 꺼냈다.

"어머니, 나는 이 인쇄소의 후계자는 되지 않겠어요."

그녀는 약간 귀를 쫑긋거리더니 두 팔을 팔걸이에 올려놓은 채 말했다.
"바보 같은 소리!"

어머니의 목소리는 분노로 떨리고 있었다.

그는 탄원하듯이 말했다.

"저의 기분을 이해하여 주십시오. 저는 이러한 제도를 부정합니다. 어찌하여 그 은혜를 받아들이는 것을 용인할 수 있겠습니까?"

"하지만 너는 이제까지 충분히 혜택을 받지 않았느냐. 어긴다면 네가 해야 할 의무를 거절하게 되는 거야. 너의 교육, 건강, 그것은 모두 아버지 덕분이지. 그런데 네가 필요해졌을 때 아버지를 팽개치려 하다니……."

"제가 이제까지 한 행동은 모두 저의 의지에 의한 것입니다. 제가 거기에 얽매일 필요는 없어요."

그녀는 자리에서 일어섰다. 그리고 피아노 곁으로 다가가더니 화병을 고쳐놓고 뒤돌아보았다.

"그러면 왜 아버지한테 먼저 얘기하지 않는 거냐?"

"우선 어머님께 말씀드리고 싶었어요."

"그것 참 이상하구나. 네가 견습을 받는 동안 아버지에게 급료를 받았고 지금도 일자리를 얻을 때까지 아버지의 빵을 얻어 먹고 있는 처지에 그렇게 말하다니 낯간지럽지도 않니?"

그는 화난 표정으로 어머니의 얼굴을 보았다. 그가 주저하고 있는 것도, 어머니로부터 비난을 받고 있는 것도 원인은 모두 어머니에게 있었다. 그녀도 입을 꽉 다물고 얼굴을 붉히면서 그를 바라보고 있었다. 서로가 상대방에게 자기의 약점이 노출되는 것이 두려워 서로를 노려보는 형상이었다.

"좋아요. 지금 아버님께 말씀드리겠어요."

"그럴 수밖에 없겠지."

어머니의 목소리는 엄격했다. 그는 어머니의 마음속에서 탄원하는 듯한 또다른 소리를 들었다. 아직 아버지한테는 말하지 말아라, 이 아이를 좀더 내 곁에 있게 해줬으면. 그러나 말로 나오지 않는 침묵은 어머니나 그나 문제삼아서는 안 되었다. 그는 객실을 나섰다. 나서다가 비단 발판을 걷어찼다. 초조해진 어머니는 어떤 정의감에 이끌려 사랑하지도 않는 아버지의 어깨를 잡는 것일까! 언제나 가장 먼저 자기를 희생하고 가장 사랑스럽게 여기는 것까지 함께 희생시키는 것이다. 어머니는 그렇게 하기를 좋아하나 보다. 그리고 어머니의 말은 당연했으며, 달리 어찌할 도리가 없다. 그는 아래층으로 내려가서 사무실 문을 노크했다.
"드릴 말씀이 있어요."
"앉거라."
그는 앉았다. 그는 주춤거리지 않고 숨김없이 해방되는 듯한 기쁜 마음으로 얘기했다. 이렇게 해서 그는 싸움 속으로 말려들 것이다. 그날 그날의 빵을 찾아 헤매는 실업자와 별로 다를 바 없을 것이다. 그는 책상 위에 놓인 지갑을 열었다.
"앞으로는 저에 대해서 신경 쓰시지 않도록 하겠습니다."
그는 옷장을 열고 옷걸이에 걸어놓은 옷가지를 바라보면서 후 하고 숨을 내쉬었다. 이제 끝장이다. 그는 침대 위에 〈위마니테〉 신문 한 장을 펼쳐놓고 칫솔, 비누, 면도칼을 올려놓았다. 그리고 잠시 멈칫거리다가 셔츠 한 장, 손수건 몇 장, 바지 두 개와 양말 세 켤레도 꺼내놓았다. 무거운 보따리는 아니었다. '체리나 쿠탱 부자(父子)나 파벨의 공장에 가보기로 하자.'
그는 보따리를 가슴에 안았다. '하겠어.' 지금 그는 해냈다. '했어.' 라고 그는 되풀이해서 말했다. 초록빛 램프와 먼지 투성이의 공장을 떠올렸다. 회색 작업복을 걸치고 '하겠어.' 라고 맹세하는 자기를 떠올렸다. 그 무렵은 아무것도 아니었다. 어머니를 만나지 않겠다고 결심하면 그것으로 되었다. 아니, 만나려는 결심만 하지 않으면 되었다. 그래서 어머니를 만나려 하지 않았다. 그러나 내의를 싸고 있는 동안에도 그녀는 거기에 있었다. 작은 응접실이거나, 자기의 방이거나, 집 안의 어딘가에. 그는 화가 난다는 듯이 말했다.
"이것은 나의 죄가 아니다. 달리 어쩔 도리가 없었다."
나는 어쩔 수가 없었다……비개인적인 냉정한 운명이 그 자신과는 다른 곳에 존재하고 있었던 것처럼. 거기에서 구원을 구할 수 있었던 것처럼. 그런데 그의 마음을 찌르는 것이 있었다. '어머니에게는 나밖에 없었던 것이다.' 이제는 새털이나 비로드 속에 홀로 남아 회한에 싸여 그녀의 마음을 찌르는 무수한 가시들을 갖게 될 것이다. 눈물은 한 방울도 흘리지 않겠지만 엘리자베스나 쉬종의 의상에, 헌신하는 마음으로 더욱 밤 늦도록 잠을 못 이루고 있을 것이다. 그러나 이것은 어머니의 잘못은 아니다. 그녀의 것도 아니고 내 것도 아니다. 그렇다면 잘못은 어디에 있는 것일까? 그는 초조해졌다. 어디엔가 잘못이 있다는 것은 틀림없는 사실이다. 그것을 잡초처럼 힘껏 잡아 뽑을 수 있을 것이라고 그는 생각했다. '어머니께 천천히 마음의 준비를 하시도록 했어야 했다. 느닷없이 충격을 주어서는 안 되었다.' 그러나 어차피 이렇게 되었을 것이다. 나의 가출, 어머니의 고독, 어머니의 부당한 고통. 그는 자기의 방에, 두 번 다시 돌아오지 않을 방에 마지막 눈길을 주었다. 어머니가 그를 위해 골라준 가구나 그림은 그가 없는 텅빈 방을 에워쌀 것이다. 그리고 그녀는 잠긴 이 방의 문 앞을 빠른 걸음으로 지나갈 것이다. 그는 문을 나섰다. 복도는 조용했다. 잘 닦은 마룻바닥은 걸으면 쿵쿵 울렸다. 그는 복도 끝까지 가서 문을 두드렸다.

"들어와요."

어머니는 산더미같이 수북하게 쌓인 갈색과 회색 양말 앞에 무릎을 꿇고 있었다. 어머니는 고의적으로 자기의 존재에 상처를 입히고 있었던 것이다.

그런데 어머니는 어떻게 자기 자신을 지킬 수 있을 것인가? 그러나 그는 이따금 어머니를 지켜드릴 수 있었다. 오직 그뿐이었다. 그런데 그는 집을 나가려 하고 있었다.

"아버지를 만나고 왔어요." 그녀는 얼굴을 들었다. "지금 당장 집에서 나가라 하셨습니다."

"뭐, 지금 당장?"

그녀는 무릎을 꿇은 채였으나 들고 있던 양말 뭉치를 떨어뜨렸다.

"당연하지요." 그는 어깨를 으쓱했다. "어머니가 말씀하신 대로였어요. 이제 제가 여기에서 할 일은 아무것도 없으니까요."

"지금 당장?" 그녀는 똑같은 말을 다시 한 번 되뇌었다. 입을 약간 벌린 채 몸의 긴장을 늦추고 있었으나 슬픔을 잊게 할 정도의 격렬한 분노로 정신을 잃고 있었다. "큰일이다, 앞으로 어떻게 살아갈래?"

"곧 일자리를 얻을 수 있을 거예요. 구할 때까지는 마르셀의 신세를 지도록 하겠습니다."

그는 어머니 곁으로 다가가서 어머니의 어깨에 손을 얹었다.
"저는 어머니를 슬프게 해드리고 싶지는 않았어요."
그녀는 흩어진 머리칼을 쓸어올려 피로에 지친 이마를 드러냈다.
"잘만 살아갈 수 있다면야······."
그는 천천히 계단을 내려갔다. '나는 내가 좋아서 택한 길이다. 그러니 절대로 후회 같은 것은 하지 않을 것이다.' 어머니는 수북이 쌓인 양말 앞에 꿇어앉은 채 홀로 집에 남아 있었다. 그런데 나는 다른 일도 저질렀다. 나는 어머니를 괴롭혀드리고 싶지는 않았다. '아아! 나는 너를 죽이고 싶지는 않았다.' 그녀는 눈을 감은 채 침대 위에서 자고 있다. 베개 위에 드리워진 노란 머리카락은 고엽처럼 보였다. 그녀의 생기 넘치는 눈을 다시 한 번 볼 수 있을까?' 그는 '후회하는 일은 없을 것이다.'라고 중얼거렸다. 바보! 후회할 것 투성이가 아닌가, 곳곳에 돌이킬 수 없는 보상할 수 없는 죄가 있었다. 존재한다는 죄다. '후회하는 일은 없다.' 그는 자기의 행위를 시인하려고, 이 절망적인 위안에서 구원을 찾으려고 애썼다. 그러나 한편, 등 뒤에서 그를 잡아당기는 바로 자기 자신의 무게를 느끼고 있었다. '배후에 무엇이고 남겨놓아서는 안 된다.' 그는 문득 솟아오르는 분노를 느끼면서 생각했다.

"인간이란 언제나 배후에 무언가를 남겨놓고 있지." 마르셀이 말했다. "그러니까 자네의 시도는 무척 제멋대로인 것처럼 보이는군."

"하지만, 나는 무슨 특별한 일을 하려는 것이 아니야."라고 장은 말했다. 그는 톱밥을 집어넣은 삐걱거리는 소파에 걸터앉아 브랜디 잔을 들고 있었다. "내가 바라는 것은 이런 거야. 다른 사람들보다 혜택받은 행운 같은 것은 갖지 않은 채 인생을 출발하여 자력으로 얻을 수 있는 것만을 소유하는 거야."

"자력으로라고?" 마르셀이 말했다. "말로는 쉽지만······."

그는 장의 머리 끝부터 발 끝까지 훑어보았다.

"하기야······." 장이 말했다. "이 양복도, 이 구두도, 아버지가 사주신 것이지. 견습을 받는 동안 급료도 주셨지, 하지만 누구라도 완전히 제로 상태에서 출발할 수는 없으니까."

"나도 바로 그 점을 말하는 거야." 마르셀이 말했다. 그가 빙긋이 웃자 지저분한 이빨이 보이고 그 윤기 나는 피부에는 깊게 주름이 잡혔다. "양복만이라면! 자네의 교양, 우정, 영양 만점의 부르주아의 아름다운 건강. 이러한 자네의 과오를 지워버릴 수는 없어."

"진짜 노동자로서 이삼 개월만 지나면 과거쯤 무거운 짐은 되지 않아."

"노동자와 자네 사이에는 언제까지고 거리가 있어. 노동자라면 태어나면서부터 주어진 조건을 자네는 자기 멋대로 골랐으니까."

"그야 그렇겠지." 장이 말했다. "하지만 나는 적어도 내가 할 수 있는 것만을 해보이겠어."

마르셀은 어깨를 으쓱해보였다.

나의 노력이 그토록 무모한 것이라고는 생각되지 않았다. 나의 생활은 정말로 바뀌어졌다. 나의 이름도, 얼굴도, 과거의 나는 정말 사라져버렸던 것이다. 쿠탱 부자가 경영하는 인쇄소에서는 다른 사원과 전혀 다를 바 없는 직공에 불과했다. 여덟시에는 포장을 한 인쇄 용지가 쌓여 있는 잿빛 정원을 가로질러 갔다. 그것은 매일같이 되풀이되는 일이었다. 내가 지나가도 직공들은 쳐다보지도 않았으며 공장장은 미소를 보내지도 않았다. 나는 기계 앞에 앉아서 신중하게 검사했다. 내가 책임자였으니까. 그러고는 건반을 두들기기 시작한다. '일생의 일이니 열심히 해야 한다!' 작업복을 벗은 다음에도 튤립으로 장식한 부드러운 촉감의 집으로 돌아가지는 않았다. 나는 크리시의 음산한 거리를 버스로 다녔으며, 요리와 세탁 냄새로 가득 찬, 좁고 답답한, 한쪽에는 가스 풍로와 세면 겸용의 주방 기구가 있는 방으로 돌아가는 것이었다.

"너무 살벌하구나."라고 어머니는 말씀했었다. 그러나 나는 한 사람이 겨우 살 수 있는 주거가 좋았다. 입방체(立方体)를 만드는 데 필요한 여섯 개의 면, 광선을 들여보내기 위한 구멍과 내가 드나들 수 있는 구멍만 있다면 그것으로 충분했다.

"당신은 틀림없이 행복하시겠지요."라고 자크가 말했다.

"물론 행복하고말고."

그는 종종 내가 공장에서 퇴근할 때쯤이면 나를 마중하러 오곤 했다. 우리는 식당에서 만찬을 들었다. 그는 종이로 된 식탁보, 뚜껑이 있는 소금 그릇, 디기탈리스 줄기 무늬가 새겨진 컵, 그리고 나의 모든 음식에 천편일률적으로 간을 맞춘 마가린의 맛에서까지도 시를 발견하고 있었다. 우리들은 변두리 영화관의 나무 벤치에 앉아 있거나 술집에서 적포도주를 마시기도 했다. 그는 나에게 물었다.

"당신은 잘 어울려 지내십니까? 정말로 동료들과 대등한 관계로 지내고 있는지요?"

"그들을 억누를 수도 있지."

나는 말했다.

그것은 인내심이 필요한 일이었다. 이런 소기업에서는 공산주의가 침투하기 어렵다는 것을 알고 있었다. 그러나 나는 이야기하기를 좋아했다. 조합의 집회에서는 모두 나의 발언에 귀 기울여주었다. 연맹의 위원회에서도 대표로 선출될 희망이 있었다. 거기에 나가면 좋은 일도 할 수 있을 것이다.

"참, 알려드릴 것이 있어요."라고 자크 말했다.

우리는 크리시 거리 어구의 작은 카페에 들어가 있었다. 곁의 유리 문에는 '자유롭게 도시락을 이용해주십시오.'라고 백묵으로 써놓은 글씨가 보였다. 석회 반죽투성이의 미장이 두 사람이 바로 옆 자리에서 적포도주를 마시고 있었다.

"좋은 소식인가?"

"그것은 당신이 판단해주시지요. 나, 입당하려고 해요."

"정말로 그렇게 결심했나?"

나는 자크를 모호한 기분으로 쳐다보았다. '내가 바랐던 대로 된 것이다.' 그런데도 나는 주저하고 있었다. 무엇이고 희망했던 대로는 되지 않는 법이다라고 의심을 갖기 시작했기 때문이었다.

"네, 결심했어요. 놀라셨나요?"

그는 자랑스러운 듯 미소짓고 있었다.

"요전 밤에는 마르크시즘에 대해서 그토록 반대하지 않았었나?"
 자크는 어깨를 축 느러뜨렸다.
 "주의는 별로 중요하지 않습니다. 나에게 문제가 되는 것은 과연 내가 행동할 수 있을까 하는 것을 알아내는 것이었지요. 그런데 무언가가 풀렸습니다. 나는 할 수 있습니다." 그는 빙그레 웃으면서 "당신이 생활해 가는 것을 보고 있는 중에 그런 자신이 생겼습니다."
 "나도 그 말을 들으니 기쁘군."
 나는 말했다. 그러나 사실은 조금도 기쁘지 않았다. 자크 자신이 충분히 납득할 수 있는 이유에서 스스로 납득하게 되는 편이 더 좋았다. 나는 그를 덫에 걸리게 한 것 같은 기분이 들었다. 내가 말했다.
 "자네가 어떻게 그런 결심을 하게 되었는지 좀더 자세히 말해주게."
 "저번 날 밤, 우리가 얘기를 나눈 다음 집으로 돌아갔습니다. 그때 나는 우리가 나눈 이야기에 대해서는 더 이상 생각하지 않고 당신에 대한 것과 나에 대한 것만 생각했습니다. 그리고는 갑자기 나는 더 이상 살아가는 일을 감당할 수 없을 것 같아졌으며 나의 생활이 아무런 도움이 되지 않는 것처럼 느껴졌습니다."
 "알겠네."
 나는 말했다.
 나의 불안은 사라지지 않았다. 내가 무슨 도움이 될 것인가. 나로서는 그것이 문제되지 않았다. 부정한 세계에서는 자기의 올바른 운명을 잘라낼 수 없었다. 나는 정의를 바라고 있었던 것이다. 누구를 위하여 바라고 있었던가. 남을 위해서인가, 나 자신을 위해서인가? 너는 언젠가 격렬한 어조로 말했었지. 인간이 투쟁하는 것은 언제나 자기를 위해서다라고. 나는 회한과 과오에 대해서, 여기 있는 나의 과오에 대해서 싸우고 있었다. 이 투쟁 속에 나 이외의 타인을 끌어들이려 하는 것은 어째서일까.
 나는 말했다.
 "나는 그 어떤 도움이 되는 일을 그렇게 추구하고 있는 것은 아닐세."
 그러나 자크는 듣고 있지 않았다. 그 또한 다른 누구의 것도 아닌 싸움을 하지 않으면 안 되었던 것이다.

"내가 너무 어려서 아무 일도 하지 못할 것이라고 생각하고 계시지요?"

나는 내 정신으로 돌아왔다.

"젊은 사람은 우리 세력의 중추야."라고 나는 말했다. 나는 그가 기대하고 있는 듯한 눈으로 자크를 보았다. 목적에 확신을 갖고 있는 투사의 실제적인 눈매였다.

"지금은 믿음직스런 주먹과 목구멍이 필요한 때지. 내일 모레, 자네를 블루가드에게 소개하겠네."

그 계절에는, 세계를 바로 세우려는 자에게는 할 일이 많이 있었다. 파리의 벽에는 선거 벽보가 누덕누덕 나붙였고 시내에서나 교외에서나 거의 매일 밤, 적과 우리 편이 충돌했다. 밤마다 자크가 만나러 와서 소란스런 군중들이 빽빽하게 들어찬 창고나 학교 강당으로 함께 갔다. 나는 그가 곁에서 얼굴을 붉히면서 유쾌한 듯이 발을 구르고 있는 것을 보는 것이 좋았다. 우리들은 정통파 변사들의 미사여구를 야유하고 동지가 연설을 시작하면 주먹을 휘두르며 군중을 조용히 있게 했다.

"오늘 밤에는 한바탕 소동이 벌어질까요? 진짜 소동이?"

자크가 이렇게 나에게 물었다.

"있고 말고. 엊그저께 밤, 우리는 데탕제에게 입을 열게 하지 않았지. 녀석들은 우리들에게 한바탕 퍼부어대려 하고 있어."

그날 오후, 우리는 정말 유쾌했었다. 도니즈는 행복한 듯 발을 동동 굴렀다. 마르셀만이 여전히 어두운 표정이었다. 화창한 날씨여서 머리는 깎았어도 조금도 단정하게 보이지는 않았다. 아주 은근하게, 사교계의 뛰어난 사람들이 예술가에 대해서 인사를 하는 것을 그는 억지로 듣고 있었다.

"브라운은 이미 여덟 개나 주문을 받았어."라고 도니즈가 말했다. "대성공이라고 했어. 〈카이에 달〉의 비평가는 당신은 당신 세대의 최대의 화가라고 말했어요."

그녀의 눈은 반짝거리고 있었다. 생동감 넘치는 장미빛 얼굴은 무척이나 투명해보였다. 문득 그녀가 아직 열여덟 살밖에 되지 않았다는 것을 생각하자 누구나 깜짝 놀랐다. 보통때 같으면 그런 것은 머리에 잘 떠오르지 않는 일이었다. 그녀의 목소리, 미소, 화장 등 모든 것이 억지로 꾸며놓은 모조품 같아서 젊음까지도 인공적인 것처럼 보였다. 다만 텁수룩한 갈색 머리는 사치스런 의상 속에 숨어 있는 동물적인 생기 넘치는 육체를 상상케 했다. 그녀는 접시에 하나밖에 남지 않은 작은 케이크를 집으며 말했다.

"샌드위치 좀 드세요. 아직도 많이 남아 있어요."

장은 포어 글라스를 곁들인 작은 빵을 먹었다. 그 꿀 같은 맛이 소년기의 샹들리에나 마음이 울렁거리는 아름다운 부인들을 상상케 했다. 발 아래 융단은 두텁고 그림물감 냄새가 배어 있고, 공기 속에는 상류 부인의 향수 냄새가 섞여 있었다. 석 달만 있으면 충분했다. 지금까지는 이처럼 감미로운 환경에 있다는 것이 놀라운 일이었다. 종이 냄새, 기계 소리, 타버린 비프스테이크의 맛 등이 그의 나날의 생활을 짜내고 있었다. '나는 이제 딴 세상의 인간이다.' 여자들은 가느다란 유리 세공의 인형 같았다.

그는 여자들의 재잘거리는 소리나 부드럽고 노래하는 듯한 목소리를 들으면서 질리거나 재미있어 하거나 하고 있었다.

그는 벽으로 다가갔다. 아까, 이 인간의 새장 속으로 들어왔을 때는 네 개의 나무 막대 속에 처박혀 있는 그림이 그에게는 극히 평면적으로 보였으며 아무것도 말해주지 않았었다. 이들 그림의 비밀을 끌어내기 위해서는, 우선 믿지 않으면 안 된다. 그는 믿고 싶다고 생각했다. 그는 한 장의 그림 앞에 발길을 멈추었다. 태양에 짓눌린 두 개의 벽 사이에서 하나의 바퀴가 평행선이 교차하는 점까지 끝없이 굴러가고 있다. 그것을 보고 있는 사이에 화면은 조금씩 살아났다. 화면이 말하고 있는 것을 말로 표현할 수는 없었다. 그것은 회화에 의해서 말해지는 것이며 그 밖의 어떠한 말도 그 의미를 나타낼 수는 없을 것이다. 그러나 그 그림은 역시 말하고 있었다. 그는 두세 발짝 걸었다. 주의 깊게 보고 있노라니 어느 그림이나 다 살아 있었다. 그것은 세계가 시작된 것보다 훨씬 오래된 추억을 환시시키고, 또한 미래의 혁명 저편에 있는 지구의 예상할 수 없는 모습을 환기시켜주고 있었다. 그 그림은 온갖 의식 밖에 홀로 우뚝 서 있는 듯한 해안이나 조개 껍질이 가득 있는 사막의 비밀을 전해주고 있었다. 얼굴없는 초상, 소금으로 화한 인간, 죽음의 점화로 타버린 광장, 순수한 순간의 부동(不動) 속에 응결한 대양, 이러한 것들은 곧 부재(不在)되어 있는 수없이 많은 모습이었다. 그리고 이처럼 증인도 없는 세계를 바라보고 있는 사이에 자기 자신이 부재(不在)인 것처럼 생각되었다. 자기 자신의 역사 밖에, 공허하고 백색의 영원 속에 있는 것 같았다. 그러나 이러한 순수와 부재의 꿈은 자기가 거기에 있어서 생명을 빌려주었기에 존재하는 것이다. 마르셀은 그것을 터득하고 있었다.

"그만둬." 그는 말했다. "그보다는 한 잔 마시자." 그는 흰 식탁보를 씌운 긴 식탁 쪽으로 데리고 갔다. 식탁 앞에서는 도니즈가 분주한 듯 움직이고 있었다.

"이런 형편 없는 샴페인밖에는 없나?"

"포르트 주가 있어요."

도니즈가 말했다.

"싸구려 포르트 주 말인가?" 마르셀이 말했다. "어쨌든 오늘은 축제일이니까."

"잔소린 그만 하세요." 도니즈가 말했다. "하기 싫은 일이었지만, 다 마쳤어요."

"어림도 없는 소리." 마르셀이 말했다. "앞으로 삼십 일이나 저 벽에 걸린 채 있어야 해. 어쩌다가 이런 일을 하게 되었지?"

"필요한 것은." 장이 말했다. "보다 다른 관중이야. 진짜 관중이지."

"나는 관중 같은 것은 원하지 않아." 마르셀이 말했다. 그는 두 손으로 의자를 잡았다. "나의 그림은 이 의자처럼 존재해야 한다고 생각해. 이것은 튼튼하게 만들어져서 이 위에 앉을 수 있다. 우리가 밖으로 나간 다음에도 네 개의 다리 위에 반듯하게 서 있지."

도니즈는 어깨를 움츠렸다.

"그렇다면 목공이 되는 게 좋겠군요."

그녀는 초조한 듯이 말했다.

마르셀이 손을 떼자 의자는 융단 위에 뒹굴었다.

"하지만 의자 같은 것은 조금도 재미가 없어."라고 그는 말했다.

"불평은 그만 하세요!" 도니즈가 말했다. "한 달 뒤면 당신은 유명해질 거예요!" 그녀는 장난기 섞인 미소를 지었다. "뭐니 뭐니 해도 대화가가 되는 것은 나쁜 일이 아니에요. 그것으로 만족해하는 사람은 많이 있으니까요."

아무도 대답하는 사람이 없었다. 이따금 도니즈는 우리들에게는 무의미한 말을 사용했다. 마르셀이 어쩌다가 그녀와 결혼할 결심을 하게 되었는지 자크나 나는 잘 알 수 없었다. 아마도 무겁고 텁수룩한 머리카락 아래의 윤기없고 지적인 작은 얼굴이 마음에 들었으리라. 게다가 그는 자기의 생활을 어떻게 할 것인지에 대해서 별로 중점을 두고 있지 않았다. 도니즈 쪽이 그를 정복하고 싶다고 희망하여 그렇게 되어버렸을 뿐이다. 그리고 이 전람회를 열도록 그를 설득시켜버렸던 것이다. 그녀는 그의 곁에 있으면서 명예와 행복을 향하여 일로 매진할 작정으로 있었다. 그녀의 새빨간 미소와 머리카락의 짙은 금빛을 비쳐주고 있는 뜨거운 눈길을 상상할 만하다. 그녀에게 반항하는 사람은 아무도 없었다. 그녀는 응석이 심한 딸이었으며, 눈부신 여학생이었고, 세속적이고 대담하고, 제멋대로 인생을 헤엄치며 다니고 있었다. 그녀에게 있어서 그날은 승리를 쟁취한 날이었다.

"곧 그리로 가겠습니까? 아니면 당신의 집에 들렀다 가시겠습니까?"라고 자크가 말했다.

"집에 들렀다 가세. 총 문제가 있으니까."

"총은 갖고 가는 것이 좋겠습니까?"

"별로 방해는 되지 않아. 지난 일요일, 놈들이 쏘아댔을 때, 이쪽에서는 도저히 막아낼 수가 없었어."

벌써 밤이었다. 우리는 번화가를 지나갔다. 나는 몇 번이고 잘못 들어선 것이 아닌가 느껴졌다. 차도까지 넘치는 통행인 속에서 나는 대기 속에 미아가 되어버린 한 개의 원자보다도 쓸쓸한 외톨이였다. 그의 눈으로 보자면 나는 방해물에 지나지 않았으며 내 눈에는 주위에 있는 것이 눈먼 군집으로밖에는 보이지 않았다. 어느 가게나 문을 닫을 시간이었다. 판매원들은 유리문에 얼굴을 대고 밤 외출을 꿈꾸고 있었다. 마침 가로등에 불이 들어왔다. 너는 봉봉 병을 가게 안에 갖다 치우고 창 너머로 보호자 없이도 밤거리를 산책할 권리가 있는 행복한 사람들을 바라보면서 초콜릿 조각을 씹고 있었다. 자기를 어린이 취급하는 것은 슬픈 일이라고 너는 생각하고 있었다. 하지만 나는 장식창 뒤에 있는 소녀들은 그 누구도 알 수 없는 여자라 생각하고, 그녀들의 운명은 나와는 전혀 별개이며 어디까지나 다른 방향으로 나아가고 있는 것으로 생각하고 있었다.

　우리들은 부르주아들의 거리를 지나 민중이 우글거리고 있는 긴 골목을 거쳐서 나의 방으로 올라갔다. 찬장 대신 사용하고 있던 선반에서 약간의 빵과 치즈를 내렸다.

　"소시지를 먹겠나?"

　"아니요, 괜찮습니다."라고 자크가 말했다. "조금 전에 마셨던 아이스커피로 식욕이 없어졌군요."

　나는 옷장 서랍을 열었다. 손수건이나 셔츠 아래 두 자루의 권총이 있었다. 내가 돈을 절약해서 산 것과 자크가 아버지의 것을 훔쳐온 것이었다. 나는 안전 장치를 확인했다. 나는 용의주도했으므로 매사를 우연으로 돌리지는 않겠다고 생각하고 있었다.

　"자아." 나는 말했다. "정말로 위급한 상황에서만 사용하도록 하게. 놈들은 국장(國葬)이 될 만한 사격전을 좋아하니까."

　자크는 진기한 듯이 권총을 손에 들고, "이것으로 사람을 죽일 수 있다는 생각이 들지 않는군요."라고 말했다. "보세요, 꼭 장난감 같다니까요."

　장난감 같았다. 그래서 나는 친구와 함께 앉아서 발을 구르거나 손뼉을 치거나 할 때는 벌레도 죽이지 않는 선량한 젊은이로 보이지 않았던가. 그들은 나의 형제다. 자크는 동생이다. 우리는 똑같은 정열에 사로잡혀 있었다. 내일이면 우리들에 의해서 혁명이 성취될 것이다. 우리를 욕하는 자들에게는 주먹 세례를 주어 입을 다물게 할 것이다. 셔츠의 가슴 부분을 풀어 헤치고 장미빛 볼에 장발을 늘어뜨린 자크는 빗발처럼 퍼붓는 곤봉 세례에 둘러싸였으면서도 큰 입을 벌린 채 용감하게 싸웠었다……
 "뤼트! 뤼트!" 그녀는 침대 위에서 허우적거렸다. 그녀는 부르고 있다. 누구를 부르는지 알 수 없다. 이 방 안에 있는 것은 두 사람뿐이다. 방 안에 두 사람이 같이 있으면서 각자 제각각이다. 뤼트, 그녀는 누구를 보고 있는 것일까? 이 이름을 들어도 나에게는 어떤 얼굴도 떠오르지 않는다. 나는 그녀를 바라보고 있다. 몇 시간 전부터 그녀를 바라보고 있다. 그러나 그 감겨진 눈꺼풀 배후의 것을 무엇 하나 볼 수가 없다. 나의 주위에 있는 것은 밀려오는 나의 추억이며 펼쳐지는 나의 역사인 것이다. 혼란 속에서 한 발의 총성이 울린다. 바로 뒤에 또 한 발.
 "먼저 쏜 것은 젊은이다."
 살인. 살인. 나는 어둠 속을 걸었다. 나는 비틀거렸다. 그리고 달렸다. 그는 거기에 있었다. 조용하게, 그의 시(詩)와 도취 속에서. 내가 그의 손을 잡고 권총을 주면서 탄환의 빗발 속으로 그를 떠밀었던 것이다. 살인. 계단 위에서는 마르셀이 그림물감의 냄새 속에 묻혀서 책을 읽고 있거나 졸고 있을 것이다. 그는 자크가 돌아오기를 기다리고 있는 것이다. 나는 계단을 올라갔다. 그러나 올라갈 수도 내려갈 수도 없다. 시간은 정체하고 나는 매몰되지 않으면 안 된다. 마르셀도 매몰되고 세계는 매몰되지 않으면 안 된다. 그러나 나의 발 아래 계단은 튼튼하기만 하다. 격자창(格子窓)도 문도 그대로다. 문 안에서는 마르셀이 자크를 기다리고 있다. 그리고 나는 거기에서 말을 시작하려 하고 있다. 한 마디로 말해서 그것은 존재하고 계속 영구히 존재할 것이다. 철커덕 하는 소리, 한 마디. 그리하여 시간에 금이 가서 결코 다시 합쳐질 수 없는 두 부분으로 단전되어버린다. 나는 문을 두들긴다.
 전에는 자크, 이번에는 엘렌이다. 그것만으로도 아직 부족하다. 롤랑이 올 것이다. 순간은 서로 밀고 당기면서 용서없이 나를 앞으로 밀어붙이면서 계속 걸어갈 것이다. 미래의 어둠 속으로 나아가는 것이다. 결심하라. 새로운 사체 쪽으로, 눈물에 젖은 여자 쪽으로 나를 밀어붙이는 생활에 허우적거리면서. 감방 문은 닫히고, 또 열린다. 죽음에 직면하면 열리는 것이다. 파리의 벽 위에는, 지하철의 흰 타일 위에는 새하얀 노란 포스터가 붙여지고 새로운 이름이 더 추가된다. '가지 마.' 그렇게 말한다면 모든 것이 수포로 돌아가고 너의 죽음은 무의미해져버린다. 나아가라, 나아가는 것이다. 결심하라. 나의 고통 하나하나가 도망칠 수 없는 결의를, 이 세상에 내던지는 것이다. 문을 닫고, 눈을 감는 것. 문을 닫고 눈을 감을 결심은 하는 것.
구원은 아무것도 없다. 절망의 도취감조차 없다. 맹목적인 결의도 할 수 없다. 네가, 침대 위에서, 너의 죽음의 거친 광선 속에 있기 때문이다.

2

자전거는 역시 거기에 있었다. 신품이어서 반짝반짝 빛났고 차체는 담청색으로 핸들에는 니켈 도금을 했으며 칙칙한 돌담 곁에 기대놓은 이 자전거는 눈이 부실 것 같았다. 아주 날씬한 자전거였다. 세워두었는데도 바람이라도 가를 듯이 보였다. 엘렌은 지금까지 이처럼 멋진 자전거를 본 적이 없었다. '저 자전거를 다크 그린색으로 칠해놓는다면 더 멋져보이 겠지.' 그녀는 그렇게 생각했다. 그녀는 아쉬운 듯, 창가에서 멀어졌다. 그저 바라만 보면서 가슴을 두근거린들 무슨 소용이 있겠는가. 지난 한 주 동안, 그녀는 아무 일도 하지 못하며 지냈다. 멋진 전리품이군! 그녀는 시종 그 일만 생각하면서 하루에 스무 번이나 창가에 기대서서 그것을 바라보고 있었다. 하지만 아직도 그것을 훔칠 수가 없었다. '나도 어지간히 무기력해졌군.' 하고 생각하니 그녀는 슬퍼졌다. 어렸을 적에는 추호도 주저하거나 하지 않고 하고 싶은 일이면 무엇이고 했던 것이다. 그녀는 에이프런으로 연필을 닦았다. 자, 이것으로 그녀의 하루도 끝나게 되었다. 내일은 또 오늘과 같은, 다른 날이 시작될 것이다. 그녀는 손가방에서 두툼한 방안지를 꺼냈다. 1934년 11월 20일. 그녀는 흰 눈금에 회색 칠을 했다. 월초부터 붉게 칠한 날은 이틀밖에 없다.
아래층에서 벨이 울렸다. 엘렌은 계단을 내려갔다. 사내 아이가 가게

가운데 서서 머뭇거리며 봉봉 병을 바라보고 있었다.
"무엇을 드릴까요?"라고 엘렌이 물었다.
"저것 주세요." 사내 아이는 집게손가락으로 초콜릿을 가리켰다.
엘렌은 과자 집게로 초콜릿을 집어 얇은 종이에 싸주었다.
"일 프랑입니다."

그녀는 1프랑을 계산대 서랍 속에 집어넣고 입을 우물거리며 돌아가는 사내 아이를 창 너머로 지켜보았다. 저 아이는 집으로 돌아가는 것이다. 모두 집으로 돌아가는 것이다. 어쩐지 허전한 시각이었다. 저 사람들도 집으로 돌아가고 있는 것이다. 브라린 과자 위에도 밤이 내렸다. 엘렌은 입 안에 기름기가 끈적거리는 듯한 맛을 느꼈다.

그녀는 안뜰로 향한 문을 열었다. 핸들과 자전거의 흙받이가 어둠 속에 반짝이고 있었다. 엘렌은 그 곁으로 갔다. 이 깨끗한 노란 안장에 걸터앉아 두 손으로 핸들을 잡는다면 더욱 기분이 좋을 것이다! 그녀는 수위실 쪽을 슬쩍 보았다. 요즈음 수위 일을 보는 여자는 일부러 매일 외출하지 않는 것 같았다.

"하지만 나는 이것을 갖고 싶어. 내게는 필요하니까." 하고 엘렌은 말했다.

그 자전거는 무척 반들반들하고 깨끗하고 멋졌다. 반짝거리는 바퀴에는 굵은 타이어가 끼워져 있었으며 아주 날씬해보였다. 손가락으로 차 바퀴의 살 한 개를 만져보았다. 벽돌빛 타이어도 만져보았다. 광물(鑛物) 같은 감촉으로 공기가 들어 있는 얇은 고무 바퀴에 지나지 않는다고 생각하니 이상한 기분이었다. 엘렌은 조금 뒤로 물러섰다. 그 자전거는 얼마나 자랑스럽고 자유로운 모습을 하고 있는 것일까. '나는 가고 싶은 곳은 어디든지 갈 수 있다. 밤 늦게 돌아올 수도 있을 것이다. 조용한 길에서 앞쪽으로 둥근 불빛을 던지고, 작고 단조로운 소리가 계속 들릴 것이다. 손질은 충분히 하겠다. 기계공처럼 작은 기름통에 든 기름을 쳐주겠어.' 그녀는 4층 창 쪽으로 얼굴을 들었다. '저 여자가 걱정이 되어 집 안으로 가져가지 않으면……' 엘렌은 그것이 갖고 싶어 입술과 손가락이 떨렸다. '이번에 문지기 여자가 외출하면……'

가게에서 벨이 울렸다. 그녀는 서둘러 갔다.

"폴! 잘 와주었어요!" 그녀는 기쁜 듯이 말했다. 그는 그녀를 팔로 껴안고 볼에 키스했다. 그녀도 그에게 재빨리 입을 맞추었다.

"가게 문 닫는 것을 도와줘요. 그리고 나서 제 방으로 가요. 초콜릿 드시겠어요?"

"아니, 생각없어."라고 폴은 말했다. 그는 문을 열고 보도에 늘어놓은 무거운 병 하나를 들고 왔다.

"초콜릿을 싫다고 하다니, 멋없는 사내라고 생각하겠지?" 그는 웃으면서 말했다. "당신과 처음 알게 되었을 때 무슨 일이 있어도 나에게 먹이려 했었지."

"그것이 저의 유일한 유혹의 손길이었거든요." 엘렌이 말했다.

"당신이 그러지 않았더라도 나는 당신을 좋아하게 되었소."

"정말이세요? 당신은 언제나 욕심 없는 애정을 가졌다는 말이군요."라고 엘렌이 말했다. 그리고 웃으면서, "우리 나가서 식사하시겠어요? 나, 조금 가진 돈이 있어요"

"오늘 밤은 안 돼, 친구들과 식사하기로 되었거든."

"하필이면 오늘."

"내일 하기로 하지."

폴이 말했다.

엘렌은 아무 말도 하지 않고 병 하나를 들었다. 폴과 저녁 식사를 같이 하는 것은 별로 즐거운 일도 아니었다. 그러나 집에서 식사하기보다는 나을 것이 뻔했다. 그날 밤만은 꼭 그러고 싶었다. 내일은……. 또 내일 일이다. 두 사람은 병을 치우는 일을 다 끝냈다.

"오늘은 무슨 일을 했지?"

폴이 부드러운 말씨로 물었다.

"일을 했어요. 달리 무슨 할 일이 있다고 생각하세요?"

"어디, 나에게 보여줘봐요."

"자, 보세요."

그녀는 폴을 방으로 데리고 갔다. 폴은 테이블로 다가갔다.
"아주 아름답군."
그가 말했다.
"베르디가 말했는데 팔린 디자인 중 사분의 삼은 내가 한 것이었어요."
라고 엘렌이 말했다. "그런데도 그 여자는 한푼도 주지 않았어요."
 언제나 그랬다. 그녀는 폴을 기꺼이 맞이했으나 5분만 지나면 따분해졌다. 그녀는 그를 비판하는 듯한 눈초리로 바라보았다. 금발은 흐트러져 있었으며 흰 피부에 주근깨가 있는 것이 오히려 아름답다고 느껴졌다. 그러나 고집스럽게 보이는 이마 아래의 눈은 무척 온순해보였다. 겉은 딱딱하지만 투명하고, 그것을 통하여 우리 내부에 있는 연체동물 그대로의 천진스런 본체가 완전히 노출된 셈이었다.
"무엇을 생각하고 있지?"
폴이 물었다.
"인생이란 재미있는 것이 아니라고 생각하고 있었어요."
"하지만 당신은 운이 좋아. 생각해보라구. 당신이 사무소나 공장에서 매일 여섯 시간 일을 하지 않으면 안 된다고 생각한다면……."
"그땐 자살하는 편이 더 좋겠지요."라고 엘렌은 말했다. "그런데 당신은 어떻게 언제나 명랑할 수 있는지 참 이상하군요."
"노동자란 자기의 기분 같은 것은 생각할 겨를이 없으니까."
폴은 아무렇지도 않다는 듯이 이렇게 말했다.
 그녀는 시무룩해서 그를 쳐다보았다. 그가 노동자의 미덕에 대해서 설교하기 시작하자 그녀는 몹시 마음이 초조해졌다.
"어차피 저는 프티 부르주아이니까요. 저는 당신에게 무참한 비난을 듣는 군요. 하지만 그것이 어떻다는 거지요? 시종 사람의 겉만 보고 설교하시다니 참 이상하군요. 생각하고 있는 것이나 어떤 인격이냐 하는 것이 우리 자신과는 전혀 무관한 것 같군요."
"그야 우리들의 조건에 크게 관계되고 있기 때문이지. 당신은 프티 부르주아이니까 이러한 생각에 반항하는 거요. 당신 안에서 일어나고 있는 것이나 당신 자신은 독창적이라고 생각하고 있었겠지."

이렇게 말하면서 폴은 빙그레 웃었다.

"잘 알고 있어요."

엘렌이 말했다.

"프티 부르주아들은 모두 독창적이 되려 하는 버릇이 있어." 폴이 말했다. "그것이 서로 비슷한 방법이라는 것을 모르고 있는 거요."

그는 끈질기게, 그리고 즐겁다는 듯이 자기의 생각을 되풀이하고 있었다.

"노동자는 독창성 같은 것은 문제삼지 않아. 나는 내가 동료들과 비슷하다는 것을 느끼는 것이 오히려 즐거울 뿐이야."

"첫째로, 당신은 비슷하지 않아요." 그녀는 말했다. "당신은 인쇄공이지요? 그리고 교육을 받았어요."

"그것은 마찬가지야. 노동자는 역시 노동자일 뿐이니까."

"그러면 당신의 주장은 전세계에 나와 똑같은 아가씨가 수천 명이라도 있다는 말이군요?"

폴은 온화하게 웃었다.

"하지만 똑같은 나뭇잎은 있을 수 없다는 말이 아니요."

엘렌은 초조한 듯 어깨를 움츠렸다.

"하지만, 대체로 똑같은 것으로 본다는 것 아니겠어요?"

"그래요."

폴은 역시 웃으면서 말했다.

"좋아요." 엘렌은 이렇게 말하면서 그의 앞에 버티고 섰다. "그렇다면 당신은 어째서 다른 여자가 아니고 저를 사랑한다고 말하지요?"

"이 세상에는 나 같은 남자는 얼마든지 있소. 그러니까 우리들과 똑같이 연애하는 사람은 얼마든지 있는 셈이지." 그는 엘렌의 어깨를 잡고 즐거운 눈으로 그녀를 바라보았다. "하나하나의 사나이들이 하나하나의 여자를 사랑하고 있는 셈이지."

"하지만 서로를 바꾸어가며 사랑할 수 있을까요?" 엘렌이 말했다. 그녀는 몸을 뺐다. "정말로 누군가를 사랑하고 있다면 다른 누군가를 사랑할지도 모른다는 것은 생각할 수도 없는 일이에요……."

"물론이지. 하지만 그것은 어떠한 연애에서도 일어날 수 있는 일이지. 자기가 갖고 있는 것 이외의 사랑은 그 누구도 바라지는 않을 거야."

"어머, 잘도 둘러대는군요." 엘렌은 말했다. 그녀는 한 걸음 다가섰다. "어느 쪽이지요? 당신은 저 이외의 다른 아가씨를 사랑할지도 모르는 건가요? 아니면 사랑할 수 없을지도 모른다는 것인가요?"

폴은 잠시 머뭇거렸다. 그는 매사를 진지하게 생각하는 편이었다. 그녀는 그에게서 별로 진지한 대답을 기다리고 있는 것은 아니었다.

"지금 그런 것은 상상하기 어렵지만 사랑받을지도 모르지. 당신도 다른 사나이를 사랑했을지도 모르니까."

"나는 그런 적이 없었다고 말한 적이 없어요."

엘렌이 말했다.

폴은 다만 그녀가 시무룩해서 그에게 싫은 소리를 하는 것만이 마음에 걸렸다. 그의 변함없는 소극적인 태도를 뒤흔들어주기 위하여 그를 밀어붙이고 싶은 기분을 상대가 느끼도록 해주고 싶은 때가 종종 있었다. 그는 자기를 괴짜라고는 생각하지 않았지만, 폴 또한 엘렌을 괴짜라고는 생각지 않았다. 누구나 평범한 사람이며 사랑을 하는 것도 당연한 일이었다. 그녀의 사랑을 받고 있다는 그의 자신감은 조금도 흔들리지 않았다.

"이런 문제를 들고 나오다니 별로 흥미가 없군. 그런 생각을 한다는 것은 넌센스야. 확실한 것은 내가 당신을 사랑하고 있다는 거지." 그는 엘렌의 몸을 잡아 흔들었다. "당신도 잘 알고 있잖아?"

"그것은 몇 번이나 들어온 똑같은 말이지요."

엘렌이 말했다.

"그렇게 시치미를 떼는 것이 아니오."라고 폴이 말했다.

그는 그녀를 안고 입술을 그녀의 입에 댔다. 그의 솔직하고 신선한 입술이 자기의 입술 위에 포개어지는 감촉은 매우 좋았다. 그녀는 눈을 감았다. 우람한 팔에 안겨, 남자의 뜨거운 육체와 그녀를 따뜻하게 감싸주는 애정을 느끼는 것은 매우 마음을 편안하게 해주는 것이었다.

"정말로 저를 사랑하신다면 저의 말을 들어주세요."
"무슨 일인데?"
폴이 물었다.
"친구들과 한 약속 취소하고 저와 식사하러 가요."
폴의 표정이 다시 흐려졌다.
"그건 안 돼."라고 그는 말했다.
"양보할 수 없다고 내가 말한다면?" 엘렌은 말했다. 그녀는 등을 돌리고 손가방에서 빗을 꺼내어 헝클어진 머리를 빗었다. "만날 사람들은 당원인가요?"
"아니야." 폴은 당황해서 말했다. "당신도 잘 아는 브로말이야……."
"어머, 브로말 씨와?"
그녀는 손가락으로 머리를 매만졌다. 폴이 이야기해준 친구 중에서 그녀가 만나보고 싶다고 생각했던 단 한 사람의 남자였다.
"그러면 취소하지 않아도 돼요." 그녀가 말했다. "하지만 저도 데려가 줘요."
"그건 안 돼!"
"왜요? 저를 데리고 가는 것이 창피한가요?"
"그건 무의미한 일이니까. 우리는 중대한 얘기를 나눠야 하거든."
"어떤?"
"당신에겐 흥미없는 일이야."
"그렇지 않아요. 저에게도 흥미가 있어요."
폴은 어깨를 움츠렸다. 그가 무척 딱해보였다. '나는 몹쓸 여자인가봐.' 엘렌은 그렇게 생각했다. 하지만 상관없다. 그녀는 이미 전부터 틀에 박힌 생활을 하고 있었으므로 약간의 변화가 필요했던 것이다. 자기 스스로 흥미있는 일을 찾지 않는다면 자기를 걱정해줄 사람은 없을 것이다. 그것이 당연했다. 누구라도 자기가 귀여운 것이다.
"저에게도 흥미있는 일이라구요."라고 그녀는 말했다. "그러니 저에게 자세히 말해주세요."

"당신도 조합이란 단체가 많이 있다는 것을 알고 있겠지. 너무 많아서 우리의 힘이 분산되어버리지. 그래서 이것을 하나로 통일시키기 위해 툴루즈에서 회의가 열리지. 그런데 브로말은 어떤 단체의 대표로 뽑혔어. 나는 그에게 우리 편에 한 표를 던져달라고 부탁하려는 거요."

"그랬군요."라고 엘렌이 말했다. "당신은 같은 당원이 아니었던 모양이군요."

"전에는 그 사람도 공산주의자였는데 탈당해버렸어." 폴은 그것이 못마땅하다는 듯이 말했다. "그래서 그 사람은 '인터내셔널'에는 절대로 합류하지 않겠다는 거야. 그가 부활시키고 싶은 것은 구식 프랑스의 사회주의자야. 조합은 정치를 배제하고 직업적인 기반 위에 세워야 한다는 것이 그의 주장이지. 그러나 현 단계로서는 당의 활동이 정치적 기반 위에서 행해지고 있어."

그는 이야기를 계속하려고 했다. 이러한 문제가 화제에 오르면 그는 갈피를 잡을 수 없었다. 이럴 때 그는 전혀 떠들지 않거나 너무 떠드는 편이었다. 엘렌은 그의 말을 가로막았다.

"얘기를 방해하려는 것은 아니지만……. 그분과는 어디서 만나지요?"

"폴 살뤼야." 폴은 잠시 머뭇거렸다. "하지만 당신을 데려갈 수는 없어. 미안하지만 이해해줘야겠어."

"나도 따라가고 싶은데……."

엘렌은 불만스런 얼굴로 말했다.

"제발 부탁이야." 폴이 다정하게 말했다. "그 대신 내일 저녁에 함께 외출하자구."

"내일 밤은 소용없어요." 엘렌이 말했다. 그녀의 목소리는 흐려 있었다. "나를 사랑하고 있다고 했지요? 하찮은 부탁도 들어주지 않는군요."

"내가 그렇게 사정사정 말했는데도 내 마음을 몰라주는 거요?"

폴은 약간 화를 내면서 말했다.

"그것이 안 될 일이라는 것은 나도 알고 있어요." 엘렌은 어깨를 움츠렸다. "하지만 서로 사랑하고 있을 때는 안 되는 일이라도 하는 거예요."

"하아, 마치 영화의 한 장면 같군."
폴이 말했다.
그는 침착해져서 꿈쩍도 하지 않은 태도를 취하고 있었다. 그것이 엘렌을 더욱 화나게 했다.
"그것이 결론인가요? 나를 데려가지 않겠다 그 말이지요?"
"그래."
그가 말했다.
"그럼 혼자 가라구요. 말리지는 않을 테니까."
그녀는 문께로 가서 문을 열었다.
"엘렌! 그런 바보 같은 행동을 하는 것이 아니야."
"데려갈 거예요, 안 데려갈 거예요?"
"아, 이제 그만." 폴은 이렇게 말하면서 방을 나섰다. "내일 밤에 오겠소."
"그때까지 살아 있으면……."
그녀는 화를 내면서 소리쳤다.
그녀는 난간에 기댔다. 입구의 벨이 울리면서 문이 닫혔. '가버렸다. 내가 여기에서 곰팡이가 쓸고 있어도 그 사람은 태연할 것이다. 내가 화를 내도 들은 체도 하지 않았다. 이제 그런 것은 안중에도 없는 것이다.' 그녀는 계단에 걸터앉았다. 폴이 자기를 사랑하고 있다는 것은 확실했다. 그는 삼년 전부터 성실하고 헌신적으로, 그리고 정열적으로 자기를 사랑해주었다. 그러나 그는 자기를 소중하게 여기지 않는 것만 같았다. 그녀는 누구에게나 소중한 인간은 아니었다. 지금 누가 그녀를 걱정해줄 것인가? 그녀는 가게에서 올라오는 벌꿀과 코코아 냄새를 맡으면서 거기에 앉아 있었다. 그는 다른 곳에 서 있을 수도 있었다. 그러나 어차피 마찬가지다. 어렸을 적에는 거기에도 다른 곳에도 없었다. 하느님의 팔에 안겨 있는 것이다. 하느님은 영원한 사랑이며, 그녀를 사랑해주었다. 그래서 그녀도 하느님처럼 영원할 것이라고 느꼈다. 그녀는 어두컴컴한 곳에 쭈그리고 앉아서 가슴이 두근거리는 모든 것을 하느님께 바쳤다. 하느님이 받아주시므로 그녀의 그 어떤 사소한 탄식도 더없이 소중했다. 폴은 그다지 주의 깊지는 않았다.

설령 주의가 깊다 하더라도 폴은 하느님이 아니었다. 엘렌은 자리에서 일어섰다. '아무도 나를 필요로 하지 않는다. 나는 존재하고 있다. 나 자신으로, 엘렌이란 이름으로. 그것으로 충분하지 않을까.'

그녀는 방으로 돌아가서 거울 앞으로 다가갔다. '나의 눈, 나의 얼굴.' 하고 약간 흥분하면서 생각했다. '나. 나는 나밖에는 없지 않은가.' 그녀가 자기 자신에게서 이처럼 짧은 번뜩임을 이끌어내는 것은 드문 일이었다. 자기의 손을 남의 손처럼 만져보아도 소용이 없었다. 곧 다시 절망적인 친밀함으로 돌아와버린다. 엘렌은 소파에 몸을 던졌다. 그녀의 기쁨은 완전히 사라져버렸다. 그녀의 앞에는 이제 아무도 없었다. 그녀는 완전히 자기 안에 칩거해버렸다. 그녀는 신을 사랑하고 있다고 생각했지만 이 애정은 그녀의 껍질 내부에 있는, 뜨뜻미지근하고 희미한 진동에 지나지 않았다. 그리고 이 권태, 응고한 우유 같은 신맛은 바로 그녀를 형성하고 있는 육체에 지나지 않았다. 흐물흐물한 단백질의 살덩이 사이로 가느다란 전율이 흐르고 있다. 마치 굴조개 같았다. 굴조개는 틀림없이 이런 식으로 존재하고 있을 것이다. 나의 사상은 떨고 있는 가는 털이다. 그것이 어떤 방향으로 움직이려 하고 있다. 그리고 잔뜩 웅크렸다가 다시 걷기 시작하고 다시 돌아온다. 엘렌은 벌떡 일어섰다. 이럴 수가 없다. 무언가 있어야 한다. 다른 사람들은 무엇을 하고 있을까? 그들은 분명히 나보다는 완벽한 굴조개일 것이다. 껍질 밖에 다른 세계가 있다는 것은 생각해보지도 않았다.

"베르트랑 양."

엘렌은 난간 아래를 내려다보며 대답했다.

"네."

"잠깐 밖에 나갔다 와야 하는데 손님이 오면 당신의 방에 가 있어달라고 써붙여놓아도 괜찮겠지요?"

"괜찮구말구요." 엘렌이 대답했다. "언제쯤 돌아오실 건데요?"

"삼십분쯤 걸릴 겁니다." 문지기 여인은 말했다. "미안해요."

"원 별 말씀을."

엘렌이 말했다.

그녀는 잠시 후 계단을 내려갔다. 가슴이 두근거렸다. 이 호기를 놓칠 수는 없었다. 그녀는 안뜰로 가는 문을 열고 벽에 바짝 붙어서 갔다. 어두운 건물 앞쪽에서는 창문이 눈처럼 반짝거리고 있었다. 누군가 그녀를 보고 있다면? 양친이나 집 주인에게 들킨다면? 그녀는 그 자리에 붙박힌 듯 꼼짝도 못 하고 서 있었다. 손에는 땀이 났고 발은 떨렸다. '내가 어쩌다가 이처럼 기가 약해졌을까?' 그녀는 갖고 싶었다. 그 자전거가. 거기에는 이 지상에서 그녀에게 허용된 모든 것이 있는 것처럼 생각되어, 그것을 내 수중에 넣지 않으면 내게는 아무 희망도 없는 것처럼 여겨졌다. '그것을 갖고 싶다.' 그녀는 핸들을 잡았다. 매우 가뿐하다! 그녀는 또 발길을 멈추었다. 그녀가 지나가는 것을 빵집 여주인이 보겠지. 푸줏간 주인도 보겠지. 자전거를 훔친 것은 나라고 이름을 써놓고 갈까 보다.

"어쩔 수 없군!"

그녀는 이를 꽉 물면서 말했다. 그녀는 자전거를 밀면서 현관 쪽으로 걸어갔다. 이번에는 몸이 너무 떨려 안장에 올라탈 수가 없을 것만 같았다.

"바보같이."

그녀는 아연해서 중얼거렸다. 한 시간 뒤에는 온 집안이 발칵 뒤집히겠지. '나는 붙잡힐 것이다.' 그녀는 주위를 두리번거렸다. 그녀는 이제 이 자전거를 내놓을 수가 없었다. 이것은 그녀의 재산이며, 친숙하고, 온순한, 귀여운 동물이며, 친구이며 사랑스런 아이었다. '이것을 타고 도망쳐서 두 번 다시 돌아오지 말아야지…….' 그녀는 이마에 맺힌 땀을 닦았다. '옳지 한 가지 방법이 있군. 단 하나의 방법이.'

그녀는 자전거를 본래 있던 곳에 갖다놓고 안뜰에서 달려나갔다. 볼썽 사납지만 어쩔 수 없다. 아마도 진짜로 화내지는 않을 것이다. 그녀는 생 자크 거리를 쏜살처럼 달려가 레스토랑 앞에 섰다. 그가 싫어하면? 그녀는 깊게 한숨을 내쉬었다. 얼굴이 화끈거렸다. 짙은 안개가 그녀를 세계와 차단시키고 있었다. 그녀의 시선은 저쪽에서 반짝이는 니켈에 빨려들고 있었다. '그 사람이 거절한다면, 헤어지자. 이젠 절교다.' 그녀는 문을 밀쳤다. 타일을 바른 실내의 중앙에 스토브가 빠지직하고 소리를 내고 있었다. 테이블 앞에는 손님이 앉아 있었다. 그러나 폴은 보이지 않았다.
"무엇을 드실 건가요?" 하고 주인이 물었다.
청색 앞치마를 두른 배가 굉장히 튀어나와 있었다.
"사람을 찾고 있어요."라고 엘렌은 중얼거렸다. 그녀의 시선은 구석자리에 홀로 앉아 있는 청년에게로 갔다. 그는 그녀를 눈이 부신 듯 보고 있었다. 그리 젊어보이지는 않았다. 서른 안팎은 된 것 같았다. 그의 눈에는 아무런 적의도 없었다.
"혹시 브로말 씨가 아니신지요?"
그녀가 물었다.
"네, 그렇습니다."
"폴은 곧 올까요?"
"폴 펠리에 말인가요? 나도 그가 오기를 기다리고 있는 중입니다."
그는 여전히 미소짓고 있었다. 수줍은 듯한 묘한 미소였다. 인상이 좋은 것인지 빈정거림인지 분간하기 어려웠다. 그녀는 머뭇거렸다.
"저는 그 사람에게 부탁할 것이 있어요." 그녀는 난처한 얼굴로 브로말을 보았다. "아주 시급한 일이라서……."
"제가 대신할 수 있는 일이라면……."
엘렌의 심장은 두근거렸다. 폴보다는 더 호감이 갔다. 이 부근 사람들은 아무도 이 얼굴을 알지 못한다. 그녀는 상대방을 뚫어지게 보았다. 어느 정도나 신뢰할 수 있는 사나이일까?
"제가 할 수 없는 일이겠지만……." 하고 그는 또 말했다.
"그러세요?"라고 엘렌은 말했다. "만약 해주신다면……." 그녀가 이처럼 안정감을 잃고 있는 것을 보면 바보처럼 생각할지도 모른다. "저는 지금 집으로 돌아가고 싶지 않아요. 부모님이 식사를 같이 하자고 하실 것 같거든요. 저는 그것이 싫어요. 하지만 안뜰에 있는 자전거를 타고 가려는데, 좀 갖다주시지 않겠습니까? 여기서 그리 멀진 않아요."
그녀는 벽시계를 보았다. 일곱시 삼십오분. 문지기 여인이 나간 지도 이십분이 지났다.

"갓다드리지요." 브로말이 말했다. "하지만 당신의 자전거를 내가 끌고 오는 것을 누가 보면 어떻게 생각할까요?"

"그러면 저를 부르러 오세요. 당신께 심부름을 부탁한 것은 나였다고 설명할 테니."

그녀는 애원하듯이 그를 보았다. 브로말은 자리에서 일어섰다.

"생 자크 거리 이백 번지예요. 안뜰에 세워둔 담청색 자전거입니다. 자전거는 한 대밖에 없으니까요. 사람들 눈에 안 뜨이는 것이 좋을 테니 눈치껏 재빨리 해주세요."

"지금 바로 끌고 오지요."

브로말이 말하고는 나갔다.

그녀는 나무 의자에 털썩 주저앉았다. 잘 해낼 수 있을지 모르겠다. 만약 붙잡힌다면⋯⋯그런 것은 생각지 않는 것이 좋아. 아무것도 생각하지 않는 것, 그것이 행동할 때의 유일한 수단이다. 어른이 되면 너무 생각을 많이 하거든.

"거기서 뭘 하고 있어?"

폴이 말했다.

그는 느닷없이 나타났다. 그리고 화가 난 듯이 엘렌을 노려보았다. 그의 얼굴은 장미빛으로 상기되어 있었다.

"당신의 친구를 기다리고 있어요." 엘렌이 말했다. "그 사람 아주 좋은 사람이에요. 나를 싫어하지 않았어요."

"그 사람 어디 있지?"

폴이 물었다.

"잠시 심부름을 해달라고 부탁했어요."

"당신도 참 찰거머리 같군." 폴은 약간 기분을 누그러뜨려 말했다. "기왕 왔으니 그대로 있어. 하지만 재미있는 일은 없을 거야."

그도 자리에 앉았다.

"아니에요. 재미있을 거예요."

엘렌이 말했다.

그녀는 입구의 흐린 유리창을 보았다. 벌써 칠분이 지났다. 돌아올 때가 되었을 텐데……
"당신 무엇 먹겠어?"
폴이 물었다.
"아니요. 배고프지 않은걸."
엘렌이 말했다.
나 때문에 무슨 일이 생기면 곤란해. 그 사람의 헐렁한 스웨터, 텁수룩한 검은 머리, 굵직한 목, 그리고 날씬한 몸매는 참 멋이 있었다. 노동자 같지는 않았다. 그렇다고 부르주아나 라틴 구역 주민 같지도 않았다. 그녀는 몸이 떨렸다. 문 틈으로 그의 모습이 나타났다. 그는 빙그레 웃고 있었다.
"당신의 자전거는 밖에 세워두었습니다." 그가 말했다. "지금 타고 갈 것이 아니라면 안에 들여놓을까요?"
"정말 죄송합니다."
그녀는 그의 목을 휘어감고 싶었다. 나의 자전거. 그것은 정말 내 것이다. 지금 당장 그것을 타고 온 시내를 돌아다니자. 온 파리 시내를 타고 달리는 거다. 잘 나가겠지. 자기의 생활이 일변한 것만 같았다.
"안에 들여놓아주시겠어요?"
"당신의 자전거라니?" 폴이 말했다. "그건 도대체 무슨 소리지?"
그는 브로말이 안에 들여놓은 담청색 자전거를 보았다.
"저것이 당신 거라구? 언제부터?"
엘렌은 말없이 미소지었다. 폴이 눈짓으로 브로말에게 물었다.
"자네 건가, 저 자전거는?"
"아니. 이분 것을 내가 갖다드린걸세. 좀 갖다달라는 부탁을 받았거든."
그 역시 불안한 듯 엘렌 쪽을 보았다.
"무슨 소리야?" 폴이 말했다. 그는 엘렌의 어깨를 잡았다. "당신은 이런 장난을 혼자서는 못 하는 거요? 엉뚱한 사람까지 끌어들이다니. 그만한 것은 알 수 있잖아. 공연히 이 사람이 도둑으로 잡히기라도 하면 어쩌려구!"

브로말은 웃음을 터뜨린 후 말했다.

"그렇다면 나는 아슬아슬한 일을 한 셈이군!" 그는 당황해서 말했다.

그 웃음소리는 젊음이 넘쳐 느낌이 좋았다. 그러나 그의 눈빛에도 입술언저리에도 엘렌으로서는 알 수 없는 비밀이 많이 담겨져 있었다.

"사과하겠어요." 엘렌이 말했다. "하지만 내가 직접 가지는 못하겠거든요. 그곳 문지기가 나를 알고 있어서요."

"그야 당연하겠지!" 브로말이 말했다. 그리고 그는 자리에 앉아 메뉴판을 엘렌에게 내밀었다.

"무엇을 드시겠습니까? 너무 흥분해서 시장하겠습니다."

"파테와 비프스테이크를 들겠어요." 하고 엘렌이 말했다.

"나도." 브로말은 식탁 곁으로 온 주인에게 말했다. "그리고 적포도주 한 병."

"나도 비프스테이크로 주시오." 폴이 무뚝뚝한 목소리로 말했다. 그는 무언가 생각하고 있는 것 같았다. "그건 바보 같은 짓이야." 하고 그는 갑자기 말했다. "내가 그 자전거를 돌려주고 오겠어."

"그건 내 자전거예요." 엘렌이 소리쳤다. "폴, 당신이 그러면 절교하겠어요."

"아니야, 돌려줘야 해."

폴은 단호하게 말했다.

그는 벌떡 일어섰다. 엘렌의 눈에는 눈물이 글썽거렸다. 폴은 그녀보다 강했으며 고집이 셌다.

"만약 당신이 간다면……." 그녀는 흥분된 목소리로 말했다. "나는 엉엉 울면서 따라갈 거예요. 그러면 굉장한 스캔들이 되겠지요. 어서 가보라구요."

"자, 그만." 하고 브로말이 말했다 그는 중재하듯이 폴 쪽으로 시선을 돌렸다. "내가 훔쳐온 자전거니까. 이 여자분에게 맡겨버리자구."

폴은 머뭇거렸다.

"하지만 어처구니없는 바보 짓일세. 이 여자의 짓이라는 게 곧 들통이 나고 말 테니까."

"걱정 말아요." 엘렌이 말했다. "아무런 증거도 없는걸요."
"어디다 감춰둘거요?"
"당신 집에 두면 되잖아요?"
"안 돼, 나는 이런 일엔 말려들지 않겠어."
"우리집에 두어도 괜찮습니다." 브로말이 말했다.
"그것 참 잘 됐네요." 엘렌이 말했다. "당신 집에서 색깔을 바꾸어 칠해도 괜찮겠지요?"
"그렇게 하시지요. 무슨 색으로 하시겠습니까?"
"다크 그린. 그러면 훨씬 더 멋질 거예요."
"다크 그린? 나쁘진 않겠군요."
"당신이 어린애라면 이런 못된 장난쯤 눈감아줄 수도 있지." 폴이 말했다. "하지만, 지금의 당신으로서는 안 될 말이야. 자전거를 분실당한 딱한 여자의 처지를 생각해보라구!"
"그래요." 엘렌이 말했다. "그러니까 더욱 통쾌해요. 딱한 여자라구? 모피 옷으로 치장하고 실내에 융단을 깐 그 빨강머리 여자. 그리고 자전거는 단 한 번도 탄 적이 없었어요. 한 주 내내 안뜰에 세워져 있었거든요."
"그러면 당신은 앞으로도 누구 것이든 태연히 훔치게 돼."라고 폴이 말했다.
"절대로 그렇지 않아요." 엘렌은 어깨를 으쓱하며 말했다. "공산주의자인 주제에, 가진 자를 변론하다니. 정말 모를 일이군요."
"그건 달라. 당신은 공산주의자 이웃 사람의 주머니만 노리고 있다고 생각하는 부르주아처럼 말하는군."
"저는 더러운 돈을 훔쳐서는 안 된다는 이유를 모르겠어요."
그녀는 브로말 쪽을 보면서 그 눈 속에서 동의를 구하려고 했다.
"개인적으로는 나라도 그런 일은 하지 않을 거요."라고 브로말이 말했다.
그는 인상이 좋긴 했으나 야유 섞인 표정을 하고 있었다. '마치 내가 네 살짜리 아이인 것처럼 생각하는 모양이군.'라고 그녀는 자못 분개했다.
"어머, 어째서죠?" 그녀는 예상이 빗나갔다는 듯이 말했다.

"헛일이 되니까요."라고 브로말이 말했다.

"어째서죠? 나는 그렇게 생각하지 않아요. 이젠 제 것이 됐는걸요, 저 자전거는……."

"그야 그렇겠지만."

브로말은 웃고 있었다. 그의 미소는 폴의 미소처럼 보이지는 않았다. 엘렌은 곤혹스런 표정으로 그를 보았다.

"그런데 어찌하여 나를 나무라죠?"

"힐책하는 것이 아닙니다."

브로말은 정중한 어조로 말했다.

"제 흉내를 내지 말라고 말했잖아요?"

엘렌은 불안해하면서 말했다. 그는 애매한 몸짓을 했다.

"아니, 나는 나의 이익을 추구하기 위하여 언제나 힘쓰고 있어요."

그는 무척이나 천진스런 얼굴로, 폴 같았으면 이빨을 드러냈을 것같이 말했다. 그가 말하면 그 말에 공허한 울림이 없었다. 그는 아무것도 소유하고 싶지 않았기 때문에 스무 살 때 집을 나온 것이다. 당연한 이유가 있었음에 틀림없다.

"하지만 인간이란 언제나 자기를 위해 이익을 추구하지요."라고 엘렌이 말했다. "그것이 당연하다고 생각해요." 그녀는 단정하듯이 말했다. "말하자면 누구든 자기 외에는 관심이 없으니까요."

"그래, 당신에게는 당신밖엔 없을 거요."

폴이 말했다.

"어차피 저는 프티 부르주아라 그 말이지요? 알겠어요." 엘렌은 흰 이빨을 드러내면서 상대방의 말을 가로막았다.

"자기의 이익은 말이죠." 브로말이 말했다. "그것을 어떻게 하느냐에 달렸지요."

"그건 무슨 뜻이죠?"

엘렌이 물었다.

그는 마음이 내키지 않는 듯 건성으로 말했다. 그는 분명히 엘렌을 어린이로 생각한 듯 그녀와 더 이상 말할 필요가 없다고 생각하고 있었다.
"우리들의 하찮은 개인적 욕망에는 별로 흥미가 없습니다."라고 브로말은 말했다. "그것을 만족시켰다고 해서 무슨 이익이 되겠습니까?"
"저는 저의 욕망에 흥미가 있거든요."
그녀는 초조한 듯했다. 그녀는 어떤 의미에서는 그와 이야기하고 싶어서 못 견디는 것 같았다. 그에게는 비밀스런 자원이 많이 있어 보였다. 그래서 그가 그녀를 위하여 특별히 말을 선택해주거나 그 반짝이는 눈길을 자기에게 보내고 있다고 생각하면 더없이 기뻤다. 그러나 이 얼마나 자신만만한 체하는가! 그래서 즉각 반대해보고 싶은 마음이 들기도 했다.
"인간이란 더욱 긍지를 가져야 한다고 생각합니다."
브로말이 말했다.
"더욱 긍지를?"
엘렌이 놀라면서 반문했다.
"그래요."
그녀로서는 그렇게 말하는 그의 진의를 잘 알 수 없으나 그 말은 자신을 모멸하는 것처럼 울렸다. 즉 이 자전거 도둑에게 관대한 태도를 보이는 것은 어린애 같다고 생각했기 때문이다. 엘렌을 남성의, 성인의 높이에서 내려다보고 있는 것이다.
"그렇다면, 인간이 갖고 싶어하는 것에 관심을 갖지 않는다면……."
그녀가 덤벼들 듯이 말했다. "그 뒤엔 뭐가 있지요?"
"여러 가지가 있겠지요."
브로말이 부드럽게 말했다.
그 목소리에는 어딘지 깊은 친밀감이 느껴졌다. 이 사람에게는 이런 목소리로 언제나 속삭이는 사람이 있나봐. 아마 여자일 거야. 주위에 하나의 생활이 있다고 생각하니 묘한 기분이 들었다.
"어떤 것이지요?"
그녀가 물었다.
"설명을 하자면 너무 길어질 것이고." 브로말은 밝은 표정으로 말했다.

"정말 당신이 모른다면 혼자서 찾아보도록 하시지요."

엘렌의 얼굴에는 다시 분노가 서렸다. 확실히 그는 그녀와 이야기할 생각이 없는 것이다. 그는 그녀를 정면으로 경멸하면서도 슬쩍 돌려버리는 것이다.

"알아요. 인류의 행복을 걱정해야 되겠지요." 그녀는 조소하면서 폴을 보았다. "노동자라면 연대 책임이 있다고 해야겠지요."

"그렇습니다."

브로말이 말했다.

"하지만 각자 자기 일만 걱정하면 돼요. 그러는 편이 훨씬 간단하죠. 저는 제 자신을 지키겠어요. 다른 사람도 똑같은 일을 하면 되겠지요."

"당신은 태어나면서부터 충분히 지켜지고 있다고 생각합니까?"

브로말이 말했다.

엘렌은 목이 막히는 것 같았다. 결국 그녀를 경멸하는 것이라면 그처럼 밝은 얼굴을 보일 필요는 없을 것이다.

"말은 그렇게 해도 나쁜 여자는 아니야." 폴이 웃으면서 말했다. "딱한 사람을 보면 자기의 옷도 벗어줄 정도지."

엘렌에게는 이 위로의 말이 불필요했다. 그녀는 혼자 일어설 수 있을 정도로 성숙했던 것이다. 게다가 브로말을 화나게 해도 아무 소용이 없었다.

"물론 눈앞에서 고통당하고 있는 사람을 보긴 싫어요." 그녀는 도전하듯이 브로말을 쏘아보았다. "하지만, 나는 틀림없이 인정머리가 없어요. 모르는 사람에 대해서는 더욱 그렇죠."

"꼭 인정이 없다는 것은 아니지요. 그것은 많은 사람들에게 흔히 있는 일이니까요."라고 브로말이 말했다.

그 목소리는 매우 무뚝뚝했다. 엘렌은 포도주 잔을 들었다. 그녀는 그 술잔을 그의 얼굴에 내던지고 싶은 심정이었다. 지금까지 이야기를 나누거나 회합을 하면서 살아온 이 사나이는 그녀를 노리개로 삼아 즐기고 있는 것이다. '그 사람을 더 웃겨줘야겠다.'고 생각하면서 그녀는 술잔을 비운 후 테이블 위에 놓았다.

"인류의 운명을 손아귀에 넣고 있기나 한 것처럼 거드름을 피우면서 걸어다니기보다는 그 편이 더 낫겠지요."

그녀는 침착하지 못한 어조로 이렇게 말했다.

"맞아요."

브로말이 말했다. 그는 웃고 있었다. 그 경멸의 표정을 감추려 하지도 않았다. "인류는 당신의 말장난 같은 것은 거들떠보지도 않을 것이라고 생각해요."

그녀는 이제 억제할 수가 없었다. 어째서 이처럼 덤벼들 것처럼 되었는지 그녀로서도 잘 알 수 없었다. 그러나 뒤로 물러설 수는 없었다. 대답하는 것 자체가 분통이 터졌다. 그런데도 브로말은 웃고 있었다. 그녀는 자리에서 일어나서 외투를 집어들었다.

"먼저 실례하겠어요."

그녀가 말했다.

그녀는 자전거를 끌고 레스토랑 밖으로 나가 안장에 뛰어올랐다. 그들은 여전히 등 뒤에서 웃고 있었다. 폴은 약간 곤란하다고 생각하고 있음에 틀림없었으나, 브로말은 이번 일이 매우 우스꽝스럽다고 생각하고 있는 것이 분명했다. 분한 생각에 엘렌의 눈에는 눈물이 글썽거렸다. 으스대는 두 사나이! 지금 그들은 남자들끼리 이야기를 나누고 있을 것이다. 그리고 그녀는 경박하고 변덕스런 소녀에 지나지 않았다. 그녀는 몸을 부르르 떨었다. 이슬비가 엷은 외투에 촉촉하게 스며들었다. 이런 쌀쌀한 날에 자전거를 타는 것은 유쾌한 일은 아니었다. '어찌하여 나는 그처럼 바보스런 태도를 보였을까? 나는 너무 무례했었다.' 그녀는 브레이크를 당겨 자전거를 보도에 세웠다. 이런 곳에 자전거를 놓아두는 것은 결코 신중하지는 못할 것이다. 하지만 어쩔 도리가 없었다. 말하자면 고작 자전거에 지나지 않았다. 그녀는 환하게 불이 켜진 널찍한 카페 문을 밀치고 들어가서 의자에 걸터앉았다. '럼 주.' 럼 주는 목구멍을 화끈하게 했다. 그녀를 화나게 한 것은 폴이었다. 폴만 그 자리에 없었더라면. 그 사람은 정말 누구에게나 진지하게 관심을 갖고 있는 것일까. 남녀노소를 불문하고 누구에게나?

모두 웃고 떠들면서 술을 마시고 있었다. 이 사람들 속에서 무엇을 발견할 수 있을까? 나 이상으로 무엇을 가지고 있을까? 자기 자신에 대해서는 무엇이나 다 알고 있다. 그것은 언제고 전혀 바뀌지 않는다. 하지만 그 사람들 역시 똑같지 않을까. 혼자서 찾아보기는 싫다. 찾아보아도 아무것도 찾지 못할 것이다. 관심을 가진다는 것은 어떤 일일까? 노력할 가치가 있는 것이란 어떤 것일까?

자전거는 충실하게, 그리고 솔직하게, 보도에, 같은 장소에 있었다. 엘렌은 다시 핸들을 잡았다. 밤새도록 이것을 끌고 다녀야 하는가. 그녀는 이제 타고 싶지 않았다. 걸으면서 생각에 잠기는 편이 더 좋을 것 같았다. '나는 누구에게 도움이 될 수 있을까.' 아무리 해도 생각하는 것은 곤란했다. 생각이 사방으로 흩어져버렸다. '럼 주를 한 잔 더 마셔야겠다.' 그녀는 카페 비알로 들어갔다.

"럼 주 두 잔."

보이가 행주로 테이블을 닦고 있었다. 을씨년스런 전등. 문 밖에 내리고 있는 안개비. 그리고 나. 여기에 있다. 왜 여기에 있지? 내가. 나는 누구지? 나라는 누구이겠지. 그리고 이 존재는 언젠가 아무도 기억하지 못하게 되겠지. 그녀는 손을 탁자 위에 올려놓았다. 그럴 리가 없다. 나는 언제나 이곳에 있었고 앞으로도 언제나 있을 것이다. 영원히. 그녀는 자기의 발을 보았다. 그것은 바닥에 달라붙어 있었다. 어떻게 하면 이것을 움직이게 할 수 있을까? 어디로 가기 위해서?

엘렌은 다시 거리로 나섰다. 그녀는 자전거를 지겹다는 듯이 바라보았다. 그녀가 세워두었던 장소에, 인내심이 강한 끈질긴 개처럼 그대로 있었다. 그녀는 지겨운 생각이 들어 자전거에서 멀리 떨어졌다. 두 손은 벌린 채로 있는 편이 좋았다. 발만으로도 할 일이 많이 있었다. 두 발을 교대로 내밀지 않으면 안 된다. 그것은 생각했던 만큼 간단한 일은 아니다. 그녀는 두세 발짝 걸었다.

"아무래도 안 되겠다."

그녀는 한 나무에 다가갔다. 줄기는 안개비에 흠뻑 젖어 있었으며 싸늘한 물방울이 앙상한 가지에 매달려 있었다. 엘렌은 피부에 스며드는 냉기를 느꼈다. 그녀는 다시 걷기 시작했다.

"아무래도 안 되겠다."

그녀는 되풀이해서 말했다. 아무리 해도 악몽을 꾸고 있듯이 똑같은 곳에 있었다. 나아가려 해도, 물러가려 해도 목적이 없었다.

'그 사람이라면 가르쳐줄 수 있을 것이다.' 그 윤기 없는 얼굴. 아무렇게나 내뱉지만 무게있는 목소리. 그 사람이라면 이 세상에 살고 있는 것이 바보스럽게 보이지는 않을 것이다. 그 사람에게는 여러 가지로 이유가 있는 것처럼 생각되었다. '폴이 없이, 그 사람하고만 얘기할 수 있다면.' 갑자기 얼어붙는 듯한 추위 속에 불꽃이 뿌려졌다. 그 사람에게 편지만 쓰면 된다. 목적. 이미 목적은 만들어졌다. 다시 시간이 흘렀다. 촉지(触知)할 수 있는 따뜻한 시간이. 엘렌은 길가에서 비틀거리며 웃음을 터뜨렸다.

3

문을 노크하는 소리가 났다. 살며시 문이 열렸다.

"무슨 할 일은 없어요?"

그는 머리를 흔든다.

"아무 일도 없어. 고마워."

볼일? 무엇 때문에? 저쪽에서는 아마도 의미 있는 말일 것이다. 문 저쪽에는 방이 있다. 집이 있다. 거리나 시가가 있다. 그리고 인간들이 있다. 잠든 사람들이나 아직 잠들지 않고 있는 다른 사람들이 있다.

"롤랑은 자러 갔나?"

"네, 여섯시에 당신을 만나러 올 거예요." 마들렌은 침대로 다가가 물었다. "계속 잤나요?"

"음, 계속."

"잊지 마세요." 마들렌이 말했다. "내가 도니즈와 함께 저쪽에 있다는 것을."

그녀는 조용히 문을 닫으며 나갔다. 침대 위에서 몸을 뒤척인다.

"몇 시?"

그 말은 너무 나직하고 어린 아이 같은 목소리였다. 그는 몸을 구부려 이불 위에 놓인 손을 가볍게 만지며 대답했다.

"두시야."

그녀는 살며시 눈을 뜨며 말했다.

"나, 잠이 들었어요."

그녀는 잠시 조용했다. 귀를 기울이고 있다. 외부에 대해서가 아니라 그녀의 내부에 귀를 기울이고 있다.

"저쪽에서는 언제나 떠들고 있군요. 들리죠?"

그러나 그에게는 들리지 않았다. 그는 이 빈사의 고통 때문에 괴로워한다. 그러나 그 고통을 나누어 가질 수는 없다.

"저 사람들이 좀 조용히 해주면 좋겠는데."

"그래, 내가 가서 조용히 해달라야겠군. 좀더 자라구."

"네." 파란 눈이 흔들린다. "폴, 폴은 어디 있어요?"

"그는 무사해. 내일 밤, 경계선을 넘을 거야. 출발하기 전에 이곳에 오기로 되어 있소."

그녀는 다시 눈을 감는다. 말은 그녀의 꿈을 꿰뚫을 수가 없었다. 검푸른 피가 웅성거린다. 나에게는 보이지 않는 무겁고 괴로운 꿈. 아니, 자서는 안 된다. 확실하게 눈을 뜨라구. 영원히 눈을 뜨라구. 그녀가 눈을 뜨고, 입술을 열고, 또 내 곁에 있게 되었으나 그녀를 만류할 수는 없었다. 억지로라도 그녀의 마음속에 들어가 안개를 걷고 내가 하려는 말을 들려주고 애원했어야 했다. 살아만 다오. 돌아와달라고. 돌아와다오. 어제였다면 또 쉬웠다. 핸들을 잡고 당신은 하늘을 쳐다보고 있었다.

"참으로 아름다운 밤이군요."라고 당신은 말했었다. 따뜻하고 너무나 아름다운 밤이었다.

"돌아오겠어요."라고 당신은 미소를 지으면서 말했었다. 나는 두 번 다시 그녀의 미소를 보지 못할 것이다. 그녀의 입술은 아주 작아진 것 같았다.

이빨이 보이고, 콧구멍이 좁아져 보였다. 그녀의 살아 있는 육체 속에 일찌감치 죽음의 그림자가 어른거리고 있다. 눈을 감고 이 죽음의 가면을 잊지 않으면 안 된다. 내일이면 그것도 할 수 없을 것이다. 그것밖에는 볼 수 없을 것이다.

"돌아오겠어요."

나는 당신을 팔에 안고 놓아주지 말았어야 했다. 가면 안 된다. 나는 당신을 사랑하고 있으니까. 나와 함께 남아줘라고. 당신은 이 말을 잠자코 듣고 있었지. 그리고 당신은 가버렸었다. 나는 좀더 큰소리로 외쳐야 했다. 당신을 사랑하고 있소라고. 지금 나는 이렇게 얘기하고 있지만 당신에게는 이제 들리지 않을 것이다. 전 같으면 내 얘기를 열심히 들어주었을 텐데, 내 쪽에서 잠자코 있었던 것이다. 우리는 뒷걸음질쳐서 어떤 생활로도 들어갈 수 없을까? 그녀는 이렇게 가까이 있다. 승리를 뽐내는 여름의 희망처럼 젊고 밝고, 젊음이 넘친다. 그녀는 빨강과 초록색 체크 무늬의 주름이 많은 스커트와 흰 슈미즈를 걸치고 허리에는 빨갛고 폭이 넓은 벨트를 매고 있었다. 앞머리가 이마를 내리덮었고 얼굴 양쪽에는 부드러운 솜털이 자라 있었다. 그녀가 갑자기 입구에 나타났을 때 사람들의 시선은 모두 그쪽으로 쏠렸다. 그녀는 노동자의 아내 같지는 않았다. 그녀의 차림새, 행동 인품에 어떤 자포자기하는 듯한 점이 있었기 때문일 것이다. 그녀는 거칠고 덤벼들 듯한 기세로 나에게 다가왔다. 그리고 그녀는 싼 것을 당돌하게 내밀었다.

"먹을 것을 갖고 왔어요."

나는 그것을 받았다. 그것은 아무렇게나 끈으로 묶고 하도롱 지에 싼 두툼한 보따리였다.

"감사합니다."

나는 머뭇거리면서 그녀를 바라보았다. 그녀는 어색하게 몸을 흔들고 있었다. 그는 실수했었다. 그녀의 편지에 답장을 보내지 않았으며 또 이런 보따리를 받게 된 것이다.

"그것을 열어보려 하지도 않는군요."

그녀는 초조하게 말했다.

그녀는 우리가 자진해서 한 이틀 동안의 농성 때 아무것도 먹지 못했을 것으로 생각하고 있음이 분명했다. 그녀는 이것을 제과점에서 훔쳐온 것이었다. 달콤한 것만 있는 상품 중에서 가장 먹을 만하고 남자의 식성에도 맞는 것을 골라, 생강을 넣은 케이크, 큰 초콜릿, 두툼한 비스킷이 들어 있었는데 캬라멜이나 바나나 과자, 얼음사탕 등도 섞여 있었다. 그녀는 미소를 지으면서 이들 식품에 코를 갖다대고 냄새를 맡았다.

"여러분들에게 얼른 나누어주시지요. 얼마나 시장하겠습니까?"

나는 공장 안을 삥 둘러보았다. 재미있다는 듯이 보고 있던 여섯 사람의 눈과 마주쳤다.

"디저트가 필요한 사람 없나?"라고 나는 소리쳤다. 나는 작은 버터볼이나 대추 과자, 형형색색의 캐러멜을 이리저리 나눠주었다. 나는 생강이 든 케이크를 씹었다.

"당신도 좀 드시지요."

"아니요, 여러분들이나 드세요."라고 그녀는 말했다.

그녀의 눈은 반짝이고 있었다. 그녀는 나의 턱이 움직이고 있는 것을 열심히 지켜보고 있었다. 그녀는 자기의 입 안에서 나의 윗턱에 녹아드는 달콤한 케이크의 맛을 느끼고 있는 것만 같았다. 나는 점점 곤란해졌다. 그녀는 나의 얼굴을 뚫어져라고 보고 있었다. 나의 눈썹 모양이나 머리카락의 색깔을 기억하려 하고 있는 것이다. 그는 지금껏 자기를 이처럼 뚫어지게 보는 사람을 본 적이 없었다. 마들렌은 나를 쳐다보는 일은 없다. 그녀는 무엇을 보거나 하려 하지 않았다. 그녀의 주위에 있는 모든 것들이 무서워보였다. 그녀는 오히려 그것을 못 본 체했다. 마르셀은 이따금 나를 힐끔거리며 쳐다보았지만 그것은 어디까지나 나의 얼굴을 확인하는 것뿐이었다. 엘렌의 시선은 힐끔거리면서 무게를 달아보거나 계산하고 있는 것이다. 이처럼 내 앞에 버티고 있는 것은 도대체 누구일까. 나는 말없이 생강을 넣은 케이크를 먹고 있다가 물었다.

"들어오게 하던가요?"

그녀는 어깨를 움츠렸다.

"여기 이렇게 있는 것이 그 증거가 아니겠어요?"

"어머니나 아내만 통과시키기로 되어 있었거든요……."

그녀는 약간 대담한 미소를 흘렸다.

"약혼자를 만나러 왔다고 했어요."

"펠리에는 저쪽 광장에 있습니다."

나는 당황해서 말했다.

"하지만 저는 당신의 이름을 댔어요. 그래서 쫓겨나지 않았다고 생각해요."

나는 잔뜩 얼굴을 찡그렸음에 틀림없었다. 그녀가 물었다.

"폐가 되었을까요?"

"글쎄요. 내가 그런 규칙을 정했거든요. 예외 조치 같은 것은 말하고 싶지 않으니까요."

그녀는 의자에 앉아서 두 발을 모았다. 햇볕에 탄 예쁜 다리였다. 가죽 샌들에 흰 양말을 신고 있었다.

"어째서죠?"

그녀가 물었다.

"나와 꼭 이야기를 하고 싶다면 만날 약속을 하겠습니다. 파업은 더 이상 오래 계속되지 않을 테니까요. 하지만 여기 있으면 곤란해요."

"어머! 먼 데서 일부러 왔는데. 그럼 싫어요. 여기 이렇게 앉아 있잖아요. 그러니까 당신은 대답해주시겠지요?"

나는 미소지었다. 그러나 그녀의 편지는 마음에 들지 않았다. 무료한 시간을 때우려는 소녀의 편지에 지나지 않았다. 그러나 본인은 훨씬 더 나았다. 그녀의 눈, 이마, 볼에는 동물적인 사나움이 있었으나 입언저리는 달콤함을 약속하는 듯 가늘게 떨리고 있었다. 나는 이 얼굴이 마음에 들었다. 나는 동료들이 있는 쪽을 힐끔 보았다. 그들은 우리들에 대해서는 별로 신경을 쓰지 않았다. 주철대(鑄鐵台) 뒤에서 카드 놀이를 하고 있는 자도 있었고 바닥에 누워서 담배를 피우는 사람도 있었다. 포르타르는 아내가 갖고 온 밥통을 알코올 램프에 데우고 있었다. 롤랑은 편지를 쓰고 있었다. 주위에 우리들이 매일 하던 작업의 배경이 없었다면 어떤 대중적인 모임에 와 있는 착각에 빠질 것 같았다. 지금까지 집단적인 격렬한 노동이 엄격하게 행해지던 공장에서 개인적인 생활이 한가롭게 전개되고 있는 것을 보는 것은 놀라운 일처럼 생각되었다. 납은 도가니 속에서 딱딱하게 굳어 있었고 불은 꺼졌으며, 건반의 부호는 희미한 오점에 지나지 않게 되며, 납 활자도, 읽을 수 없는 무형의 것으로 되어버리고 말았다. 이러한 비인간적인 것에 관계없이 오직 자기들 일에만 전심하고 있는 우리들만이 존재하고 있었다. 우리는 자유이며, 우리들의 힘을 느끼고 있었다. 우리는 어떠한 명령에도 따르지 않고, 우리 대신 일해달라고 누구에게도 부탁하지 않았다. 파업은 자발적으로, 당으로부터 강요당함이 없이, 정치적 목적도 없이, 노동자 자신의 마음속에서, 그들의 요구에서 희망에서 솟아난 것이었다. 나는 만족했다. 여기까지 갖고 올 때까지 나는 몇 년이고 인내심이 강하게 싸워왔던 것이다. 각자가 타인 속에서 자기의 의지를 관철시키는 힘을 얻어내면서 누구의 자유를 침해함 없이 그러면서도 자기의 책임을 다하는 순수한 연대성을 확립했던 것이다.

그녀는 초조한 듯 발을 흔들고 있었다. 그 샌들 끝이 나의 다리를 건드렸다.

"화나셨나요?"

"내가? 어째서?"

"잠자코 있으니까 그렇죠."

"나는 지켜보고 있었습니다. 이번 파업은 대성공입니다. 생각해보십시오. 지금 전 프랑스에서 공장이나 작업장에서 이러한 일이 수없이 일어나고 있지 않습니까?"

그녀의 딱딱한 표정을 더욱 뚜렷하게 하는 앞머리 아래로 파란 눈이 흐려졌다.

"어째서 당신은 저를 경멸하지요?"

"당신을 경멸한다구?"

"당신한테서 파업에 관한 이야기를 듣기 위하여 이렇게 먼 곳까지 찾아온 것은 아니에요."

그녀는 나의 얼굴을 사정없이 훑어보았다. 이마의 잔주름 하나도 빠뜨리려 하지 않았다. 그러나 부드러운 입언저리가 뜻대로 움직이지 않자 그녀는 입술을 혀로 적셨다.

"어째서 저의 편지에 답장을 주지 않았지요?"

"답장을 했는데요."

"단 한 번이었죠. 고작 넉 줄이 씌어 있더군요."

"달리 더 할 말이 없었거든요."

그녀는 나를 때려주기라도 할 듯이 바라보았다.

"자기에게 도움을 줄 수 있을지도 모를 사람을 찾아냈을 때 그 사람을 만나고 싶어하는 것이 나쁜 일인가요?"

나는 그녀의 기세를 꺾어놓아야 하겠다고 생각했다. 나는 그녀와 노닥거리고 있을 시간이 없었다. 하지만 그녀의 노한 진지한 얼굴은 아름답다고 생각했다. 그녀는 잔뜩 흥분하여 볼이 빨갛게 물들어 있었다.

"그렇군요. 당신은 내가 어떻게 될지도 모르고 이대로 타락해버려도 당신은 상관없다는 말이군요."

"그야 어쩔 수 없지요. 나는 당신을 잘 모르니까요."

"하지만 지금은 알게 되었잖아요?"

그녀는 사람의 마음은 끌어당길 듯한 미소를 그에게 던졌다.

"당신의 기분은 잘 알겠습니다. 당신은 무료할 시간이라도 메꾸고 싶겠지만 나는 다릅니다. 해야할 일이 산더미처럼 있어서 당신에 대해서 생각하거나 말할 여유가 없거든요."라고 나는 말했다.

"여가는……." 그녀는 여전히 질렸다는 듯이 발을 흔들고 있었다. "생각만 있다면 언제든지 찾아낼 수 있어요."

"나는 그럴 생각이 없나 봅니다."

그녀는 그 말을 잘 음미하려는 듯 가만히 있었다. 그녀는 고개를 떨어뜨렸다.

"제가 그렇게 싫으신가요?"

이 물음은 너무도 진지한 것 같아서 나는 어쩔 바를 몰랐다. 아무리 잔혹한 대답이라도 각오하고 있다는 듯이 경의를 표하지 않을 수 없는 그런 기분이 느껴졌다. 이 진지함에 대한 대담한 호의가 나의 내부에서, 무엇보다도 나의 마음을 사로잡았던 것이다.

"당신은 무척 호감을 주는 사람입니다. 하지만 당신은 나에 대해서 지나치게 평가하고 있어요. 나는 당신에게 가르쳐줄 것이 아무것도 없습니다. 당신이 조합 운동에 흥미를 갖고 있지 않은 한은."

그녀는 어깨를 움츠렸다.

"당신이 저에게 도움이 될지 안 될지는 제가 결정할 일이에요."

그녀의 집요하고 세심한 압박에서 도망치기란 어려운 일이었다.

"아니, 그럴 필요는 없습니다. 호감을 준다는 사람과 전부 교제하려면 나의 생명이 아무리 길더라도 부족할 것입니다."

"그렇게 많이 있었나요? 참 부럽군요." 그녀는 한숨을 내쉬었다. "저에게는 한 사람도 없어요."

"첫째로 당신에게는 펠리에가 있어요……."

그녀의 눈 속에서는 어두운 불꽃이 타올랐다.

"그건 폴 생각이지요. 하지만 안심하세요. 나는 당신과 연애를 할 생각은 전혀 없으니까요."

"나 또한 그런 것은 생각해보지도 않았습니다."라고 나는 말했다.

내가 너무 안심하고 있었던 것은 아니다. 그녀는 정열적인 성격 같았다. 그녀는 분명히 약혼자만을 사랑한다는 것은 무모한 짓이라고 생각하고 있는 것 같았다.

"다만 폴과 나는 몇 년 전부터 비슷한 환경에서 자라왔기 때문에 다른 사람의 생각을 물어보고 싶은 거예요."

"당신은 독서를 좋아하시지요? 좋은 책이야말로 자기에게서 빠져나가는 데 도움이 되어주지요."

그녀는 심하게 어깨를 움츠렸다.

"물론 책은 읽지요. 하지만 그것과는 달라요." 그녀는 의자의 다리를 뒤꿈치로 찼다. "당신은 아침부터 밤까지 혼자 구석에 처박혀서 있는 것이 얼마나 괴로운 일인지 모르시겠지요?"

"그렇지만 틀림없이 달라지겠지요."라고 나는 말했다. "당신 일이니까 걱정할 필요는 없겠지만."

나는 그녀에게서 멀어지려고 한 발짝 떨어졌다.

"실례지만 볼일이 있어서."

"일? 지금은 파업 중이 아니던가요?"

"그래서 파업에 관한 기사를 쓰고 있는 중이지요."

"그것 좀 보여주시겠어요?"

"아직 다 쓰지 못했습니다. 그리고 또 당신에게는 흥미없는 일일 테니까요."

"말해주세요." 그녀는 말했다. "당신은 공산주의자가 아니던가요?"

"네, 아닙니다."

"공산주의자와는 어떻게 다르죠?"

"공산주의자는 인간을 장기판 위의 말로 보고 있습니다. 승부에 이기는 것이 중요하며, 말 그 자체에는 아무런 가치가 없지요."

그녀는 거드름을 피우면서 주위를 둘러보았다.

"그러면 당신은 저 사람들이 그렇게 가치가 있다고 생각합니까? 많은 실을 움켜쥐고 조정하는 것만이 정치의 묘미겠지요."

"그것은 잘못된 생각입니다."라고 나는 말했다.

'그것은 우연한 일이다. 그 때문에 당을 떠나려 하지 마라, 당신은 당에 대하여 의무가 있다. 우리가 복수해줄 것이다. 두 개의 주먹과 하나의 머리 그것은 대단한 일이 아니다. 더 많은 주먹과 머리가 있다. 나는 어둠 속에서 노크했다. 마르셀이 문을 열었다. 그의 단 하나밖에 없는 동생이 죽은 것이다. 나를 죽여다오. 땅 속에 파묻어다오. 길모퉁이에 선 가로수처럼, 장전한 권총처럼, 전쟁처럼, 페스트처럼 나는 위험한 것이다. 나를 숨겨다오. 말살시켜다오. 하지만 나는 살아 있다. 적어도 나는 행동하지 않는다, 절대로.'

"하지만 당신은 이 파업을 조직했고 또 그것을 조정하고 있잖아요?"

"파업은 나와는 상관없이 조직되어 있어요."라고 나는 말했다.

당을 떠난 후, 나는 지난 2년 동안 침묵을 지켜왔다. 그러다가 조금씩 조합 생활의 일을 보기 시작했다. 이 활동은 정치 활동과는 무관한 것이어서 합법적인 것으로 생각되었다. 이것은 인간의 치수에 맞춘 일이었다. 나는 타인을 위하여 선택할 필요는 없었다. 아무것도 결정하지 않았다. 조합원은 모두 집단의 의지 속에, 자기의 의지를 보았다. 내가 소속하고 있는 단체를 위해 나는 조금도 일할 수 없었다. 나는 단체가 존재하기 위하여 필요한 도구라는 것으로 만족하고 있었다. 내 안에서 단체의 막연한 희망이, 정연하게 사상으로 정리되고 하나하나의 욕망은 구체적으로 되었다. 그러한 것들은 나의 목소리를 통하여 자기를 명시하였다. 그러나 그것뿐이었다. 이러한 생활에서는 나에게 있어서 뜻밖의 일은 일어나지 않았고 생활에서 저절로 일어나는 것은 아무것도 없었다. 그러나 이런 것을 엘렌에게 전부 설명해줄 생각은 들지 않았다. 나는 그녀에게 손을 내밀었다.

"이건 내 일에 방해가 될 뿐입니다. 점잖게 돌아가시지요."

"돌아가는 것이 싫다고 한다면?"

"강요할 수는 없겠지요."

나는 원고를 펼쳐놓은 주철대 앞으로 가서 앉았다. 그녀는 잠시 머뭇거리다가 내 곁으로 왔다.

"그럼 안녕." 하고 그녀는 쓸쓸한 목소리로 말했다.

"잘 가시오."

나는 나를 용케도 지켰다. 결코 꺾일 줄 모르는 주의력은 내가 생각하기에도 자랑스러웠다. 이때도 역시 나는 장님이었다. 나는 의식적으로 너를 멀리했다. 멀리한 셈이었다. 그러나 너의 마음을 끌어당긴 목소리, 얼굴, 과거, 그것은 나 자신이 아니었을까. 나의 거절까지도 나의 새로운 매력이 되었던 것이다.

"나는 그 때문에 아무 일도 하지 못했어." 마들렌은 어깨를 움츠렸다.

그녀의 말은 지극히 당연한 것이었다. 내 쪽에 책임이 있었던 것이다. 나의 부드러운 눈길, 야속함, 나의 이야기, 나의 생활, 나의 존재에 책임이 있었던 것이다. 나는 거기에, 너의 눈앞에 있었던 것이다. 그리고 내가 거기에 있었기 때문에 너는 나를 만났던 것이다. 이유도 없었고, 바라던 것도 아니었다. 그 뒤에 너는 접근하든가 멀리하든가 선택할 수 있었다. 그러나 내가 네 앞에 있는 것을 피할 수는 없었다. 너의 존재 위에 부조리한 압박이 덮쳐오고 있었다. 즉 그것은 나 자신이었다. 나는 나의 생활을, 내 뜻대로 할 수 있을 것이라고 생각하고 있었다. 나는 자유이며 전혀 잘못되지 않았다고 느끼고 있었다. 그런데 나는 타인에게는 영원한 스캔들로 되어 있었던 것이다. 그런데도 나는 알지 못했다. '틀리다.'라고만 말하면 그것으로 된다고 생각하고 있었다. 아니, 나는 자네들과 두 번 다시 만나지 않겠다. 아니, 나를 친구를 정치 투쟁으로 끌어들이지 않을 것이다. 아니, 우리들은 간섭을 요구하지 않을 것이다.

"하지만 그들이 자네에게 반대하고 있는 것은 사실이야."라고 마르셀이 말했다. "정치를 하지 않는 것도 역시 정치니까."

"뭐라고 말하는 거예요?"라고 도니즈가 말했다. "투표를 해본 적도 없는 주제에."

그녀는 텅 빈 큰 아틀리에에서 커피를 끓여주었다. 차압당할 것을 예상하여 전날, 아무도 모르게 값나가는 가구와 융단과 마르셀이 남겨둔 약간의 그림을 옮겨갔기 때문이다.

"투표하는 것도 바보스런 짓이야."라고 마르셀이 말했다. "그것은 독도 약도 되지 않거든." 그리고 그는 빙그레 웃었다.

"내가 생각하기로는 그런 반대는 궤변에 지나지 않아."라고 나는 말했다. "정치의 우위성을 증명하고, 인간은 정치적인 동물이며, 무엇을 생각하든 인간의 태도는 정치적이라는 것을 증명하지 않으면 안 돼. 나는 그것을 부정하지만 말일세. 정치란 인간에게 외부로부터 작용하는 기술이지. 전 인류가 내부로부터 조직되게 된다면 정치는 **필요없게 돼.**"

"얘기는 그럴 듯하군." 하고 마르셀이 말했다. "그런 이야기로 우리를 시험하려 하는 건가?"

그에게 있어서 나는 다른 누구보다도 재미있는 인간이었을 것이라고 생각한다. 일반적인 부조리에 휩쓸리지 않는다고 주장하는 것은 누구에게도 없는 커다란 부조리다. 도니즈가 그 어떤 올가미 속으로도 감연히 뛰어들어가는 것은 내가 도망쳐 다니는 것에 비한다면 재미없게 보였음이 분명하다. 그는 지상의 떡에 사로잡히는 것쯤은 태연해했다. 문제는 다른 곳에 있었기 때문이었다.

나는 그에게 아무런 거리낌도 없는 미소를 보냈다. 지난 팔 년 동안 이처럼 행복한 생각을 가져본 적은 없었다. 7월 14일에 있었던 파리 축제의 소동 속에서 나는 나 자신의 승리를 축하했다. 나의 생활과 사상의 승리를.

"바스티유 쪽을 한 바퀴 돌고 오지 않겠는가?"

"이런 날씨에?" 그의 시선이 눈부신 푸른 하늘로 향했다. "싫어, 나는 한숨 자겠어."

그는 거의 밤에만 활동했다. 그리고 낮에는 대개 잠을 잤다.

"그러면 당신은?" 하고 나는 도니즈에게 말했다. "가지 않겠습니까?"

그녀는 방금 마르셀이 나간 문을 우울한 눈초리로 바라보고 있었다.

"글쎄 별로 마음이 내키지 않는군요." 그녀는 내 쪽으로 얼굴을 돌렸다. "우리는 더 행복하게 되었을 텐데 하고 생각하면……."

"마르셀의 마음을 돌려놓을 수는 없겠지."라고 나는 말했다. "그를 있는 그대로 받아들이지 않는다면……."

"나도 그렇게 생각하고 있어요." 그녀는 말했다. "하지만 그 사람은 어떻게 손을 쓸 수가 없어요. 일부러 그런 식으로……."

그녀는 눈물을 글썽거리며 떨리는 목소리로 말하고 있었다.

"틀림없이 그 사람은 막다른 골목으로 들어가버렸을 거예요. 이젠 나오지 못할 거예요."

지난 수년 동안 마르셀은 생활을 위하여 타인의 눈을 즐겁게 해주는 그림을 그리지 않게 되었다. 그는 참다운 창조를 하고 싶었다. 그는 나무를 조각하고, 점토를 이기고 대리석에 조각도 했다. 그는 이야기하는 형체를 자기의 손으로 만들어낸 딱딱한 물질을, 기쁜 마음으로 만지고 있었다. 그 물체는 홀로 서서 그 주위를 돌아다닐 수 있는 것이었다. 의자나 테이블을 부러워하는 일은 추호도 없는 것 같았다. 그러나 그는 자기의 작품을 음울하게 바라보게 되었다. 대리석은 무겁고 벌거벗은 돌로 존재하고 있었다.

"그런데 얼굴은? 얼굴은 어디에 있지?" 마르셀은 미친 듯이 소리쳤다. 그는 내 쪽으로 두 개의 손가락을 폈다. "그것은 자네의 눈 안에 있지. 다른 데 있는 것이 아니야." 어느 날 아침 그는 자기의 작품을 짐수레에 싣고 자기 자신이 직접 베르시의 창고까지 끌고 갔다. 그리고 세느 강 속에 짐을 쏟아부어버렸다. 도니즈는 몇 날이고 울음을 그치지 않았다.

"그 사람과 같이 있으면, 무언가를 단념한 다음 또 곧 다른 것을 단념하지 않으면 안 된다는 것을 느끼게 돼요. 도대체 언제 그칠지 알 수 없어요."

윤기나는 머리 아래로 그녀의 얼굴은 일그러져 있었다. 그 눈에는 의문의 그림자가 어리었다. 화사한 옷은 입고 있었으나 팔꿈치는 헤져 있었으며 조여 맨 벨트는 싸구려였다.

"당신은 당신 자신의 재능으로 생계를 꾸려가지 않으면 안 됩니다." 내가 말했다. "마르셀의 생활에 의지하지 말아야 해요."

"어떤 일을 해야 좋을까요? 저에게는 아무런 재주도 없거든요."

"구태여 재주 같은 것은 필요없어요."

그녀는 의아한 듯이 나를 바라보았다. 그녀는 확실한 가치를 좋아했다.

"저는 평범한 것은 질색이에요." 그녀는 등을 돌린 채 테이블 쪽으로 다가왔다.

"당신은 이런 것이 아름답다고 생각하시나요?" 그녀는 조개껍질과 조약돌을 뭉쳐 만든 탑 같은 것을 가리키면서 말했다. 마르셀은 이 무렵 이런 것만 만들고 있었다. 끈, 짚, 창살을 엮거나 색칠한 석판(石版) 조각으로 모자이크를 만들거나 했다. 이러한 것들은 아무리 생각해도 그 담겨진 의미와 구체적인 존재를 이끌어낼 수 없는 것이어서 그는 만족하고 있었던 것이다.

"마르셀 자신도 이것이 아름답다고는 생각지 않아요."라고 나는 말했다.
그녀는 어깨를 움츠렸다.
"그 사람은 자기 스스로 낙오자가 되려 하고 있어요."
성공이라든가 명성 같은 것에 너무 집착해서는 안 된다고 그녀에게 설명하기란 어려운 일이었다.
"그러면 무엇이 중요하죠?" 하고 그녀는 반문했다.
그는 여기에 뭐라고 대답해야 좋을지 몰랐다. 나는 나에게 중요한 것은 알고 있다. 그리고 마르셀은 자기에게 중요한 것을 알고 있다. 그러나 도니즈가 가르쳐달라고 졸라대는 것 같은, 절대적인 척도는 어느 곳에서도 찾아볼 수 없었다.
"그를 신뢰하고 있군." 하고 나는 말했다.
"나의 인내심이 부족하단 말인가요?" 그녀는 말했다.
나는 그녀를 딱하게 생각하면서 한참 그녀를 바라보고 있었다. 그녀에게도 좋은 점은 많이 있었다. 그녀는 바가지를 긁지 않고 빈곤을 받아들이고 마르셀을 원망하거나 하는 일은 결코 하지 않았다. '그 사람의 컴플렉스' 라고 그녀가 부르고 있는 것을 그녀는 애써 이해하려고 했다. 충실하고 머리가 좋고 용기가 있었다. 그러나 이러한 장점도 마르셀이 내심으로 싫어했던 탓으로 별로 빛을 보지 못했다.
나는 살며시 그녀의 팔을 잡았다.
"당신은 여기 있으면 안 되겠어요. 나와 함께 갑시다."
"너무 피로해지지나 않을지 그것이 걱정이에요."
그녀는 어두운 얼굴로 미소지었다. 경망스런 여자라는 말을 들을까봐 걱정하고 있었던 것이다. 나는 더 이상 무리하게 권할 수는 없었다. 나는 그녀에 대한 참다운 동정을 마음속에 일깨울 수가 없었다. 그 일로 해서 나는 이따금 기분이 꺼림칙했다.
"머뭇거릴 필요 없어요."라고 마들렌이 나에게 말했다. "그런 것을 부르주아의 불행, 사치스런 불행이라 말하지요."
마들렌은 사람들이 어찌하여 운명을 한탄하거나, 기뻐하거나 무엇을 걱정하거나, 기다리는지 알지 못했다.
 "그 사람들은 도대체 무엇을 생각하고 있지?" 하고 그녀는 보도 위를 흐르고 있는 검고 붉은 인파를 가리키면서 말했다.
 그녀는 나의 곁에서 절뚝거리며 걷고 있었다. 그녀의 구두는 언제나 궁상맞았다. 중고 신발을 사거나, 교환하거나, 선물로 받거나 한 것들이었다.
 "그들은 내일이 오늘보다 좋아질 것이라고 생각하고 있지."라고 나는 말했다.
 나도 그렇게 생각하고 있었다. 갓 시작할 무렵의 답답한 한때가 지나면 여러 가지 기대가 생겨나는 것이다!
 "그래요 아무리 뭐라고 해도 인생에는 큰 가치 같은 건 없어요."
 나는 대답할 수 없었다. 마들렌과는 더 이상 의논하지 않기로 했기 때문이었다. 반대설이 강하면 강할수록 그녀는 그 속임수에 경계만 한다. 게다가 그녀의 생활에 별 가치가 없다는 것은 사실이었다. 그녀는 자기 스스로 그것을 저하시켰기 때문이었다. 그녀의 육체는 가치가 없다. 그 육체를 원하는 사람이면 그것이 누구이든 몸을 맡겨버리기 때문이다. 그녀의 시간도 가치가 없다. 퀭한 눈으로 담배를 피우거나 잠을 자거나 하면서 시간을 허비하고 있으니 말이다. 생각하는 것조차 가치없는 일이라고 자기 자신이 정해놓았다 하더라도, 그녀에게 지성이 부족한 것도 아니었다. 그러나 그녀는 무엇을 진지하게 생각하거나 하는 일은 전혀 없었다. 자기의 즐거움도, 이익도, 걱정도, 감정조차도 전혀 중요시하지 않았다. 아무도 그녀에게 그것을 중요시하라고 말할 수가 없었다. 살아 있다는 것이 중요하다는 것을 그녀에게 상기시키는 일은 그녀 외에는 아무도 없었다. 그러나 노래를 부르면서 걸어다니는 이러한 사람들에게는 인간이라는 것이 중요한 일이었다. 내일이면 인생은 하나의 의미를 가질 것이다. 아니 이미 그들이 갖고 있는 희망 덕분에 인생은 하나의 의미를 갖고 있었던 것이다.
 "함께 오겠소? 아니면 바에서 기다리겠소?"
 "또 떠들 작정인가요?"라고 그녀는 말했다.
 "음, 친구에게 이야기를 해주기로 약속되어 있지."

광장 중앙에서는 고티에가 연단의 중앙에 올라가 이야기를 하고 있는 중이었다. 그의 주위에는 잠자코 듣고 있는 사람들이 있었던 모양이지만 우리들한테서는 너무 멀어서 그 목소리는 군중의 웅성거림에 묻혀버리고 말았다.

"무슨 얘기를 하고 있지요?"

마들렌이 물었다.

"모르겠군요."

"그럼 당신은 무슨 얘기를 할 예정이지요?"

"와보면 알 수 있지."

"싫어요."라고 그녀는 말했다. "여기서 기다리고 있겠어요."

그녀는 나무에 기대어 신발을 벗었다. 구멍투성이의 양말에는 군데군데 빨간 점이 붙어 있었다. 실이 풀리지 않도록 매니큐어의 빨간 액체가 칠해져 있었다.

"오래 걸릴지도 몰라."라고 나는 말했다.

"괜찮아요."

일단의 아이들이 앞을 지나가고 있었다. 빨간 머플러를 목에 두르고 빨간 베레모를 쓰고 있었다. 그리고 보조에 맞추어 "라 로크의 목을 베어라."라고 소리치는 여자들이 있었다. 머리 위로는 깃발이 펄럭이고 있었다. 삼색기에 적기(赤旗)도 뒤섞여 있었다. 파리의 거리 거리에는 판매대가 놓였고 나무 사이로 꽃다발이 일렁이고 있었다. 1936년. 1936년 7월 14일. 우리들은 머리를 높게 쳐들고 있었다! 확실히 모든 것을 쟁취한 것은 아니었다. 해야 할 일이 산더미처럼 있었다. 그러나 처음으로 소당분열(小党分裂)을 극복하고 희망의 힘을 모두 결집시킬 수 있었던 것이다. 이것은 어제 일이 아니었다! 브로말은 군중을 헤쳤다. 가슴 뿌듯한 기쁨을 그는 큰소리로 외치고 싶었다. 그의 기쁨, 그들의 기쁨을.

"동지들이여."라고 그는 말했다. 그가 이야기하는 말이야말로 그가 만든 것이었다. 그러나 그들은 그것을 귀로 듣지 않고 흘려 듣고 있었다. 그는 자기를 위하여 이야기했다. 모두 갈채를 보냈다. 그는 그들을 위하여 이야기했다. 그는 프랑스에서 발생하여 온 세계에 퍼진 위대한 선의(善意)에 대해서 말했다. 그들의 평화를 위한 수단을 온 지구상에 퍼지게 할 수 있다고 그는 약속했다. 왜냐하면 이 날이 승리의 날이었다고 하는 것은 우리 조합 동료들의 힘이기 때문이다. 우리가 얻은 결과는 아직 서두에 불과하다. 그러나 우리가 자랑으로 하는 점, 모든 희망을 갖게 하는 점, 그것은 우리가 순수하게 직업적인 파업을 통하여 이러한 성과를 올린 데 있다. 그는 말했다. 그 말은 기도가 아니며, 명령도 아니며, 노래이며 축제의 노래였다. 그의 입을 통하여 다같이 합창하고 있는 것이다. '우리들이 지상에 하나의 자리를 차지하고 있지 않은 것처럼. 각자가 타인에게는 방해물이 아닌 것처럼. 각자가 타인의 곁에 있으면서 타인과는 영원히 별개로 존재하며, 다만 자기를 위한 자기이며 즉 남이 아닌 것처럼' 그들은 해방의 마술을 노래하고 우애의 힘과 인간이라는 최상의 영예를 노래했다. 전쟁, 폭력, 전제 등은 앞으로 불가능해질 것이다. 정치조차도 필요없게 될 것이다. 인간과 인간 사이에는 차이가 없게 되고 인류가 하나로 되기 때문이다. 그들이 미래에 구가하게 될 최고의 희망은 전인류가 자유를 서로 인정하고 화해하는 일이다.

"그 원고를 주지 않겠나?"라고 고티에가 말했다. "자네의 연설문을 〈조합생활〉지에 게재하고 싶네."

"정말 멋진 연설이었습니다."라고 롤랑이 말했다.

브로말은 그의 어깨 위에 손을 얹었다.

"공장의 동료들이다."

"당신의 이야기도 훌륭했어요."라고 롤랑은 고티에에게 말했다. 〈조합생활〉지에 쓴 것은 당신이지요?"

"바로 그가 주필(主筆)이야."라고 브로말이 말했다.

그는 벙글거리며 웃고 있었다. 행복했다. 깃발이 펄럭이고, 군중은 노래를 부르고 있었다. 공장의 동료들도, 조합의 동지들도, 잠자코 있는 사람도, 떠들고 있는 사람도, 중요한 활동을 하고 있는 사람도, 별볼일없는 사람도 모두 그의 어깨를 두들기고, 서로 어깨를 두들기거나, 악수를 하거나 했다.

우리들의 축제일. 우리들의 승리, 그는 어렸을 때 지하철을 보았다. 다른 군중을 상기했다. 또한 회한의 낡은 냄새를. 그것도 이제 다 끝났다. 그는 아무런 회환 없이 잉크와 먼지 냄새, 땀 냄새, 노동 냄새를 맡았다. 아무런 회한도 없이 벌거벗은 벽을 따라 걷고 가스 탱크나 공장의 굴뚝을 바라보았다. 이것들은 수동적으로 자라는 식물적인 성장을 하는 것이 아니다. 그들은 자기의 운명을 택했다. '나도 그들 중의 한 사람이다.'라고 생각하면서 그는 그들과 마음을 하나로 하는 것을 자랑스럽게 생각하고 있었다.

"너무 오래 기다렸지? 무척 지루했겠군."

"아니요."라고 마들렌이 말했다. "당신의 활약상이 보고 싶군요."

그녀의 나무에 기대어 서 있었다. 나는 그녀의 팔을 잡았다. 마침 그때 내 앞에 네가 나타났던 것이다. 폴과 팔장을 끼고 있었지. 흰 블라우스에, 빨간 리본이 피로 물든 듯했고 볼은 생기있게 반짝이고 있었다.

"어디서나 자네를 찾고 있었네."라고 폴이 말했다.

너는 그에게 화난 듯한 눈길을 보내더니, 어색하게 신발 속으로 발을 들이밀려는 마들렌을 바라보고 있었다. 나는 소개했다.

"자네의 연설을 들었지."

폴은 비아냥거리는 듯한 목소리로 말했다.

"뭐, 왔었다구?"

"음." 하고 그는 어깨를 움츠렸다. "프랑스의 운명과 세계의 운명이 따로따로인 것처럼 떠들고 있더군."

내가 대꾸하려 할 때 자네가 불안해 하는 것 같아 말을 돌렸다.

"이런 곳에서는 단 한 시간도 서 있지 못하겠어."

"서 있으면 피로해지지요."라고 마들렌도 말했다.

너는 눈이 휘둥그레서 내려다보고 있었지.

"나는 전혀 피로하지 않아요."

우리는 깃발을 내건 집들 사이로 유유히 흘러가는 검은 인파를 따라갔다. 땅 위에는 휴지 조각이 흩어져 있었다. 깃발이며, 리본이며 팜플렛 등도 함께. 우리는 군중들이 춤추고 있는 네거리에 걸터앉았다. 보이가 테이블 위에 세 개의 맥주잔과 잔에 과즙을 한 잔 내놓았다. 엘렌은 이 진한 색깔의 마실 것을 좋아했다.
"저처럼 목청껏 노래를 부르는 자들은……." 하고 폴이 말했다. "모두 유럽의 한복판에 안락한 작은 둥지를 짓고 있는 기분일 것이다. 남쪽으로는 피레네 산맥, 북쪽에는 마지노 선(線)이 있으니 완전 무결하다고 말이야. 그러는 사이에 파시즘이 우리들의 문 앞으로 다가오고 있지. 국가의 계획상 안심할 수 없다는 처지라는 것은 잘 알면서도."
"그야 그렇지." 하고 나는 말했다. "하지만 그렇다 하더라도 우선 그 계획에서나마 승리를 차지하지 않으면 안 돼."
잠시 침묵이 흘렀다. 마들렌은 미소지으며 아코디언 소리를 듣고 있었다. 엘렌은 침착하지 못한 여학생처럼 두 다리를 앞뒤로 흔들고 있었다. 나는 말을 걸 기분이 아니었다. 지구상에 프랑스밖에는 나라가 없는 것이 아니라는 것은 나도 잘 알고 있었다. 나도 동감이었다. 한 사람만 살고 있는 것은 아니다. 하지만 나는 타협도, 특권도 없이 누구의 신세도 지지 않고 누구에게도 폐를 끼치지 않는 생활을 나의 주변에 정리해놓을 수 있었다. 나는 마들렌에게 미소를 보냈다. 그녀의 얼굴에는 침착한 행복감이 어리고 있었다. 나는 분명히 내 마음을 그녀에게 주지 않았으며 그녀 또한 별로 그것을 요구하지 않았다. 그녀로서는 이것을 어떻게 취급해야 좋을지 몰랐기 때문일 것이다. 그녀는 흘러가는 대로 살아갈 수밖에 없었다. 그녀의 생활 중 가장 좋을 때는 역시 나와 함께 보낸 때였다. 나는 나에게만 책임을 느끼고 있었다. 그것은 평화 속에 가진 책임이었다. 나는 나 자신이 되고 싶다고 생각했던 것은 꼭 이루었으며 나의 생활은 내가 신중하게 만든 계획과 한 치의 오차도 없었다. 그러나 너는 작은 철제 테이블 맞은편에 내가 바라지 않은 얼굴로 나를 지그시 바라보고 있었다.
"아마도 당신은 춤은 추지 않으시겠지요?"
"몇 번 추긴 했지만 다 잊어버린 것 같아."
"한번 춰보세요."
마들렌이 말했다.

그는 엘렌 쪽을 적의도, 호의도 없이 지그시 보고 있었다.
"그럼 어디 한 번 춰볼까?" 하고 나는 말했다.
나는 엘렌을 끌어안았다. 나는 완전히 잊고 있었다. 그러나 리드하는 채로 가만히 있었다. 그녀는 남녀가 추는 법을 알고 있었다.
"당신과 함께 있는 여자, 누구죠?"
"나의 친구요."
"당신의 조합 운동과 관련이 있는?"
"당치도 않아요. 적어도 당신과 마찬가지로 그런 것은 싫어하니까."
"무슨 일을 하고 있지요?"
"아무 일도 하지 않아요."
"아무 일도?" 그녀는 설명을 구하려는 듯 나를 바라보았다. "어째서 저 여자와 함께 다니지요?"
"사랑하기 때문이지요."
"저 여자두요?"
"그 여자도 나를 사랑합니다."
나는 약간 멋쩍은 듯이 말했다. 잠시 침묵이 흘렀다.
"아까 연단에 선 당신을 보고 좀 이상하다는 생각이 들었어요."
나는 미소지었다.
"좀 따분했겠군요."
그녀는 진지한 표정으로 나를 보았다.
"아니오. 저는 그것을 이해하려고 여간 정신을 차린 것이 아니었어요. 자유에 대해서 당신이 한 말, 참 재미있었어요."
"그랬습니까?" 나는 말했다. "그것은 틀림없이 자극제가 될 것입니다. 당신도 사회 문제에 대해서 열중하게 될 것입니다."
"그럴까요?" 그녀는 주위를 두리번거렸다. "이처럼 군중 속에 휩쓸리게 되면 흥분하게 되는군요. 여럿이 함께 노래를 부르거나 걷거나 하면서. 그러나 걸음을 멈추면 술 취한 다음처럼 기분이 씁쓸해지는 것 같아요."

"그렇군요." 나는 말했다. "하지만 정치나 조합의 일은 이런 데모와는 아무런 관계가 없어요."

그녀는 생각에 잠겨 있었다.

"당신의 연설 중에서 특히 좋았던 것은 사람은 각자 자기를 위해서 존재하고 있으므로 큰 집단으로 존재하고 있는 것은 아니라고 생각하고 있는 것 같았어요."

"집단이란 각자 존재하고 있는 인간으로 이루어져 있습니다. 수는 중요하지 않아요."

"당신은 정말 그렇게 생각하고 있나요?" 그녀는 밝은 표정을 지으면서 이렇게 말했다. "폴은 인간은 언제나 개미집 속에 모여 사는 개미 같다고 생각하고 있나 봐요. 그렇다면 인간이 하는 일 느끼는 것은 전혀 아무런 의미도 없게 돼요! 살아 있을 필요가 없다고 말하는 셈이지요."

그녀는 약간 얼굴을 뒤로 젖히고 추고 있었다. 흰 블라우스는 등불을 받아 환하게 빛나고 있었다. 그러나 그 머리, 어린 아이 같은 안색, 파란 눈 이상으로 그녀를 눈부시게 한 것은 미래를 향하여 그녀 자신을 내던지는 생명의 열기였다. 그녀의 시선은 나의 이마나 하늘 쪽으로 향하고 있었다. 그것은 지평을 찾아, 그녀의 약속을 전부 이끌어내려 하고 있었다. 그 다리는 뛰어오르는 것을 억제하고 떨고 있는 것만 같았다. 그때 네 앞에 있던 세계는 광대하고 멋진 노획물이었다. 이제 미래는 없으며, 세계는 사라져버렸다. 너의 눈은 감기고 떵한 머리 속에서는 혈액이 심장을 드나드는 것처럼 갖가지 영상이 빙글빙글 돌고 있었다. 눈을 떴으나 꿈속처럼 사물이 확실히 보이기는 해도 생기가 없고 너 자신과 구별이 되지 않는다. 세계는 두께가 없어지고 네 안에 녹아들고 있다. 세계는 작아져서 창백한, 지금이라도 사라져버릴 듯한 미광(微光)에 지나지 않는다. 미래는 움츠러들어 순간의 부동성으로 되고, 이윽고 자기와 일치하는 현재만으로 되고 시간도, 세계도, 인간도 없어져버릴 것이다. 너는 나에게 몸을 바짝 붙이고 추고 있었다. 그리고 이미 두 사람 사이에는 나를 너의 고뇌에 붙들어매는 끄나풀이 되어 있었다. 나는 일찍감치 너의 생활 속으로 들어가서 언젠가는 이렇게 마음에도 없이 너의 죽음의 문 앞에 내가 가 있는 운명으로 되어 있었던 것이다.
 음악이 멎었다. 엘렌은 꽃으로 장식된 악사석 쪽을 원망스러운 듯 힐끗 보았다.
 "아깝군요! 더 이야기를 하고 싶었는데!"
 "나중에 또 합시다."
 그녀는 불만스러운 듯 어깨를 움츠렸다.
 "자꾸 중단되니까 재미가 없어요."
 그 목소리에는 조심스럽게 타이르는 듯한 느낌이 있었다. 그러나 나는 못 들은 체했다. 우리는 자리로 돌아왔다. 마들렌은 펠리에와 이야기하고 있었다. 그와 마음이 맞는 듯 그녀는 미소짓고 있었다. 나는 그녀가 전혀 보인 적이 없는 그 미소가 좋았다. 그녀가 좀더 미소를 보여준다면 더욱 매력적이었을 것이다. 신경질적인 얼굴을 하고 있어도 그녀의 여유있는 동작, 화사한 몸매, 공허한 시선 속에는 사람의 마음을 끌어당기는 무언가가 있었다.
 엘렌은 컵의 벽에 달라붙어 있는 장미빛 물방울을 빨대로 빨고 있었다.
 "한 잔 더 마시겠어요."라고 그녀는 말했다.
 그녀는 또다시 따분한 듯 다리를 흔들고 있었다.
 "네 사람이 함께 식사하러 가기로 했어요."라고 마들렌이 말했다. "당신, 괜찮겠지요?"
 "물론 좋지. 그런데 어디로 가지?"
 이것은 경솔하게 대답할 수 없는 문제였다. 마들렌은 분위기에 민감했다. 그녀가 쫓기고 있는 동물처럼 손발도 못 내밀 장소도 있을 것이고 보다 온화한, 세간으로부터 받은 공포를 일시에 잊을 수 있는 장소도 있었다. 우리는 이것저것 이야기를 나누었다. 엘렌은 말이 없었다. 두 잔째의 과즙이 나왔다. 그녀는 장미빛 액체를 빨대로 저어서 거품을 일으키고 있었다. 그녀는 갑자기 자리에서 일어섰다.
 "당신은 춤을 한 번 더 추겠다고 약속했지요?"

나는 기꺼이 일어나서 춤을 추었다. 그때 갑자기 그녀가 신음 소리를 냈다.

"야아, 머리가 몹시 아파요."

나는 춤을 멈추었다.

"그만 자리에 가 앉을까요?"

"미안하지만 진통제를 사다주시겠어요?"

"곧 가서 사오죠."

나는 달려갔다. 최초로 찾아낸 약국은 문이 닫혀 있었다. 그래서 시청까지 가지 않으면 안 되었다. 나는 엘렌을 위해 조금이나마 도움이 된 것이 기뻤다. 아무리 사소한 행위라도, 그녀를 위험에 빠뜨리게 하는 일이 없다고 생각하는 한, 나는 그녀에게 도움이 되는 일을 무언가 해주고 싶었다.

나는 테이블 위에 세 알의 진통제를 올려놓았다. 엘렌은 네 개의 빈 컵 앞에 혼자 앉아 있었다.

"모두 어디 갔지요?"

"식탁을 예약하려고 먼저 갔습니다. 서둘지 않으면 어디에서도 자리를 잡지 못한다면서 말입니다."

"어디로 갔지요?"

"브로커 거리의 드모리로요."

"너무 멀군!" 하고 나는 말했다. "그럼 어서 따라갑시다. 왜 약은 들지 않지요?"

그녀는 머뭇거렸다.

"이젠 좀 안정되었어요. 좀더 이렇게 있고 싶군요."

우리는 낮의 더위가 가시고 조용해진 거리로 힘차게 나섰다. 우리들의 이 뜻밖의 동행은 그렇게 나쁘지 않았다. 반대였다. 나는 그녀의 질문에도 가급적이면 성실하게 대답하려고 했다. 그녀는 나에게 질문을 퍼부었다. 마치 나를 하느님 취급을 하는 모양이었다.

"도대체." 하고 그녀는 나에게 말했다. "인간은 왜 살고 있을까요?"

우리는 드모리로 들어섰다. 방의 안쪽까지 갔으나 마들렌도, 폴의 모습도 보이지 않았다.

"확실히 여기서 만나기로 약속했나요?"

"네, 그랬어요."

"확실하지 않은 것 아닙니까?"

"확실해요." 그녀는 한 테이블로 다가갔다. "앉아서 기다리지요."

"그래야겠군요." 나는 말했다. "곧 오겠지요."

엘렌은 손바닥으로 턱을 받쳤다.

"가르쳐주세요." 그녀는 또 말했다. "인간은 왜 살고 있지요?"

"나는 복음서가 아닙니다."

"하지만 당신은 자기가 왜 살고 있는지 알고 있겠지요?" 그녀는 손가락을 부채꼴처럼 펼치고 지그시 그것을 바라보았다. "저는 그것을 알 수 없어요."

"당신은 좋아하는 것이나 갖고 싶은 것이 틀림없이 있겠지요?"

그녀는 방긋 웃으면서 대답했다.

"초콜릿과 멋진 자전거."

"그것도 없는 것보다는 다행이군요."

그녀는 또 손가락을 보았다. 그리고 또 서글픈 표정을 지었다.

"저는 어릴 때 하느님을 믿었어요. 정말 멋졌어요. 언제나 무언가를 갈구했지요. 무슨 일이 있어도 살아야겠다는 생각이 들었어요. 그것이 필요했어요."

나는 이 말에 동감하면서 미소를 보냈다.

"당신은 자기가 살고 있는 이유가 틀림없이 하늘에서 내려오고 있다고 생각하고 있는 것은 잘못입니다. 그것은 우리가 만들어내야 합니다!"

"하지만 자기가 만든 것이라는 것을 안다면 믿을 수 없지요. 그러면 자기를 속이는 일이 되니까요."

"왜지요? 그런 식으로 만드는 것입니다. 사랑이나 욕망의 힘으로 만들어야 합니다. 그렇게 되면 만든 것이 자기 앞에 분명하게 현실적으로 나타나지요."

나는 이야기를 하면서도 입구 쪽을 바라보고 있었다. 나는 불안해지기 시작했다. 아무래도 이 이야기는 어쩐지 마음에 걸렸다. 어찌하여 그들은 좀더 기다리지 않았을까? 마들렌이 이처럼 나를 당황하게 하는 일은 하지 않았다.

"아직도 오지 않는다는 것은 이상하군." 하고 나는 말했다. "당신이 무언가 꿍꿍이를 저지른 것은 아닌지요?"

"꿍꿍이라니요?, 그런 것 없어요." 그녀는 약간 초조해서 말했다. "한 바퀴 돌고 오나보죠." 그녀는 또 나의 눈을 지긋이 쳐다보았다. "어찌하여 인간은 살고 있는 이유를, 자기가 찾아내야 하지요? 죽어야 할 몸인데."

"그것도 마찬가지입니다."

"그래서 나는 모두 바꾸려고 생각하는데." 그녀는 이렇게 말하면서 나를 뚫어지게 보았다. "언젠가 당신이 세상을 떠나고 당신을 생각해줄 사람이 아무도 없게 될 것이라고 생각해도 당신은 태연할까요?"

"희망했던 대로의 인생을 보낼 수만 있다면 태연할 수 있겠지요."

"하지만 인생이 재미있게 되려면 오르막길이어야 합니다. 일층에서 이층, 삼층으로 하나의 층계는 다음 층계를 위해서 있는 것이에요." 그녀는 어깨를 움츠렸다. "그런데 정상에 올라가면 모든 것이 붕괴되어버리지요……그러면 처음부터 바보스럽지 않을까요. 당신은 그렇게 생각하지 않나요?"

"네, 그렇게는 생각지 않습니다." 나는 떨떠름하게 말했다.

나의 마음은 이미 그녀와의 대화에서 떠났으며 정말로 꺼림칙했다.

"택시를 잡아타고 아까 얘기했던 레스토랑에 갔다 오겠습니다. 당신은 여기 있어 주십시오. 그리고 만약 두 사람이 오거든 내가 곧 돌아올 것이라고 하십시오."

그녀는 의미있는 시선으로 나를 보았다.

"그 사람들 오지 않아도 상관없잖아요?"

"아마 당신이 잘못 들은 것 같군요. 다른 곳에서 우리를 기다리고 있는 것이 틀림없어요."

"기다리고 있으라 하지요."

그녀는 불만스럽다는 듯 말했다.

나는 일어났다.

"정말 진심으로 그렇게 생각하는 것은 아니겠지요?"

"그래요."

"나는 그렇게는 생각하지 않아요."

"좋아요." 그녀는 득의만면한 눈으로 나를 힐끗 쳐다보았다. "어쨌든 다시 찾아볼 필요는 없어요. 그곳에도 없을 테니까."

"어째서죠?"

그녀는 혀를 차면서 말했다.

"파리의 반대쪽 끝으로 가도록 내가 말했거든요."

나는 잘 납득이 가지 않아 그녀의 얼굴을 보았다.

"당신이 갑자기 약속이 있는 것을 생각해내어 나갔기에, 미리 가서 자리를 잡아두면 우리가 그리로 가겠다고 해두었어요."

"어느 레스토랑이지요?"

그녀는 교활한 미소를 띄우며 사방을 두리번거렸다.

"전혀 엉뚱한 곳."

나는 당황했다. 마들렌에 대해서 너무 경솔하게 취급했다. 나는 그녀에게 실례가 되지 않도록 여간 신경을 쓰지 않았는가.

"어째서 그런 어처구니없는 짓을 했지요?"

"당신과 이야기하고 싶었거든요."

"자, 그러면 충분히 이야기를 했으니 두 사람이 어디서 기다리고 있는지 말해줘요. 그리고 어서 그곳으로 갑시다."

그녀는 고개를 저었다.

"가르쳐드리지 않겠어요."

"바보 같은 소리."라고 나는 말했다. "나에게 말하지 않고는 못 배긴다는 것은 잘 알고 있으면서!"

그녀는 대답하지 않고 지그시 입술을 깨물고 있었다. 나는 자리에서 일어섰다.

"어째서 가르쳐주려 하지 않지요? 그러면 나는 집으로 돌아가버리겠습니다."

그녀는 표정이 굳어졌다.

"제발……."

"당신은 즐거웠어야 할 하룻밤을 엉망으로 만들었군요."

"그렇게 말하지마세요." 하고 그녀는 어깨를 움츠렸다. "아까는 너무나 따분했어요."

"자기 혼자만 따분하지 않으면 다른 세 사람은 불쾌해도 상관없다, 그 말이군요. 이기주의가 너무 심하군!"

그녀의 얼굴은 갑자기 상기되었다.

"당신을 약간 당혹하게 만드는 것은 아주 재미있거든요. 당신은 저에게 너무 쌀쌀하게 대해주었으니까요."

"천만의 말씀을. 나는 다만 당신과 묘한 사건을 일으키고 싶지 않았을 뿐이었소."

나는 비어 홀의 문을 밀치고 버스 정거장 쪽으로 성큼성큼 걸어갔다. 그녀는 종종걸음으로 내 뒤를 따라왔다.

"그 여자 때문인가요?"

그녀는 내가 의아하게 여길 정도로 노골적으로 질투심을 드러내고 있었다. 이처럼 여자답게 질투를 표현할 줄 모르는 여자는 처음 보았다.

"마들렌은 이 일과 아무런 관계도 없어요."

그것은 사실이었다. 우리는 아무런 약속에도 속박되지 않았었다. 한동안 우리는 매일같이 만났으나 그 후 수주 동안 마들렌은 모습을 감추어버렸으며 그 후 나에게 괴로운 심정을 죄다 털어놓기도 했었다. 나 또한 연애 사건을 일으키거나 어떤 여자를 좋아하게 되거나 하면 태연히 그녀에게 모든 것을 고백했을 것이다.

"나를 바래다주지 않아도 괜찮아요."라고 나는 말했다.

나는 보폭(步幅)을 넓게 띠었다. 마들렌에게 모든 것을 얘기해버리는 것이 가장 간단할 것이다. 그녀는 쓸데없는 일로 기분을 망치거나 하지는 않았으며 감수성을 상하게 하지 않도록 주의만 하면 어떤 일이라도 받아들여줄 여자였다.

나는 고블랑 광장으로 나갔다. 카페의 테라스는 보도까지 꽉 차 있었다. 칸데라에 불이 켜 있고 일본식 등불이 나무 아래서 흔들리고 있었다. 나는 등 뒤로 숨을 죽인 낮은 목소리를 들었다.

"기다려요."

나는 뒤돌아보았다. 너는 내 곁에까지 와서 나를 지그시 바라보고 있었다. 네가 이상한 눈으로 나를 빤히 보기에 나는 내가 새로 태어난 듯한 인상을 받았다. 네가 빤히 보고 있는 것이 누구인지 나는 알 수 없게 되었다. 그리고 너는 가까스로 숨을 몰아 쉬었다.

"그 사람들이 지금 어디 있는지 말해드리겠어요. '폴 살뤼'로 가라고 했어요."

"여기서 가까운 데가 아니오?"라고 나는 말했다. "그럼 어서 갑시다. 너무 늦은 것은 아니니까."

"가고 싶지 않아요."

너는 손을 내밀더니 눈을 내리깔고 말했다.

"안녕, 용서해주세요."

나는 팔을 벌리고 너를 끌어당겨 안아주고 싶은 충동을 느꼈다. 팔이라면 몸짓은 매우 하기 쉬울 것으로 생각되었다. 투명하고 순수한 몸짓을 하는 것도, 하지 않는 것도 쉬울 것으로 생각되었다. 하지만 나는 두 팔을 내 몸에 찰싹 붙인 채였다. 사소한 몸짓 때문에 자크는 죽어버렸다. 작은 몸짓으로 해서 무언가 새로운 것이 세상에 나타나는 것이다. 내가 만든 것이지만 나의 밖에서 나없이 성장하고 뜻밖의 붕괴를 자초할 무언가가 나타난다. '저 사람이 나를 안아주었어.' 당신이 응시하는 가운데 나의 표정이 사라져가는 것을 나는 일찌감치 느끼고 있었다. 너의 과거에 얽힌 이 불투명한 사건은 너의 마음속에서 어찌 되었을까. 나는 냉담하게 너의 손을 잡았었다. 그리고 너를 혼자서 축제로 술렁거리는 거리로 돌아가게 했다. 너는 울고 있었지만 나는 몰랐다. 나는 나 혼자라고 생각하면서 내

나름으로 막연하고 아쉬운 여운을 음미하면서 떠났었다. 너에게 해주지 않았던 키스가 열렬한 포옹과 마찬가지로 우리들을 묶어줄 것을 몰랐던 것처럼. 그것은 이제 너에게 해줄 수 없는 입맞춤이, 너에게 들려줄 수 없는 말이, 나의 단 한 사람의 연인인 너와 나를 영원히 묶어주는 것과 같을 정도로 확실했는데 말이다.

4

엘렌은 기지개를 폈다. 그녀는 난로 앞에 쭈그리고 있었기 때문에 얼굴이 붉게 달아 있었다. 이본은 눈을 내리깔고 바느질을 하고 있었다. 딸기색 비단에 바늘을 기계적으로 놀리며 정확하게 수를 놓았다. 우울한 잿빛 차양이 방 안 창유리에 걸려 있었다. '상관없어.'라고 엘렌은 생각했다. '어차피 그렇게 될 거야. 아니, 이미 그렇게 되었어.' 그녀의 손이 금빛 과일 껍질을 잡자 과즙이 손가락 사이로 뚝뚝 떨어졌다.

"나는 일요일 같은 건 싫어."라고 그녀는 말했다.

"나는 일요일이 좋아." 이본이 말했다.

일요일, 월요일……거의 다를 것이 없지 않은가. 그녀는 일요일에도 집에서 바느질을 계속했다. 손을 멈춘 적이 없다. 재 속에서 튀는 소리가 작게 들렸다.

"기억하고 있어?" 이본이 말했다. "처음으로 밤을 구웠을 때 요란한 소리가 났었지!"

"그래." 엘렌이 말했다. "그땐 참 즐거웠어." 그녀는 그때가 무척 그립다는 듯이 말했다. 그녀는 뜨거운 불 속으로 부젓가락을 들이밀었다. "다 익은 것 같아."

옆방에서 "이본." 하고 부르는 소리가 들렸다.

"곧 갈게." 이본이 대답했다. 그녀는 바느질하던 것을 놓고 엘렌에게 얼굴을 찡그려보이더니 방에서 나갔다. 엘렌은 밤 껍질을 벗겨 입 안에 집어넣었다. 손가락에서는 타는 나무, 귤, 담배 냄새가 풍겼다. 나쁘지 않은 냄새였다. 밤알은 이빨 사이에서 으깨어졌다. 무척 뜨거웠다.
 "모든 것은 제 위치에 버젓이 존재하고 있다."라고 그녀는 말했다. 그러나 그것은 거짓말이었다. 그녀의 주위에는 공허밖에 없었다.
 "상관없어."라고 그녀는 말했다.
 "이렇게 된 이상 어물어물하기는 싫어." 그녀는 눈을 감았다. 이웃집 아파트의 라디오에서는 노래가 흐르고 있었다. '어느 길에나 자갈은 있다, 어느 길에나 걱정거리는 있다.'라고. 엘렌은 싸우려 하지 않았다. 그것은 무익한 것이기 때문이었다. 꼭 일 년이 된다. 그를 만난 것이. 그런데 그는 지금 혼자서 존재하고 있다.
 "무슨 일 같아?" 하고 이본이 물었다. 웃는 소리로,
 "코를 풀라 하시는 거야. 어머니는 이불 속에서 손을 내미는 것을 몹시 괴롭다고 생각하시는 거야."라고 말했다.
 엘렌은 얼굴을 불 쪽으로 돌린 채 이본에게 눈물에 젖은 얼굴을 보이지 않으려 했다.
 "시키는 대로 하면 안 돼."
 "하지만 그것만이 환자의 즐거움인데 어떻게 해."
 "그건 너를 괴롭히는 즐거움이지. 너나 나보다 훨씬 더 환자가 아니거든."
 "하지만 본인은 그렇게 즐거워하는 것 같지도 않았어."
 이본은 다시 바느질감을 집어들었다. 엘렌은 그녀의 무릎 위에 한 줌의 밤을 놓아주었다.
 "맛있군." 이본이 말했다. "약간 타서 바삭바삭해. 난 이런 것이 좋아." 그리고 엘렌을 흘깃 보더니, "너는 인생의 사소한 기쁨을 충분히 맛보려 하지 않는 것 같아."라고 어른스럽게 말했다.
 "바보 같은 소리!" 엘렌이 말했다.
 이본은 알고 있었음에 틀림없었다. 그러나 그녀는 결코 질문 같은 것은 하지 않을 것이다. 그녀는 보고, 이해하고 잠자코 있을 수 있는 여자다. 그녀와라면 누구든지 안심할 수 있었다.
 "너는 또 밤을 세우겠지?"

엘렌은 약간 빈정거리는 투로 말했다.
"할 일은 해야되지 않겠어?" 이본은 말했다. 그녀는 빨간 내복을 부풀렸다. "너무 꽉 조이지? 시중 드는 아가씨가 입는 옷이야. 결혼식 때 이런 식으로 입지. 아가씨의 위가 배꼽 아래 있다니, 딱하잖아?"
"배꼽 아래?"
"아주 야위었거든. 너무 헐렁해서 허벅다리나 배에 고무줄을 잔뜩 감아두는 거야."
"신랑이 깜짝 놀라겠군." 엘렌이 말했다. 이본은 웃음을 터뜨렸다.
"깜짝 놀라게 하는 장난감상자 같은 이상한 여자는 많이 있어. 야회복에 유방의 틀까지 다는 일도 흔히 있으니까."
바늘은 옷감의 테두리를 들어왔다 나갔다 해서 눈이 아른거렸다. 그 사람은 결코 나를 사랑해주지 않을 것이다.
"그런데……." 하고 이본이 말했다. "쫓아낼 생각은 아니지만 여섯시에 폴의 집에 갈 생각이라면……."
"지금 몇 시지?"
엘렌이 물었다.
"지금. 여섯시 정각이야."
엘렌은 하품을 했다.
"그럼 슬슬 가봐야지."
폴. 나의 생활, 진짜 생활. 나에게는 이제 생활은 없다. 있는 것은 이런 부재(不在)다. 며칠이나 그 사람을 만나지 않았던가. 며칠 동안이나. 그 사람은 나를 만나지 않겠다고는 생각하지 않는다. 나를 사랑하지 않는다고도 생각하지 않는다. 그 사람의 주위에서는 모든 것이 충실하다. 그 사람에게는 내가 존재하지 않는다. 전혀 존재하지 않는 것이다.
"불쌍한 폴." 하고 이본이 말했다.
그녀는 열심히 바늘에 실을 꿰었다.
"어째서 폴이 불쌍하지?"
엘렌이 일어나면서 물었다. 그는 더없이 건강하다. 그녀는 외투를 입고 이본 쪽으로 몸을 구부려 그 검은 머리에 입을 맞추었다.
"내일 여섯시 비알에서."
"그래요, 내일."
이본이 말했다.
즐거움. 나는 부끄러워해야 한다. 그녀는 옆방에서 신음하고 있는 미친 어머니를 안고 밤새도록 장미빛 상의를 깁고 있을 것이다. 엘렌은 성큼성큼 걸었다. 묘한 이야기다. 이본은 바느질을 하거나, 감자 껍질을 벗기거나, 병이라고 알고 있는 여자를 돌보아주거나 그런 일만 하고 있다. 그런데도 그녀의 생활이 바보스럽다고는 생각되지 않았다. 이본이 쓸쓸한 방에서 바느질감 위에 몸을 구부리고 있으면서도 자기처럼 존재하고 있다고 생각하는 것이 기쁘기까지 했다. '나의 생활이 바보스런 것이라 해도 내가 나쁜 것일까?' 나의 생활. '이것이 나의 생활이다.'라고 자신을 가지고 말해버리면 되는 것이다. 그러나 엘렌으로서는 그렇게 말할 수가 없으며 또 말하고 싶지도 않았다. 하지만 나는 다른 생활을 결코 할 수 없다. 결코, 결코.
"조금 늦었어요."라고 엘렌이 말했다.
"괜찮아." 폴이 말했다. "아직 커피는 뜨거울 거야." 그는 팔걸이의자 위에 놓였던 것을 치우고 의자를 스토브 곁으로 끌고 갔다.
"여기 앉아."
그는 찻잔에 커피를 따라 엘렌에게 내밀었다.
"커피 맛이 참 좋군요. 당신이 따라주는 커피는." 하고 그녀는 말했다.
"당신은 아주 가정적이네요."
"그래. 나와 결혼하는 여자는 손해보는 일은 없을 거야."
폴이 말했다.
그는 팔걸이의자에 걸터앉고, 그녀는 그의 옆구리에 머리를 기댔다. 스토브의 연통 위엔 손수건이 걸려 있었고 무럭무럭 김이 솟아올랐다.
'불쌍한 폴.' 엘렌은 부드러운 마음으로 그렇게 생각했다. ' 이 사람에게 더 다정하게 대해줘야지. 불쌍한 폴.'

"나는 우리를 위해 아담하고 작은 주거를 마련하겠어."라고 폴이 말했다. "당신을 위해서는 튼튼한 나무로 책상과 책장을 만들어주겠어. 벽에는 당신이 그린 수채화도 걸어놓겠어. 그러면 방이 훤해질 거야."

"아주 친절하군요."라고 엘렌이 말했다.

그의 손이 천천히 그녀의 머리를 쓰다듬으면서 미끌어져 내리는 것을 그녀는 기쁘게 느꼈다.

"그리고 여름이 되면 텐트를 사서 일요일마다 캠프를 가자구."

"당신은 정말 자상하군요."

엘렌은 또 말했다.

그녀는 황홀감에 취해서 이런 행복의 환영이 눈 안에서 그 정경을 그려내고 있는 대로 가만히 있었다. 아담한 방, 잘게 썬 양파와 데운 쇠고기, 막간에 에스키모 인이 등장하는 영화, 일요일 저녁에는 자전거의 뒷자리에 실은 노란 꽃다발 등. 오늘은 일요일이니까 여러 가지 일요일의 계획을 세우는 것이다.

"행복해?"

폴이 물었다.

그는 엘렌을 포옹했다.

"네, 행복해요."

그녀가 대답했다.

문득 그녀는 스웨터의 접힌 깃 밖으로 나와 있는 검은 머리의 얼굴을 떠올렸다. '그 사람은 어디 있을까. 지금 이때 현실 속에 살아 있는 것이다.' 그러나 그 영상은 곧 사라져버렸다. 중량이 없는 꿈. 이제 엘렌의 목덜미를 애무하고 있는 폴의 손의 촉감밖에 없었다. 그녀의 볼, 관자놀이, 입술에 그의 입술이 닿았다. 엘렌은 달콤한 안개에 싸인 듯 눈을 감았다. 자기를 살며시 식물(植物)로 변형시켜버리는 주술에 그녀는 아무런 반항도 하지 못한 채 몸을 맡겼다. 지금 그녀는 여름날의 미풍이 잎을 간지르는 우뚝 선 한 그루의 은빛 포플러가 되어 있었다. 뜨거운 입이 그녀의 입에 포개어지고 손이 윗옷 위로 그녀의 어깨와 유방을 애무하고 있었다. 뜨뜻

미지근한 안개는 그녀의 주위에서 짙어졌다. 뼈와 근육이 녹는 듯했다. 그녀의 피부는 은밀한 생명이 꿈틀거리는 젖은 해면체 모양의 이끼가 되었다. 수천 마리의 벌레가 붕붕거리면서 꿀이 들어 있는 바늘로 그녀를 찔렀다. 폴은 그녀를 팔에 안아 침대에 눕히고 자기도 곁에 누웠다. 그의 손가락은 그녀의 뜨거운 배를 가로세로로 문질렀다. 그녀는 간신히 숨을 쉴 수 있었다. 숨을 쉬는 것이 고작이었다. 그녀는 깊은 밤 속으로 가라앉았다. 그녀는 발을 붙잡혔다. 불타는 듯한 비단 그물에 걸려 눈을 감은 그녀에게는 두 번 다시 세계의 표면으로 떠오르지 못할 것만 같았다. 영원히 이 끈적끈적한 어둠 속에 갇혀 있을 것이다. 영구히, 매혹적인 말미잘이 침상 위에 누운, 흐물거리는 해파리가 되어 있었을 것이다. 그녀는 두 손으로 폴을 밀어젖히고 몸을 일으켰다.

"놓아줘요."

그녀는 말했다.

그녀는 그가 있는 쪽도 보지 않고 침대에서 내려왔다. 볼이 화끈거리고 있었다. 그녀는 거울로 다가갔다. 얼굴은 붉어졌으며, 머리는 헝클어져 있었고 블라우스는 구겨져 있었다. 그녀는 자기의 모습이 두려웠다. 그녀는 핸드백에서 빗과 콤팩트를 꺼냈다. 심장은 계속 두근거렸으며 위잉하는 귀울림 소리도 그치지 않았다. 그녀는 멈칫했다. 폴이 다가와서 팔로 어깨를 감았기 때문이었다.

"왜 싫지?" 하고 그가 물었다.

그는 밝은 목소리로 묻고 밝은 눈으로 그녀를 똑바로 보았다. 그녀는 얼굴을 돌렸다.

"모르겠어요."

폴은 다정하게 미소지었다.

"어린 소녀도 아닌데 무엇을 두려워하지?"

"두려워하진 않아요."라고 엘렌은 말했다.

그녀는 상대의 팔에서 빠져나와 머리를 빗기 시작했다.

"아니야. 무언가 겁내고 있어." 폴이 말했다. 그는 그녀의 어깨를 살며시 잡았다. "그것도 무리는 아닐 거야. 여자는 처음 겪을 때는 흔히 겁을 내지. 하지만 당신처럼 용감한 여자가 다른 여자와 마찬가지로 겁을 낸다는 것은 좀 이상해."

그는 그윽한 눈으로 엘렌을 바라보았다. 그녀는 잠자코 머리를 매만지고 있었다. 어째서 이 사람은 이런 것은 침착하게 의논할 수 있을까? 그녀는 남자 앞에서 벌거벗으라는 말을 들은 것처럼 그의 말에 어쩔 줄 몰랐다.

"우리는 충분히 서로 신뢰하고 우정을 갖고 있으므로 당신이 좀더 적극적으로 되었으면 좋겠어."

"그래요."라고 그녀는 말했다.

그녀는 뭐라고 말해야 좋을지 몰랐다. 신뢰니, 우정이니 하는 것이 그녀의 육체에 괴로운 추억을 남기고 있는 저 유충(幼蟲)의 쓸쓸함과 무슨 관계가 있다는 말인가.

"어때?"라고 폴이 말했다.

그는 얼른 그녀를 세게 포옹했다. 당연한 일이지만, 여자가 잠자코 있을 때는 자기 쪽이 옳다고 그는 생각하고 있었다. 그녀는 몸을 움츠렸다.

"하지만 나는 싫어요." 하고 그녀는 잘라 말했다.

폴은 손을 풀지 않았다. 얼굴엔 약간 핏기가 서렸다.

"그렇지도 않은 것 같은데."라고 그는 말했다.

엘렌은 피식 웃었다.

"그래요, 나도 그건 알고 있어요."

"나도 그래."

엘렌의 얼굴은 불처럼 달아올랐다. 남자에게는 그녀의 심장 소리를 듣는 귀가 있고 눈도 있고 손도 있다……

"아까는 당신이 바로 몸을 긴장시켰기 때문이야."라고 그는 계속해서 말했다. "즐거운 생각만 하고 있으면……"

"그야 저도 누가 몸을 만져주면 기분이 달라질 거예요." 엘렌이 말했다. 그녀는 당황하여 말을 더듬거렸다. "저도 쌀쌀한 여자는 아니에요. 하지만 그렇다면 영화관에서 나를 집쩍거리는 불량배들과 함께 자고 싶다는 것과 같은 게 아니겠어요?"

"어째서 그렇게 생각하지? 일단 서로 잘 얘기하면 된다고 생각하지 않아?"

"하지만 이야기할 것이 있어야지요."라고 엘렌은 말했다. 그녀는 톤을 낮추었다. "내가 두려워하는 것으로 해두세요. 그것이 바보스런 짓이라는 것은 알고 있어요. 하지만 좀더 기다려보는 것이 좋겠어요. 머지않아 달라지겠지요."

"굉장한 고집이군." 폴이 말했다.

그는 그녀의 눈에 입을 맞추었다. 그녀는 입을 굳게 다물고 있었다. 그녀는 상대방을 때려주고 싶다고도, 입을 물어뜯고 싶다고도, 울고 싶다고도 생각하지 않았으나 모든 근육을 긴장시켜 체내에서 소용돌이치는 폭풍을 잠재우고 싶다고 생각했다.

"여기서 나가요." 그녀가 말했다.

"좋도록."

그는 순순히 계단으로 따라 나왔다. 그는 아직도 그녀를 잘 이해할 수 없는 여자라고 단념해버렸다. 그는 체념이 빨랐다. 그녀는 원망스런 눈으로 그를 바라보고 있었으나 그것은 곧 슬픔으로 바뀌어버렸다. 거리는 춥지도 덥지도 않았다. 사람들은 노곤하게 거리를 오가고 있었다. 피부의 안쪽도, 바깥쪽도 똑같은 느낌이었다. 춥지도 않고 덥지도 않았다. 엘렌은 완전히 취해버린 듯, 몸이 가루가 되어버린 것 같았다. 폴에게 안겨 있었다면 이처럼 구질구질한 일요일을 맛보지 않아도 되었을 텐데. 어찌하여 그녀는 그를 떠밀어버렸을까? 목구멍 속에서 터져나올 듯한 슬픔도, 체한 것 같은 답답함도, 메마른 입도, 실은 욕망에 지나지 않았던 것이다.

"그래."라고 폴이 말했다. "당신에게 제안할 것이 있어. 왜 우리는 당장 결혼하지 않는 거지?"

"결혼을?"

"응, 그래."라고 폴이 말했다.

엘렌은 한동안 멍하니 있었다. 결혼이라니. 암흑의 나라에나 있는 이야기

같고 신화에나 나오는 이야기 같았다. 그 이야기를 진지한 채 하기는 해도 누구나 진심으로 믿지는 않을 것이다.

"하지만 어디서 살지요?"

"내가 사는 집에서. 내가 잘 해주겠어. 당신이 봄까지 가족과 함께 있어야 할 이유는 없잖아?" 그는 엘렌을 다시 포옹했다. "불쌍하게도 당신은 불안해하는군. 그것은 생활이라 할 수 없어."

그녀는 그를 얄밉다는 듯 흘겨보았다. '그렇게 친절을 베풀지 않아도 좋아요.'라고 소리쳐주고 싶었다. 그것은 무척 바보스런 소리였다. 그는 그녀를 사랑하고 있었으나 그녀 쪽은 그렇지 않았다. 그녀가 사랑하고 있는 사나이는 그녀를 사랑해주지 않았다.

"결혼한다고 해도 별로 달라질 것은 없을 거예요."라고 엘렌이 말했다. "우리 안에 갇혀 있으면 아무 일도 할 수 없게 돼요. 방이 여러 개라면 또 몰라도, 나는 역시 생 자크 거리에서 매일을 보내야 해요."

"큰 변화야."라고 폴이 말했다.

"당신과는 더 못 만나게 될 거예요."

"하지만 우리들의 관계는 전혀 달라."

굴욕과 분노로 엘렌의 볼은 화끈거렸다. '이 사람은 지금 내가 남자를 필요로 하고 있다고 생각하는 것이다. 몇 날 밤이고 함께 정담을 나누는 것이 나의 마음을 가라앉히는 일이라고 생각하고 있는 모양이다.'

"저는 그런 관계는 갖고 싶지 않다고 말했잖아요." 그녀는 도전하듯이 말했다.

"하지만 당신은 평생을 처녀의 몸으로 지낼 생각은 아니잖아?"

"내가 함께 잘 수 있는 사람이 이 세상에서 당신밖에 없다고 생각하세요?"

폴은 그녀를 원망하듯이 보았다.

"엘렌, 아까의 내 행동이 잘못이었다면 사과하겠어. 하지만 그 찡그린 얼굴은 좀 펴지그래. 내가 바라는 것은 당신이 행복해지는 것뿐이오. 우리 좀더 터놓고 이야기하자구."

그녀는 자기가 억지를 부리고 있다는 것을 알고 있었다. 하지만 맑은 물을 휘젓고 싶었다. 그녀는 사랑받고 있다는 자신감에 차 있었다. 그것은 그의 죄일까? 그런 것은 아무래도 좋았다. 내가 그를 이처럼 골려주고 싶은 이상, 폴 쪽이 나쁜 것이 틀림없다.

"터놓고 얘기하다니요, 당신은 내가 왜 당신과 함께 자야 한다고 단정했지요?"

"이제 그만, 됐어."

폴은 기분이 상한 듯이 말했다.

그녀는 만족스럽다는 듯 미소지었다. 이 사나이를 화나게 한다는 것은 여간 어려운 일이 아니었다. 그러나 때로는 성공할 때도 있다.

"나, 지금 농담하는 것 아니에요. 당신이 이야기하고 싶다면 진지하게 이야기하자구요."

"나는 당신이 나를 사랑하고 있다고 생각했거든."

폴은 야유조로 말했다.

"당신은?" 하고 그녀가 말했다.

"나?"

"나를 사랑해요?"

그는 어깨를 움츠렸다.

"날 보고 어떻게 말하라는 거요?" 그는 말했다. "어째서 그런 바보 같은 질문을 하는 거지?"

"아, 알겠어요." 그녀가 말했다. "우리가 서로 사랑하고 있다는 것은 오래 전부터 다 알고 있으면서 새삼스럽게 묻다니, 무슨 뚱딴지 같은 소리냐 그 말이지요?"

"나는 그렇다고 생각해."

"하지만 나는 달라요." 그녀는 이렇게 말하면서 도전하듯이 그를 노려보았다. "내가 죽으면 당신은 자살하겠어요?"

"어린애 같은 소린 그만 하라구."

"당신은 자살 같은 것은 하지 않겠지요. 하지만 나와 정치 일과 어느 쪽을 택할 것이냐고 묻는다면 어느 쪽을 택하겠어요?"

"엘렌, 나는 벌써 골백 번도 더 말했잖아. 나의 일은 나 자신이야. 내가 나를 택하지 않을 수는 없지 않겠어? 하지만 나는 이처럼 당신을 사랑하고 있어. 나의 희망은 단 하나야. 모든 것을 당신과 나누어 가지는 거야."

"설혹 제가 당신의 행복에 도움이 된다고 해도……." 하고 엘렌은 말했다. "당신이 살기 위해 필요한 것은 아니군요."

"필요한 인간이란 있을 수 없어!" 폴이 말했다. "우리는 다같이 이렇게 살아 있잖아."

"그래요, 살아 있어요."

엘렌이 말했다.

폴로서는 두 사람이 함께 수년 동안 청춘을 보냈다는 것, 평범한 것에 대하여 함께 반항했다는 것, 앞으로 맺어지려고 하는 육체 사이에서 우정이 계속되었다는 것만으로도 충분히 튼튼한 유대가 될 수 있었다. 그러나 애정과는 전혀 별개의 것이다. 그것은 일종의 저주였다.

"하지만 당신은 목석의 여자는 아니겠지." 하고 폴은 말했다. "만날 때마다 가슴이 두근거리거나 머리 모양을 바꾸기도 하지 않았소?"

"사람을 경멸하는 것은 누구든지 할 수 있어요." 엘렌이 말했다. "서로 마음에 들고 얼굴이 밉지 않으면 그것을 연애라고 생각하나 보죠?"

"확실하게 말하면 좋잖아."라고 폴이 말했다. "당신은 내가 싫어졌다고 생각하고 있나 보지?"

그의 목소리에는 분노가 섞여 있었다. 엘렌은 잠자코 있었다. 갑자기 기운이 쫙 빠져버렸다.

"모르겠군요." 그녀는 중얼거렸다.

그녀는 불안한 얼굴로 폴을 바라보았다. 이 사람을 잃는다면 어떻게 될까? 나에게는 그밖에 아무도 없는 것이다. 그러니 이 사람이 없다면 어떻게 될 것인가?

"왜 그래?" 하고 그는 말했다. "내가 싫어졌소?"

"아니에요."

"내 품에 안기는 것이 싫은가?"
"아니에요."
"그럼 왜 그래?"
그들은 기상대의 공원을 가로지르고 있었다. 얼어붙은 땅에는 진흙이 깔려 있었고 나무에서는 조금씩 잎이 트고 있었다.
"그러면 도대체?"
폴이 되풀이했다.
"저는 당신이 좋아요."
그녀가 힘없이 말했다.
"하지만 나와 함께 살기는 싫다는 말이군."
폴은 냉소적이었다. 그는 불안했다. 그러나 이것은 흥분한 아가씨의 변덕으로밖에는 생각할 수 없었다. 그녀는 뚜렷한 이유도 없이 기분이 상해 있을 때가 종종 있었기 때문이었다.
"결혼 같은 것은 나에게는 어울리지 않는다고 생각해요."
그녀는 말했다.
"한 시간 전만 해도 함께 여러 가지 계획을 세우곤 했으면서……."
"하지만 당신의 뜻을 거역할 순 없잖아요." 엘렌의 목소리는 자기가 생각해도 이상할 정도로 저돌적이었다. "당신은 자기가 하는 일에만 자신이 차 있어서 내 의견 같은 것은 물어보지도 않았어요."
"보통때는 내가 부탁하지 않아도 당신의 의견을 거침없이 말하지 않았소?" 폴은 이렇게 말하면서 불안한 시선으로 엘렌을 보았다. "나를 원망하는군."
그는 타협이라도 하려는 듯이 말했다.
"내가 싫어하는 말만 골라서 하는군."
"하지만, 사실이 그렇지 않아요? 내가 당신과 결혼하고 싶어 하지 않는 것이 당신은 못마땅하단 말이지요?"
그녀는 걸음을 멈추고 공원 한 구석의 난간에 손을 얹었다.
"정말이오?" 그는 말했다. "나를 사랑하지 않는단 말이지?"

그녀는 대답하지 않았다.
"그렇다면 당신은 전부터 나를 속이고 있었군."
그의 목소리는 정치 논쟁을 할 때만 사용하는 단호한 억양으로 변했으며 그 표정은 험상궂었다. 엘렌은 문득 무섭다는 생각이 들었다. 이 사람은 이제 나의 것이 아니다. 내 앞에 버티고 서서 나를 심판하고 있다.
"속인 것 하나도 없어요. 당신을 무척 사랑하고 있는걸요."
그녀는 애원하듯 말했다. 그에 대한 행동이 너무나 서툴다. 상대방이 그것을 눈치채면 안 된다. 그렇지 않고는 창피해서 서 있을 수도 없을 것이다.
"나를 속이지 말아주오! 우리 사이에는 어떤 오해가 있었다고 확실히 말하라구."
"그렇게 생각했지만……."
"마치 여점원 같군. 당신은 바보 같은 말싸움만 걸고 있어. 당신은 언제나 진지하게 말한 적이 없었지."
엘렌의 눈에는 눈물이 글썽거렸다. 그는 진짜로 그녀를 경멸하고 있는 것 같았다. 아직까지 이쪽에선 눈치채지 못했지만 나를 경멸한 적이 종종 있었던 것은 아니었을까? 그가 아무렇지도 않게 내가 말하는 대로 잠자코 있었던 것은 나의 비위를 맞추기 위해서가 아니었을까 하고 그녀는 문득 생각했다.
"당신의 기분을 상하게 하는 것이 두려웠던 거예요."
그녀는 비참한 기분으로 말했다.
"엘렌, 당신은 다 알고 있으면서 그런 소리를 하는 거지?"
그는 정말로 그녀를 경멸하고 있었다. 그의 눈빛이 갑자기 흐려지더니 무엇을 생각하고 있는지 확실하게 알 수 없었다. 착란이라도 일으킨 것 같았다. 머릿속의 갖가지 생각을 어떻게 억제할지 모르는 것 같았다. 엘렌은 울음을 터뜨렸다.
"훌쩍거리지 마."
폴이 말했다.

그녀는 입술을 깨물었다. 그녀는 마치 떼를 쓰는 어린애처럼 바둥거렸다. 그에 대해서 대등하게 대답할 수 없는 것일까?

"지금까지의 나는 나의 감정을 확인해보지 못했어요. 당신을 사랑하고 있다는 생각에 너무 익숙해 있었거든요."

그녀는 그의 시선을 견뎌낼 자신이 없었다.

"조금씩 말이지요."

그녀는 막연하게 말했다.

그는 그녀의 팔을 잡았다.

"다른 사나이를 사랑하고 있는 것이지?"

이번에는 그가 여자의 마음을 읽어버렸다. 너무 빨랐다. 그녀는 뭐라고 말해야 좋을지 알 수 없었다. 그녀는 이 사나이를 잃으려 하고 있었다. 잃고 싶지는 않으면서도……

"누구야, 그 작자는?"

"그런 게 아니에요."

그는 어깨를 움츠렸다.

"고백하고 싶지 않단 말이군!"

무엇을 고백하란 말인가? 자기가 이처럼 폴에게 마음이 이끌리고 있다고는 생각치도 못했다! 지금까지 그가 이처럼 현실적으로 보인 적은 없었다.

"그럼, 좋아."라고 폴이 말했다. "안녕."

그는 휙 돌아서서 그녀가 어쩔 겨를도 없이 가버렸다. 그녀는 쫓아갔다.

"폴!"

그는 뒤돌아섰다.

"왜 그래?"

그녀는 말없이 그의 앞에 섰다. 그녀는 그를 잃고 싶지 않았다. 내가 그를 사랑하지 않더라도 그는 나를 사랑해주길 바랐다. 그러나 적당한 말을 찾아낼 수가 없었다.

"됐어. 고백할 결심이 서거든 그때 알려줘."

그녀는 멀어져가는 그를 바라보고 있었다. '나를 못된 여자라고 생각했겠지. 나는 그에게 못 할 짓을 했어.'라고 그녀는 절망했다. 그녀는 축축한 벤치에 털썩 주저앉았다. '이제 나에게는 아무도 없다. 내가 나빴어.' 눈물로 목이 막혔다. 그는 눈물도 흘리지 않았으며 어떻게 행동해야 할 것인지도 알고 있었다. 하지만 그 또한 나 때문에 불행해졌다. '나는 조금도 그의 기분을 생각하지 않았었다. 다만, 충실하고 마음씨 착한 사람으로서 곁에 두고 싶었던 것이다. 나는 비겁하고, 경박하고, 불성실한 여자였다. 꺼림칙한 여자였었다.' 그녀는 그렇게 생각했다. 그녀의 마음을 아프게 하는 회한, 그 어떤 죄도 지워주지 않는 무익한 회한은 도저히 견디기 어려웠다. '용서해줘요……' 하지만 무거운 죄책감에서 해방되어 마음이 훨훨 날아갈 하늘은 이제 없었다. 그녀는 완전히 자기 안에 움츠려 지하에 묻혀버린 시체처럼 고독하고 쓸쓸했다.

'그 사람을 만나고 싶다.' 엘렌은 벤치에서 일어나서 달리기 시작했다. '그 사람은 폴과 잘 얘기해보고 오라 하겠지. 하지만 내가 만나고 싶은 것은 그 사람인 것이다.' 그녀는 버스의 발판으로 뛰어올랐다. 그 사람이 매정한 얼굴을 하고 있더라도 어쩔 수 없지. 그 사람에게 물어보지 않으면 안 된다. 그 사람이 이해하여 줄 것이라 생각하기만 해도 두려운 생각이 사라질 것만 같았다. 이 답답한 오후도, 회환도, 고뇌도 일체가 그 사람을 위하여 존재하게 될 것이다. 그렇게 되면 아무것도 후회할 필요는 없으며 아무것도 바랄 것이 없을 것이다.

엘렌은 버스에서 뛰어내렸다. 소플루아 거리. 그 사람이 살고 있는 집. 한 줄기 전율이 등골을 오싹하게 했다. 그녀의 주변은 빽빽이 들어차서 숨이 막힐 지경이었다. 그 사람 앞에 서면 공기가 없는 것처럼 답답해진다. 사층 왼쪽, 어느 창이던가? 창문이 많이 있었다. 어두운 창이나 밝은 창. '눈 딱감고 가보면 어떨까?' 그 사람은 가끔 접대삼아 한 시간쯤 만나주었었다. 무례한 여자라고 생각하여 화나게 하면, 그 사람은 그것을 핑계삼아 두 번 다시 만나주지도 않을 것이다. 그녀는 계단을 올라갔다. 문 아래로 불빛이 새어나오고 있었다. '그 사람은 저기에 버젓하게 존재하고 있다.' 그녀는 가슴을 두근거리며 그렇게 생각했다. 그녀는 숨을 죽였다. 방 안에서는 두런거리는 이야기 소리가 작게 들렸다.

그녀는 계단을 뛰어내렸다. 볼이 화끈거렸다. '내가 무슨 일을 하려는 것일까?' 그녀는 집을 바라보았다. 물러갈 생각은 없었다. 이곳이야말로 생활이 있는 것이다. 그녀는 벽에 기대어 창문을 세어보았다. 저 작고 밝은 창 너머에야말로 모든 생활이 있었다.

창문이 어두워졌다. 엘렌은 물러서서 현관 뒤에 몸을 숨겼다. 오랫동안 그렇게 있었음에 틀림없다. 몸이 얼어붙고 있었다. 그녀는 한동안 기다리고 있었다. 마들렌이 건물 입구로 나왔다. 브로말이 그 뒤로 따라나왔다. 그는 그녀의 팔을 잡았다. 왜 하필이면 그녀의 팔을 잡고 있을까? 어째서 그녀를 사랑하고 있는 것일까? '그녀를 더 똑똑히 볼 것을 그랬다.' 엘렌은 그렇게 생각했다. 못생기고 나이가 들었으며 멍청한 여자라고만 생각했었다. 하지만 그 사람이 사랑하고 있는 만큼 그녀에게는 아름다움이나 지성 이상의 무언가 고귀한 것을 갖고 있음이 분명했다. 엘렌은 벽에 기대어 살금살금 전진해갔다. 마들렌은 초라한 청색 외투, 빨간 머플러와 얼굴을 반쯤 가리는 펠트 모자를 쓰고 있었다.

두 사람은 한 레스토랑으로 들어갔다. 노란색으로 칠한 작은 레스토랑이었는데 문 앞에는, 여름철에는 테라스로 이용할 것이 틀림없는 울타리를 두른 터가 있었다. 엘렌은 창문 가까이 갔다. 그들은 테이블에 마주앉아 있었다. 두 손으로 메뉴판을 들고 있는 브로말의 옆 얼굴이 보였다. 그는 이곳에 자주 오는 모양이었다. 엘렌은 하녀, 스탠드, 빵 바구니, 과일, 큼직한 소시지가 놓여 있는 사이드 테이블을 보았다. 어떤 의미에서는 환멸이었다. 그가 어째서 특히 이 레스토랑을 택했는지 알 수 없었다. 향신료 통, 종이로 만든 식탁보는 수수한 것이어서 별다른 의미도 없었다. 몇 번을 보아도 똑같았다. 브로말의 속마음은 도무지 이해할 수가 없었다. 그래도 엘렌은 만족스러웠다. 이러한 배경이 아무런 힘도 들이지 않고 일거에 확실한 것으로 눈앞에 나타났지만 그녀 혼자서는 도저히 생각해낼 수 없는 것이리라.

'무엇을 먹고 있을까?' 엘렌은 까치발을 하고 보았으나 테이블은 거의 보이지 않았다. 그가 다른 사람과 마찬가지로 식사를 할 것이라고 생각하니 우스웠다. 그는 접시에 담긴 음식을 바라보고 입 안에서 맛을 보면서 열심히 씹고 있었다. 엘렌은 그가 다른 사람과 전혀 다른 것이 없다는 생각이 들자 마치 자기가 그와 마주앉아 식사를 하고 있는 듯한 착각에 사로잡혔다. 그는 전혀 식욕이 동하지 않는 것 같았다. 그는 누구에게도, 그 무엇에도, 자기의 몸에도 의지하고 있지는 않았다.

엘렌은 창가에서 멀어졌다. '돌아가는 편이 낫겠다.' 두 사람은 틀림없이 같이 돌아갈 것이다. 브로말에게 말을 걸 수는 없을 것이다. '돌아가자.' 그녀는 다시 한 번 자기 자신을 감추어버리는 것이다. 자기와 함께 희망, 실망, 피로를 없애버리는 것이다. 그러나 그녀에게는 그럴 만한 용기가 없었다. 그러나 적어도 기대는 있었다. 단념해버리면 죽도 밥도 안 된다. 부재(不在)도, 존재도 다 없어져버린다. 여덟시다. 전화를 걸어야겠다. 그러나 저 사기 접시나, 낡은 코코아 잔이 있는 식당은 멀어져버렸다. 전화줄 앞에 그것을 불러낼 수 있다고는 도저히 생각할 수 없었다. 저 나른한 식물적 세계와 브로말의 존재가 번쩍거리고 있는 거리 사이에는 깊은 심연이 있었다.

그녀는 부르르 몸서리쳤다. '어디로 가는 것일까?' 두 사람은 레스토랑에서 나왔다. 그녀는 또 그들을 미행했다. 그를 보면서 뒤쫓는 것은 그와 그녀 사이에 연결을 짓는 것이다. 나는 밤새도록 뒤쫓을 것이다. 가슴에 밀려오는 생각이 있었다. 두 사람은 지하철 계단으로 다가가고 있었다. 두 사람은 악수했다. 마들렌은 계단으로 내려갔고, 브로말은 발길을 돌렸다.

엘렌은 가로등 뒤에 숨어 그가 지나가는 것을 보았다. 그러나 그의 고독을 당장 방해하고 싶지는 않았다. 외톨이가 된 그. 이제 그는 자기를 위해서만 존재했다. '저 사람은 무엇을 생각하고 있을까?' 마들렌과 팔짱을 끼고 있을 때보다 그는 빠르게 걷고 있었다. 발걸음은 훨씬 무거워 보였다. 그때의 그는 정말로 그다워 보였다. 그가 참다운 모습으로 자기와 마주보고 있다고 생각하니 그녀의 가슴이 두근거렸다.
"안녕하세요?" 하고 엘렌이 말했다.
그녀는 그의 손을 잡았다. 그는 뒤돌아보았다.
"이런 데서 뭘 하고 있지요?"
"당신을 뒤쫓아왔어요."
"언제부터."
"오늘 밤 내내."
그녀는 웃었다. 이 사람의 얼굴을 마음속 가까이 받아들이고 있으면 이야기하는 것도, 웃는 것도 어렵지 않았다. 이 서먹서먹하고, 붙임성 있는 시선을 그녀는 확실하게 기억하고 있을 수가 없었다.
그는 머뭇거리면서 그녀를 지긋이 보고 있었다.
"나를 만날 일이라도 있었습니까?"
"네, 말씀드릴 것이 있어요. 당신의 집으로 가요."
"그래도 괜찮겠습니까?"
그녀는 말없이 그와 나란히 서서 걸었다. 그의 뒤에서가 아니라 나란히. 조금 전까지는 그의 뒤를, 마치 그림자처럼, 비틀거리며 뒤쫓아왔었다. 그러나 이제는 그렇지 않았다. 시가는 그녀의 생활 속으로 들어왔다. 조금 전 그녀가 살금살금 올라갔던 계단을 그는 올라오라고 했다.
"이곳이 당신이 살고 있는 곳이군요." 하고 그녀는 말했다.
"그래요, 깜짝 놀라는 것 같군요."
그는 미소짓고 있었다. 그녀가 그를 머릿속에 떠올릴 때는 그는 나이가 없는 것 같았으며 얼굴은 너무나 엄격해보였다. 그의 야유 섞인 눈빛이나 움직이는 콧구멍이나, 이따금 그를 나이보다도 젊게 보이게 하는 발랄함은 잊고 있었다. 그는 스토브로 다가가서 수북하게 쌓여 빨갛게 불이 붙은 탄 덩이를 쑤셨다.
"불을 쬐세요, 몸이 얼었을 텐데."
"아니, 괜찮아요."
그녀가 말했다.

그의 방. 그녀는 융단, 깨끗한 커버가 씌어져 있는 소파, 책이 가지런히 꽂혀 있는 책장, 벽에 걸려 있는 이상한 그림 등을 두리번거리며 보았다. 그는 자기 일에 대해서 모든 책임을 지고 있었으므로 무엇 하나도 우연히 일어나지는 않은 것처럼 생각되었다. 그러나 가구를 주의 깊게 고른 것 같지는 않았다. 오히려 그의 옷, 생활의 배경, 먹고 있는 요리 같은 것은 그를 위해서 완전히 영원성을 띠고 있어서 불변인 것처럼 여겨졌다.

"그래, 할 말이란 무엇이지요?" 그는 의심가는 눈길로 그녀를 보면서 말을 꺼냈다.

"저어, 폴과 헤어졌어요."

그녀가 머뭇거리며 말했다.

"헤어져요? 싸움이라도 했다는 말입니까?"

"아니요. 완전히 끝장을 냈어요."

그는 그녀 앞에 앉아 있었다. 그녀는 그에게 그 경위는 말하고 싶지 않았다. 그가 거기에 있었다. 그 밖의 것은 아무것도 중요하지 않았다.

"저는 그 사람을 사랑하지 않아요."

"정말인가요?"

"물론이죠."

그는 약간 걱정스럽다는 듯 불 쪽으로 얼굴을 돌렸다. 그는 그녀의 일을, 자기의 일을 생각하고 있다. 그녀는 이제 아무것도 생각할 필요가 없다. 회한도 없고, 걱정도 없이 그녀는 얌전하게 그의 손바닥 안에 자기를 움츠리고 있었다.

"그 사람은 뭐라고 하던가요?"

"그 사람은 불만이었어요." 하고 엘렌이 말했다.

"그 사람은 당신을 사랑하고 있습니다." 브로말은 엘렌을 보면서 말했다. "비록 연애 감정 같은 것은 느끼지 못하더라도 헤어져서는 안 됩니다."

"물론 그 사람과 또 만나고는 싶어요. 그렇지만 결혼하고 싶지는 않아요……. 그리고 애정도."

그녀는 잘라 말했다.

잠시 침묵이 흘렀다.
"날 보고 그 얘기를 해달라는 말인가요?"
"아니 그럴 필요는 없어요."
"그럼 날더러 어떻게 하라는 말입니까?"
"아무 일도 해주시지 않아도 돼요."
"그러면 왜 나를 찾아왔지요?"
"당신도 알고 있으라고요."
브로말의 안색이 흐려졌다.
"제가 와서 기분이 언짢으신가요?"
그녀가 말했다.
"나는 별 도움이 되어드리지 못할 것 같군요."
"물론 그래요. 나를 만났다고 해서 당신은 별 도움이 되지 않는다고 생각하시겠지요."
브로말은 말없이 빨갛게 타오른 석탄을 쇠꼬챙이로 쑤시고 있었다. 그는 자문자답하고 있는 것이다. 머릿속에서 갖가지 이야기를 하고 있는 것이다. 그의 몸에 닿으면 기분이 좋아질 것 같다. 이 검은 머리 아래엔 내가 모르는 것이 많이 들어 있을 것이다.
"나, 계산해보았어요. 당신은 한 달에 세 시간 정도밖에는 만나주지 않겠지요. 그렇다면 당신의 생활의 이백사십분의 일이에요."
"그것은 이미 몇 번이나 설명해드리지 않았던가요……."
"당신의 이유는 사리에 맞지 않아요." 엘렌은 말했다. 그리고 얼굴을 돌리며 말을 이었다. "내가 당신을 좋아하게 되지나 않을까 하고 걱정하시죠? 하지만 나는 벌써 당신이 좋아졌는걸요."
그는 다시 침묵을 지켰다. 그는 무뚝뚝한 얼굴로 불만 보고 있었다.
"무엇을 생각하시죠?"
그녀가 물었다.
"당신과 더 이상 만나서는 안 되겠다고 생각하고 있어요."
엘렌은 팔걸이의자의 팔걸이를 잡았다.

"하지만 당신이 생각하는 대로는 되어드리지 않을 거예요."라고 그녀는 말했다. 그녀를 사로잡은 공포는 창자가 오므라들 정도로 심한 것이었다.

"매일 당신이 공장에서 돌아오는 길목에서 지키고 있겠어요. 그리고 끝까지 뒤쫓아서 나는……."

"제발 그러지 말아요. 그런 일을 한다 해도 나한테서 아무것도 얻지 못한다는 것을 알잖아요."

엘렌의 눈에서는 분한 듯 눈물이 흘렸다.

"어째서죠?"

"나는 당신을 사랑하고 있지 않습니다."

그는 냉정하게 말했다.

"당신이 저를 사랑하지 않는다는 것은 잘 알고 있어요. 그래도 좋아요." 그녀는 아주 난폭하게 말했다. "사랑해달라고 애걸하지 않겠어요."

"폴이 당신을 사랑하고 있지 않습니까? 폴은 나의 친구입니다. 그리고 마들렌도 있고요. 그녀가 불행해집니다. 그녀에게는 내가 필요합니다."

"저도 당신이 필요해요." 엘렌이 울먹이면서 말했다.

"아니요. 당신은 단지 기분전환이 필요할 뿐입니다. 당신이 생각했던 것보다 훨씬 빨리 나를 잊게 될 것입니다."

그는 신경질적인 표정을 짓고 있었다. 미간에는 두 개의 주름이 잡혀 있었으나 목소리만은 온화했다. 마치 바위 같았다.

"그것은 거짓말이에요." 그녀가 말했다. "저는 결코 당신을 잊지 않아요. 하지만 당신은 어차피 마찬가지입니다. 당신이 나의 소문을 듣지 못하게 되었을 때, 나는 길바닥의 조약돌처럼 불행해질 것이고, 당신은 속이 후련하겠지요." 그녀는 목소리를 죽여서 '이중인격자'라고 했다.

"자, 그만 돌아가시지요."

브로말이 말했다.

그녀는 빤히 그를 보았다. 그녀의 손은 의자의 팔걸이를 더욱 꽉 쥐었다.

"돌아가지 않겠어요."

그는 자리에서 일어섰다.

"그러면 내가 나가지요."
"그렇게 나온다면……." 그녀는 갈라진 목소리로 말했다. "마구 때려 부수겠어요. 당신의 서류 같은 것 다 찢어버리겠어요."
"여기엔 중요한 것은 아무것도 없으니까 마음대로 하시지."
그는 외투를 들고 문을 열었다. 그녀가 소리쳤다.
"안 돼요. 싫어요, 돌아오세요!"
그녀는 그를 뒤따라 계단을 뛰어내렸다. 그러나 그는 빠른 걸음으로 걸어갔다. 그녀는 숨을 헐떡이며 따라갔으나 그는 이미 통행인의 인파에 휩쓸려서 길모퉁이로 사라져버렸다.
"기억해두는 것이 좋을 거야. 꼭 기억해두라고."
그녀는 손수건을 짓씹었다. 그는 아무것도 뼈저리게 느끼지 못할 것이다. 그녀는 그에게 아무런 상처도 입힐 수 없었다. 그에게는 손이 미칠 수 없었던 것이다. 그녀는 가로등에 기댔다. 머리 끝까지 화가 치밀어서 길바닥에 쓰러질 것만 같았다.
나는 그 사람을 증오한다. 그녀는 버스에 뛰어올랐다. 그 사람은 절대로 나를 사랑해주지 않을 것이다, 결코. 달짝지근하면서 구역질나는 고통이 있었다. 이 미지근하고 끈적거리는 것 속에 매몰되기는 싫다. 폴이 당신을 사랑하고 있어요. 나는 폴과 함께 자야 할 운명이라고 그들은 생각하고 있을까? 기억해두는 것이 좋다. 나라도 할 수 있다. 자기를 엉망진창으로 만들어버리는 것이. 나는 흙탕물 속에 몸을 빠뜨리고 말 것이다. 1년 후에는 그 사람은 나와 길모퉁이에서 만나게 될 것이다. 내가 '잠깐 같이 놀지 않겠어요?'라고 말해주면 그는 '아, 당신이었군!' 하고 놀라겠지. 그녀의 앞자리에 있는 중년 사나이를 그녀는 유혹의 눈길로 바라보았다. 그 사나이는 그녀를 빤히 쳐다보았다. 그녀는 눈길을 돌렸다. 나는 겁쟁이야. 좀더 용기를 내자. 당신은 기분전환이 필요해. 어떤 식으로 기분전환을 하는지 지켜보는 것이 좋아! 죽도록 취해주겠어. 버스의 바퀴 밑으로 뛰어들겠어. 폴이 그 사람에게 말하겠지
'어제 엘렌이 버스의 바퀴에 깔렸어.'라고 그러면 어떤 표정을 지을까.

앨렌은 버스에서 내려 담배 판매점 겸 카페로 들어갔다. 그는 전화 박스 쪽으로 걸어갔다.

"여보세요, 페틀리외 씨 계십니까?"

가까이서 웅성거리는 소리와 발자국 소리가 들렸다. 프란시스, 투르니에르, 어느 말뼈다귀라도 상관없으니 전화를 걸자, 아무라도 상관없다.

"여보세요."

"여보세요. 나 엘렌이야."

"아니 웬일이야. 당신은 영 못 만날 줄 알았는데……."

"오늘밤 나하구 외출하지 않겠어?"

"나하고?"

"나, 마음껏 취해보고 싶어."

엘렌이 말했다.

잠시 침묵이 흘렀다.

"그럴 것이 아니라, 이리 와서 마시자구." 페틀리외가 말했다. "좋은 술도 있고 레코드도 있으니까."

"좋아, 가겠어."라고 엘렌이 말했다.

5

나의 유일한 연인. 그것은 정말 당신일까. '너는 여기 있다.'고 아직도 말할 수 있을까. 하지만 바로 네가 여기 있다. 그녀는 한 시간 전부터 완전히 딴 사람이 되어 있었다. 괴로워하고 있는 것 같았다. 호흡은 짧아졌으며 푸르스름한 피부 아래 힘줄이 툭 튀어나와 있었다. 너는 이런 길을 택할 것이 아니었다. 이 신음, 이마의 땀, 얼굴에 상기된 검푸른 핏기, 이미 너의 체내에서 물씬거리는 죽음의 냄새. '선택하는 것은 나다.' 누가 택한 것인가? 내 앞에 앉아서 머리를 흐트러뜨리고 창백한 얼굴을 내밀고 온몸을 내던지고 거기에서 너는 천진스럽게 믿고 있었다. 그러나 나는 네가 동시에 다른 곳에 미래의 깊숙한 구석에 있다는 것을 알고 있었다. 나는 누구를 택해야 했을까? 내가 어떻게 결심하든 나는 언제나 너를 배반했던 것이다.
 하지만 나는 그것으로 엘렌과의 관계를 끝낸 것이라고 생각하고 있었다. 석달 동안 그녀와는 만나지 않았다. 그녀와 폴 사이는 정말로 끊겨버렸다. 그 또한 엘렌이 어찌 되었는지 알지 못했다. 그녀 또한 마음을 단단히 고쳐먹고 나를 완전히 잊어버린 것으로 생각했다. 나는 안도의 한숨을 내쉬었다. 나는 그녀가 약간 무서워졌다. 어느 토요일 아침, 내가 면도를 하고 있는데 벨이 울렸다. 문을 열자 낯선 갈색 머리의 여인이 서 있었다.
 "당신이 장 브로말 씨입니까?" 하고 낯선 여인이 물었다.
 그녀는 험악한 눈으로 나를 바라보았다. 눈이 부리부리한 깡마르고 키가 작은 유태계 아가씨였다.
 "내가 바로 브로말입니다만……."
 "저는 엘렌 베르트랑의 친구인데, 저의 이름은 이본이라 합니다. 말씀드릴 것이 있어서……."
 나는 경계의 눈초리를 놓치지 않았다. 엘렌은 이 여자에 대해서 자주 말한 적이 있었다. 엘렌과는 단짝으로, 끄나풀이기도 했다. 이 여자들은 무슨 꿍꿍이를 하고 있을까?
 "자, 앉으시지요. 그래 무슨 일인가요?"
 그녀는 난로 옆에 앉았다. 불은 피우지 않았었다.
 "엘렌에게 아이가 생겼어요."
 "엘렌에게? 그게 무슨 소리죠?"
 "그런데 엘렌은 그 아이를 기를 생각이 없습니다. 그녀를 받아줄 사람을 내가 찾아냈어요."
 그녀는 나를 보지 않았다. 검고 차가운 조개탄을 쌓아놓은 불판을 보고 있었다. 무슨 소린지 잘 납득이 가지 않았다.
 "어째서 그런 이야기를 하러 왔지요? 나와는 아무런 관계도 없는 이야깁니다."
 이본의 눈은 분노로 이글거리고 있었다.
 "그야 물론이지요!" 하고 그녀는 말했다.

"엘렌이 폴에게 말하면 되지 않습니까? 그 사람이라면 신뢰할 수 있을 텐데요."

"그러면 당신은 그 아이가 폴의 아이라고 생각하는 모양이군요."

이본이 말했다.

나는 묘하게 가슴이 쑤시는 것을 느꼈다.

"그 사람의 아이가 아니란 말인가요?"

"아닙니다!" 이본은 어깨를 움츠렸다. "그래서 엘렌은 그 아이를 전혀 키우고 싶지 않은 것이죠. 아시겠습니까?"

"그렇습니까? 그런데 내가 어떤 도움이 되어드릴 수 있을까요? 돈이 필요하단 말인가요?"

"아니요, 당신의 돈은 필요없습니다."

"그러면?"

이본은 적의가 담긴 눈으로 나를 노려보았다.

"실은 누군가가 하룻밤 그녀를 간병해주어야 할 것 같아요. 하지만 저는 그럴 수가 없어요. 정신 이상인 어머니를 모시고 있는데 한시도 그 곁을 떠날 수가 없거든요. 그리고 그녀에게 방을 빌려줘야 하거든요."

이번에는 내 쪽에서 그녀를 의심에 찬 눈으로 보았다. 나는 종종 엘렌에게 골탕을 먹은 적이 있었다! 내 곁에 하룻밤 있고 싶어서 꾸며낸 계략이 아닐까. 나의 시선을 피하는 이 검은 눈 속에서는 아무것도 읽어낼 수가 없었다.

"그 얘기가 사실이라면 기꺼이 도움이 되어드리겠습니다."

"정말이시죠? 이런 것을 농담으로 말하다니 그건 말도 안 돼요."

그녀는 뾰루퉁해서 말했다.

"엘렌은 도무지 이해할 수가 없습니다."

"엘렌이 어째서 당신에게 이런 이야기를 하고 싶어 하지 않는지 알 것 같군요."

"나에게 말하기를 꺼리던가요?"

"그랬어요. 하지만 달리 아는 사람이 없었어요."

나는 머뭇거렸다.
"그런데 엘렌의 생활에는 폴밖에는 없었는데, 어쩌다가 그런 일이 벌어졌지요?"
이본의 눈이 반짝거렸다.
"어느 날 밤인가 당신은 그 여자를 내쫓았지요?" 그녀가 말했다. "엘렌은 그때 당신에게 도움을 청하러 갔던 거예요. 그런데 내쫓겼던 거지요. 그러자 엘렌은 친구와 같이 술을 마시러 갔습니다……그러다가 이렇게 되어버렸습니다."
"그러면 그 친구는 알고 있나요?"
"그 사람은 아주 질이 좋지 않습니다. 그 일이 있고는 두 번 다시 만나지 않는답니다."
잠시 침묵이 흘렀다. 엘렌이라면 어쩔 수 없다. 내가 내쫓았으니까. 나는 또 가슴이 쑤셔오는 것을 느꼈다.
"엘렌을 맡은 사람은 확실한 사람인가요?"
"그렇게 생각해요. 다만 나는 그 사람을 찾아내느라 여간 애먹은 게 아니에요. 그 일로 해서 시간도 여간 많이 빼앗긴 것이 아닙니다. 한 달만 빨랐더라면 모든 것을 간단하게 해결했을 텐데." 그녀는 또 이렇게 덧붙였다. "당신에게 폐를 끼치게 되지도 않았을 텐데 말입니다."
"내가 어떻게 해야 좋겠습니까?"
"그저 당신이 곁에 있기만 하면 됩니다. 고통이 심해보이며 에테르를 약간 맡게 하세요. 상태가 나빠지거나, 아침까지도 고통이 멎지 않거든 리틀레 3201번으로 전화를 걸어주세요. 그리고 이본의 말이라 하면서 뤼시 부인을 바꿔달라고 하세요. 환자의 상태가 좋지 않으니 빨리 와달라구요."
"알겠습니다. 엘렌에게 내가 기다리고 있겠다고 전해주시지요."
"여섯시쯤에는 올 거예요."
이본은 잠시 머뭇거렸다.
"엘렌이 당신에게 전해달라고 했어요. 이 일이 원만하게 해결되지 않으면 당신에게 폐가 될지도 모른다고요."

"내 걱정은 말라고 전하시오."
그녀는 일어섰다.
"그럼 안녕히."
그녀는 웃지도 않은 채 나의 손을 잡았다. 그녀는 나를 원망하고 있는 것이다. 그녀는 계단을 내려가 길모퉁이를 돌아갔다. 그녀는 나의 영상을 머릿속에 넣고 가서 격렬하게 저주를 퍼부으면서 바라보겠지.
나는 솔을 집어들고 다시 볼에 비눗물을 발랐다. 책망하든 말든 아무래도 좋았다. 그녀는 내가 폴을 배반하고 또 마들렌을 버리기를 바랬을까? 나는 엘렌에게 그 어떤 의무도 없었다. 서툰 면도로 볼에 살짝 상처를 입었다. 그녀는 어떤 눈초리로 나를 보았을까! 나를 마치 악당처럼 보았겠지. 그는 버럭 화를 내면서 말했다.
"하지만 엘렌에게 아이를 낳게 한 것은 내가 아니다."
나는 큰소리로 이 말을 되풀이했다. 그러나 마음속에서는 의문이 꼬리를 물었다. '아니, 어쩌면 내가 아닐까?'
"폐가 되겠지요?"
엘렌이 말했다.
"천만에……."
그녀는 방문 앞에 서 있었다. 지금까지는 본 적이 없는, 쭈뼛쭈뼛하면서 그녀는 큰 보따리를 끼고 있었다. 나의 최후의 희망도 사라져버렸다. 이본이 한 말은 거짓말이 아니었다. 농담이 아니었다. 엘렌의 파란 옷 속에는 그녀의 피로 기르고 있는 어린 아이가 들어 있는 것이다.
"어서 불 가까이 오라구. 난로를 따뜻하게 피워두었어."
나는 테이블에 꽃병을 올려놓고 침대에는 새로 빤 시트도 깔아놓았다. 그녀는 들뜬 눈초리로 사방을 두리번거렸다.
"제 마음이 가라앉을 때까지 잠시 밖에 나가 있어 주시겠어요?"
나는 외투를 걸쳤다.
"뭐 필요한 것 있으면 말해요. 사다줄 테니."
"아니, 됐어요." 그녀는 또 덧붙여 말했다. "삼십분쯤 있다 오세요."

밖은 벌써 캄캄했다. 여자들은 연인과 팔짱을 끼고 걷고 있었다. 그것은 여자다운, 웃는 얼굴을 보이는 여자들이었다. 엘렌에게도 남자가 있었던 것이다. 못된 녀석이다. 그 녀석은 그녀에게 나쁜 짓을 한 것이다. 그녀는 무척 고통을 겪을 것이다. 아직도 어린 몸인데. 휘황하게 불을 밝힌 가게에서는 주부들이 저녁상을 차리기 위해 빵이나 햄을 사고 있었다. 그들은 먹고 잠잘 것이다. 이 밤은 끝나가는 하루와 시작하려는 하루를 이어주는 연결선에 지나지 않는다. 그러나 같은 방에서 엘렌은 산더미처럼 불룩한 배를 하고 있다. 밤은 어둡고 위험한 광활한 사막이다. 우리는 아무런 구원도 없이 그것을 횡단하지 않으면 안 될 것이다. 내가 방으로 돌아와보니 그녀는 침대에 누워 있었다. 그녀는 빨간 레이스로 테를 두른 흰 잠옷을, 기숙사 학생용 잠옷을 입고 있었다. 그녀가 안고 온 큰 보따리는 보이지 않았다.

"몸은 어때?"

"묘한 기분이에요."

그녀의 손은 떨리고 있었다. 온몸이 떨리고 있었다. 이도 덜덜 떨고 있었다.

"추워?"

나는 침대맡에 걸터앉아 그녀의 손을 잡았다.

"아니요, 신경이 좀 날카로워졌을 뿐이에요."

그녀는 낮은 목소리로 말했다.

그 이빨은 계속 떨렸고 시튼 위의 손은 경련을 일으켰다.

"저에게 정나미가 떨어졌지요?"

그녀가 말했다.

"바보 같은 소리. 내가 그런 남잔줄 알아?"

"그래요. 정나미가 떨어졌겠지요."

그녀는 더듬거리며 말했다.

눈물이 한 방울 그녀의 볼 위로 흘러내렸다.

"안심해. 마음을 편안하게 가지라구."

차츰 떨림도 멈추고 몸이 편안해지자 그녀는 밝은 표정으로 나를 쳐다 보았다.

"틀림없어요, 당신은 지금 화가 나 있어요."

"내가? 어째서?"

"나를 통 만나주지 않았잖아요?"

나는 어깨를 움츠렸다.

"그야 당신을 위해서였지."

"알겠어요? 그것이 잘못이었어요."

나는 어찌할 바를 모르고 그녀를 바라보고 있었다. 바로 그랬다! 역시 나였다! 나는 그 여자를 단지 변덕스런 여자로만 취급해왔었다! 아직도 어린 티를 벗지 못했는데 그녀의 육체는 벌써 여자의 격심한 고뇌를 알게 되었다. 그녀의 입이 실룩거리며 창백해졌다.

"아파?"

그녀는 눈을 감은 채 꼼짝도 하지 않았다.

"이제 멎었어요."

"엘렌! 어쩌다가 이런 일을 저질렀지?"

"복수하고 싶었어요."

"묘한 복수를 한 셈이군."

"당신이 이것을 알면 후회할 것이라고 생각했던 거예요."

이번에는 얼굴 전체를 실룩거리면서 그녀는 손톱으로 나의 손바닥을 할퀴었다.

"아! 아파!"

그녀가 노린 것은 적중했다. 기대 이상으로 성공도 했다. 그녀가 고통스런 발작을 할 때마다 통한과 당황으로 나의 마음은 주체할 수 없었다. 통증은 씻은 듯이 사라졌다가는 다시 엄습해왔다. 그럴 때마다 통증은 더욱 심해졌다. 그녀를 이 침대에 눕힌 것은 나였다. 나는 그녀의 생활 속에 말려들지 않으려고 도망쳤었다. 그러나 내가 도망쳐버리자 그녀의 생활은 엉망진창이 되고 말았다. 나는 그녀의 운명에 영향을 주기를 거부했었다. 그러나 폭행한 것이나 다름없게 그녀를 학대한 결과가 되고 말았다. 너는 나 때문에, 내가 존재한 탓으로 고통받고 있는 것이다. 누가 나에게 그렇게 하라고 시켰을까?

모포 아래의 배에서 묘한 소리가 났다.

"아이구!" 그녀가 소리쳤다. "너무 아파요!"

그녀는 구명대라도 잡으려는 듯, 내 손을 움켜잡고 나를 보고 있었다. 나의 손은 그녀의 손을 꽉 잡았다. 그리고 나는 그녀의 핏발이 선 눈과 창백한 얼굴 중앙에 박혀 있는 작은 코만 보고 있었다.

"꾹 참으라구. 곧 멎을 테니까."

나는 이 말을 수없이 되풀이했다. 고통은 잇따라 그녀의 배를 마구 휘젓고, 잠시 가라앉았는가 하면 또 격렬하게 반복되었다.

"곧 멎을 거야."

멎을 때가 되어도 통증은 멎지 않았다. 엘렌의 시선은 흐려졌다. 이따금 그녀의 입에서 쉿소리가 나올 것 같아, 나는 나의 손바닥을 그녀의 입에 갖다댔다.

"야아……." 그녀는 신음했다. "더 이상 못 참겠어요. 나 좀 안 아프게 해줘요." 그녀는 입을 일그러뜨리면서 고통의 간만(干滿)을 알렸다.

"빨리, 나 좀……."

전보다도 격렬한 고통의 큰 파도가 밀려왔다 밀려갔다. 그녀의 눈에는 잔뜩 눈물이 고여 있었다.

"아아……." 그녀는 신음했다. "당신!"

나의 눈에도 눈물이 고였다. 이것은 너무 불공평하다. 나는 그녀에게 해를 끼치고 싶지 않다고 생각했을 뿐이다. 불쌍하게도……. 나를 용서해 다오, 엘렌! 그러나 이미 때는 늦었다.

'아아! 별일도 아니었는데. 가지 말라고 말했더라면 좋았을 것을. 그러나 맞아서 얼굴이 부어오르고 눈은 착란을 일으키고 있었다. 살인. 개머리판으로 가슴을 얻어맞아 소년이 죽어가고 있다. 선배들이 자진해서 죽으려 하지 않았기 때문이다. 용서해다오. 이미 때는 늦었다.' 살인. 새벽이 되는 것이 너무 지루했다. 새벽은 언제까지나 오지 않는 것이 좋다. 그날 밤은 실로 너무 길었다. 오늘 밤이 짧은 것과 마찬가지로 그 밤은 길었다. 희망이 없는 오늘 밤.

"더 이상 못 참겠어요." 그녀는 말했다. 그녀는 훌쩍훌쩍 울고 있었다. "아픈 것이 멈추지 않아요. 정말 못 참겠어요."

나는 탈지면을 뭉쳐서 에테르를 두세 방울 떨어뜨려 그것은 그녀의 콧구멍에 갖다댔다.

"누구지?"

그녀가 말했다.

"나야, 브로말."

그녀는 나도 알아보지 못했다.

"기다려, 곧 돌아올 테니까."

그녀는 나의 말이 들리지 않았던 모양이다. 나는 계단을 내려갔다. 밤 공기가 찬 탓인지 몸이 떨렸다. 크리시 거리는 인적이 뜸했다. 그들은 잠에서 막 깨어난 것 같았다. 갓 태어난 아기의 얼굴처럼 멍청하고 구슬픈 이 새벽을 그들은 빠른 걸음걸이로 걷고 있었다. 새 아침이다. 그러나 나에게는 아직 하루가 시작되고 있지 않았다. 끝나려 하지 않는 밤이 아직도 계속되고 있었다. 그것은 하늘의 색깔이 여전히 어둡다는 것이다. 막 가게 문을 연 비어 홀로 들어섰다. 파란 에이프런을 두른 보이가 카운터를 행주로 닦고 있었다.

"전화를 걸고 싶은데."

"저쪽에 있습니다."

나는 전화 요금을 지불하고 리틀레 국 3201번을 불렀다.

"도대체 어떻게 된 거지요?"

저쪽에서 말했다.

"잘 모르긴 하지만 상태가 좋지 않습니다. 좀 와주시겠습니까?"

"이런 시간에! 택시도 안 다닐 테고."

"정말로 심합니다."

전화를 받는 여자는 머뭇거렸다.

"별일도 아닌데 부르는 것은 아니겠지요?"

"정말입니다. 벌써 열두 시간이나 통증을 겪고 있습니다. 고비입니다!"

"나는 늙어서……." 저쪽에서 말했다. "꿈적거리기가 여간 어렵지 않다우. 하지만 어쩌겠어요. 가야지."

나는 집으로 돌아갔다. 나는 다시 엘렌의 곁에 앉았다.

그녀의 눈은 감겨져 있었다. 에테르 때문일까? 나는 바깥 소리에 귀를 기울였다. 나는 무서웠다. 열두 시간 전까지만 해도 침대에 누워 있는 이 여자는 타인이었다. 그러나 이 싸움은 포옹보다도 강하게 우리를 결속시켰다. 그녀는 나의 육체이며 피였다. 그녀를 구조하기 위해서라면 나는 생명이라도 내던졌을 것이다. 불쌍하다. 나의 귀여운 아가여. 아직도 어린 나이인데! 초콜릿을 좋아한다느니, 자전거가 갖고 싶다느니 하고 말하지 않았던가, 그녀는 어린애 같은 대담성으로 인생에 뛰어들었다. 그런데도 그녀는 지금 피투성이가 되어 여기에 누워 있다. 그리고 그녀의 청춘과 명랑함은 음란한 소리를 내면서 그 배에서 흘러내리고 있었다.

"이봐요, 젊은이, 상태가 어때?"라고 노파가 말했다.

나는 그녀를 불안한 눈길로 지켜보고 있었다. 낙태한 여자다. 검은 옷을 입고, 금발이며, 혈색이 좋은 새하얀 볼은 축 처졌으며 입술은 누랬다. 눈은 노파같이 흐리멍덩하고 게슴츠레했으며, 약간 눈곱도 끼어 있었다. 저 눈으로 볼 수 있을까? 분을 바른 피부는 잘 씻었다고는 보이지 않았다. 나는 매니큐어를 칠한 그 손을 보았다. 그녀는 담요를 들어올렸다. 나는 고개를 돌렸다. 시큼한 냄새가 온 방 안에 진동했다.

"아직 나오지 않았어요."라고 노파가 말했다. "내가 오길 잘 했군. 도와주지. 곧 끝날 테니까."

"곧 끝날까요?"

엘렌이 물었다.

"그럼, 곧 끝나고말고."

"괜찮겠습니까?"

내가 물었다.

"염려 말아요." 그녀는 웃었다. "당신이 너무 겁을 먹고 있는 것 같아서 내가 민망할 지경이었어요. 그런데 당신은 아무것도 본 적이 없는 분 같군요."

노파가 등 뒤에서 움직이는 것 같았다.

"내 손가방 어디 있지요? 나이가 들면 도무지 바로 곁에 있는 것도 안 보인다니까."

"이것 말입니까?" 하고 내가 말했다.

그녀는 검정색 손가방을 열었다. 손수건, 콤팩트, 지갑이 보였다. 그녀는 이 검은 손가방 깊숙이 메니큐어를 칠한 손을 집어넣었다. 그리고 금 도금을 한 작은 가위를 꺼냈다. 나는 창가로 가서 길 건너 맞은쪽의 잿빛으로 물든 집을 바라보았다. 날씨는 추웠다. 노파는 가위를 불에 쬐어 소독했다.

"겁내지 않아도 돼요, 젊은이."

엘렌의 거친 숨소리가 들렸다.

"자, 힘을 주라구." 노파가 말했다. "더 세게, 그래 더……."

엘렌이 끙끙거렸다. 새된 소리가 그녀의 입술 사이로 새어나왔다.

"됐어." 노파가 말했다. "다 끝났다구."

노파는 나를 '나으리.'라고 불렀다.

나는 노파 쪽으로 고개를 돌렸다. 노파는 두 손에 쇠대야를 들고 있었다. 그 손가락도 손목도, 팔도 손톱처럼 빨갰다.

"이 대야를 좀 들어주구려."

엘렌은 눈을 감고 잠이 들어 있었다. 그녀의 잠옷 사이로 무릎이 드러나 있었다. 발 아래론 고무를 댄 깔개가 깔려 있었고 피에 젖은 탈지면이 뒹굴고 있었다. 나는 쇠대야를 들고 화장실로 갔다. 쇠대야에도 피가 가득 고여 있었고 끈적거리는 피 속에는 소의 심장 같은 덩어리가 떠 있었다. 대야에 담긴 것을 쏟고 방으로 돌아오니 노파는 개수대에서 빨간 탈지면을 빨고 있었다.

"큼직한 종이가 없을까요?" 노파가 말했다. "이 탈지면을 싸야겠어요. 나중에 갖다버리게 말입니다."

"잘 되었습니까?"

내가 물었다.

"안심해요, 괜찮을 테니까."

노파는 웃으면서 말했다.

노파는 손을 씻고 나자 거울 앞에서 모자를 고쳐 썼다. 나는 불을 쏘셨다. 노파가 돌아간 다음, 나는 엘렌의 곁에 앉았다. 그녀는 빙그레 웃었다.

"가까스로 끝났군요." 그녀가 말했다. "믿기지 않아요. 아주 기분이 좋아요!"

"당신은 있고 싶을 때까지 여기 있도록 해요."

"아니요, 산파가 돌아가도 좋다고 했어요. 나 돌아가고 싶어요." 그녀는 베개를 짚고 자리에서 몸을 일으켰다.

"가끔 만나주시겠지요?"

"당신이 원한다면야."

"내가 당신을 만나고 싶어 한다는 것은 잘 알면서도……."

"당신이 나를 잊어주었으면 좋겠다고 생각했을 뿐이오."

"그렇군요, 마치 성가신 강아지를 발로 차버리는 식이군요."

"그랬었군."

"나는 강아지가 아니에요." 그녀는 나를 원망의 눈으로 바라보았다. "당신은 참 묘한 사람이에요. 남의 자유를 존중한다고 자주 말했잖아요? 그러면서도 나 대신 무언가를 결정하거나 나를 물건처럼 취급하고 있어요."

"당신을 불행에 빠뜨리고 싶지 않았던 거요."

"하지만 내가 불행해지기를 원한다면? 그것을 선택하는 것은 나 자신이에요."

"그래, 그것을 선택하는 것은 당신이지."

그녀는 나의 손을 볼에 갖다댔다.

"그리고 나는 선택했어요."라고 그녀는 말했다.

나는 그녀를 포옹하고 그녀의 볼에 입술을 갖다댔다.

'그것을 선택하는 것은 나예요'라고 말한 것은 너였던가? 그것이 너라면 나는 너를 죽인 것은 되지 않는다. 사랑스런 너를. 그러나 그녀 자신과는 다른 누군가가 '그것은 나였어?'라고 말할 사람이 있을까? 너의 눈꺼풀은 눈을 보이지 않게 하고 입술은 이빨 위로 덮여 있다. 그 딱딱한 이빨은 너의 부서진 육체 속에서 웃고 있을 것이다. 하지만 나에게는 더 이상 말을 걸지 않을 것이다.

폴은 선택하지 않았다. 우리가 눈 속을 달려가고 있을 때 그와 스쳐갔다. 날씨는 음산했다. 그가 우리를 알아보았는지 어떤지는 분명치 않았다. 그러나 나는 얼굴이 빨개졌다. 우리는 팔짱을 끼고 있었다. 가슴에는 군밤 봉지를 끌어안고 있었다. 우리를 알아보았을지도 몰랐다. 내가 있고 엘렌이 있다는 것만으로도 복잡했다. 그러나 그것만이 아니었다. 폴도, 마들렌도 있었다. 그리고 지평선에는 모든 사람들이 있었다. 그러나 그들은 선택한 적이 없었다.

이튿날 공장에 갔을 때 폴과 악수를 하러 갔다. 정판공(整版工)은 작은 핀셋을 손에 들고 높다란 의자에 앉아 벌써 일을 하고 있었다 여공은 언제나 제일 먼저 일을 했다. 폴은 조판을 시작하여 열심히 주철대 위에 종이 봉지를 늘어놓고 있었다.

"어제 저녁 자네가 지나가는 것을 보았지. 자네는 나를 못 본 모양이더군." 내가 말했다. "엘렌과 함께였네."

"나도 보았어."라고 그는 말했다.

이마는 무척 고집스러워 보였지만 입언저리는 어린 티가 남아 있었으며 그는 밝은 표정을 하고 있었다. 나는 잿빛 작업복의 단추를 채웠다.

우리 작업실 아래층의 인쇄실에서는 기계가 덜컹거리고 있었다.

"자네들 사이에 무슨 일이 있었는지 전혀 몰랐네."

"자네들이 헤어진 후, 나는 그녀를 만난 적이 없었어. 그런데 그 여자가 나를 만나러 왔네." 나는 머뭇거렸다. "그 여자가 어떤 여자라는 것은 자네도 알고 있겠지. 그 여자는 새로운 것을 좋아하지. 싫증을 잘 내거든."

"그랬던가!"라고 폴이 대꾸했다.

"나는 그 여자를 단념시켜보려고 백방으로 노력해보았네."

"내가 진작 그것을 눈치채야 했는데……." 폴이 말했다. "그런데도 그 여자는 단념하지 않던가?"

"나는 그 여자에게 우정을 느끼고 있네. 하지만 사랑하지는 않아. 그 여자에게도 그렇게 말했었네. 그 여자는 그런 것은 별로 중요하지 않다고 대답했네."

폴은 어깨를 으쓱했다.

"참 딱한 여자군. 하지만 나와는 아무 상관도 없는 일이야."

나는 나의 작업대 앞에 가서 앉았다. 변명해보아도 소용없는 일이었다. 아무리 말해도 최초의 키스를 하기까지의 나의 꼬불꼬불한 길을 그는 도저히 이해하지 못할 것이다. 그는 이 세상에서 타인으로서의 장소를 차지하고 있으니까 나를 외부에서밖에는 바라볼 수 없을 것이다. 나는 엘렌과 눈 속을 달려갔다. 그러자 그는 '저 녀석이 엘렌을 빼앗았다. 엘렌을 사랑하지 않으면서도 그녀의 사랑을 받아들이고 있다.'고 생각하겠지. 나는 여러 가지로 심사숙고한 끝에 탈당했다. 그러자 그는 '저 녀석은 역시 부르주아의 자식이다.'라고 생각했다. 내가 아연해서 이해하게 된 것은 이러한 외관은 결코 거짓된 겉치레가 아니라는 것이었다. 이러한 외관도 나의 육체나 마찬가지로 확실히 나의 것이다. 목을 졸린 듯한 고뇌 속에서 그 진실성을 인정할 수밖에는 없었다. '그것은 부당하다.' 그러나 그 부당은 폴의 증오 속에 있는 것은 아니었다. 그것은 나의 존재의 한복판에, 나 자신도 종종 느끼면서 거칠게 밀어뜨린 저주 속에 있었던 것이다. 즉, 그것은 타인의 저주였다. '아니야, 그것은 내가 아니야. 엘렌이 찬탄과 애정이 깃든 눈으로 나를 보았을 때 이렇게 외치고 싶었다. 그러나 그것은 사실이었다. 그것은 나였다. 아버지의 책상 위에 나의 지갑을 내놓았던 나, 부르주아의 옷을 벗고 잿빛 작업복을 입었던 나. 이 방은 나의 방이었다. 이것이 바로 나의 얼굴이었다. 그녀는 나 자신의 육체로 영웅을 만들어냈다. 그 추억, 사상, 미소는 나의 것이었으나 그 영웅이 나라고는 도저히 생각되지 않았다.

"나는 신뢰를 저버린 것 같은 기분이 들어."라고 그녀에게 말했다.

"어째서죠?" 그녀가 물었다. 그녀는 소파 위에서 내 곁에 앉아 작은 동물처럼 나의 어깨에 머리를 기대고 있었다.
"나는 마치 남의 껍질을 뒤집어쓰고 있는 기분이 들어."
"그렇다면 나는 있는 그대로의 당신을 보지 못했다는 말인가요?"
"그렇다니까."
그녀는 미소지었다.
"그런데 진짜 당신은 어떻지요?"
"특별히 인상이 좋은 인간은 아닐 거야."라고 나는 말했다. "왜 자기를 사랑해주지 않느냐고 당신이 말했을 때, 나는 당신이 너무 어리다느니, 생각하는 바가 다르기 때문이라고 대답했었지. 그래. 그리고 나에게는 혈기가 없다는 점도 있지. 나는 아무래도 정열적이지 못해. 손을 더럽히지나 않을까 하고 그 일에만 신경을 써서, 나 자신의 회환이나 걱정 속을 빙빙 돌고 있는 셈이지. 나는 그것을 변비성(便祕性) 불임증이라 이름붙이고 있지. 폴과 당신이 부러울 정도야……."
엘렌은 금빛의 예쁜 입술을 나의 입술에 갖다대고 내 입을 막았다.
"그것이 바로 당신의 강점이에요. 당신은 자기만으로 만족하고 있어요. 자기 혼자서 당신을 만들어낸 느낌이에요."
"나는 아주 간단하게 만족하지. 추구하는 것이 적으니까."
"무엇을 추구하고 있지요?" 그녀는 말했다. 그녀의 눈은 반짝이고 있었다. 더 이상 얘기해도 소용이 없었다. 나의 내부에 있는 진실은 말에 의해서 시작되고 나에게서 이끌어낼 수 있다. 말은 나에게서 나와 그녀의 귀로 들어갔을 때부터 이미 나의 것은 아니게 된다. 나의 뜻에 반해서 그녀가 나의 말 속에서 발견하는 것은 성실한 노력이며, 감동할 만한 것이어서 그녀는 거기에 매료되었던 것이다.
"당신은 꽤 인내심이 강하군." 하고 나는 말했다.
"당신이 싫어지는 것이 무척 힘든 일이군요."
그녀가 너무나 뜨거운 시선으로 보아서 나는 얼굴을 감추고 싶을 지경이었다. 그녀는 누구를 보고 있는 것일까? '그것은 내가 아니다.' 아니 분명히 나였다. 타인이 보고 있는 것은 나의 외부에 있는 나였다. 충실하지 않은 동료라든가 깊은 생각을 하는 믿음직스런 영웅이라든가, 나의 의지에 반한 나였던 것이다.

엘렌은 나의 볼에 얼굴을 대고 비볐다.

"내다 당신을 싫어하게 되기를 바라시나요?"

"나 때문에 당신의 생활을 엉망으로 만들기는 싫단 말이오."

"그럴 위험은 없어요." 나는 그녀의 어깨를 팔로 감았다. "나는 이것만은 확실하게 해두고 싶소. 당신은 내가 있다고 해서 기회를 놓쳐서는 안 된다는 점이오."

그녀는 솔직하게 내가 있는 쪽으로 고개를 돌렸다.

"말하자면 지금까지와 같이 각계각층의 인간과 사귀거나 세계를 살피거나 해야 해. 가령 당신의 집에서 현재 문제가 되고 있듯이 미국행을 권유하거든 기꺼이 가야 해."

"물론이에요." 그녀는 말했다. "저 또한 평생을 통해서 당신과는 다른 무엇과 만나고 싶어요."

그녀는 내 앞에 꿇어앉았다.

"하지만 그것은 훨씬 뒤의 일이에요. 지금 당장 그러자는 것이 아니에요."

"음." 하고 나는 말했다. "지금 당장이 아니란 말이지?" 나는 다정하게 그녀의 얼굴에 입을 맞추었다. 또 때로는 그녀가 무척 사랑스러워, '당신을 사랑해.'라고 본심을 털어놓고 싶을 때도 있었다. 그러나 그녀가 거기에 있으면 감동하지만 그녀가 곁에 없으면 나는 그녀에 대해서 더 이상 생각하지 않는다. 어느 날엔가 나는 그녀와 태연하게 헤어질 것이다. 나의 애정이나 경의는 연애와는 전혀 별개의 것이었다. 그녀는 내가 입을 맞추면 눈을 감고 조용하고 얌전한 표정을 지었다. 그러고는 또 내가 있는 쪽을 보고 입술을 혀로 적시며 말했다.

"보세요."

"왜 그러지요?"

그녀는 머뭇거렸다.

"좀더 있다가 당신 곁을 떠나도록 노력하겠어요, 그렇다고 해서 지금 더 가까운 관계를 맺어서는 안 된다는 것은 아니에요."

나는 그녀를 끌어안았다. 그녀의 대담함에 감동했던 것이다.

"일시적인 관계라면 더 이상 가까이할 필요는 없지 않을까?"

"하지만." 하고 그녀는 말했다. "미래를 겁내어 현재를 엉망진창으로 만들면 안 돼요." 그녀는 뒤로 쓰러졌다. 베개 위에 머리카락이 퍼져서 바퀴 모양으로 되었다.

"저는 완전히 당신의 여자가 되고 싶어요." 그녀가 속삭였다.

적어도 나의 생활에는 내가 주저함이 없는 순간, 양심의 가책을 받지 않은 순간이 있었다. 그리고 너는 나를 회한에서 구해주었다. 마들렌과는 대개 어둠 속에서 묵묵히 잤다. 그녀는 일종의 공포감을 기억하면서 혼란과 쾌락을 견뎌내고 있었다. 마치 타인의 목소리나 눈길을 견디어내고 사물의 움직이지 않는 용모에도 견뎌내고 있는 것 같았다. 그녀를 애무할 때 나는 죄를 범하고 있는 것처럼 느꼈다. 너는 내 품에 안겨서도 단순히 몸을 내맡긴 육체가 아니라 그야말로 매력 만점의 여자였다. 너는 정면에서 나에게 미소를 보내므로 네가 자유롭게 거기에 있으면서 무슨 소동이 벌어진 때라도 결코 나를 잃지 않으리라는 것을 나는 알았다. 네가 부끄러워야 할 숙명의 포로가 되어 있으리라고는 생각지 않았다. 정열이 용솟음치는 순간에도 너의 목소리나 미소는 아무렇지도 않다는 듯이 '나는 다 알고 있다.'고 말하고 있기 때문에 나는 안심하고 있을 수 있었다. 너의 앞에서는 회한을 느끼지 않아도 된다. 네 앞이라면 말이다. 그러나 세계에는 너와 나만 있는 것이 아니다.

"엘렌과의 관계는 새로운 단계로 접어들었어."라고 나는 말했다.

"그래요?" 마들렌은 무관심하다는 듯이 말했다.

나는 이 사건에 대해서 그녀에게 죄다 말했는데, 이 이야기를 시작하면 그녀는 언제나 화제를 딴 데로 돌려버렸다.

"그래. 결국 잠자리를 같이 하고 말았어."

"당신이 평생토록 나에게 지조를 지켜주리라고는 생각지도 않았어요." 라고 마들렌이 말했다.

그녀는 결코 나에게 화를 낸 적이 없었다. 나는 결코 그녀와의 약속을 깨뜨리지 않았다. 그러나 아무래도 계제가 좋지 않았다. 그녀가 이 이야기를 불쾌하게 생각한 것만은 분명했다. 그녀는 불평할 이유가 없다고 나는 초조해하면서 생각했다. 틀림없이 그것은 그녀도 잘 알고 있을 것이다. 그녀는 아무 말도 하지 않았다. 그 뒤에는 내게서 들은 것을 다 잊었다고도 생각했다. 마들렌에게는 무엇이건 완전히 사실도 거짓도 아니었다. 그 어느 쪽으로도 정해지지 않은 것을 기화로 해서 잘 알지 못하는 물 속을 태연하게 헤엄쳐다니고 있는 것이었다. 다만 엘렌의 존재를 정면으로 눈에 띄게 하지만 말아달라고 부탁할 뿐이었다. 또 엘렌도 결코 마들렌에게 관해서는 얘기를 꺼내지 않았다. 두 사람은 서로 전혀 알지 못했으므로 한꺼번에 두 여인에 대해서 생각할 수 있다는 것이 신기하다고 나는 곧잘 생각했다. 엘렌은 탄탄하게 대지를 밟고 자기의 추억을 돌이켜보면서 유일한 미래를 향해 내 곁에서 걷고 있었다. 그 충실한 가운데는 마들렌을 위하여 비워둘 자리가 전혀 없었다. 또한 마들렌도 살충제 냄새가 진동하는 호텔의 한 방에서 완전히 충실하게 보내고 있어서 엘렌이 끼여들 여지가 없었다. 각자가 자기 일에 몰두하고 있었으므로 두 사람은 하늘 끝에 있는 두 성운 (星雲)이 바위의 안팎에 붙어 있는 두 개의 조개껍질보다도 더 멀리 떨어져 있었다. 그러나 나라는 존재는 두 사람의 면전에서 이들 두 사람을 함께 존재하고 있었다.

"자네는 괴롭다고는 생각하지 않나?"라고 나는 마르셀에게 말했다. "상대방의 의사를 무시하고 그 생활의 틀을 잡아준다 하더라도."

우리는 크리시 거리에 있는 작은 레스토랑으로 들어갔다. 소시지가 들어 있는 국수를 먹고 있는 마르셀은 헤진 양복을 입었으며 때 묻은 셔츠를 가리려는 듯 퇴색한 노르웨이풍 머플러를 목에 걸고 있었다. 그는 큰 머리를 가로저었다.

"하지만 나는 도니즈에게 아무것도 요구하지 않아. 그녀는 멋대로 생활했던 모양이야."

"그럴 리가 없다는 것은 자네도 잘 알고 있으면서. 자네를 부자가 되게 하거나 자네를 유명하게 하거나 하는 일은 그녀는 할 수 없어. 자네가 그녀의 사랑을 받을 수도 없어."

그들은 마침내 텅 빈 큰 아틀리에를 내놓고 다락방의 작고 좁은 작업실을 하나 빌렸다. 천장은 유리로 되었으며 벽은 거의 전부 창으로 되어 있었다. 사방에서 바람이 들어왔으며 벽은 습기로 차 있었다.

"매일 아침 난로불을 피우는 데만 한 시간이 걸려요." 도니즈는 이렇게 투덜거리며 말했다. "게다가 하루 종일 덜덜 떨면서 지내야 해요."

"언젠가는 잘 될 수 있겠지."

마르셀이 말했다.

"잘 되다니, 남의 일이라고 좋게만 말하는군."

"하지만 잘 해나갈 자신이 있어."

"자네는 그럴지 모르지만, 자네는 도니즈가 아니야. 그녀가 세상을 어떻게 헤치고 나갈지는 그녀만의 문제니까. 자네가 책임을 져야 할 것은 그녀가 처해 있는 바로 그 세계야."

마르셀은 금발의 창부를 호기심에 찬 눈으로 보고 있었다. 그녀는 서둘러 소시지를 먹고 돈 많은 사람들이 있는 몽마르트르로 가려던 참이었다. 그는 못 들은 체했으나 그가 듣고 있었다는 것은 다 알고 있었다.

"누구든 자유야." 나는 말했다. "하지만 자기에 대해서만 자유일 뿐이야. 우리는 타인의 자유에 접근할 수도, 예견할 수도, 요구할 수도 없네. 나는 이것을 할 수 없어. 어떤 인간의 가치는 그 인간에게만 존재하므로 나에게는 존재하지 않아. 나는 그 사람의 바깥쪽에서만 맴돌 뿐이야. 또한 그 사람에게는 나는 외곽에 지나지 않아. 주어진 부조리인 것이지. 나 자신이 그렇게 되려고 선택한 것은 아니야. 주어진 것에 지나지 않아……."

"그렇다면 안심하라구."라고 마르셀이 말했다. "자네가 선택한 것이 아니라면 꾸물거릴 필요가 없네."

"나 자신이 존재하는 것을 선택하지 않은 주제에 나도 존재하고 있지. 그 자체에 대해서 책임을 지지 않으면 안 될 부조리, 그것이 바로 나야."

"그것은 무엇인가로 되지 않으면 안 돼."

"하지만 다른 것으로도 될 수 있지. 자네가 없었다면 도니즈도 다른 생활이 가능했을 거야."

 "어떤 생활?" 하고 마르셀이 말했다.

 "어떤 생활이든 그것은 엉망진창일 거야."

 "만약 자네가 지금까지 그림을 그리고 있었더라면……."

 그는 나의 말을 가로막았다.

 "만약 나에게 평범한 전람회에 그림을 내놓을 수 있는 돌팔이 화가의 재능이 있었다면 그녀는 나를 사랑해주었을까? 만약에 말일세……. 세간에서 흔히 말하듯이 이 일을 하고 그 일을 하지 않았다면 말일세, 그랬다 하더라도 사태는 달라지지 않아." 그는 조소하는 듯한 눈초리로 나를 보았다. "자네가 언제나 많은 회한을 가지고 있는 것은 우쭐한 생각을 갖고 있기 때문이야."

 나는 매사를 지나치게 감정적으로 생각할 때가 많았다. 다른 사람들은 매우 자연스럽게 살고 있는 모양이다. 그러나 내 눈에는 자연스럽게 보이는 것이 아무것도 없다. 나는 누구의 인생이라도 순수하고 투명한 자유라면 좋다고 생각했다. 그래서 타인의 생활 속에서는 내가 불투명한 방해물처럼 비치는 것이었다. 이것은 단념할 수 없는 일이었다. 나는 폴을 피했다. 마들렌을 만나면 더욱 거북했다. 엘렌의 앞에서조차 침착하지 못했다. 우리들의 입맞춤이나 애무는 얼마 가지 않아서 처음에 느꼈던 즐거운 투명함을 잃고 말았다. 그녀 역시 자주 표정을 흐렸다. 내가 입을 맞추면 그녀는 괴로운 듯이 눈을 감고 있었다. 내가 안고 있을 때도 갑자기 몸을 뿌리치고 가버릴 때도 있었다. 나는 그녀의 어깨에 팔을 얹었다.

 "왜 그러지, 당신은?"

 침대맡에 걸터앉아서 그녀는 멍청하게 공간을 두리번거리면서 발을 흔들고 있기도 했다. 옷은 갈아입으려 하지도 않았다. 머리는 흐트러진 채 어깨에 드리워져 있었다. 그녀는 이따금 깜짝깜짝 놀라기도 했다.

 "아무 일도 아니에요."

 "그런데 어째서 그런 묘한 얼굴을 하고 있지?"

"이렇게 시간을 보내는 것이 따분하다는 생각이 들었어요. 그만 돌아가야 할 것 같아요. 우린 별로 이야기도 나누지 못했지만……."

그녀는 진심으로 그렇게 말하는 것이 아니었다. 그 맥 없는 목소리를 보아 곧 그럴 것이라고 짐작되었다. 확실히 나는 그녀의 육체를 사랑하고 있었다. 그러나 두 사람이 만나면 대개는 포옹 속에서 시간을 보낸다 하더라도, 그것은 그녀 탓이지 내가 나빠서가 아니었다. 그녀도 그것은 잘 알고 있었다.

"같이 산책을 하자고 내가 늘 말했잖아?"

"물론 그랬지요! 당신은 아무래도 좋아요."

"무엇이 아무래도 좋다는 거지? 당신을 안아주지 않아도 좋단 말인가? 시간 낭비라고 말한 것이 누군데?"

"당신은 그러고 싶지 않은 것 같아 시간 낭비라 했어요."

"바보 같은 소리. 내가 당신의 육체를 좋아하지 않는 것같이 보여?"

"아니요, 하지만 누구의 육체든 똑같은 정도겠지요."

나는 잠시 침묵을 지켰다. 그것은 사실이었다. 언젠가는 이렇게 될 것이었다.

"왜 그런 말을 하지?"

"그게 사실이잖아요."

"내가 마들렌과 관계를 계속하는 것이 불쾌해서 그러는 거요?"

"그럼 날 보고 유쾌해지라는 거예요?"

"아니, 나는 당신이 그 문제에 대해서만은 무관심할 것이라고 생각하고 있었어."

그녀는 어깨를 축 늘어뜨린 채 두 눈에서 눈물을 흘리고 있었다.

"나의 생활 속에 마들렌이 있다는 것을 당신은 전부터 알고 있었잖아. 어째서 이제 와서 갑자기……."

"이제 와서가 아니에요."

"그러면 진작 말하지 그랬어."

"말했다고 달라질 것은 아무것도 없었을 거예요."

나는 얼굴을 숙였다. 그녀가 우는 것을 보는 것이 싫었다. 마들렌에게 우리들의 관계를 바꾸어버리자고 말한다면 그녀는 몹시 실망할 것이라는 것을 나는 잘 알고 있었다.

"내가 마들렌을 진심으로 사랑하고 있지 않다는 것은 잘 알고 있잖아? 나만의 문제라면 아무런 미련 없이 그녀와의 육체 관계를 끊을 수도 있을 텐데."

"아아, 더 이상 못 견디겠어요. 당신은 저와 그 여자를 동등하게 보고 있군요······못 참겠어요."

그녀는 절망적으로 말했다.

나는 말없이 그녀를 포옹했다. 그녀의 몸은 떨리고 있었다.

"전에는 마들렌에 대해서는 신경도 쓰지 않았잖아?"

"이젠 전과 달라요."

"어째서?"

"그 일을 생각해냈기 때문이에요." 그녀는 씁쓸하게 웃으면서 말했다. "당신도 조심하세요. 언젠가 당신을 만났을 때 당신의 목엔 루즈가 묻어 있었어요."

"아아, 당신이 두통이 난다고 하던 날 말이군."

"그때 두통 같은 것은 손톱만큼도 없었어요."

나는 얼굴이 빨개지는 것을 느꼈다. 언제나 똑같은 이야기다. 피부 위의 빨간 자국이 나에게는 존재하지 않았으나, 너의 눈은 그것을 보고 있었던 것이다. 나에게는 느껴지지 않는 오점이 너의 마음에는 상처로 되어버렸던 것이다.

"엘렌, 미안했어······."

"어머, 나도 그건 알아요." 그녀는 어깨를 들먹이며 흐느꼈다. "그 여자도 역시 당신을 안을 것이라고 생각하면 나도 당신을 안지 않을 수 없었어요."

나는 그녀를 힘없이 바라보았다. 그녀는 모든 것을 나에게 바치고 있었다. 그런 헌신이 헛되이 되게 하지 않게 위해서는 그녀만이 채울 수 있는 빈 자리가 내 안에 있어야 했다. 나의 애무가 그녀에게는 얼마나 엄숙한 것인가는 확실했다. 그녀가 거기에 부여하는 가치가 거짓이냐 진실이냐는 오직 내가 어떻게 나오느냐에 달려 있는 것이다. 내가 다른 여자를 껴안는 것은 그녀에게 일시적인 불쾌감을 주는 것만이 아니었다. 그녀의 육체와 마음의 보다 정열적인 시인조차도 부수어버리는 것이었다.
"마들렌과 상의해보겠어."라고 나는 말했다.
그녀는 얼른 눈을 닦았다. 그러나 표정은 아직도 흐려 있었다.
"그 문제는 간단히 정리될 거요."라고 나는 말했다.
얼마 전부터 마들렌은 나와 만나는 기회를 줄이고 있었다. 그녀는 나에게서 멀어지려 했으며 어느 때보다도 서먹서먹해했다.
"당신은 좋은 분이에요!"
엘렌이 말했다.
나는 그녀의 머리를 만졌다.
"조금도 기뻐하는 것 같지 않군."
"하지만 어처구니가 없군요!" 그녀는 말했다. "마들렌과 자지 않는다구요? 당신에게 그럴 생각이 있다면 어떻게 되지요?"
"나는 그녀와 자고 싶지 않다고 말했잖아."
"그래요. 하지만 그것은 바보 같은 짓이에요. 종전대로 지내는 것이 좋아요."
"할 수 있는 일이면 최선을 다해보겠소."
"그만두세요. 제발 그대로 지내세요." 그녀는 갑자기 격렬하게 말했다. "마찬가지예요. 달리 어쩔 도리가 없잖아요." 그녀는 두 손으로 얼굴을 가렸다. "아아, 부끄러워……."
나는 그녀를 가슴에 끌어안았다. 그러나 아무 말도 할 수 없었다. 필요한 것은 내가 그녀가 아닌 다른 여자에게는 욕정을 느끼지 않는다는 점이다. 그녀가 주는 것, 그것을 그녀에게서만 받아야 한다. 내가 아무리 다정하게 대해주더라도 이 욕망을 충족시킬 수는 없는 것이다. 나에게는 나의 행동으로밖에는 자유롭게 할 수 없다. 그녀가 어떻게 나오든, 내가 어떻든 나는 그대로 나였다. 어쩔 도리가 없었다.

적어도 그녀를 위하여 어떠한 행동이나 말을 행동으로 실현시키고 싶었다. '마들렌과 이야기해보자.' 그러나 막상 마들렌 앞에서 나의 목구멍은 막혀버렸다. 그녀는 멍청하게 크림 커피를 수저로 저으면서 아무것도 생각하려 하지 않았으며, 아무것도 믿으려 하지 않았다. 그녀의 마음 깊숙이 불행, 굴욕, 후회가 날이 갈수록 고여갔다. 이러한 흙탕물을 휘젓는 것은 단 한 마디만으로도 충분했다. 그러나 나에게는 그 말을 꺼낼 용기가 없었다. 그 후 엘렌을 만났을 때, 그녀의 눈은 '아직 아무 말도 하지 못했지요?' 하고 묻고 있었다. 그녀가 슬퍼하는 것도 당연했다. 마들렌이 원망하는 것도 또한 당연했다. 어떻게 선택할 것인가? 마들렌의 눈물인가, 엘렌의 눈물인가. 그것은 나의 눈물이 아니었다. 그러면 타인의 눈물을 어떻게 비교할 것인가? 나라고 하느님은 아니지 않은가.

"그러면 수요일은 어때?"

나는 마들렌에게 손을 내밀면서 말했다.

"수요일은 곤란해요." 그녀는 무언가 깊은 생각에 잠겨 장갑을 끼고 있었다. "수요일에는 샤를 아르노와 만나기로 했으니까요."

"아르노?" 하고 나는 깜짝 놀랐다. "아직도 그와 만나고 있나?"

"네. 벌써 한 달 이상이나 돼요." 하고 마들렌이 말했다. 그녀는 애매하게 웃었다. "그 사람이 퇴원했어요. 중독 증세는 나았지만 치료의 어려움을 참아내기 위해서 몰래 페르노 주를 마구 마셔서 지금은 완전히 알코올 중독이 되어버렸어요."

이것은 내가 마들렌에게 끼친 유일한 영향이었다. 나는 그녀가 이 마약중독자와 만나지 말라 하고, 그녀도 함께 마약을 하지 못하도록 시켰던 것이다. 나와 알게 되고부터는 술도 많이 마시지 않게 되었었다.

"또 하게 되었군." 하고 나는 말했다.

"또 한다고? 무엇을?"

"술을 마시거나, 그리고……."

그녀는 졸린 듯한 눈을 내게로 돌렸다.

"그것이 당신과 어떤 관계가 있지요?"

나는 주저했다. 나는 그녀의 팔을 잡고 지하철 입구에서 멀리 떨어진 곳으로 데리고 가서 이렇게 말할 수도 있었다. '그렇게 토라지지 말아요. 엘렌은 우리 두 사람의 관계를 전혀 바꿔놓지 않아. 전처럼 가끔 만나자구. 그런 사나이와는 관계를 끊어버리는 것이 좋겠어.'라고. 나는 이렇게 충고할 수도 애원할 수도 없었다. 그녀는 느긋하게 귀를 기울이면서도 나의 말에 따랐을 것이다. 내가 말한 대로 되었을 것이 분명했다. 그러나 나는 엘렌의 괴로워하는 얼굴을 생각해냈다. '그 여자도 당신을 안을 것이라고 생각하면!' 역시 마들렌과의 관계를 계속하는 것은 배신이라고 생각할 것이다.

"아니 아무 일도 아니야."라고 나는 말했다. 잠시 침묵이 흘렀다. "그럼 목요일은 어때?"

"그래요, 목요일로 하세요."

나는 그녀와 헤어졌다. 나는 나의 태도가 불만스러웠다. '달리 어쩔 수가 없었지.' 그러나 이런 말이 통용될 수는 없다. 달리 어쩔 수가 없었던 것이다. 게다가 어머니는 큼직한 집의 싸늘한 거실에서 혼자 남아 있었다. 마들렌은 또 마약을 시작했다. 무언가를 하는 것은 이제 문제가 되지 않았다. 죄는 행위에 있는 것이 아니다. 나는 알 수 있었다. 죄란 나의 존재의 재료 바로 그것이었다. 그것은 나 자신이었다. 나는 비로소 '이것은 좀체로 해결이 나지 않는 것이다'라고 생각했다.

애기하는 것도 죄가 되고 말하지 않는 것도 죄가 된다. 어느 쪽을 택하든 나의 잘못이다. 나는 속달 편지를 만지작거리고 있었다. 다시 시작된 것은 확실했다. 똑같은 이야기다. 내 이야기다. '그녀는 나에게 무슨 소용이 있을까?' 지난 한 달 동안 그녀는 거의 만난 적이 없었다. 그녀는 두 번, 내가 엘렌과 식사하는 레스토랑으로 찾아와서 술을 마시러 가려는데 돈 가진 것 있으면 좀 꾸어달라고 도전하듯 미소를 지으며 말했었다. 그녀는 술을 마시고 아르노와 함께 자고 마약을 복용했다. 나는 무거운 마음으로 카페 드 라 푸르쉬로 들어갔다. 다른 사람들은 이 지상에서 나보다도 무겁지 않은 것일까. 그들은 발자국을 남겨놓는 것이 신경도 쓰이지 않는다는 말인가. 나는 들어가는 곳에 내 존재의 불안한 흔적을 보았다. 어쩌면 이것이 나에게 주어진 운명일지도 모른다. 즉 나의 행위는 거절이나 마찬가지이며, 그 어느 것이나 죽음의 위험을 끌고 다니는 것이다. 나는 오직 엘렌을 안고 있는 기분으로 있었다. 그러나 그것은 폴을 배신하고 마들렌에게 상처를 입히는 것이다.

'얼마나 바보스런 짓을 했던가?' 나는 카페의 문을 밀면서 생각했다.

마들렌은 느긋하게 초콜릿을 마시면서 석간 신문을 읽고 있었다. 그녀는 나에게 손을 내밀려 하지도 않고 있더니 스페인 내란에 관한 기사를 나에게 보였다.

"너무 겁쟁이에요!' 그녀는 나에게 말했다. "아무런 구원도 해주지 않고 죽게 내버려둘 모양이군요."

"하지만 무력 간섭은 돌이킬 수 없는 결과를 초래할지도 모르잖아."

"당신들은 어째서 요즈음 파업을 하려 하지 않지요?"

"나는 정치 파업을 싫어하니까."

나 역시 프랑코 군이 패퇴하기를 진심으로 바라고 있었다. 그러나 이러한 개인적인 희망, 내적인 몸부림에서 하나의 의지를 끌어내어 동지에게 밀어부칠 권리가 자기에게 있다고는 생각할 수 없었다. '타인을 투쟁 속으로, 나의 투쟁 속으로 끌어들이려고 생각하는 것. 한 발의 총소리. 이어서 또 한 발. 자크는 죽어버렸다. 내가 그의 손에 권총을 쥐어준 것이다. 그리하여 그는 죽었다. 자크는 뜻하지 않은 변을 당한 것이다. 그때 마르셀의 어리둥절한 얼굴. 납인형 같은 시체 주위의 꽃 냄새와 촛불' 이것은 나 때문이었다. 어떤 행위의 한계를 정할 수 없는 것을, 또 사람이 하려는 일을 예측할 수 없다는 것을 나는 확실하게 알고 있었다. 앞으로는 두 번 다시 그런 바보스런 모험은 저지르지 않을 것이다. 예측할 수 없는 사건의 도화선을 끊는 일에는 손가락 하나라도 움직이지 않을 것이다.

"몰래 무기를 보내주거나 의용병을 모집하도록 허가해주는 것이 그렇게 어려운 일은 아닐 텐데요."라고 그녀는 말했다.

그녀는 가끔 주의(主義)에 열중할 때가 있었다. 이 년 전에, 이 부르타뉴

태생의 여자는 열렬한 이스라엘 민족주의자였다. 이 운동을 재정적으로 돕기 위하여 유태인 서점에서 하루에 여덟 시간씩 일하기도 했었다. 그리고 또 새로운 일에 열중하더라도 나는 별로 놀라지 않았다. 다만 어찌하여 나에게 속달 우편을 보내어 불러냈는지 알고 싶어서 안절부절하지 못했다. 나는 삼십분 동안이나 그녀가 블룸에 대해서 화를 내고 있는 것을 듣고 있었다. 그리고 이야기가 끊긴 틈을 타서 말했다.

"나한테 무슨 얘기를 하려는 거지?"

그녀는 침착하게 나를 보았다.

"지금 말한 것, 그것이 전부예요."

그녀가 말했다. 나는 웃었다.

"그것이 그렇게 마음이 걸린다는 말인가?"

"당신은 아직 모르는군요. 당신의 원조가 필요해요. 당신은 공산당 사람들을 많이 알고 있지요? 그 사람들이라면 내가 쉽게 국경을 넘게 해줄 수 있을 거예요. 나 혼자서는 어떻게 할 수 없으니까요."

"당신은 스페인에 가고 싶단 말이요?"

"저는 의용병에 응모하고 싶어요. 그래도 괜찮겠지요? 내 몸 같은 것은 어떻게 되어도 상관없어요."

이 여자라면 말릴 수 없었다. 나는 가슴이 답답해졌다.

"그것은 무모한 짓이오. 당신이 그럴 이유는 전혀 없을 텐데."

"이유 같은 것은 대단한 것이 아니에요. 인생은 별 가치가 없으니까요."

"그러면 단순한 일이란 말인가?"

그녀는 나른한 듯 나를 보았다.

"저는 당신에게 충고를 받으러 온 것은 아니에요. 도움을 받고 싶었던 거예요. 해주겠어요, 안 해주겠어요?"

나는 머뭇거렸다.

"묘한 부탁이군. 그쪽에 간다고 일이 잘 될 것 같아? 나로서는 꿈자리가 뒤숭숭한 이야기야."

"후회하지 않아요. 이곳에 있다 해도 나는 어찌 될지도 모르고……."

그녀는 미소를 지으며 말했다.
"걱정거리라도 있소?"
"그런 건 없어요. 다만 떠나고 싶을 뿐이에요."
그녀에게는 더 이상 아무것도 끌어낼 수 없었다.
"할 수 있는 데까지는 해보지."
나는 말했다.
　이런 것쯤은 간단한 일이었다. 폴이나 블루 가드에게 말하기만 하면 될 일이었다. '그들에게 얘기만 하지 않았다면 되었다. 그녀는 자크를 침실로 옮겨 침대에 눕히고 주위를 촛불과 꽃으로 장식했다. 마치 납인형 같았다. 초현실주의의 전람회를 위하여 만든 음산한 납인형 같았다. 그리고 마르셀은 그를 지그시 보고 있었다.' 똑같은 이야기다. 이것도 내가 존재하고 있기 때문이다. 나는 내가 존재하지 않은 체하고 지낼 수는 없을까? 세계에서 모습을 감추고, 나의 얼굴과 목소리를 지워버리고, 나의 흔적을 지워버리는 것이다. 그러나 그래도 아무런 변화는 없다. 다만 내가 있던 곳에 아무런 쓸모 없는 경미한 상처가 남을 뿐이다. 엘렌은 더 이상 불행한 사랑에 얽매이지 않고 있다. 마들렌은 스페인으로 가서 죽으려 하지는 않는다. 지상에서 나의 존재의 무게가 없어지고, 그것을 비밀의 실에 매어놓고, 실을 진동시켜 아주 먼 곳까지 소리가 전해지게 하는 일은 없을 것이다. 나를 지워버리고 존재하지 않게 하는 것이다. '나는 폴에게 얘기하지 않겠다.' 그렇게 하면 살충제 냄새가 나는 방에서 어느 날 아침 코카인을 너무 많이 복용한 뚱뚱한 한 시체를 발견하게 되겠지.
　내 위로 빛이 내려쪼이고 있었다. 아무도 너 대신 결정해주지는 않을 것이다. 운명이란 그런 것이다. 타인의 운명은 너의 것이다. 결정하라. 너에게는 그만한 힘이 있다. 즉 이제까지 존재하지 않았던 것이 갑자기 허공에 나타날 것이다. 그것은 너만 의지하고 있지만 너와는 사이에는 심연이 가로막혔다는 그 자체의 이유만으로 그 심연을 뛰어넘을 것이다. 더구나 그 유일한 이유는 네 안에 존재하는 것이다.
　나는 싫다. 녀석들은 모두에게 운동화를 신기고 무명 작업복만 입힌 채 눈 속에서 일을 시키고 있다. 그러나 우리는 말한다. '그런가. 하지만 우리들은 도저히 할 수 없다.'라고. 하지만 만약 그 건물을 폭파한다면 시체의 산더미가 생길 것이다! 어디선가 여자가 잠자고 있다. '그는 지금껏 아무 일도 한 것이 없으니 이번에도 그는 아닐 것이다.'라고 생각하면서 그녀는 가까스로 잠을 잘 수 있었던 것이다. 그러나 내일 밤에는 그가 할 것이다. 그것은 나 때문이다. 나를 지워버리는 것이다. 더 이상 존재하지 않는 것. 그러나 내가 자살하더라도 나는 계속 존재할 수 있을 것이다. 그러나 그들은 나의 죽음에 이어져서 살 것이다. 그리고 갑자기 지상에 나타난 공허가 뜻밖에도 많은 실을 떨리게 하여 울려퍼질 것이다. 베르체나 랑팡이 나를 대신할 것이다. 즉 나의 부재로 인해 일어날지도 모를 모든 것에 대하여, 역시 나는 책임을 져야 한다. 누군가가 롤랑에게 '가라, 가지마라.'라고 명령할 것이다. '그것도 나의 목소리다.' 나는 모습을 지워버릴 수 없다. 나는 나 이외의 세계 곳곳에 존재하고 있다. 타인의 길과 교차하지 않는 부분은 한 치도 없다. 내가 시시각각 내게서 터져나오는 것을 방해하는, 살아가는 방법이란 있을 수 없다. 내가 나의 본질을 만들어내는 생활은 타인으로서는 생각할 수 없는 갖가지 면을 보여주고 있으며 타인의 운명을 허둥지둥 횡단한다. 그는 눈을 뜨고 '내가 한 일을 잊어줄 것이다.'라고 생각하고 있다. 내일, 그를 죽이려는 총에 내가 탄환을 장전하고 있는 것이다. 아니다, 천만의 말씀이다. 단념해버리자. 그들은 단념하고 고개를 떨어뜨린다. 그러자 저쪽 미래의 구석에 우리의 흘리지 않은 핏방울 대신 사람들의 피가 흐르는 것이다. 아니, 역시 하도록 하자…….

　단념하자. 해치우자. 결정하는 것이다. 네가 거기에 있기 때문에 결심하는 것이다. 너는 거기에 있다. 도망칠 길은 없다. 나의 죽음도 나의 것이 아니다.
"블루 가드에게 얘기해두었소."
　그날 밤은 심한 추위는 아니었다. 그날 밤은 나는 결정할 수 있었던 것이다. 나는 혼자가 아니었다. 내 앞에는 자유가 서 있었다. 그것에 대해서 아무런 권리도, 우월성도 없다고 한다면 나는 그 도구가 되는 것을 감수하지 않을 수 없었다.

"내일 가서 그를 만나도록 해요. 당신을 월경(越境)시켜줄 페르피낭의 친구에게 당신을 소개시켜줄 거요. 그리고 바르셀로나의 동지에게도 소개시켜줄 거요. 그러나 여자에게 총을 들리게 할지는 모르겠소."

"고마워요." 마들렌이 말했다. "당신에게는 정말 고마워요."

우리는 그녀의 방에 있었다. 좁다란 복도 같은 방이었는데 텅 빈 트렁크나 내복 보따리가 어지럽게 널려 있었다. 소독약과 샴프 냄새가 났다. 작은 풍로 위에서는 찻물이 끓고 있었는데 그 안에는 하얀 정제가 두 알이 들어 있었다. 만약 내가 그녀를 사랑하고 있다면……그녀에 대해서 더욱 근심해준다면……가시가 나의 가슴을 푹 찌른다. 이제 나는 모든 것을 알게 되었다. 나는 영구히, 태어나서 죽을 때까지 죄를 씻지 못할 것이다.

그러나 이때는 아직 일렀다. 그 피나 임종의 신음 소리는 그녀를 위한 것이 아니었다. 지옥의 장치는 농담처럼 헛돌고 숙명은 흉내를 내면서 놀고 있는 것 같았다. 그녀가 떠난 지 열흘이 되었을 때 바르셀로나 병원에서 편지가 왔다. 그녀는 전선으로 보내지지 않고 안전한 취사 일에 배치되었다. 그녀는 이틀 동안 열심히 접시를 닦았는데 기름이 끓고 있는 큰 냄비를 발에 쏟고 말았다. 그녀는 6개월 동안 병상에 있다가 파리로 돌아왔다.

"거기서는 프랑스 사람은 별난 얼간이라고 했어요." 그녀는 스페인에서 돌아왔을 때 나에게 이렇게 말했다.

봄이었다. 저녁때 공장으로 돌아가서 엘렌과 아스니에르 강 기슭을 산책했다. 그녀는 길가에서 오랑캐 꽃다발을 샀다. 캐러멜빛 맥주잔을 앞에 놓고 우리는 보랏빛 하늘 아래서 영화관 벨이 울리는 소리를 듣고 있었다. 우리와 비슷한 두 사람이 크리시 거리를 어슬렁어슬렁 걷고 있었다. 나는 그들을 불안한 눈으로 지켜보았다. 상쾌한 저녁 노을을 조용한 마음으로 맛보고 있는 사람들. 그들에게는 죄인 같은 데가 없었다. 맥주와 담배 맛, 반짝거리는 전기 광고, 갓 피어난 잎내음, 그 어느 것도 죄스럽게는 보이지 않았다. 우리는 파리의 온화한 저녁 노을에 젖어 있었다. 우리는 누구에게도 나쁜 짓을 하지 않았다. 그러나 우리는 또 멀리 떨어진 바르셀로나 마드리드에도 있었다. 이제 무해무덕한, 산책을 즐기는 사람은 아니었다.

말하자면 별난 얼간이인 셈이다. 이 화려한 시가에 있는 것과 같을 정도로 확실하게, 우리는 수투카 폭격기가 요란한 폭음을 올리면서 날아오는 어두운 하늘 아래에도 있었다. 우리는 베를린, 빈, 그리고 유태인이 셔츠 한 장만 입고 땅바닥에 누워서 자고 있는 수용소에도, 사회주의 투사들이 감금되어 있는 감옥 안에도 있었다. 철조망이나, 방벽이나, 기관총이나 묘비석의 존재와 뒤섞여 있는 딱딱하고 답답한 존재인 것이다. 우리가 벙글벙글 웃는 얼굴을 보이고 있는 한가로워 보이는 얼굴도 다른 사람들에게는 불행한 얼굴 바로 그것인 것이다.

"당신은 알고 있소? 노동자든, 샐러리 맨이든 프랑스에서는 어떤 것을 먹고 있는지!" 하고 레나 블루멘펠트가 말했다. 그는 감자 위에 먹음직스럽게 얹어 있는 기름에 튀긴 소시지를 못마땅한 듯이 보고 있었으므로, 나는 입 안에 가득 넣고 씹고 있던 것이 목구멍에 걸리고 말았다. 그녀와 처음 만났을 때도 식탁에서였다. 나는 식탁을 걷어차고 '나는 내 힘으로 빵을 벌고 있어요.'라고 말해주었었다. 그는 밤알을 걷어차면서, 후텁지근한 큰길을 아무에게서도 훔치지 않은 공기를 가슴 가득히 들이마시며 걷고 있었다. '내 힘으로.' 그러나 나는 어떤 권리로 매일매일의 노동의 대가로 물렁한 감자로 마가린에 튀긴 것이 아니라 핏방울이 뚝뚝 떨어지는 쇠고기를 손에 넣을 수 있을까. 나는 이용하고 싶지 않았다. 재산 상속도 단념해버렸다. 그런데도 굶주린 국민의 입장에서 보자면 그는 탐욕으로도, 압박으로도 되는 번영의 은혜를 버젓이 받고 있었던 것이다.

"올바른 입장이 있다고 생각하나?"

마르셀은 확실한 안목을 갖고 있었다. 나는 집에서 도망쳐 나왔다. 나는 지금 어디로 달아나고 있는 것일까? 어디에 가도, 어느 네거리에 가도 회한이 떠 있었다. 즉 나는 이 친숙한, 결코 나에게서 떨어지지 않는 회한을 몸에 붙이고 걷고 있는 것이다. 바짝 벽에 붙어 걸어가면서 나의 참다운 모습을 알아차리게 될 타인의 시선을 피해가면서 나는 내가 꼭 어머니 같다는 생각이 들었다. 즉 그것은 이기주의자이고, 배가 터지게 먹는 얼간이 프랑스 인이었던 것이다.

"자네들은 후회하게 될 거야." 하고 블루멘펠트가 말했다. "히틀러가 오스트리아에서 멈출 줄 아나? 다음은 프랑스 차례라구."

그는 절망과 증오가 이글거리는 눈으로 우리들을 보았다. 그는 빈에서 와서 특히 우리들의 분노와 동정을 눈뜨게 하려 하고 있었던 것이다. 그는 오스트리아에서 나치즘을 상대로 비밀 투쟁을 하고 있는 비합법 전선의 중요한 일원이었다. 이 사나이를 소개해준 사람은 도니즈였다. 그녀는 전부터도 자기를 위하여 살아가려고 결심하고 열심히 반 파시즘 운동에 참가하고 있었다. 나는 블루멘펠트를 조합 본부로 데리고 가서 두세 명의 동지에게 소개시켜주었다. 도니즈와 마르셀도 왔었다. 블루멘펠트는 장시간 떠들었다. 그는 흰 양말을 신은 민병대의 오만한 행진이나 석방된 나치가 장래의 승리를 축하하기 위한 연회, 또 경관이 태연히 못 본 체하는 도발 행위나 폭행하던 정경을 말해주었다. 지금 그는 우리들을 보고 잠자코 있다.

"그런데 자네들은 어찌하여 그들의 운동을 저지하지 못하지?" 고티에가 말했다. "자네들 나라에는 사십이 퍼센트 이상의 사회주의자가 있지 않은가?"

"우리는 쫓기고 있네."라고 블루멘펠트는 말했다. "효과적인 행동은 전혀 할 수가 없네. 비밀 집회, 팜플렛, 즉흥 연설 등 우리가 할 수 있는 선동은 이 정도의 것이었네."

"슈스니히는 자네들과 제휴하는 것이 절대로 필요하다는 것을 알고 있을 것일세."라고 랑팡이 말했다.

"어쩔 수가 없었네." 블루멘펠트가 말했다. "그는 추호도 타협할 생각이 없었네." 그는 험상궂은 눈을 하고 있었다. "그런데도 대중들이 슈스니히를 위하여 생명을 바칠 것이라고 생각하나? 대중들에게는 나쁜 추억이 많이 있었네." 그는 또 나를 보았다. "프랑스와 영국의 단호한 태도만이 우리를 구할 수 있네."

침묵이 있었다. 그는 어디에 가도 이러한 침묵과 부딪쳤다. 그러나 공산주의만은 별도였다.

"그렇다면 자네는 우리한테서 무엇을 기대하고 있나?" 랑팡이 물었다.

"자네들이 집회를 갖거나 보도전(報道戰)에서 우리의 현상을 동지들에게 알려준다면 여론을 환기시킬 수 있을 것이라고 생각했네."

"하지만 한 나라를 전쟁에 몰아넣는 것은……." 하고 나는 말했다. "쉬운 일이 아니야."

"그래." 하고 고티에가 말했다. "그리고 평화적으로 해결할 희망도 전혀 없는 것은 아니야."

"흠. 오스트리아의 합병은 평화적으로 끝날 거야. 나치는 손쉽게 권력을 잡을 테니까. 그들은 어디에도 있으니까." 블루멘펠트의 목소리는 떨리고 있었다. "슈스니히는 조국을 놈들에게 조금씩 넘겨주고 있었네. 정통한 소식통에 따르자면 놈들과 새로운 조약을 체결하려 하네. 히틀러가 한 마디만 하면 만사는 끝나는 거야." 그는 다시 고뇌와 분노의 표정으로 나를 바라보았다. "그놈을 억제할 수 있는 것은 프랑스뿐일세."

"프랑스는 전쟁 같은 사치스런 일은 하지 못해."라고 고티에에게 말했다.

"자네들은 후회하게 될걸세." 블루멘펠트가 말했다. "히틀러가 오스트리아에서 멈출 줄 아나? 곧 알 수 있을걸세. 프랑스의 차례가 오고야 말 것일세."

고티에는 블루멘펠트를 싸늘한 시선으로 바라보았다.

"어느 나라가 자살하는 것을 저지할 수 있단 말인가?" 하고 그는 말했다. "자네가 한 이야기는 모두 자살자들의 이야기야."

나는 나의 평화주의에 대해서도, 나 자신에 대해서도 확신이 있었다. '나는 평화주의자다.' 그는 단호하게 그렇게 단정하고 자기의 신념대로 행동했으며 곁눈질하는 일이 없었다. 앞쪽을 주목하는 일도 없었던 것이다. 길은 확실하게 깔려 있는 것 같았다. 미래는 순간마다 입을 벌리고 있는 공허는 아닌 것처럼 보였다.

"자살이란 많든 적든 타살이야."라고 나는 말했다.

"흠, 자네는 그렇게 생각하고 있나?"

블루멘펠트가 말했다.

이 집회를 통하여 마르셀이 처음으로 입을 열었다. 그는 미소지었다.

"이 사나이는 자기가 하는 일은 모두 살인 행위가 된다고 언제나 생각하고 있어."

그것은 살인이었다. 그때도, 그 후 1년 동안 나는 잠 못 이루는 몇 밤을 보냈었다. 보도전, 집회, 파업. 폴은 폴대로 나를 공격했다.

"전쟁이 터지면 파시즘은 붕괴될걸세."

피로 물든 먼 스페인에서 독일을 더럽히고 있는 반 유태인 운동이나, 오스트리아로 밀어닥치는 나치의 물결 앞에서 우리는 수수방관만 하고 있을 수 있을까. 블루멘펠트의 절망적인, 싸늘한 눈에 비친 나는 너무나 부끄러웠다. 그러나 수치는 말 상대가 되지 않는다. 찢기고 피투성이가 된 싸움터에서 부상자의 신음 소리가 무자비하게도 나를 공포로 몰아넣는다. 피레네 산맥 너머에서는 스페인의 노동자들이 파시스트의 탄환에 쓰러지고 있지만, 그들의 피를 프랑스 국민의 생명의 대가로 하여, 나의 것이 아닌 유일한 생명을 대가로 하여 보상할 수 있단 말인가. 유태인들은 수용소에서 파리 목숨처럼 죽어가고 있지만, 그들의 시체와 프랑스 백성의 무구한 육체와 교환할 권리가 있을까. 나의 육체나 나의 피로 그 대가를 지불할 수도 있었으나 다른 사람들은 내가 사용할 수 있는 화폐는 아니다. 어떠한 지상(至上)의 사상이 그러한 것들을 비교하고 달아보아, 어느 정도가 가장 알맞은 정도인지 알 수 있다고 말할 수 있겠는가? 하느님이라도 이런 일에는 실패할 것이다. 인간은 자유롭게 움직이게 할 수 있는 장기의 말판도, 노름판에서 딸 수 있는 돈도, 전력도 아니다. 각자가 누구의 손도 미치지 못하는, 자기 자신의 가장 내밀한 곳에 그 진실을 갖고 있는 것이다. 그의 신상에 일어나는 것은 오직 그에게만 속한 것이다. 보상 같은 것은 무엇 하나 할 수 없을 것이다. 엘렌은 화려한 미소도, 마들렌의 회한을 중화시킬 수 없었다. 그것은 펄펄 끓은 기름에 덴 화상을 낫게 할 수가 없었다. 그 무엇도 자크의 죽음을 지워버리지 못했으며, 아무리 새로운 탄생도, 그에게서 빼앗아간 생명, 그의 유일무이한 생명을 대신하지는 못할 것이다. 각자의 완전히 고립된 운명이 다시 흡수될 수 있는 장소는 세계의 어디에도 없는 것이다.

'아무 일도 하지 않으련다. 나는 언제나 정치 활동을 자제해왔었다.' 변덕스런 하느님처럼 자기의 애매한 의지를 세계를 향하여 내던지는 일을 피해왔던 것이다. 정치를 한다는 것은 인간의 외관만으로 환원하는 것이다. 인간을 맹목적인 집단처럼 취급하고 자기만이 살아 있는 사상으로 존재하는 것 같은 특권을 남겨두는 것이다. 그러나 이러한 사상도, 무기력한 인간의 육체에 파고들어 인간을 활동시키기 위해서는 나 자신이 모습을 지워버리는 불투명한 기계력으로 되지 않으면 안 된다. 소음과 담배 연기가 자욱한 방에서 본 적도 없는 인간을 미지의 강기슭으로 데리고 가는 듯한 말을 나는 내뱉을 것이다. 당치도 않은 부조리의 공범자가 되기 위하여 나의 자유를 사용하게 될 것이다. 그것은 아무도 바라지 않는데도 존재하는 부조리인 것이다. '아니 나의 조국을 전쟁으로 몰고갈 수는 없다.'
 "자네들이 후회하지 말기를 바라네."라고 블루멘펠트는 말했다.
 치욕이 있었다. 그러나 치욕과 함께 사는 일에 길들여지지 않으면 안 된다. 그것이야 말로 회한의 새로운 형태였다. 치욕을 생활의 한 구석에서 끌어내어 그것을 다듬어내고 반들반들하게 하여 부드럽게 할 수는 있다. 그러나 곧 그것은 다른 한쪽으로 기어들고 있음을 알게 된다. 그러므로 그것은 언제나 어딘가에 있었다. 나는 수치심없이 엘렌을 끌어안지만 마들렌의 일그러진 미소 앞에서는 고개를 떨어뜨리고 만다. 조합의 동지를 태연하게 바라볼 수 있지만 스페인이나 오스트리아의 형제들을 생각하면 입이 바짝 말라버린다.
 "당신은 자기 자신을 학대하면서 즐기고 있군요."라고 엘렌이 말했다.
 아침 신문에는 오스트리아의 합병이 보도되었다. 공장이 파하고 엘렌이 나를 만나러 왔을 때 나는 다른 것을 말할 수 없었다. 하지만 그녀와 이러한 문제를 화제로 하는 것을 좋아하지 않았다. 그럴 때의 그녀는 전혀 다른 사람처럼 느껴졌다. 그녀는 조금 초조해서 덧붙였다.
 "말하자면 그것은 당신의 문제는 아니에요."
 "내 문제가 아니라고? 그러면 누구의 문제인지 말해보라구."
 "당신에게는 당신의 생활이 있어요. 그것만으로 충분하다고 생각하지 않으세요?"

"하지만 나의 생활은 다른 사람들과의 연관에서 이루어지고 있어. 오스트리아는 나의 생활 속에 있으며 전세계는 나의 생활 속에 있어."

"그야 그렇겠지요. 이렇게 지나쳐가는 사람들이라도 당신의 눈 속으로 들어가게 되므로 당신의 생활 속에 있어요." 엘렌은 얼굴이 빨갛게 상기되었으며 논쟁이 복잡해지면 언제나 그러하듯이 약간 앙칼진 음성이 되었다. "하지만 그 사람들에게 일어나는 일들이 당신에게 책임이 있다는 것은 아니에요."

"그야 모르지." 나는 짜증스럽게 말했다. 저녁 일곱시였다. 상투앙 대로는 무척 혼잡스러웠다. 길 모퉁이에서는 〈파리 수아르〉지의 최종판이 날개돋친 듯 팔렸다. 환하게 불을 밝힌 제과점에서는 딱딱한 초승달 모양의 빵이나 브리오슈나, 노랗고 긴 빵이 가득 진열되어 있었다. 바닥에 톱밥을 간 식육점에서는 소의 내장을 씻고 있었으며, 리본을 단 쇠고기나 양고기가 마치 전시회처럼 천장에 매달려 있었으며 유리장 안에는 피가 뚝뚝 떨어지는 큰 고깃덩이를 셀로판지로 쌓아두었다. 풍부, 한가, 평화. 술집 스탠드에 턱을 고이고 앉아 있는 사나이들은 큰소리로 떠들고 있었다.

쇠창살문은 내려져 있었으며 카페는 텅 비어 있었다. 인적없는 거리에서는 나치의 구둣발 소리만 들려올 뿐이었다. 사람들은 말없이 겁에 질린 눈으로 쇠창살문 안을 들여다보고 있었다.

"다음은 프랑스 차례야."

"당신은 자기가 세계를 창조했다고 생각하는 모양이군요."

엘렌이 말했다.

"나는 어디선가 읽은 적이 있어. 각자는 모든 일에 대해서 만인이 책임이 있다, 라고. 이거야말로 진리인 것 같아."

엘렌은 뾰로통해서 나를 보았다.

"나는 전혀 모르겠어요."

그녀는 말했다.

"물론 자기를 개미집 속의 개미라고 볼 때는 인간은 서로가 아무것도 아니지. 나는 두 손을 벌리고 나치의 침입을 막아낼 수 있다고는 말하지 않겠어. 어머니가 세빌 거리에서 작은 두 팔을 벌리고 있을 때의 일이 눈에 떠올랐다. 하지만, 만약 우리가 모두 팔을 벌린다면……."

"그래요. 하지만 아무도 그러지 않았어요. 다른 사람들도 당신이나 마찬가지로 책임이 있어요."

"그것은 그들의 문제야. 물론 우리는 모두 책임이 있지. 하지만 모두라고 말하는 것은 각자가 다 그렇게 말하는 거야. 나는 어렸을 때도 그렇게 생각하고 있었어. 이 널따란 거리가 존재하기 위해서는 나의 눈만으로도 충분해. 세계가 목소리를 갖기 위해서는 나의 목소리만으로도 충분해. 세계가 잠자코 있는 것은 내가 나쁘기 때문이야."

엘렌은 얼굴을 돌렸다.

"당신은 역시 모르는군." 하고 나는 말했다.

"아니요, 알아요."

그녀는 퉁명스럽게 말했다.

"내가 세계를 만든 것이 아니야. 그러나 매 순간마다 내가 존재함으로써 세계를 재창조하는 거야. 그리고 세계에서 일어나는 것은 나에게서 일어나는 것처럼 무엇인가 나 때문에 일어나고 있어."

"그렇군요."

엘렌은 말했다. 그녀는 무언가 생각하고 있는지 땅바닥을 바라보고 있었다.

"왜 그러지?"

"아무 일도 아니에요."

"왜 그렇게 슬픈 얼굴을 하고 있지?"

그녀는 어깨를 움츠렸다.

"나는 당신의 생활 속에서 하나의 원자(原子)에 지나지 않는다는 생각이 문득문득 들어요."

"바보! 내 생활의 이백사십 분의 일에 지나지 않다고 당신이 말한 것보다는 훨씬 늘어났잖아."

"당신은 나 같은 여자는 전혀 필요가 없어요. 당신의 진짜 생활은 나와는 전혀 관계가 없어요."

"필요에서가 아니라 누군가가 이유없이 좋아지기도 하지."

나는 그녀의 팔을 꽉 잡았으나 그녀의 몸은 딱딱하기만 했다.

"저는 마치 불필요한 인간 같아요."

그녀가 말했다.

그녀에게 '나는 당신을 사랑하고 있소.'라고 말했어야 했다. 하지만 아무래도 거짓말은 하고 싶지 않았다. 나는 그녀를 자유롭게 해주리라고 굳게 맹세하고 있었다. 자유이기 위해서는 그녀가 사물의 분별력이 확실해지지 않으면 안 된다. 나의 부드러움과 냉정함을 그녀는 확실하게 파악했던 것이다. 그리하여 나에게는 필요치 않았던 이 사랑을, 그녀는 아무런 즐거움도 없는 짐짝처럼 끌고 다녔던 것이다.

"당신이 그 여자를 사랑하지 않는다는 것은 사실인가요?"

도니즈가 나에게 물었다.

"연애가 아니지요."

"하지만 당신은 다른 형태로는 연애를 하지 못할 겁니다."

"글쎄. 하지만 어차피 마찬가지요. 그녀가 말하는 연애와는 다르니까."

엘렌이 원하고 있던 것은 내가 그녀를 무엇보다도 필요로 하고 있다는 것이다. 그렇다면 그녀는 완전히 존재했을 것이다. 나의 사랑을 받는 그녀로서 그 존재가 그대로 기적적으로 정당화될 것이다.

"당신은 그 여자를 사랑하고 싶어 하지 않는군요."라고 도니즈가 말했다. 그녀는 어깨를 움츠렸다. "당신도 역시 고의적으로 인생을 엉망으로 만드는 사람이군요. 하지만 아름다운 연애를 그렇게 취급해서는 안 돼요."

그녀는 인간이란 자연스럽게 누구와도 서로 사랑하게 된다고 생각하고 있었다. 그녀는 또 누구에게도 친숙했다. 마르셀이 쌀쌀한 것은 일부러 비뚤어진 체하는 것이라고 생각하고 있었다. 그가 보기에는 일부러 그러는 것 같지는 않았다. 마르셀은 원래 도니즈가 살려고 했던, 사이좋은 목가적인 분위기나 수많은 미덕이 흘러넘치고, 노란 과일처럼 나무가 진선미를 이루고 있는 낙원 같은 것은 질색이었다. 나 자신도 그녀가 귀찮게 여겨질 때가 자주 있었다. 그녀가 세계의 운명을 예언하는 것을 듣는 것은 지겨운 일이었다. 그녀는 그것으로 자기의 우울한 생활에서 해방될 작정으로 있었다. 중요한 것은 역사의 세계적 발걸음뿐이었다.

"그 여자를 무시한 것은 아니오. 하지만 연애를 할 수 없으면 이야기가 되지 않아."

"그래요." 하고 도니즈가 말했다. 그녀는 냉소했다. "하지만 마르셀이 무엇을 할 수 있을까? 적어도 당신은 행동하고 있으며, 친구도 있어요. 하지만 마르셀은……그 사람 조금 어떻게 된 것이 아닌가 하는 생각이 들지 않으시오?"

그녀는 의아한 듯이, 걱정스런 얼굴로 나를 보고 있었다. 마르셀은 지금까지는 전혀 아무 일도 하지 않았었다. 각사탕을 씹거나 끈을 메거나 하는 일도 중단해버렸다. 매일 헐렁한 오버코트를 입고, 눅눅한 침대에 누워 지내고 있었다. 그러고는 재채기를 하고 친구들을 불러 모았다. 우리를 매우 밝은 마음으로 맞아주었으므로 도니즈의 해명이 없었더라면, 그가 매일 우울하게 지낼 것이라고는 믿지 못했을 것이다. 그에게 묘한 버릇이 있다는 것은 나도 알고 있었다. 그는 손으로 무엇을 잡고 있지 않으면 마음이 편치 않았다. 팔걸이의자의 팔걸이를 잡거나 담배 케이스나 화병이나 오렌지를 쥐고 있거나 했다. 앉을 때는 정해놓고 벽에 등을 기댔다.

"뒤에 아무것도 없다고 생각하니 무서운 생각이 들어."라고 그는 말했다. 그는 웃었다.

"공허라는 것이 무서워."

바닥에는 깔개며, 쿠션이며, 짐승 가죽 등을 빡빡하게 깔아놓아 비어 있는 부분은 전혀 없었다. 거기에는 나비, 조개껍질, 멋진 그림을 걸어놓고 장미 다발을 든 성녀 테레즈 드 리쥐의 천연색 그림엽서가 걸려 있었다.

"그는 무언가 엉뚱한 것을 찾고 있음이 분명해."라고 나는 말했다. "하지만 미친 것은 아니야."

"그렇다면 무엇을 찾고 있을까요?" 도니즈가 말했다. "당신은 알고 계세요? 내가 물어도 전혀 상대해주지 않아요."
　그녀의 반짝이는 눈빛은 무엇을 알고 싶어서 못 견디는 것만 같았다. 마르셀이 연애, 재산, 명예를 경멸한다 하더라도, 유일한 희망은 그가 어느 누구보다도 귀중한 재산을 무언가 남기는 일이었다. 그녀도 그 몫을 맡고 싶었던 것이다.
　"그것은 그에게만 의미가 있는 것 같아요."
　그녀는 아연해서 어깨를 움츠렸다.
　"그것은 의미가 있든가, 없든가 둘 중의 어느 하나이겠지요."라고 그녀는 분명히 말했다. 이처럼 국민학교 선생 같은, 공평한 목소리는 마르셀을 화나게 했다. 도니즈와 함께 있으면, 그는 언제나 수세(守勢)로 나온다. 그런데 나와 같이 있으면 무엇이고 다 털어놓는다. 다만 내가 당황하게 되는 것은 그가 내심 싱글거리며 나의 동작을 살피고 있는 것이다.
　"어떤가? 컵이 가득 차오르는 것이 기쁘지 않은가?" 하면서 그는 빨간 포도주가 차오르는 것을 보면서 말했다.
　"컵이 비워지는 것도 즐겁지."라고 말하면서 나는 컵에 담긴 포도주를 비웠다.
　"아니야. 자네의 마음에 드는 것은 자네 자신이 가득 채워지는 것일 거야." 라고 그는 말했다. 그는 손가락으로 담배 케이스를 쥐었다. "누구나 충실하기를 바라고 있지. 저것 좀 보라고. 거리를 지나는 많은 인파가 보도의 한복판을 피하여 벽 가까이 한쪽으로 걷고 있지. 그것은 자기의 내부에 충실한 것을 느끼고 싶어서야. 기타라도 치듯이 손으로 벽을 문지르는 녀석도 있군."
　그는 자기의 손가락을 보았다.
　"무언가 물건에 손을 대는 것만큼 결정적인 일은 없어."
　"자네는 창작 활동을 전혀 하지 않을 생각인가."
　"창작이 되겠어? 무엇이고 반드시 이전부터 존재하고 있으니까."
　"그야 그렇지." 나는 말했다. "어떤 방면의 일이라도 다 그래."
　미래가 온통 나의 손에 맡겨져 있는 새하얀 페이지. 그것은 국민학생다운 유치한 꿈에 지나지 않았다. 이제는 잘 알 수 있다. 부재, 불가능한 존재 이외에 흰 것은 없다. 선택하는 것이다. 부끄러워해야 할 평화인지, 피비린내나는 전쟁인지를. 살인이냐, 노예냐. 선택이 강요되는 상황 그 자체를 우선 택해야 한다.

"그런데 인간이 창조한다는 것은 관념에 지나지 않는다. 또 존재할 것까지도 없어." 마르셀은 또 말했다. 그는 벽에 걸려 있는 것을 손가락으로 가리켰다. "저것은 짚으로 이루어진 형태 그 자체임엔 틀림이 없다. 그러나 나의 머리에서 하나하나 빼어져나온 지푸라기라고 말할 수 있지."

"그러면 자네는 무엇을 할 작정인가?" 하고 나는 말했다.

"글쎄, 별로. 창조한다는 것은 자기의 존재를 표현하는 노력이지. 그러나 무엇보다도 우선 존재하지 않으면 안 돼. 이것이 중요하지. 존재와 접촉할 수단을 찾아내지 않으면 안 돼." 그는 얼굴을 좌우로 돌렸다. "보거나 만지거나 하는 것, 이것은 이미 접촉이야."

"결국에는 싫증을 느끼게 될 것이라고는 생각하지 않나?"

그는 큰소리로 웃었다.

"나는 익숙해졌네. 그리고 싫증도 별로 나쁜 것은 아니야."

불쌍한 도니즈! 그녀가 즈덴텐이나 체코에 대해서 정색을 하면서 이야기하는 것을 그는 히죽거리며 듣고 있었다. 그날, 그녀는 어떤 반 파시즘 집회에서 발언하고 흥분한 상태로 돌아왔다. 그녀의 눈에는 지난 수년 동안 본 적이 없는 반짝임이 있었다.

"이 사람은 기뻐서 어쩔 줄 모르는군." 하고 마르셀이 말했다. "보라구. 무슨 대단한 일이라도 해낸 것처럼 생각하나봐." 그는 기분이 좋아서 도니즈의 어깨를 큼직한 손바닥으로 쳤다. 도니즈는 몸을 딱딱하게 굳히고 그 눈에선 광채가 사라졌다.

"아셨죠?" 그녀는 한참 후 나에게 말했다. "저 사람은 나에게 언제나 저런 식이에요. 곁에 있으면 숨이 답답해요. 저이는 나를 숨막히게 합니다." 그녀의 목소리는 떨리고 있었다. "아침부터 밤까지 벙글벙글 웃으면서 나를 감시하듯 하지요. 저까지 정신이 돌 것만 같아요."

"그렇다면 그와 살지 않는 것이 좋지 않을까요?"
내가 말했다.
도니즈는 무언가 먼 곳에 있는 무서운 것이라도 보는 듯한 눈을 하고 있었다.
"이건 지옥이에요."
낮이 있는가 하면 밤도 있었다. 마르셀은 육체를 완전히 하나의 것으로 생각하지 않는 이상, 그것에 닿는 것은 견딜 수 없는 일이라고 자주 말했었다. 그는 오랫동안 도니즈의 육체를 멀리하고 지냈다. 그러나 그의 큰 손이 그녀의 육체를 잡을 때는 참담한 것에 틀림없었다.
"왜 그와의 동거를 그만두려 하지 않지요? 그와 헤어지는 것이 시원할 텐데.
"그와 동거하지 않는다?" 도니즈는 무척 당황해하면서 나를 바라보았다. 그녀는 애써 온화한 표정을 지으려 했다. "하지만 제가 없으면 저 사람은 어찌 되지요? 그건 안 돼요." 그녀는 격한 소리로 그렇게 말했다. "저는 마음속으로만 저 사람에게서 자유로워져야 해요."
"그건 더욱 어려울 텐데."
"비밀 하나 말씀드릴까요?" 그녀는 어색한 웃음을 보이면서 말했다. "저는 소설을 쓰기 시작했어요."
"정말입니까?"
"저이와 저에 관한 것을 쓴 소설. 물론 사실 그대로는 아니지만." 그녀는 입술을 다물었다. "아아, 제가 할 수 있는 일이라면! 어떤 의미에서는 마르셀이 옳아요. 정치 활동으로는 실제로 무슨 일을 할 수 없어요. 그렇게 생각하지 않으세요?"
"경우에 따라 다르겠지요."
나는 말했다. 이 이야기는 처음부터 많은 오해가 있었으므로 그녀에게 어떻게 대답해야 좋을지 잘 모를 때가 종종 있었다.
"그런데 제가 어떤 일을 하는 것이 좋다고 생각하세요?" 그녀는 절망적으로 말했다. "돈은 한푼도 없더라도 먹고 입어야 해요. 그것이 무척 시간을 잡아먹는 거예요."

"그래. 마르셀은 그런 것은 모를 거요."

"그것은 아무래도 좋아요." 그녀는 거칠게 말했다. "어떻게 해서든지 시간을 내보겠어요."

그 점에 대해서는 그녀를 신용할 수 있었다. 단 일분이라도 헛되이 쓰지 않는 여자였다. 그녀는 그만큼 조직적인 머리의 소유자였다.

"무서운 종족이에요."라고 마르셀이 말했다. 그는 눈을 둥그렇게 뜨고 나를 보고 있었는데 실제로 겁을 먹고 있는 것 같기도 했다. "그자들은 시간 낭비를 하려 하지 않아. 재능도, 금전도 헛되이 쓰려 하지 않아. 아무것도 잃지 않고 무언가를 얻을 수 있는지 없는지 저 녀석들은 단 한 번도 생각해본 적이 없어."

"어쨌든 자네는 도니즈에게 너무 냉정해."

"그럼, 날 보고 어떻게 하란 말인가? 그 여자와 나는 사용하는 말이 달라. 도니즈는 통속적인 여자야. 누구나가 생각하고 있는 것, 말하고 있는 것, 인정하고 있는 것, 그 여자는 이런 것만 중요하게 생각해." 그는 자기의 넓은 가슴을 두드렸다. "그러나 나는 불쌍하고 고립된 인간일세. 자기의 운명에만 신경을 쓰고 있지. 그런데 그 여자는 이런 것을 단순히 미치광이로만 보고 있단 말일세." 그는 머리를 흔들었다. "정말로 위험한 종족이야."

"그녀가 잘못 생각하고 있다고 치세. 하지만 그것은 그녀에게 전처럼 비참한 생활을 강요할 이유는 되지 않네."

"나는 누구에게건 강요하거나 하지는 않아."

"그녀가 불행하다고 하는 것은 자네도 잘 알고 있겠지. 그런데도 자네는 그 여자를 행복과는 거리가 먼 여자라 생각하고 태연해하지. 그녀가 선악을 저울질하고 있다고 윽박지르는 자네는 그녀의 가치조차 알아보지 않고 있네. 그리고 저울 같은 것은 없네. 도니즈의 과오와 자네가 그녀를 괴롭히고 있는 것 사이에는 아무 관계도 없다고 생각해서는 안 되네."

"아니, 어째서 그 여자가 불행하단 말인가? 인간은 여러 가지를 갖고 있지 못하더라도 견딜 수 있네. 나는 위스키가 없더라도……."

"그건 자네의 문제야. 자네의 도덕을 그 여자에게 밀어붙일 권리는 없으니까. 자네는 자네의 존재에 도달하려고 애쓰고 있지. 그것은 자네의 존재이지 그 여자의 것은 아닐세. 그것은 자네 외에는 아무런 가치도 없는 경험이지. 이를테면 말일세." 나는 약간 화까지 내면서 말했다. "도니즈에게 벙어리처럼 지내라고 요구할 수는 없네."

그는 이 말에는 대답하지 않고 낄낄 웃었다.

"자네는 꼭 재판관 시늉을 하는군. 자네는 그 여자를 비난할 수는 있지. 하지만 그녀를 처벌해달라고 누구에게 부탁한 것도 아니야."

그는 손바닥에 사과를 올려놓고 장난감처럼 매만지고 있었다.

"불운한 여자!" 하고 그는 말했다. "내가 존재하지 않으면 지상은 장미빛 사탕으로 만든 예쁜 성 같을 텐데……." 그는 나에게 미소를 보냈다. "그렇지만 나는 나 자신을 말살해버리지도 못해."

"그 여자를 물질적으로나마 좀 즐겁게 해주면 어떻겠는가?"

"돈벌이인가? 원한다면 돈벌이도 해보여주지. 기꺼이 하겠어." 그는 던져올린 사과를 손으로 다시 받았다. "도니즈를 위해 의상이나, 하녀, 예쁜 융단. 멋지겠군."

나는 열변을 토로했다. 듣기 좋은 충고도 했다. 그러나 만약 마르셀이, '자네는 어떤가? 엘렌을 행복하게 해줄 작정인가?' 하고 묻는다면 나는 뭐라고 대답했을까? 시간이 흐름에 따라 그녀는 조금씩 여자로 되어가고 있었다. 이제는 사랑을 받을 희망이 없는데도 사랑하는 것만으로는 만족할 수 없게 되었다. 별로 바가지를 긁거나 하지는 않지만 그녀는 자주 서글픈 표정을 짓고 있었다. 내가 해주는 한 마디가 그녀를 기쁘게 해줄 것이 틀림없지만, 내가 그렇게 해주지 않는다고 생각하니 좀 바보스럽다고 생각하는 날이 있었다.

"당신에게 드릴 말씀이 있어요."라고 그녀가 말했다. "하지만 화내지 않겠다고 약속해주시겠지요?"

우리는 세느 강가에 걸터앉아 있었다. 개의 무덤이 있는 작은 섬 근처였다.

그곳은 엘렌이 좋아하는 곳이기도 했다.

"어서 얘기해봐."

8월의 일요일이었다. 그녀는 손수 디자인한 무늬가 박힌 가장 예쁜 옷을 입고 있었다. 그것은 핑크빛 옷으로 무척 화사해보였다. 그녀의 얼굴, 목, 팔은 햇빛을 받아 금빛으로 빛나고 있었다. 그녀는 어색한 미소를 지으면서 나를 흘끗 보았다.

"실은 어제 아침 그랑주앙에 사시는 숙모님이 함께 미국으로 가지 않겠느냐고 제의하셨어요." 그녀는 나의 시선을 피하며 말했다. "하지만 거절했어요."

"엘렌!" 나는 그녀의 어깨를 잡았다. "그것은 경솔한 짓이야. 당신은 그 기회가 오기를 삼 년 동안이나 기다려왔잖아. 오늘 밤에라도 전화를 걸도록 해요."

"싫어요."라고 그녀는 말하면서 나를 보았다. "죄송해요. 하지만 나는 그것을 받아들일 수 없어요. 저는 앞으로 일 년은 거기에 가 있어야 해요. 사실을 말하자면 거기에서 평생을 지내지 않으면 안 돼요. 거기다가 가게 지점을 내고 그것을 운영해야 한다는 거예요." 그녀는 머리를 흔들었다. "그러기는 싫어요."

"우리의 약속을 상기해보라구."라고 나는 말했다. "우리의 관계로 해서 당신이 기회를 놓쳐서야 되겠어? 적어도 일 년쯤 가 있어 보라구. 당신이 그토록 가보고 싶어 하던 곳이 아니오!"

"당신과 헤어져서 일 년이나!"

"또 만날 수 있을 텐데."

"그런데 무서운 생각이 들어요. 더욱이 이처럼 어수선한 시기에. 만약 전쟁이라도 터진다면?"

나는 그녀를 포옹했다. 나는 잘 알고 있었다. 그녀는 이제 여행도, 자전거도, 나 이외의 아무것도 원하지 않았다. 이 년 동안 그녀는 나와 힘을 합쳐서 나와 굳게 맺어지는 유대를 맺어놓았던 것이다. 그것을 끊기로 결심하다니. 그것을 어찌 그녀가 할 수 있겠는가?

"기대가 빗나갔나요?" 그녀가 말했다. "저를 내쫓으려 했는데도?" 그녀는 쓸쓸히 웃었다.

"당신이 가버리면 좋겠다고는 절대로 생각지 않아. 하지만 이런 좋은 기회를 놓쳐버리는 것이 안타까울 뿐이지."

나는 무척 가슴이 벅차올랐다. 그녀는 온 세계에서 나 외에는 아무도 사랑하고 있지 않았던 것이다. 지구의 다른 쪽 부분은, 그녀의 눈으로 보자면 퇴색해 있었다. 그런데도 나는 그녀에게 퇴색된 애정밖에는 주지 못했다. 그녀는 고독하고 쓸쓸한 사랑 속에 갇혀 있었다.

"참 안됐군!" 하고 나는 말했다. "당신은 앞으로도 파리에 있으면서, 역시 같은 거리, 같은 얼굴을 보고, 당신의 방에서 그림을 그리고, 룩상부르 공원을 산책한다. 그처럼 당신이 따분해하던 단조로운 생활을 계속하지 않으면 안 된다. 그 또한 나 때문이겠지!……."

"내가 떠나지 않고 남아 있는 것을 당신이 별로 기뻐하지 않는다고 생각하니……."

그녀는 낮은 소리로 말했다.

"엘렌, 왜 그런 소리를 하지? 만약 당신이 가버리면 나는 지옥 같은 고통을 맛보겠지."

나는 그녀를 힘주어 껴안았다. 햇빛에 반짝거리는 그녀의 머리, 볼, 입술에 입을 맞추었다. 그것은 일종의 정열이 깃든 입맞춤이었다. 나는 특히 부드러운 말을 찾았다. 그런데 그 말은 좀체로 목구멍으로 나오지 않았다. 나는 조개껍질로 장식한 개의 무덤이나 돌에 새겨놓은 개, '영원히 메들을 위하여'라고 씌어 있는 묘비를 바라보거나 했다. 발 아래서 조약돌이 굴렀다. 우리는 나란히 서서 천천히 걸었다. 그녀는 아름다웠다.

"나는 지금까지 생각했던 것보다도 당신이 훨씬 좋아졌어. 당신이 미국에 가지 않기로 한 것이 은근히 기뻐."

그녀는 지그시 입술을 깨물었다. 그녀가 놀라고 있다는 것은 그의 가슴에도 울려왔다.

"정말이세요?"

그녀가 물었다.
"그럼, 정말이고말고."
그녀는 반짝이는 눈으로 나를 보았다. 내가 만들어낸 이 환희를 보면서 나는 무척 감동했다. 실제로 무엇이 진실일까. 진실이 어떻다는 말인가?
"그런데 어째서 그 여자와 결혼하지 않느냐?"라고 어머님은 말하셨다. 나는 어머님께 엘렌을 소개했었다. 이따금 두 사람은 내 방에서 함께 차를 마시기도 했다. 엘렌은 어머니를 무서운 사람이라 생각했으며, 어머니는 엘렌은 젊다고 생각하면서도 존경하고 있었다.
"저는 그녀를 사랑하고 있긴 하지만 연애는 아닙니다."라고 나는 말했다.
"그런데 왜 그렇게 그 여자의 생활 속에 깊숙하게 빠져들지?"
"그것은 그 여자가 바라고 있기 때문이에요. 나는 자유이니까 선택도 내가 하는 거라고 그 여자는 말했어요."
"그야 서로 남의 자유를 간섭하지 않는 것은 좋은 일이지만."
어머니는 이렇게 말하면서 한숨을 내쉬셨다. 어머니는 엘리자베스와 쉬종에게 자기들의 뜻에 따라 자유롭게 결혼시키셨다. 엘리자베스의 가정을 원만하지 못했으나, 쉬종은 잘 살았다. 그러나 어머니는 어느 가정이 걱정거리였는지 잘 이해하지 못했다.
"어머니는 언제나 그랬어요. 하지만 그것으로 좋지 않을까요?"
"어떠냐." 하고 어머님은 말씀하셨다. "아무리 생각해보아도 그래선 안 되겠다. 그 책임은 언제까지고 따라다닐 테니까."
나는 그녀의 빨갛게 상기된 얼굴, 결연한 눈길을 떠올렸다. '선택하는 것은 너야.' 그러나 그녀에게 어떤 선택이 남아 있다는 것인가. 내가 그녀를 사랑하고 있듯이 그녀는 선택할 수 있을까? 어쩌면 내가 존재하고 있지 않은 것처럼? 나와 만나지 않도록? 그녀를 자유롭게 내버려두는 것, 그것 역시 그녀를 위하여 결정해버리는 것이었다.
그녀의 의지에 대해서 점잖게 순종하는 것도 역시 그녀가 따르지 않을 수 없는 내 쪽의 권위만으로 만들어내는 것이었다. 그녀는 나의 얌전한 손에 잡히어 기쁨없는 애정 속에 갇혀 있었다.

그녀도 나도 그렇게 되기로 바라지 않았는데도.
"어찌해야 좋다는 말입니까?"라고 나는 말했다. "애정없는 생활을 하는 것은 그녀가 받아들이지 않겠지요. 그녀에게 거짓말이라도 해야 할까요?"
"나는 너에게 충고할 수 없다."
어머니는 슬픈 표정으로 말씀하셨다.
우리가 어렸을 때 어머니는 언제나 거짓말을 하지 말라고 엄격하게 가르치셨다. 하지만 역시 어머니는 어떤 일에도 확신을 가질 수 없었던 것이다. 신중이나 자선, 진실에 대해서도. 어째서 거짓말을 해서는 안 되는 것일까? 그러한 생각이 조금씩 나의 생활 속으로 파고들었다. 너는 자유롭게 해줄 수 없다면, 나의 유일한 존재가 속박이 된다면 내가 구태여 너를 밀어붙인 상황을 내가 지배하면 안 되는 것일까? 나는 너 때문에 결정을 강요당하고 있다. 좋아, 나는 나의 마음에 따라 결정할 뿐이다. 나는 너를 사랑하고 싶다고 희망하였으며 너를 사랑하고 있다. 네가 행복해지기를 바라고 있었으므로 너는 나를 위하여 행복해질 것이다. 거짓말이란, 말하자면 현실의 지칠 줄 모르는 폭력과 싸우는 유일한 무기다. 어찌하여 나는 나의 의지에 반한 것처럼, 그녀의 앞에서 완고하게, 바보처럼 바삭바삭하는 마음을 가지고 있는 것일까. 나라도 말솜씨나 몸짓을 연구하여 너의 운명을 속일 수 있었을 것이다.
그날 밤은 축제 기분이 온 파리 시내는 폭풍처럼 휩쓸고 갔다. 사람들은 합창하고, 웃고, 떠들고, 연인들은 포옹하고 있었다. 우리는 체코를 독일에게 내주었던 것이다. 즉 세계에 평화를 선언했다고 떠들고 있었다.
"자네는 만족하겠지?" 하고 폴이 나에게 말했다. "이 수치스런 협정을 가능케 한 것은 자네 같은 자들이니까."
나는 롤랑과 자르디네와 함께 탈의실에 있었다. 나는 손을 씻고 있었다. 폴과 마송은 분노의 눈으로 우리를 노려보고 있었다.
"그 협정은 즉." 하고 롤랑이 말했다. "평화야. 우리가 만든 평화야. 전쟁이 불가능하다고 하는 것은 모두가 전쟁을 하고 싶지 않기 때문이다."
그는 젊었다. 그의 열정에는 나도 어쩔 수가 없었다.

"자네들은 평화주의를 내세우면서도 부르주아의 놀이를 하고 있어."라고 폴은 말했다. "전쟁을 피한다는 구실 아래, 그들은 어떠한 평화라도 자네들에게 삼켜버리고 있다."

"혁명이란 구실도 자네들은 어떤 전쟁에도 우리를 몰아부치고 있어." 자르디네가 말했다.

"그야, 우리는 혁명가라니까."라고 마송이 말했다. "자네들은 혁명을 겁내고 있어."

"아니야." 내가 말했다. "세계 전쟁을 통해 혁명을 얻으려고는 생각하지 않고 있어. 그러면 희생이 너무 커지지."

"천만의 말씀." 하고 폴은 경멸하는 듯한 눈초리로 나를 보았다. "자네들은 희생을 치를 생각이 전혀 없으므로 아무 일도 할 수 없는 거야."

"타인의 피를 희생으로 하기란 쉬운 일이지."

"타인의 피도 결국 우리의 피나 마찬가지야."

폴이 말했다.

"어떤 목적을 바랄 때는 수단 같은 것은 문제가 아니야."라고 마송이 말했다. "우리들은 바라는 것을 알고 있어."

"바라는 것은 알고 있을지 몰라도 무엇을 바라는지를 모르고 있어."라고 나는 말했다. "자네들이 생명은 그처럼 싸구려로 팔아치운다면 인간의 행복이니, 위엄을 위하여 싸우는 것에 무슨 이유가 있단 말인가?"

"자네는 노동자가 아니야." 폴이 말했다. "자네가 당에 남아 있지 않았던 것도 그 때문이야. 또 부르주아와 행동을 같이 하는 것도 그 때문이고."

내가 노동자가 아니었다는 것은 나도 알고 있다. 그렇다고 해서 폴의 말이 옳은 것도 아니다. 인간이 아까운 줄 모르고 써버리는 물질에 지나지 않다면, 어찌하여 인간의 장래에 대한 운명 같은 것을 걱정하겠는가? 살육이나 전제에 별 중요성이 없다 한다면 정의나 번영에 무슨 중요성이 있다는 말인가? 나는 진심으로 맹목적인 전쟁은 거부하고 있었다. 그러나 우리가 빠져 있는 평화에는, 내가 보기에는 승리할 가망이 없어보였다.

엘렌이 공장 문 앞에서 기다리고 있었다. 그녀는 희색이 만면했다.

"그게 정말이세요?" 그녀가 말했다. "확실하냔 말이에요. 평화라는 것?"

"그래, 평화야. 적어도 당분간은."

그녀는 나의 팔에 매달려서 어느 여자나 그러듯이 그녀는 큰소리를 내어 웃었다.

"하지만 체코 사람들을 위하여 죽으러 가다니 바보 같은 짓이잖아요?"

빈에서 유태인들은 통행인들을 힐끔거리면서 손가락이 문드러질 듯한 산(酸)으로 보도를 닦고 있었다. 그렇다고 해서 우리가 죽으러 가지는 않았다. 또 프라하에서 밤마다 은밀하게 벌어지던 자살을 방지하기 위해서도, 머지않아 폴란드의 여러 도시에서 일어나게 될 화재를 막기 위해서도 우리는 죽으러 가지는 않았다. 어찌하여 죽고 싶지 않으냐는 점에 골몰하여 우리는 왜 살고 있느냐 하는 점에 대해서 잘 생각해본 적이 있었던가.

"왜 그래요? 당신은 만족하지 않나 보군요?" 엘렌이 나에게 말했다. "하지만 당신은 전쟁에는 찬성하지 않았잖아요?"

전쟁도 평화도 찬성은 아니다. 무엇이고 찬성하지 않았다. 나는 고독한 것이다. 기뻐할 수도 분개할 수도 없었다. 나라는 인간은 빌려온 갖가지 액체에서 나 자신의 수액(樹液)을 만들어주는 튼튼한 뿌리로 세계에 묶여 있어서 거기에서 뛰쳐나올 수도, 세계를 파괴할 수도, 재건할 수도 없다. 다만 이러한 나 자신의 존재를 증명할 슬픈 고뇌에 의해서 세계와 분리되어 있는 것이다.

"무엇을 바라야 할지 모르겠어." 하고 나는 막연하게 말했다.

"하지만 저는 무척 행복해요." 엘렌이 말했다. "저는 무척 두려웠어요. 마치 되살아난 것 같아요." 그녀는 나의 손가락을 만지작거렸다. "당신이 끌려가서, 전선에 나가 참호 속에 웅크리고 있다가 대포나 총에 맞았을지도 모르죠. 연인이 위험한 처리에 놓여 있다고 생각하는 것은 불에 그을려 서서히 죽어가는 고통이겠지." 그녀는 미소지었다. "당신은 체코 사람들을 위하여 후회하고 있나요?"

"자기의 생명이 죽음을 모면했다고 기뻐하는 자들을 보면 기분이 좋지 않아."

"저는 그런 사람들의 기분을 잘 알 수 있어요." 엘렌이 말했다. "죽으면, 의협심이 강하다느니, 영웅적이라는 말로 끝내버리지요. 저는 죽는 것이 무서워요."

'나는 죽는 것이 두려워요.' 너는 성큼성큼 걷고 있었다. 치맛자락은 햇볕에 탄 무릎을 어루만지고 있었다. 네가 죽을지도 모른다고는 아무도 생각할 수 없었다. 너는 나에게 매달렸었다.

"당신이 죽는 것보다 더 무서워요."

그녀는 나를 사랑하고 있었다. 내가 그녀의 곁에 남아 있어서 행복했던 것이다. 그녀의 기쁨을 엉망진창으로 만드는 것은 있을 수 없는 일이었다. 나는 미소를 지으면서 밝은 이야기를 했다. 우리는 온 파리 시내를 걸어 다녔고, 메디시스 광장에서 아이스크림을 먹었다. 밤은 상쾌하기만 했다. 우리는 생 자크 거리의 한 구석에 있는 작은 계단에 걸터앉았다. 그녀는 나의 어깨에 머리를 기댔다.

"당신은 제가 너무 어린애 같다고 생각하시죠? 저는 어째서 당신을 잘 이해하지 못하는지 모르겠어요."

나는 그녀의 머리를 어루만졌다. '무엇을 바라고 있는지 모르고 있는 것이다.'라고 나는 생각하고 있었다. 하는 일이 모두 뜻대로 잘 되지 않는다. 이렇게 해도 전혀 반대로 하든 전혀 문제가 되어버리지 않는다. 그녀가 사랑받고 있기를 내가 바라는 이상 그녀가 듣고 기뻐할 만한 말을 해주기만 하면 되었다.

"지난 이 년 동안 당신은 많이 성장했어." 나는 이렇게 말하면서, "당신에 대한 나의 감정도 많이 성장했어."라고 덧붙였다.

"그래요?" 그녀는 내 손을 꼭 쥐었다. "당신은 전보다도 제가 좋아진 모양이지요?"

"내가 당신을 별로 필요로 하지 않고 있다고 당신은 투덜댔었지. 아닌게 아니라 전에는 그랬었어. 그런데 당신은 나에게 이러한 욕구를 만들어 주었어. 이제 당신은 나에게는 없어서는 안 될 필요한 사람이야."

"내가요? 정말 당신에게 필요한 사람이라고요?"
그녀는 말했다.
"당신을 사랑하니까, 당신은 나에게는 꼭 필요한 사람이야."
 너는 내 팔에 안겨 있었다. 그러나 저 비겁하고 축제 같은 소란 때문에, 너에게 거짓말을 한 때문에 나의 마음은 무거웠다. 나의 기분에 반하여 존재하고 있으며 다만 나의 고뇌 때문에 나에게서 떨어져 나간 사물에 나는 짓눌리고 있는 것이다. 이제 아무것도 없었다. 이 침대에는 아무도 없다. 내 앞에는 허무라는 심연이 있었다. 그리고 사라져버린 사물의 저 쪽에는 고뇌만이 허무 속에 나타났다. 나는 외톨이었다. 나는 나의 기분과는 전혀 달리 우두커니 존재하고 있는 고뇌 그것이었다. 나는 맹목적인 존재와 뒤섞여 있다. 그의 기분과는 달리 나 자신으로부터 뿜어나온 것이다. 존재를 거절하라, 나는 존재한다. 존재를 결의하라. 나는 존재한다. 거절하라. 결의하라. 나는 존재한다. 이윽고 밤은 가고 날이 샐 것이다.

6

 청동 사자상이 있는 마로니에 가로수가 들어선 큰길 안쪽에서 그 사람은 아버지와 어머니 사이에 앉아 있었다. 그 사람의 존재는 이 네거리까지 넘치고 있었으며 지상 전체에 퍼져 있었다. 그래서 세계는 완전히 변해 버렸다. 그것은 그 사람의 세계였다. 풍부하고 조화를 이루고 있었고 곳곳에서는 환희의 바람이 불고 있다. 엘렌은 삼각대와 그림물감을 팔 사이에 끼고 있었다. 너무 서둘러 가서는 안 된다. 그녀 쪽에서 먼저 장의 아버지와 마주치면 큰일이다. 두시. 이제 곧 그 사람의 목소리가 들릴 것이다.
 '잘 그렸소?' 내일 밤까지. 그 무렵, 나는 일요일이 좋았다. 오늘 밤에는 그 사람의 팔에 안긴다. 나는 사랑받고 있다. 그녀는 가게 앞의 거울을 보고 앞 머리를 매만졌다. 그녀의 머리 색깔, 코 모양, 그 사람이 좋아하게 된 얼굴이라 어느 곳이나 다 중요했다.
 그녀는 그 집 쪽으로 다가갔다. 브로말 부자 인쇄소. 그녀가 버튼을 누르자

'찌르릉' 하는 소리가 나더니 문이 열렸다. 먼지 냄새가 계단까지 풍기고 있었다. 그 사람은 이 계단을 오르고 이런 냄새를 맡았을 것이다. 바로 그 냄새가 아직도 남아 있었다. 파란 깔개도 있었다. 그러나 얌전한 홍안의 소년은 이미 어디에도 없었다. 그러나 그 과거는 아직도 계속 존재하고 있었다는 인상을 주었다. 그리고 멀지 않는 곳에서, 상하이나 콘스탄티노플처럼 멀지 않은 곳에서. 그는 공장 문을 밀쳤다. 아니 주거 쪽으로 올라갔다. 그는 내가 없더라도 태연했다! 나와 서로 알지 않아도 되었었다. 엘렌의 마음속에는 어두운 그림자가 드리워졌다. 발 밑의 바닥도 갑자기 의지할 것이 못 되는 것처럼 느껴졌다. 그녀는 손가락으로 벨을 눌렀다.

"네, 들어오세요."

하녀는 모습을 감추었다. 엘렌은 널직한 응접실로 통하는 계단을 내려갔다. 그녀는 기쁨에 넘쳤다. 그 사람이 거기에 있는 것이다. 찻잔이 놓인 작고 둥근 식탁을 사이에 두고 어머니와 나란히. 아담하게 세공한 화병에는 남빛 튤립이 예쁘게 꽂혀 있었다.

"안녕하세요, 마님."

"안녕, 엘렌."

엘렌은 손을 움츠렸다.

"저의 손에 그림물감이 묻어 있어요. 오전 내내 그림을 그리고 있었거든요." 그리고 장을 보면서 방긋 웃었다. "안녕하세요?"라고 말했다.

"맛난 커피가 있어." 장은 이렇게 말하면서 미소지었다. "코냑을 한 잔할까?"

"네." 하고 엘렌이 말했다. 그녀는 브로말 부인의 곁에 걸터앉았다. 그의 어머니. 그 사람이 누구에게서 생을 이어받았을까 하고 생각하니 이상했다. 그가 존재하지 않을 수도 있었을까? 브로말 부인은 안락의자에 앉아 두 발을 구부린 채 한쪽 발목을 잡고 있었다. 브로말 부인은 아직도 젊게 보였다.

"무엇을 그렇게 생각하고 있지?" 하고 장이 물었다.

그녀는 약간 난처하다는 듯이 웃어보였다. 그에게 들통난 자기의 생각은 그렇게 분명한 것도 아니었다.

"부인께서 저 사람의 어머님이라고는 믿어지지 않는군요." 그녀는 브로말 부인에게 말했다. 그녀는 기뻐하는 듯한 놀란 눈으로 그를 바라보았다. 이것 역시 이상했다. 그에게서 무언가 그만의 특징을 잡아낼 수 있다니. 그는 키가 크고, 갈색 머리를 가졌으며, 삼십을 약간 넘었다. 이것은 엘렌으로서는 폰 살뤼에서 그가 처음 모습을 나타냈을 때부터 똑같았다.

"오늘 오후에는 뭘 할래?"

브로말 부인이 물었다.

"마르셀과 도니즈와 함께 산책은 나갈까 해요." 장이 말했다. "엘렌은 우리들에게 동물원 구경을 시켜주겠다는군요."

"아주 재미있어요."라고 엘렌이 말했다.

"하지만 도니즈에게 그녀의 소설에 대한 나의 감상을 말해줘야 한다고 생각하니 별로 재미있을 것 같지 않아요."라고 장이 말했다.

"그래 뭐라고 말해줄 생각이지?"

"어머니도 읽어보셨죠? 저에게 한 마디 해주시겠습니까? 여간 걱정되지 않는군요!"

"대단치 않은 것 같더라."

"대단치 않다." 하고 장은 부드러운 목소리로 말했다. "언젠가 상한 잉어 요리가 나왔을 때도 어머니는 대단치 않다고 하셨지요?"

"불쌍한 도니즈! 그 여자는 집안 살림에 대해서는 천재라고 그처럼 자신에 차 있었건만."

"하지만 도니즈도 자꾸 쓰다 보면 잘 쓸지도 모르지."

브로말 부인이 말했다.

"굉장히 많이 쓰고 있어요."라고 장이 말했다. "매일 아침 여섯시에 일어나서 면회까지 사절하면서 썼어요." 그는 약간 걱정스런 표정으로 어머니를 쳐다보았다. "도니즈가 의견을 물어오면 계속 쓰라고 말해줄까요?"

엘렌은 조금 서글픔을 느꼈다. '이 사람은 단 한 번도 나에게 이처럼 진지한 상담을 해온 적이 있었던가?' 하는 생각마저 들었다.

"다른 일에 관심을 돌려줄 수는 없겠니?"라고 브로말 부인이 말했다.

"정치입니다."라고 장은 말했다. "하지만 이제는 그것으로 만족할 수 없을 거예요. 그녀에게 재능이 없다는 것이 딱하군요. 재능만 있다면 잘 해나갈 수 있을 텐데."

"그래, 참 안됐구나." 브로말 부인이 말했다. "그처럼 열성이 대단한데 말이다."

"그 사람에게도 좋은 점이 많이 있어요."라고 엘렌이 말했다. "하지만 그것을 아무도 기뻐하지 않는 것은 참 안된 일이에요."

"나는 인상이 매우 좋은 사람이라고 생각해."

브로말 부인은 약간 정색을 하면서 말했다.

"하지만 그 소설은 재미없어요."라고 엘렌이 말했다. "남편의 개성에 짓눌려 있는 아내. 부정적인 대천재란 바보 같은 거예요. 도니즈는 정말 마르셀을 그렇게 보고 있을까요?"

"마르셀은 별난 사람이지." 브로말 부인이 말했다. "그 사람의 생활 태도는 상식 밖이지."

"많이 나아졌어요."라고 장이 말했다. "쉬로스베르크의 장식을 맡았는데 한 몫 벌 거예요."

"그러니까 그 사람이 바라는 것은 자기를 가만히 내버려달라는 것이군요." 엘렌이 말했다. "도니즈도 그 사람이 양심에 거슬리는 일을 하라고는 요구할 수 없어요."

"도니즈도 살아 있다고 양심이 속삭여야겠군." 하고 브로말 부인은 말했다. 그녀의 볼은 약간 홍조를 띠고 있었다. "정신적으로 고뇌를 갖는다는 것은 매우 아름다운 일이지. 그것을 자기가 좋아하는 것만으로 한정시킨다는 것은 너무 이기적이야."

"하지만 타인이 자기에 대해서 시끄럽게 떠들 권리가 있을까요?" 엘렌이 말했다. "이것은 도저히 이해할 수가 없어요."

"그것은 권리 문제가 아니야." 장이 말했다. "타인은 언제나 눈앞에 있으니까."

"그래." 브로말 부인이 말했다. "다른 사람이 눈에 들어오지 않는다면 그것은 틀림없는 불구자일 거야."

엘렌은 그녀를 보고 또 장을 보았다.

'나는 불구자다.'라고 생각하니 그녀는 더없이 안쓰러웠다.

장이 일어섰다.

"그럼 그만 가보겠습니다." 그는 어머니에게 몸을 구부렸다. "아주 멋진 신발이군요." 이렇게 말하면서 어머니의 신발 한짝을 들어 올렸다.

"놔라, 장!"

브로말 부인은 난처해하면서 말했다.

그는 도마뱀 가죽 속에 숨겨진 어머니의 발뒤꿈치에 손을 댔다.

"어머니는 키가 작다는 것이 언제나 마음에 걸리시나 보군요."

"그만 이죽거려라."라고 브로말 부인이 말했다.

"그럼 보물을 돌려드리지요." 그는 어머니께 입을 맞추었다. "그럼 수요일이에요. 우리들의 계획을 엘렌에게 말해주겠어요."

"계획이라니요?" 큰길로 나섰을 때 엘렌이 물었다.

"나중에 얘기해줄게." 장은 그녀의 어깨에 손을 얹었다. "오늘은 날씨가 참 좋군."

"무슨 계획이지요?"

"그렇게 알고 싶어?"

"좋아. 말해주지. 어머니가 말이지. 오래 전부터 내가 생각하고 있던 문제를 끄집어내신 거야. 당신과 내가 어찌하여 결혼하지 않느냐는 거요."

"뭐, 결혼?" 엘렌은 이렇게 말하면서 혀를 찼다. 매일 밤처럼 이 사람의 팔에 안겨 매일 아침 눈을 뜨면 이 사람의 얼굴을 보게 될 수 있다니. 하지만 그녀는 곧 기쁜 기색을 얼굴에 내비치려 하지 않고 작은 소리로, "당신은 결혼 같은 것은 싫어하지요?"라고 말했다.

"싫다니!" 장은 미소지으며 말했다. "나는 당신을 불행에 빠뜨리지 않겠어."

"당신은 친절하군요."

"친절이 아니라 당신을 사랑하고 있어."

"나를 사랑해주는 것이 친절하단 말이에요." 그녀는 머뭇거리며 그를 바라보았다. 그는 매우 부드럽고 이해심도 많은 것 같았다. 이 사람은 나만을 생각해주지 않았는가?

"제가 조금도 귀찮지 않으세요?"

"무슨 소릴!" 장이 말했다. "내 마음도 달라졌어." 그는 엘렌의 손을 잡았다. "결혼하기로 결정해도 괜찮겠지?"

"그렇게 해요."

엘렌은 기뻐서 큰소리로 말했다. 자기도 모르게 입언저리에 웃음이 번졌고 눈이 반짝거렸다. 마음이 뜨겁게 달아오르는 것 같았다. 그 또한 기뻐서 어쩔 바를 몰랐다. 그는 잠시 동안 아무 말도 하지 않고 걷고 있었다. 서로 사랑하고 있다면 새삼스레 어떤 할 말도 없을 것이다.

"마르셀을 깜짝 놀래주어야지."라고 장이 말했다.

그들은 계단을 내려갔다. 문에는 '세게 노크하세요'라고 쓴 종이 쪽지가 붙어 있었다. 벨은 부서져 있었다. 장이 노크하자 도니즈가 문을 열어주었다. 베일이 달린 작은 모자를 쓰고 있던 그녀는 귀부인 같았다. 장갑을 낀 손으로 핸드백을 들고 있었다.

"들어오지 마세요. 방 안이 엉망이니까." 그녀는 잔뜩 얼굴을 찡그리고 말했다. "이런 매음굴 같은 것을 집어치울 수도 없군요."

그녀의 품위있는 입에서 이런 말이 나오자 너무 속되고 어색하게 들렸다.

"마르셀과 같이 나가는 것 아닌가요?"라고 물었다.

"저녁 식사 때 올 거예요. 두던 장기를 팽개칠 수 없나 봐요."

"여전히 열심인 모양이지요?"

"장기 선수라도 되려나 봐요."

도니즈는 쌀쌀맞게 말했다.

그들은 꼬불꼬불한 계단을 천천히 내려갔다. '오늘은 운이 나쁘군.' 하고 엘렌은 생각했다. 베일의 그물 안으로 보이는 도니즈의 얼굴은 광대뼈 부분이 빨갰으며 양 입언저리는 축 쳐져 있었다.

"택시를 탑시다!" 도니즈가 말했다. 그녀가 손을 들자 택시가 섰다. "뱅상 동물원까지 태워다 주시겠어요?" 그녀는 택시 운전수나 카페종업원에게 쓰는 노래하는 듯한 목소리로 말했다. 그러더니 다시 까칠까칠한 목소리로 되었다. "마르셀이 돈을 벌 결심을 했으니까 돈 좀 써봐야겠지요."

"요즘은 잘 지내나 보지?"

장이 물었다.

"좋아요. 집에 페인트 칠을 할 때처럼 무언가 열심히 계획을 세우더니 기분이 좋아져서 장기를 두러 갔어요."

"그런데 수입은 많겠지?" 장이 물었다.

"마치 내가 가난 타령이나 하고 있다는 건가요?"라고 도니즈가 말했다.

답답한 침묵이 흘렀다. 도니즈의 눈은 반짝거렸지만 우울한 표정으로 공간을 응시하고 있었다. 엘렌은 생각해냈다. '불행해지는 것은 두렵다. 세계에서 외톨이가 되어버리지.'

"전부 다 보여드리겠어요." 엘렌은 입구의 작은 문을 지나면서 말했다. "수족관, 앵무새, 맹수, 캥거루 괜찮겠지요?"

"좋구말구." 장이 말했다 "나는 동물을 보는 것을 좋아하니까."

엘렌은 빙그레 웃었다. 그녀는 이곳에 자주 와서 홍학이며 기린, 다람쥐, 개미 등을 구경했다. 정오가 되자 원숭이가 섬의 꼭대기에 올라가서 파리 시내를 조망하면서 샌드위치를 먹곤 했었다. 즐거운 나날이었다. 밝은 나날이었다. 그러나 그 무렵에는 행복한 순간에도 무언가 미흡한 것이 있었다.

"기다려. 물개에게 줄 고기를 사오겠어."라고 장이 말했다. 장은 물고기가 잔뜩 들어 있는 바구니를 판매대 위에 올려놓고 있는 부인이 있는 곳으로 갔다. 그가 뭐라고 말하자 부인은 웃었다. 그는 누구에게나 환영받았다. 그것은 친절이 배어 있는 눈길이나 말씨 때문일 것이다.

"당신도 사줄까요?"라고 그는 도니즈에게 말했다.

"아니, 필요없어요."

장은 작은 물고기들을 치켜들고 녹음에 덮힌 콘크리트 둑으로 갔다. 수염이 난 큰 물개가 입을 떡 벌리며 뛰어오고 소리를 지르며 가까이 왔다. 장은 물고기를 들이밀었다.

"잘못하다간 손가락 잘려요."

엘렌이 말했다.

"괜찮아."

그는 또 물개를 놀리기 시작했다. 그러한 장은 무척 한가롭고 즐거워 보였다. 전 같으면 언제나 생각에 잠겨 있지 않았는가. '나를 사랑하고 있다.' 엘렌은 그렇게 생각했다. 그가 고기를 던져주자 물개가 그것을 입으로 받았다.

"참 별난 동물이군."

그는 처음 본 사람처럼 말했다.

"별나긴요, 언제는 안 그랬던가요?"라고 엘렌이 말했다.

그녀는 그에게 미소를 보냈다. 그는 그녀를 사랑하고 있었다. 그녀에게는 아무런 공허도, 불안도 없었다. 그녀는 이제 어디로 가려 한다든가, 이런 곳에 있는 것은 따분하다든가 하는 일에 신경을 쓰지 않았다. 이 지상에 그녀를 위한 유일무이한 장소가 있어서 자기가 그곳에 빠듯하게 끼어 있는 것만 같았다. 야수 냄새와 새싹의 풋풋한 내음이 뒤섞여서 조약돌을 깔아 놓은 이 널직한 동물원 안의, 그의 어깨 높이의 머리 부분, 그의 곁의 이 장소가 바로 그랬다. '나는 결혼한다.'

"이제야 동물 구경을 다했군!"

장이 말했다.

"이제 당신은 저처럼 동물원통(動物員通)이 되었군요."라고 엘렌이 말했다. 그들은 오렌지색 체크 무늬의 텐트 아래 걸터앉아 있었다. 옆에 있는 작은 집에서는 아이들이 복숭아색이나 녹색 소다수를 마시고 있었다. 엘렌은 이처럼 먼지가 풀풀 날리는 가게를 좋아했다. 연분홍색 꽈배기, 감초, 케이크 그리고 보기만 해도 시원한 색깔의 마실 것이 들어 있는 큰 병이 진열되어 있었다. 막대 끝에 매달린 풍선의 색깔도 마찬가지였다.

"즐거운 수채화가 될 거예요."라고 그녀는 말했다.

"그렇군요."라고 도니즈가 말했다. 그녀의 시선은 큰 병이나 풍선이 눈에 안 보이는 듯 지나쳐갔다. 엘렌은 장이 있는 쪽을 힐끗 보았다. 그는 무표정한 얼굴로 생맥주를 마시고 있었다. 그러나 그 역시 드디어 때가 왔음을 알고 있었다.

"언젠가 한 약속 기억하세요?"

도니즈가 물었다. 장은 의아한 눈으로 그녀를 보았다.

"내 소설을 비평해주기로 했잖아요? 읽어보셨죠?"

"응." 하고 장이 말했다.

"어때요?"

그는 잠시 잠자코 있었다. 도니즈의 미소가 입술 위로 일그러졌다.

"재미있었어."라고 장이 말했다. "여러 가지가 섞어 있더군." 그 솔직한 언동에는 엘렌도 속아넘어갈 것 같았다. "하지만, 구태여 말하라 한다면 초심자의 작품이었지. 소설이고 신발이고 그것은 마찬가지여서 만드는 방법을 알지 않으면 안 된다고 생각해. 당신은 아직 그것을 모르는 것 같아."

"솔직하게 말해봐요, 무슨 말을 하고 싶은지?"

도니즈가 말했다. 그녀의 광대뼈가 번쩍거리고 있었다. 그녀의 목소리를 낮추기란 어려울 것 같았다.

"설명이 너무 많아."라고 장은 말했다. "그리고 묘사되고 있는 것은 아무것도 없어. 말하고 싶은 것이 무언가 있더라도 말에 별로 신경을 쓰지 않았어. 소설이라기보다는 일기의 발췌 같은 것이더군."

"하지만 사빈이라든가 엘루아 같은 인물은 묘사했어요……."

"그러한 인물을 어떻게 생각하느냐에 대해서는 씌어 있지만 묘사되지는 않았소. 너무나 추상화되어 있었소. 그리고 이야기를 만들려고도 하지 않았거."

도니즈는 신경질적으로 담배에 불을 붙였다.

"말하자면 전부 새로 쓰라는 말이군요."라고 그녀는 말했다.

"솔직히 말하자면 그렇다고 할 수 있겠지."

"그처럼 형편없을 줄은 미처 생각지 못했어."

"형편없다……고 말하는 게 아니오. 처녀작이니까."

"그랬군."

그녀는 잠자코 담배 연기를 뿜어댔다. 도니즈에게는 진실을 속일 수는 없었다. 그녀는 언제나 진실을 정면으로 바라보는 여자였다.

"전부 새로 쓸 만한 가치가 있다고 생각해? 희망이 있을 것 같아요?"

"꼭 그렇다고는 장담할 수 없어."

"예언을 해달라는 건 아니잖아. 그저 당신의 느낌을……."

장은 주저했다. 엘렌은 그의 입술을 걱정스럽게 지켜보고 있었다. 그는 사실 이외에는 말하지 못하는 인간이었다.

"당신에게는 어쩌면 에세이 쪽이 더 어울릴 것 같다는 생각이 들었어." 라고 장이 말했다. "중요한 것은 당신에게 적합한 형식을 찾아내는 거지."

도니즈는 갑자기 얼굴에 베일을 드리웠다.

"아아 나에게 적합한 것이 무엇인지 이제야 알 것 같아요."라고 그녀는 말했다. "정말 고마워요." 그녀는 자리에서 일어섰다. "마르셀이 기다리고 있을 거예요. 어서 갑시다."

"내 말을 그런 식으로 받아들이면 곤란하군." 장이 말했다. "누구나 처음부터 성공한다는 것은 극히 드무니까. 문제는 당신이 진심으로 창작을 하고 싶으냐 어떠냐 하는 점이오……."

도니즈는 아무런 대답도 하지 않았다. 그녀는 성큼성큼 걸어서 택시가 있는 쪽으로 다가갔다.

"생 제르망 데 부레 광장."

그녀는 운전사의 뒷자리에 앉아서 운전사의 목덜미를 보고 있었다. 얼굴 전체는 완전히 생기를 잃고 새침해 있었다. 언제나 우쭐했고 멋내기를 좋아하던 그녀가 완전히 정신 **빠진** 사람 같아 보였다.

"다 왔어."라고 장이 말했다.

그녀는 얼굴을 돌려 깜짝 놀란 듯 그를 보았다.

"내리지." 하면서 장이 문을 열었다.

그녀는 택시에서 내려 운전사에게 요금을 지불하고 회전문을 돌렸다.
"당신은 그 여자에게 너무 했어요!" 엘렌이 살짝 말했다.
"그럼 왜 나한테 비평을 해달라고 했어." 장은 못마땅하다는 듯 말했다. "언제나 똑같은 이야기야. 언제나……."
그들은 안으로 들어갔다. 마르셀은 구석에 앉아 있었다. 얼굴에 주름을 잔뜩 지으며 웃고 있었다.
"너무 기다리게 했어." 그가 말했다. "이러다간 허기지겠군."
"나도 그래." 장이 말했다. "엘렌이 우리를 원숭이를 필두로 악어, 독수리 할 것 없이 동물 우리로 끝까지 끌고 다녔거든."
"당신도 같이 갔으면 좋았을 텐데."
엘렌이 말했다.
"그래 장기는 이겼나?"
장이 물었다.
마르셀은 애매한 미소를 지었다.
"하지만 많이 늘었네." 그는 이렇게 말하면서 엘렌에게 메뉴를 넘겨주었다. "무엇을 들겠어요?"
엘렌은 메뉴판을 보고는 어쩔 줄 몰라했다. 모두 다 먹고 싶었던 것이다.
"나는 화장실에 갔다 오겠어요." 도니즈가 말했다.
"그럼 주문해놓고 가."라고 마르셀이 말했다.
그녀는 눈살을 찌푸렸다.
"아무거나 주문해두세요."
이렇게 말하고 화장실로 사라졌다.
"저는 파테로 하겠어요." 엘렌이 말했다. "그리고 고기는 쇠고기로 할까, 비둘기 고기로 할까."
"둘 다 해요."
마르셀이 말했다.
"안 돼요, 그건."
그녀는 당황해서 말했다.

"왜 안 되지요? 그렇게 먹고 싶어하면서."

"그야 그렇지만……. 그럼 그렇게 하지요."

그녀는 핸드백을 들고 화장실로 가는 계단을 내려갔다. 그녀는 문을 밀었다. 도니즈가 거울 앞에 서 있었다. 그녀는 베일을 들고 얼굴을 들여다보고 있었다. 절망적인 응시 속에 영원히 못박혀 있는 것만 같았다.

"나, 머리가 너무 흩어져 있어요."라고 엘렌이 말했다.

도니즈의 눈꺼풀이 움직였다. 그녀는 루즈를 들고 기계적으로 입술에 댔다. 엘렌은 멋쩍은 듯 머리에 빗질을 했다. 아무 말도 나오지 않았다. 말을 꺼내는 것만으로도 상대를 모욕하는 것이 된다. 그러나 침묵은 더욱 답답하게 했다. 갑자기 엘렌은 공포에 사로잡혔다. '아아! 이상한 일이 일어날 것이 분명해!' 그녀는 계단을 뛰어올랐다. 도니즈도 그 뒤를 따라 올라왔다.

"식사 준비가 다 됐어요."라고 마르셀이 말했다.

식탁에는 멋진 식탁보가 덮여 있었으며 목이 긴 병이 얼음 상자 속에 묻혀 있었다. 엘렌의 접시에는 송로 버섯을 곁들인 장미빛의 큼직한 쁜 푸아 글라(거위고기로 만든 파이)가 담겨 있었다.

"어머, 푸아 글라군요!"

엘렌은 기분이 좋아 말했다.

"오늘 밤은 축제니까."마르셀이 말했다. "장한테서 이야기 들었어요." 그는 글라스에 포도주를 따랐다. "어떻게 생각하지?" 하고 그는 도니즈에게 물었다. "장이 좋은 남편이 될 것 같다고 생각해?"

도니즈는 얼굴을 찡그렸다.

"될지도 모르죠."라고 그녀는 말했다. "행복한 가정이라는 것도 있는 모양이니까."

그녀는 화장을 고치지 않았었다. 입술만 빨갛게 칠해져 있었다. 누런 얼굴에 눈은 광물적으로 차갑게 반짝이고 있었다.

"자네들 신혼 집에 술 마시러 갔어."라고 마르셀이 말했다.

"자네의 장기 선수권을 축하해서."

장이 말했다.

두 사나이는 건배했다. 엘렌은 접시로 눈을 떨어뜨렸다. 도니즈가 손을 내밀지 않아 그녀는 먹을 수가 없었다.

"왜들 안 들지?"라고 마르셀이 물었다.

"속이 메슥거려요."라고 도니즈가 말했다. 그녀는 마르셀, 장, 엘렌을 번갈아가면서 멍하게 바라보았다. "그렇군요, 함께 푸아 글라를 먹는거죠."

"이 푸아 글라는 참 맛있군."

장이 명랑하게 말했다.

"자네의 접시를 엘렌에게 돌리라구."라고 마르셀이 말했다.

장은 푸라 글라 한 덩이를 엘렌의 접시로 옮겨놓았다.

"이 사람이 먹는 것은 참 볼만하지."

"죄송합니다." 엘렌은 약간 머쓱해져서 말했다.

마르셀의 웃는 얼굴은 도니즈의 얼굴과는 매우 대조적이었다. 그는 무척 활달해보였다.

그녀는 장을 보았다.

그도 걱정스런 눈으로 도니즈를 보았다.

"이곳은 참 재미있는 곳이군요." 그녀는 침묵을 깨려는 듯 이렇게 말했다.

"그렇지? 이곳 실내 장식을 한 녀석은 일을 할 줄 알아."라고 마르셀이 말했다. "한 비치의 빈틈도 없군."

벽에는 청색과 황색 모자이크로 고기, 새, 종려나무가 새겨져 있었다.

"그런데 자네가 하고 있는 장식도 보고 싶군." 장이 말했다. "잘 해내고 있겠지?"

마르셀은 웃음을 터뜨렸다.

"물론 녀석들의 마음에 차지는 않겠지."

"그렇게 쉬운 줄 아세요?"

도니즈가 마치 꿈에서 깨어난 듯이 말했다.

"너무 지나쳐서 재미없어."

마르셀이 말했다.

도니즈는 코웃음을 치면서 말했다.

"그럼 장기는 재미있나요?"

"그야 재미있지."라고 마르셀은 말하면서 장을 보았다. "장기야말로 순수한 창작이니까." 그는 손가락으로 머리를 가리켰다. "만사가 여기서 나오거든. 장기판 같은 것은 필요없어. 그것은 눈금에 지나지 않아." 그는 장난스럽게 미소짓더니, "나는 지금이라도 눈을 감고 보여줄 수 있어."

도니즈는 손 끝으로 식탁을 토닥거리고 있었다.

"슈로스베르크는 뭐라고 했어요?"

"화가의 손은 곧 알 수 있다고 했어."

마르셀은 의기양양해서 큰 손을 벌려보였다.

도니즈는 기분 나쁘게 조소하듯 웃었다.

"하지만 당신은 화가가 아니에요. 제가 소설가가 아닌 것처럼."

"슈로스베르크가 만족하기만 하면 돼."라고 장은 분위기를 무마하려는 듯 말했다.

도니즈는 그를 지그시 보고 있었다. "그래요, 당신에게는 그런 것은 아무래도 좋겠지요." 그녀는 억양을 높여 말했다. "당신에게는 조합 운동이 있고, 마르셀에게는 장기가 있지요. 그리고 엘렌, 당신에게도 할 말이 있겠지요. 그런데 나는……." 하고 그녀는 울상을 지으면서 말했다. "그런데 저에게는 아무것도 없어요."

침묵이 흘렀다. 도니즈는 시선을 떨구면서 빵 조각을 씹었다.

"보이." 하고 마르셀이 불렀다. "다음 요리."

'마르셀에게는 장기가 있고, 내게는 장이 있다.' 하고 엘렌은 속으로 되풀이했다. 그녀는 장을 보았다. 오직 그만을. 다시 그녀의 주위에서는 꿀과 코코아 냄새가 났다. 거기에는 예전부터의 고뇌가 도사리고 있다가 다시 그녀에게 덤벼들려 했다.

"자아, 우선 비둘기다."

마르셀이 말했다.

보이는 금빛 뚜껑을 덮은 접시를 식탁에 올려놓았다. 보이가 뚜껑을 열자 맛있는 그린피스 냄새가 엘렌의 코를 찔렀다. 그러자 과거는 곧 사라져 버렸다.
"들라구."
마르셀이 도니즈에게 말했다.
"당신은 먹지 않는 것이 흠이야."
그녀는 그를 흘겨보았다. 엘렌은 장과 불안한 눈길을 주고받았다.
"이것은 중요한 일이야."라고 마르셀이 말했다. "존재에 도달하려면 먹는 것이 첫째니까."
도니즈는 손바닥으로 접시에 담긴 것을 밀었다. 비둘기와 그린피스는 자기 조각과 함께 석상(石床) 위에 찌부러졌다.
"이제 그만! 그만 좀 해요."
그녀는 자리에서 일어서면서 되풀이해 말했다. 그리고 문께로 갔다.
"같이 가요."라고 엘렌이 말했다.
"그렇게 하라구." 장이 말했다. "같이 좀 있어 주라고. 그리고 오늘 밤이나 내일 아침에 우리 집으로 와."
그녀는 좀 안됐다는 듯 그를 보았다. 한 주에 한 번밖에 없는 토요일인데, 단 한 번밖에 없는 밤인데. 그녀는 도니즈를 뒤쫓아 나갔다.
"바래다 드리지요. 괜찮겠지요?"
도니즈는 대답도 하지 않고 걸었다.
"저런 사나이!" 도니즈는 말했다. 그녀는 걸음을 멈추고 벽에 기대섰다. "이젠 더 이상 만나지 않겠어. 난 싫어, 싫다니까."
엘렌은 그녀가 비틀거리는 것을 느꼈다.
"이런 곳에 있지 말고 당신의 집으로 돌아갑시다."
엘렌이 말했다.
도니즈는 뭐라고 중얼거렸다.
"뭐라구요? 엘렌이 물었다. "집에 돌아가기 싫은가요?"
"싫어요." 하고 도니즈가 말했다.
그녀는 벽에 기댄 채 눈을 감고 있었다. 엘렌도 어쩔 줄을 모르면서 그녀를 바라보고 있었다.

"그래요. 갑시다." 갑자기 그녀가 말했다. "호텔에 방을 잡아드리죠. 이런 곳에 서 있어선 안 돼요."

그녀는 도니즈를 잡아끌고 행길을 가로질렀다. 가까운 곳에 호텔이 있었다. 홀에는 빨간색 융단이 깔려 있었으며 푹신한 팔걸이 가죽 의자가 있었다. 동으로 만든 화분에서는 난이 진한 향기를 내뿜고 있었다.

"방이 있을까요, 싱글로?"

"에마, 이분들에게 칠호실을 보여드려요."라고 여주인이 말했다.

하녀가 열쇠를 들고 두툼한 깔개가 깔린 널찍한 계단을 올라갔다. 하녀가 한 문을 열었다.

"됐어요." 엘렌이 명랑하게 말했다. 그녀는 문을 닫았다. "누워 쉬세요." 엘렌이 도니즈에게 말했다.

도니즈는 베일을 걷어 올리고 모자를 소중하게 테이블 위에 올려놓았다. "나는 환자가 아니에요."라고 그녀는 말했다. 그리고 침대에 걸터앉았다. "병자라면 간병이 필요하겠지만 나는 환자가 아니에요. 입 안에 묘한 것이 생겨버렸어요. 이것은 낫지 않을 거예요." 그녀는 엘렌을 원망스런 표정으로 보았다. "자, 내가 어떤지 말해주세요."

"아무렇지도 않군요."

도니즈는 비실비실 웃으면서 말했다.

"말하고 싶지 않나 보죠?"

엘렌은 심장이 두근거리고 두려운 생각이 들었다.

"다 고백하게 할 테니까."

도니즈는 도전하듯이 말했다.

"도니즈, 왜 그러세요." 엘렌은 이렇게 말하면서 자기의 손을 도니즈의 손 위에 올려놓았다. 도니즈는 얼른 자기 손을 빼버렸다.

"아시겠지요? 왜 마르셀이 나를 싫어하는지, 당신이라면 알고 있을 텐데." 그녀는 이렇게 말하면서 몸을 떨었다. "내 몸에 닿기 싫어 밤에는 바닥에서 자기도 해요. 지나치게 예의 바른 척하지요. 차라리 얻어맞는 편이 훨씬 나아요. 그 사람이 왜 나를 싫어하는지 말해주세요."
 "당신을 싫어하지 않아요."라고 엘렌이 말했다.
 "거짓말!" 도니즈가 격렬하게 말했다. 그녀는 자기의 주위를 두리번거렸다. 왜 나를 이런 곳으로 데려왔지요?"
 "푹 쉬게 하려고요."
 도니즈의 눈이 반짝거렸다.
 "쉬게 한다!" 그녀의 이마에 주름이 잡혔다. "당신은 나의 친구로서 왔나요? 아니면 적(敵)으로서 왔나요?" 그녀는 불안스럽게 물었다.
 "내가 당신의 친구라는 건 잘 알고 있으면서."
 "친구! 나에겐 친구 같은 건 없어요. 아아, 싫어요, 싫어." 그녀는 갑자기 침대에 쓰러져 울기 시작했다. "나는 틀렸어요."
 엘렌은 그녀의 헝클어진 머리를 쓰다듬어주었다.
 "너무 슬퍼하지 말아요. 누구든지 처음부터 성공하는 사람은 없으니까요."
 "나도 그건 알아요. 그러니 아무 말도 하지 말아요. 그러니 어떻다는 말인가요?" 그녀는 절망적으로 소리쳤다. "그래 어쨌다는 말인가요?"
 그녀의 울음소리는 점점 커졌다. 긴 오열이 그녀의 입술에서 새어나왔다. 그녀는 머리에서 발 끝까지 떨고 있었다. 엘렌도 옆에 누워 그녀의 입을 손으로 막았다.
 "그렇게 큰소리를 내면 안 돼요. 제발 그만 진정하세요."
 도니즈는 갑자기 울음을 그쳤다.
 "아아, 지쳤어."라고 그녀는 말했다.
 "내가 같이 있어줄 테니 좀 주무세요."
 "미안해요. 사과하겠어요."
 그녀는 눈을 감았다. 엘렌은 불을 끄고 침대 가에 앉았다. 비로드 커튼 사이로 희미한 빛이 새어나왔다. '그러니 어떻다는 건가요?'라고 그녀는 생각해보았다. 도니즈의 얼굴을 보았다. 흩어진 머리에 가린 얼굴은 벌겋게 열에 들떠 있었다. 엉엉 울거나, 다투거나, 욕심을 부리거나, 후회한들 무슨 소용이 있겠는가? 그녀의 마음은 얼어붙는 듯했다. 도니즈의 생활. 나의 생활. 어두운 바다로 둘러싸인 작은 섬, 텅 빈 하늘 아래 오뚝 떠 있는 그 섬은 언젠가는 파도에 휩쓸려버릴 것이다. '나한테는 장이 있다.' 하지만 그 또한 언젠가는 죽을 것이다. 두 연인도 사라져버릴 것이다. '나는 장님이다'라고 엘렌은 생각했다. '나도 나 자신을 고의로 장님으로 만들고 있다.' 그녀는 도니즈처럼 침대에 쓰러져서 소리치고 싶었다.

도니즈는 눈을 뜨더니 벌떡 몸을 일으켰다.

"당신은 여기서 무엇하고 있지요?"라고 그녀가 말했다.

"당신이 나에게 용무가 있을까 해서."

"나는 아무에게도 용무가 없어요."라고 도니즈가 거칠게 말했다. 그녀는 이마에 손을 대고 '꿈을 꾸었다.'고 말했다.

"내가 돌아가는 것이 좋겠어요?"라고 엘렌이 물었다.

"그래요." 도니즈가 말했다. 그녀는 경계하는 듯한 눈으로 엘렌을 보았다. "당신은 내가 자고 있는 얼굴을 보고 있었지요?"

"아니요."

"보았어요." 도니즈가 큰소리로 말했다. "당신에게는 아무 용무도 없어요."

"그래요? 그럼 돌아가지요." 엘렌은 이렇게 말하고 자리에서 일어났다. "내일 아침, 다시 오지요."

도니즈는 아무런 대답도 하지 않았다.

그녀는 방에서 나와 불안한 눈으로 문 쪽을 보았다. 그리고 살금살금 계단을 내려갔다.

"택시! 소플루아 거리."

그녀는 시트에 피로한 몸을 내던졌다. 빨간머리에 가린 얼굴이 화끈거렸다. 그리고 '그래서 어떻단 말이야, 어쨌다는 거야?'라고 중얼거렸다. 잠시 후면 조용해지겠지. 자기를 장님 취급을 한다 해도 어쩔 수 없다. 도저히 참을 수 없다. 그녀는 문 쪽으로 몸을 구부렸다. 크리시 광장, 라 푸르슈 거리. 그녀는 차창을 두들겼다.

"여기서 내려주세요."

그녀는 계단을 올라가서 초인종을 세 번 눌렀다. 문이 열렸다.

"아니, 이렇게 빨리 돌아올 줄은 몰랐어!"라고 장이 말했다.

그녀는 그의 품으로 말없이 뛰어들어 안겼다.

"그 여자 어떻게 됐지?"

"호텔에 재워두고 왔어요. 집에 돌아가기 싫다니 어쩌겠어요." 엘렌은 더욱 힘껏 장을 껴안았다. "무서웠어요."

"저런, 안됐군! 그는 엘렌의 머리를 쓰다듬어주었다. "하지만 마르셀은 너무 했어. 그에게 도니즈에 대해서 상의해보았지. 하지만 도니즈는 미친 여자 같다는 거야. 그리고 그녀에 대해서는 생각을 바꾸려 하지도 않더군."

"그 여자, 정말 미치는 게 아닌지 걱정이에요." 엘렌은 말했다. "완전히 이성을 잃은 것 같았어요. 마치 저를 쫓아낼 것 같았다니까요."

"미치면 안 돼, 너무 불쌍해."

"어째서죠?"라고 엘렌은 물었다. 그녀는 그의 품에서 풀려나와 옷을 벗기 시작했다. 빨리 침대에 누워, 안심하고 장의 팔에 안기고 싶었던 것이다.

"왜냐하면 마르셀이 말하듯이 그녀는 너무 명예욕이 많은 것 같아. 그 소설 건만 하더라도 꼭 쓰고 싶었던 것이 아니라 소설가가 되고 싶었던 거야. 이것은 큰 착각이야."

"명예욕……." 하고 엘렌은 말했다. "말하자면 다른 사람과 다른 것이 없어요. 마르셀이 말했듯이 존재하려 하고 있어요."

"그럴지도 모르지. 어쨌든 그 여자는 노력하는 방법이 서툴러."

"누구나 다 서툴러요, 나는 잘 하는 줄 알아요?"

"당신은 뭐니 뭐니 해도 행복해."

"그것은 잘못 생각한 것일지도 몰라요."라고 그녀는 말했다. 푹신한 이불 속에 파고들어 그녀는 미소지었다. 그는 거기에 있다. 그녀는 행복했다. 그것을 후회하는 일은 없었다. "그 여자, 마르셀이 사랑하고 있지 않다는 것을 알고 있어요. 이젠 더 이상 만나고 싶지 않다고 했어요."

"또 만나게 돼."라고 장은 말했다.

"그런 일은 없을 거예요."
"그를 사랑하고 있는데도?"
"그러니까 만나지 않게 되지 않지요."
장은 웃었다.
"당신이 그런 소리를 하는 거요?"
"그래요." 엘렌은 얼굴이 빨개져서 말했다. "당신이 저를 사랑해주시지 않았을 때, 저는 당신을 정복하고 싶다고 생각했어요." 그녀는 그를 보면서 말했다. "하지만 이번에 저를 사랑해주지 않는다면 상황이 달라져요."
"그럼 어쩔 작정이지?"
"잘 아시면서도……. 어디론가 가버리겠어요."
그는 그녀를 끌어안았다.
"글쎄 그럴까?"
그녀는 입을 맞추고 나서 몸을 풀었다.
"들어오세요."라고 그녀는 말했다.
"아아, 저쪽을 보고 있으라구."
그녀는 벽 쪽으로 돌아 앉았다. 그가 방 안을 걸어다니는 소리, 옷 벗는 소리, 물 흐르는 소리가 들렸다. 그는 올 것이다. 그녀는 눈을 감았다. 혈관 속을 뜨거운 증기가 달리고 있었다. 뜨거워서 눈도 뜨고 있을 수 없는 구름이 그녀를 과거에서, 미래에서, 죽음에서 떼어놓았다.
"왔군요!"라고 그녀는 말했다.
그녀는 그를 껴안았다. 미지근하고, 부드럽고 탄력이 있고 팽팽한 육체. 그가 여기 있다. 그녀가 팔로 안고 있는 이 육체 속에는 일체가 포함되어 있는 것이다. 하루 종일 그는 쫓기고 있었다. 그 사상과 함께, 그의 과거 속에 어머니나 도니즈 곁에, 전세계 속에 흩어져 있었다. 지금은 여기에 있다. 그녀와 맨살을 맞대고, 그녀의 손, 그녀의 입 아래. 그와 함께 되기 위하여 그녀는 추억, 희망, 사상을 버리고 부동(不動)의 순간에 몸을 내맡기고 있었다. 이제 그녀는 무수하게 반짝이는 불꽃에 희미하게 비추어진 눈먼 육체에 지나지 않았다. 저를 저버리지 말아주세요. 나의 육체가 불러들이는 이 육체에서 멀리 떨어지지 말아주세요. 나 혼자 불타는 밤의 포로가 되지 않게 해주세요. 그녀는 신음했다. 당신은 여기 있어요. 이 육체는 당신을 위해서가 아니라 나를 위해 떨고 있는 것이다. 당신의 육체. 당신은 여기에 있다. 당신은 나를 원하고 나를 찾는다. 나도 여기에 있다. 활활 타오르는, 충만한 것이 되어. 그래서 시간도 가루로 부서진다. 이 순간은 영구히 현실적이다. 죽음이나 영원과 마찬가지로 현실적이다.

7

날이 밝을 것이다. 새벽 네시. 인적없는 네거리에서 큰 시계 바늘이 돌고 있다. 롤랑이 자고 있는 방에서 돌고 있다. 그리고 폐장(肺臟)의 상처가 퍼져, 심장이 쇠약해간다. 그녀는 조용히 가까스로 호흡을 하고 있다. 그녀는 자기도 모르게 죽어가고 있는 것일까? 눈을 뜨게 해주면? 그러나 최후의 순간까지 눈을 뜨고 있었다 하더라도 그녀의 죽음은 그녀에게서 빠져나갈 것이다. 그녀의 죽음은 그녀의 것이며 그녀에게서 영구히 떨어져 있다. 그녀는 그 죽음을 되살려낼 수는 없다. 밤은 새지 않을 것이다.

밤은 새지 않을 것이다. 침묵. 밤. 말할 결심을 하라. 침묵할 결심을 하라. 지칠 줄 모르는 속삭임이 멈추었다. 고뇌가 나타났다. 침묵이 있다. 이제 아무것도 존재하지 않는다.

그러나 죽음의 꿈은 존재한다. 나는 존재한다. 죽음을 꿈꾸고 있는 나는 존재한다. 죽는 것은 그녀다. 나는 살아 있다. 두 시간이 지나면 롤랑이 와서 '준비가 되었다.'고 말하겠지. 나는 그의 얘기를 들을 것이다. 나는 그의 앞에 설 것이다. 그의 앞에 전신을 드러내고 단장의 슬픔을 가슴에 안고. 다른 곳에서도 나는 온몸을 드러내놓고 있을 것이다, 세계에서 은퇴하는 것도, 그 안에 몰입하지도 못하고. '죽는 것, 이젠 아무것도 모르게 된다. 자기 시체의 무게도 모른다.' 그러나 나는 살아 있다. 알고 있다. 알려고 하는 일을 결코 멈추려 하지 않을 것이다.

그 해, 한가롭지만 슬픈 일상 다반사 중에서 나는 알고 있었다. 머리 위에 태어나면서부터의 저주가 걸려 있는 것을 느끼고 있었다. 몸부림쳐도 소용없었다. 저주를 풀 길은 없었다. 나는 우연한 변덕에 태연히 흔들리고 있었다. 욕망의, 회한의, 반항의 우연 그대로. 나는 아무것도 보지 않고 전진했다. 나는 어디로 가려 하지도 않고 어둠 속에서 제자리걸음을 하고 있었다. 예측하기 힘든 운명이 우리를 희롱하기 위하여 미아로 만들었던 것이다. 우리는 해가 떠오르기를 기다리면서, 어떤 진흙 수렁 속으로, 절망적으로 빠져들었는지 확인하려고 했다.

"자네도 장기를 배우게."

마르셀이 나에게 말했다.

우리는 그의 아틀리에의 발코니에 앉아 있었다. 머리 위에는 햇빛에 반짝이는 지붕이 있고 멀리 파란 안개 속에는 새하얀 사크레쿠르 사원이 보였다.

"앞으로 자네가 할 일은 그뿐이라고 생각지 말아."

"결혼하겠어."

"결혼해서 구원받은 자는 아무도 없어."

잠시 침묵이 흘렀다.

"도니즈는 어떻게 되었지?" 하고 내가 물었다.

도니즈는 남프랑스로 휴양을 가고 없었다. 마치 병 간호를 하듯이 그 불행을 기르고 있었던 것이다.

"힘차게 산책하고 있지. 다시 이전의 그녀로 돌아왔어."

마르셀은 유감스럽다는 듯이 말했다.

"그렇다면 잘 되지 않았나!"

"그래. 그 여자도 알고 보면 불쌍한 여자지. 평생을 정신이상자로 있으라고 부탁할 수도 없잖아."

그는 머리를 흔들면서 감탄한 듯이 말했다.

"그 여자가 그런 일을 할 수 있으리라곤 생각지도 못했으니까."

"돌아오거든 더 좋은 생활을 할 수 있도록 해주게. 그렇게 어려운 일도 아닐 테니까."

그는 재미있다는 듯이 나를 바라보았다.
"실로 놀란 것은 그런 것이 아무렇지도 않은 모양이야. 그 여자는 나를 뼈 속까지 바꿔놓으려 하고 있다고 생각했었네." 그는 어깨를 움츠리고 계속 말을 이었다. "그런데 달라. 그 여자는 말만 많은 여자야."
"그래. 그런 만큼 아직 기회가 있을걸세."
"자네는 거짓말을 밥먹듯이 하나?"
마르셀이 말했다.
"거짓은 자기 방위의 유일한 수단이지. 인간은 태연하게 있는 그대로의 자기로 있으면 누군가를 괴롭히는 것이 되니까."
"그래서 자네는 결혼하겠다는 건가?"
마르셀이 말했다.
"그것이 나에게 이익이 되기 때문이지."라고 나는 말했다. "엘렌의 일을 생각하는 한 나에 대한 것은 생각하지 않아."
"자네는 그토록 그 여자를 생각해주고 있나?"
"그 여자를 행복하게 해주고 싶네."
"자네가 어떤 일을 당하더라도?"
"음, 상관없어. 이제 자기 자신을 어떻게 해야 좋을지 모르는 거야."
"아, 그 일인가? 그야 걱정없지." 마르셀은 동감을 나타내는 듯 웃는 얼굴로 말했다. "그녀라면 언제나 자네를 다루는 법을 알고 있어."
내가 적어도 그녀에게 행복을 준 것은 확실했다. 그녀는 나를 보며 웃고, 나는 그녀에게 '당신을 사랑해.'라고 말해주었다. 그녀의 얼굴을 밝게 한 기쁨이 새로운 거짓을 불러들였다. 그러나 약속을 깨뜨리지 않겠다고 결심한 이상, 그런 것은 아무래도 좋지 않은가. 나는 그녀를 사랑하고 있었다. 두 사람은 결혼하려 하고 있었다. 내가 그녀와 함께 지내는 시간을 의식하지 않는 것을 보고 그녀는 기뻐하고 있었다. 그녀는 정신없이 나에게 키스를 퍼부었다.
"당신은 친절해요."라고 그녀는 말했다.
"나는 친절한 것이 아니야. 당신을 사랑하고 있는 거야."

"저를 사랑해주니까 친절한 거예요."

잃는 순간이 금후 나에게 구제되는 순간이 된다는 것을 그녀는 미처 알지 못했다. 나의 생활이 어디에도 흔적을 남기지 않고 바람에 불려 날아가버리는 것밖에는 아무것도 나는 바라지 않았다.

"당신은 작년부터 아주 딴 사람이 되었어요."라고 그녀가 말했다.

"그렇게 생각해?"

"그래요, 훨씬 한가롭고 훨씬 자유로워졌어요. 전에는 여기저기에서 잡아끄는 것 같은 느낌이었어요. 이처럼 내 곁에 가까이 있은 적은 아직 없었어요."

"그럴지도 모르지."라고 나는 말했다.

우리는 보트를 물가에 댔다. 다른 보트는 햇볕에 그을린 젊은이들을 태우고 물살을 거슬러올라갔다. 화사한 의상이 바람에 펄럭이고 있었다. 배를 끄는 길 위에는 자전거가 달리고 있었다.

"참 즐거웠어요." 엘렌이 말했다. "참 멋진 날이에요."

공기에서는 푸른 잎과 물 냄새가 났고 거기에는 또 튀김 냄새가 섞여 있었다. 이제는 그림자도 상당히 길어져 있었다. 멋진 날. 거의 눈에는 보이지 않는 것 같은 금빛 모래 먼지가 한 덩어리가 되어 바람에 실려 하늘로 날아올랐다. 엘렌은 무릎 위에 연보랏빛의 큼직한 꽃다발을 올려놓고 있었다.

"예쁜 꽃을 꺾었군."

그녀는 웃음을 터뜨렸다.

"폴과 약혼했을 무렵에는 여름날의 일요일이라고 하며 언제나 자전거 핸들에 단 연보랏빛의 큰 꽃다발을 생각해내고는 가슴을 두근거렸어요."

"자전거 때문이었나?"

"아이 바보, 폴 때문이었어요."

그녀는 행복해서인지 아름다웠다. 얼굴 모양도 성숙해졌다. 얼굴의 반짝임은 전보다도 온화했고 깊이가 있었다.

"그 사람의 나에 대한 사랑은 슬펐어요."

그녀는 또 말했다. 그녀는 손 끝으로 물방울을 만지작거리고 있었다.
"그 사람은 당신을 정말로 사랑하고 있었어."
"그래요. 하지만 그 사람에게는 애정이란 자연스런 발로일 뿐이었어요. 굶주림이나 갈증처럼. 우리들의 연애는 다른 수백만 중의 한 예에 지나지 않았어요." 그녀는 머뭇머뭇하면서 나를 보았다. "그야, 그 밖에도 연인들이 많이 있었던 것은 나도 알고 있어요……."
"다른 사람들도 살고 또 죽고 있어. 그러나 한 사람 한 사람은 그 인생이 유일한 것이며 자기 일로 해서 죽어가는 것에는 변함이 없어. 당신의 생각은 당연해. 먼 하늘의 시리우스 입장에서 세계를 바라보는 것은 바보 같은 짓이야. 우리는 시리우스에 있는 건 아냐. 우리는 지상에 있으며 각자 다른 육체를 가지고 있는 것이지."
"서로 사랑하고 있다는 것은 별로 자연스럽지 않아요. 당신이 저에게 유일한 사나이라고 생각하는 것도 이상해요. 착각은 아니겠지요? 당신은 유일한 남자예요."
"당신 말고 누가 그것을 정하지? 연애의 감동적인 점은 바로 그 점이야. 그것을 진실하게 하는 것이 바로 우리들이야."
그녀는 나를 진지한 눈으로 바라보았다.
"하지만 당신에게 제가 유일한 여자였다면 나를 사랑하고 있을 거예요. 정말 나를 사랑하세요?"
"사랑하지 않는다면 여기서 이러고 있겠어?"
"석달 후에 결혼한다는 것 정말이세요?"
"그럼, 틀림없어."
그녀는 벌렁 드러누워 얼굴을 하늘로 향했다. 그녀는 나를 사랑하고 있다. 나도 그녀를 사랑하고 있다. 그녀는 그것으로 만족했다. 그러나 어찌하여 내가 그녀의 존재를 정당화할 수 있었을까? 아무런 이유도 없이, 증명도 없이, 무익하게, 거기에 있던 내가? 나는 또 올을 쥐었다. 멋진 하루. 음악, 꽃다발, 입맞춤, 튀김, 백포도주 그리고 햇볕에 그을린 몸 위에 흐르는 싸늘한 물. 이윽고 그 하루도 지평선 너머로 지려하고 있었다. 그 뼛가루는 가벼울 것이다. 나의 가슴은 답답했다. 아니 별로 가볍지 않다. 하늘은 맑고 빛은 화사했다. 나는 느꼈다. 표피는 빛나고 있어도 이들 순간의 심(芯)은 썩은 것 같았다. 그것은 체념이 고여 있는 냄새였다.

엘렌은 몸을 일으켰다.

"당신은 아이를 가지는 것이 바보스런 짓이라고 생각하시죠?"

나는 깜짝 놀라 그녀를 보았다.

"당신은 아이를 원하오?"

"어느 편도 아니에요. 아이는 인생을 풍부하게 해주지 않을까 생각하긴 하지만."

나는 미소지었다.

"당신은 자기 자신을 풍부하게 할 기회를 놓치고 싶지 않겠지?"

"놀리지 마세요. 당신은 어떻게 생각하세요?"

"전에는 지상에 누군가를 내던진다는 것을 이해하지 못했지. 당신은 무섭다고는 생각하지 않아?"

그녀는 머뭇거렸다.

"아니요. 하지만 인간이 불행하다 하더라도 존재하지 않는 것보다 낫다는 것은 사실이 아닌가요?"

"그야 그렇겠지. 하지만 그 인간이 주위에 해를 끼친다고 한다면?"

"하지만 좋은 일을 한다면?"

"맞아, 당신 말대로야. 아이를 낳는 것도, 낳지 않도록 하는 것도……어느 쪽이나 다 바보 같은 짓이야."

"하지만 무언가 하고 싶다면 어느 쪽이든 좋다고 할 수는 없어요. 하고 싶은 일을 한다면 바보 짓은 아니겠지요?"

"나의 결점이라면 우선 무엇을 희망하는지 모른다는 데 있지."

그녀는 웃었다.

"당신의 결점? 당신이 결점투성이의 사람이라고는 생각지 않아요."

나는 보트를 저었다. 보트는 조용하게 미끄러져갔다. 평평한 수면에 떴다가는 사라지는 이 흰거품이 되는 것. '나는 저 물거품이 되고 싶다.'라고 하는 이 목소리를 지우지 않으면 안 된다. '이 목소리를 지우지 않으면 안 된다'라고 그 목소리가 말한다. 물거품은 소리없이 생겼다 사라지는 것이다.

도약대 위에서 갈색 몸뚱이가 강물 속으로 뛰어들었다. 연인들은 둑 위에서 산책을 즐기고 있었다. 평화로운 일요일. 시간은 우리들의 손가락 사이로 새어나간다. 저쪽에서는 시간이 지상에서 허리를 걸치고 선철(銑鐵)이나 강철 속으로 흐르고 있다. 매일, 독일 공장에서는 새로운 대포나 새로운 탱크가 생산되고 있었다.

"우리는 길을 잘못 든 것이 아닐까." 하고 나는 고티에에게 말했다. "파시즘을 멸망시키려면 상대방의 방법을 사용하지 않으면 안 될 것이다."

나는 첫 페이지에 고티에의 새로운 평화론이 실려 있는 〈조합 생활〉지를 접었다.

"반 파시즘이란 어떠한 의미인지 모르겠어."라고 그가 말했다.

"나도 잘 모르겠어."

그는 싸늘한 눈으로 나를 보았다.

"자네가 그런 소리를 하다니……."

나는 어깨를 움츠렸다. 우리가 믿고 있던 가치를 존경하는 것이 그 패배를 초래했다면 어떻게 하는 것이 좋을까. 자유롭게 있기 위하여 노예가 되고 손을 깨끗하게 하기 위하여 사람을 죽이지 않으면 안 되는 것일까? 노예가 되는 것은 거절하기 위하여 자유를 잃고 또 사람을 죽이고 싶지 않아서 수많은 죄로 자기를 더럽혀야 하는가?

"자네는 평화를 역설하고 있어."라고 나는 말했다. "그것은 매우 아름답지. 하지만 그것이 무슨 소용이 있어? 평화를 바라는 것이 우리뿐이라면?"

"그것으로도 충분해." 고티에가 말했다. "전쟁이란 혼자서 할 수 있는 것이 아니야."

"자네는 유럽이 파쇼화되기를 보고만 있겠다는 건가?"

"그렇게 하는 것이 전쟁을 하는 것보다는 낫지."

"전쟁과 같은 정도로 무서운 것은 그 밖에도 많이 있어."

나로서는 전쟁이 가장 나쁜 일이라고는 생각하지 않았다. 내가 나의 뜻에 반하여 지상에 팽개쳐진 때문에, 이것은 나를 둘러싼 투쟁의 한 형식에 지나지 않았다. 우리는 서로 존재하고 있는 동시에, 각자 자기에 대해서 존재하기 위하여, 또한 나는 나인 동시에 그들에 대해서는 타인이기 때문인 것이다. 브로말의 아들. 폴의 연적. 사회적 배신자. 프랑스 인 겁쟁이. 적. 내가 먹고 있던 빵은 언제나 타인의 빵이었다.

"그러면 자네도 전쟁주의자가 되었다는 말인가?"

고티에가 물었다.

"아니야. 안심하게. 전쟁판으로 몰아부치는 일은 나는 단 한 줄도 쓰지 않았으며 한 마디도 말하지 않았어."

따뜻한 날이었다. 우리는 우리의 방 창가에서 상의를 벗고 턱을 고인 채 앉아 있었다. 길가의 구석진 곳에는 가로등이 켜져 있다. 아이들은 거기서 돌을 차면서 놀고 있었다.

"나는 전쟁주의자도 평화주의자도 아니다. 나는 아무것도 아닌 것이다."

고티에는 평화주의자였다. 폴은 공산주의자였다. 엘렌은 사랑을 하는 여자, 롤랑은 노동자였다. 하지만 나는 아무것도 아니다. 나는 방을 둘러보았다. 벽은 대충 칠한 채였다. 그러나 어머니가 조금씩 깔개며 쿠션을 갖고 오셨다. 마르셀의 그림도 걸어주셨다. 나는 공장에서 하루 여덟 시간 일했다. 그런데 나에게는 부르주아의 친구들이 있었다. 크리시 거리에 살고 있었는데 엘렌과 함께 생 미시엘 거리나 저택가를 방황했다. 폴의 말을 빌리자면, 내가 별 볼일 없는 사나이라는 것은 내가 부르주아도 노동자도 아니기 때문이었다. 하지만 나의 입장에서 보자면 별 볼일 없는 사나이 야말로 부르주아도 노동자도 아니라고 생각되었다. 부르주아도 노동자도 아니고 전쟁주의자도 평화주의자도 아니며, 사랑은 하지 않지만 그렇다고 목석도 아니다.

"무엇을 생각하고 있어요?"

엘렌이 물었다.

우리는 제과점의 작은 계단에 걸터앉아 있었다. 그녀는 나의 어깨에 머리를 올려놓고 있었다. 우리는 아무 말도 없이 잠자코 있었다. 정면의 유리문 밖으로는 시끄러운 거리가 하늘 아래 펼쳐져 있었다. 나는 손으로 엘렌의 머리를 쓰다듬고 있었다. 나의 약혼녀, 나의 아내. 수프 냄새와 꿀과 초콜릿 냄새가 섞여 있었다. 봉봉이 계곡 밑바닥의 조약돌처럼 유리병 밑바닥에서 은은하게 빛나고 있었다. 달콤한 껍질에는 추억과 향기가 배어 있어, 마치 태내처럼 조용하고 어두웠다. 내일이면 깨어져 흩어져버릴 것이다. 인간은 지저분한 사탕에 절인 살구나 짓밟힌 꽃 속에서 벌거벗고 있을 것이다. 강철의 하늘 아래서 알몸의 무방비한 상태로 될 것이다.

"무엇을 생각하고 있어요?"

그녀가 또 물었다.

"전쟁에 대해서 생각하고 있었어."

그녀는 얼굴을 들고 그 손을 흔들었다. "또?" 그녀는 억지로 웃음을 지으면서 말했다. "나에 대해서 생각하는 것은 아니겠지요?"

"전쟁에 대해서 생각하면서 또 당신 생각도 하는 거요." 나는 다시 그녀의 손을 잡았다. "나는 당신이 걱정이 돼."

"내가요?"

"당신은 사태를 바로 보려 하지 않아. 전쟁이 나면 당신은 허를 찔리게 될 것만 같아."

"하지만 전쟁 같은 건 없어요. 당신은 정말로 전쟁이 일어난다고 생각하세요?"

"당신도 잘 알고 있을 텐데. 내가 몇 번이고 말했으니까."

"그래요. 여러 번 말했어요, 당신은." 그녀는 갑자기 걱정스런 눈으로 나를 보았다. "하지만 결국 당신들은 전쟁이 나게 하지는 않을 거예요."

"우리가 무엇을 할 수 있다는 거지?"

"전진을 거부하려 하지 않으세요? 전에는 당신들이 팔짱만 끼고 있으면 된다고 하지 않았던가요? 당신들이 없다면 아무 일도 되지 않아요."

"하지만 거부해야 할지 어떨지 확신이 서지 않아."
"어째서죠?"
"당신은 전유럽에 파시즘이 퍼지더라도 좋다고 생각해? 프랑스에 히틀러의 정권이 오더라도 좋다는 거요?"
"꼭 도니즈처럼 말하는군요. 나는 당신이 전쟁에서 전사하는 것을 바라지 않아요."
"개미집 속의 개미처럼 된다는 것은 당신도 싫겠지. 파시즘이 승리를 거둔다면 모두 그렇게 되어버려. 인간은 없어지고 모두 개미가 될 거야."
"상관없어요. 살아 있는 개미 쪽이 죽은 인간보다는 훨씬 나아요."
"죽음을 이해하는 것이 좋을 때도 있지. 그러나 그것은 죽음이 생의 의미를 갖고 있을 때지."
그녀는 대답하지 않았다. 그녀는 무언가 골똘히 생각하면서 멍하니 공간을 바라보고 있었다. 해이해진 표정이었다.
"당신의 아버님에게는 각계각층에 친지가 있겠지요?" 그녀가 말했다. "당신은 틀림없이 병역 면제를 받을 수 있을 거예요."
"농담은 말라구."
"아니에요, 당신은 아주 안전해요." 그녀는 갑자기 격한 어조로 말했다. "미련없이 저와 헤어지세요." 그녀는 나를 바라보았다. "당신은 가끔 저를 사랑하고 있는지 모르겠어요. 그리고 이건 모두 희극이 아닌지 모르겠어요."
"당신을 사랑하지 않는다면 내가 베르트랑 부처와 저녁 식사하는 것을 승낙할 것 같아?"
그녀는 어깨를 움츠렸다.
"저를 사랑해주신다면 그처럼 허겁지겁 죽을지도 모를 싸움터로 나가지 않을 거예요."
"당신을 사랑해. 하지만 나의 기분도 좀 생각해줘……."
그녀가 알려고도 하지 않는 것을 나는 알고 있었다. 그러므로 무언가 다정한 말을 해줄 수도 없었다.
"당신은 그 여자를 사랑하려 하지 않는군요."라고 도니즈가 말했었다.

지금 나는 그녀를 정말로 사랑하려 하고 있었다. 그런데 팔월의 불길한 무더위 속에서 엘렌이 우리들 사이에 담장을 쌓아버렸던 것이다. 나는 그녀와, 나의 망설임이나 나의 고민을 함께 나누려고 몇 번이나 그녀 쪽으로 향했다. 그러나 나는 혼자 남겨져버렸다. 그녀는 의아한 듯이 나를 보았다. 나의 동반자는 거의 적이라 해도 좋을 정도였다. 마치 꺼져버리려 하는 달콤한 평화 속에서 나는 홀로 오욕을 맛보고 최후에는 나를 나 자신으로부터 떼어놓는 폭발을 기대하면서 기다리는 고통 속에서 외톨이었다.

그것은 갑자기 발발했다. 전쟁을 바라느냐, 바라지 않느냐. 이제부터는 문답이 필요없었다. 전쟁은 거기에 있었다. 나의 출발 시간은 정해져 있었다. 지정된 기차에 타기만 하면 되었다. 카키색 옷을 입고 복종하기만 하면 되었다. 나의 사상, 나의 욕망은 한낱 물거품에 지나지 않았으며 이 세상에 흔적도 남기지 않고, 마음속에 그림자도 남기지 않고 사라져버렸다. 나 자신으로부터 해방된, 인간이라는 괴로운 노력에서 자유로워지고 정해진 일과를 묵묵히 해내는 한 병사에 지나지 않는다. 가라, 가지 마라. 이야기하고 있는 것은 내가 아니었다. 내 대신 누군가가 이야기하고 있는 것이다. 비인간적 침묵, 동의와 반항 다음에 죽음의 휴식. 죽는 것은 쉬웠다. 그것은 아무것도 아니다. 그렇지만 어떻게 죽느냐, 어떻게 살면서 죽임을 당하는가? '나는 죽고 싶다.'라고 목소리는 말하고 있었다. 더욱이 이 목소리는 육성이다. 나는 눈을 감아보았으나 소용이 없다. 이제 침묵은 없다. 침묵을 만들어낼 수가 없는 것이다. 가라, 가지 마라. 그렇게 이야기하고 있는 것은 나였다.

"장."

다른 누군가가 말했다. 문 저쪽에서 하나의 목소리가 '장.' 하고 살며시 부르고 있다. 그것은 나다. 그럼 나에게는 또 이름이 있었던가? 나는 손잡이를 돌렸다.

"폴이 왔어요."라고 도니즈가 말했다.

나는 눈을 깜박거렸다. 아직 현재가 있었던 것이다. 전구에서 발산되는 광선이 그의 눈을 부시게 했다.

"폴." 하고 그는 말했다.

그는 앞으로 나갔다. 폴이 마들렌의 의자 곁에 한 손에 모자를 들고 서 있었다. 머리는 박박 깎았으며 피부는 창백했으며 피골이 상접해 있었다. 그는 악수했다.

"불쌍하게도!"라고 마들렌이 말했다.

"전처럼 건강을 회복해야겠어요."

폴은 브로말에게 미소를 보냈다. 그의 눈은 역시 파랗고 젊음에 넘쳐 있었다.

"나를 구해주어 고맙네." 하고 그는 말했다.

"내가 구해준 것이 아닐세."

브로말이 말했다.

폴은 문 쪽을 지긋이 지켜보았다.

"그녀의 상태는 어떤가?"

"폐가 상한 모양이야."

재가 가득 찬 난로 앞에서 마들렌이 담배를 피우고 있었다. 도니즈는 부엌으로 갔다. 접시 소리가 났다. 일상의 살아 있는 소리였다. 자명종 시계의 바늘은 움직이고 있지 않는 것 같았다.

"의사는 뭐라고 하지요?"

"오늘 밤을 못 넘길 거래."

폴은 무척 상심했다.

"만나볼 수 있을까?"

"들어와, 지금 자고 있어."

그는 앉았다. 도니즈가 그의 앞에 커피 잔을 갖다놓았다.

"드세요."

그녀가 말했다.

"고마워요, 하지만 생각이 없군."

"마셔야 해요. 벌써 이십사 시간 동안이나 아무것도 먹지 않았잖아요."

그는 마셨다. '마시지 않으면 안 돼요' 그에게서 또 무엇을 그에게서 기대하고 있을까. 그들을 위하여 무슨 일을 해야 할까? 24시간. 시간은 실로 짧다. 밤이 밝았다. 그리고 또 밤. 또 밤이 새려 하고 있다. 갑자기 그는 자기의 육체를 느꼈다. 손발이 나른하고 머리가 무겁다. 추웠다.

"자고 있었네."라고 폴이 말했다. 브로말을 보았다. "그건 나 때문이었어."

"누군가에게 죄가 있다면, 그것은 내 죄야." 브로말이 말했다. "내가 나가야 했었어."

"아니에요. 당신이 가서는 안 되었어요." 도니즈가 격하게 말했다. "당신에게는 그럴 권리가 없어요."

"그렇다면 그녀를 죽일 권리가 있었다는 거요?"

브로말이 말했다.

"최초의 두 번은 내가 움직일 수가 없었어." 폴이 말했다. "나갈 수가 없었어. 하지만 자네의 말을 전해 듣고 매일 밤 준비하고 있었네."

"자네의 죄가 아니라니까."라고 브로말은 말했다. 그는 주머니에 손을 넣어 담배를 꺼냈다. 손이 떨리고 있었다. 담배는 달짝지근하고 써서 이상한 맛이었다. "자네는 루즈의 어떤 곳에 숨어 있었나?"

"파리에는 쉽게 들어올 수 있었네. 아무도 심문하거나 하지 않더군. 그리고 증명서가 좋았거든. 그자는 나를 친형제처럼 보살펴주었지. 소브텔까지 가는 차표도 구해주고 일일이 주의사항을 일러주었네."

".위험할 것은 아무것도 없네." 브로말이 말했다. "경계선을 돌파하는 것은 식은 죽 먹기지."

폴이 웃었다.

"친구와 다시 만날 수 있으리라고는 생각지도 못했으니까."

"자네와는 이 년 동안이나 만나지 못했었군."

브로말이 말했다.

"귀찮은 일은 없었나?"

"전혀. 한때는 협력적이라고 생각될 정도야. 전에는 위험한 일은 하지 않았으니까."

"그런데 지금은?"

폴이 물었다. 그는 주위를 진기한 눈으로 두리번거렸다.

"지금은 위험한 일을 하고 있네."

"탈주 일인가?"

"그 밖에도 여러 가지 일을 하고 있지."

폴은 눈을 반짝거렸다.

"그것은 참 반가운 이야기군!"

"놀랐나?"라고 브로말이 말했다. "전에는 나를 배신자 취급을 했었지?"

"이전과 지금은 어떤 말도 의미가 달라졌지." 폴이 말했다. 그는 브로말의 어깨를 두들겼다. "자네가 놈들에게 손을 빌려주지 않으리라는 것은 확신하고 있었네. 하지만 자네가 이런……." 그는 머뭇거리다가 말을 이었다. "자네는 폭력을 무척 싫어했으니까."

"지금도 그건 마찬가지야."

브로말이 말했다.

침묵이 흘렀다.

"불가피한 일일세."라고 폴이 말했다. "새로운 습격사건을 알 때마다 수용소에서 우리가 어떤 식으로 느끼고 있었는지 자네가 알고 있었다면! 그것만이 우리들에게 자신을 주었었네! 말이 아니라 행동이다. 다른 저항운동 같은 것은 있을 수 없어."

"알고 있어."

브로말이 말했다.

"자네는 당과 협력해서 하고 있는 건가?"

"우리는 독립된 조직이지만 서로 보조는 맞추고 있네. 그리로 가서 자네는 어찌할 작정인가?"

"간부를 찾아가서 그의 지시에 따르기로 하겠네."

"그들에게 우리와 연락을 취하여 여기서처럼 통일 전선을 만들도록 설득해주게. 나중에 우리는 서로 싸우게 되겠지. 하지만 지금은 달라."

"그래. 지금은 다르지."

"자."라고 브로말은 말하면서 폴에게 한 장의 종이를 건네주었다. "이것이 의견서야. 암기해두게. 이 사람은 저쪽 지구의 동지고, 그들은 모두 자네들과 손을 잡고 싶어 하네."

폴은 종이를 받아들었다.

"자네들은 심한 곤란을 당한 적은 없었나?"

"없네. 조심하고 있으니까. 보다시피 이곳도 그저 하숙집처럼 보이게 하려 하고 있지. 운동의 가장 활동적인 멤버는 가명으로 등록했네. 물론 동시에 진짜 호적도 있지. 그것으로 그들의 추적을 속이고 있네."

"제가 하숙을 치고 있어요."

마들렌이 말했다.

"지난 반 년 동안……." 하고 도니즈가 입을 열었다. "독일군이 탄 열차를 네 번 탈선시켰으며 병사(兵舍) 세 곳, 그들이 접수한 호텔 열 곳을 파괴했어요." 그녀는 이렇게 말하면서 브로말을 보았다. "곧 동지 중의 한 사람이 반 볼셰비즘 전람회장에 시한 폭탄을 장치하러 갈 거예요."

"대단한 일이군." 하고 폴이 말했다. 그의 눈길은 문으로 쏠렸다. "그럼 엘렌도 자네들과 함께 일하고 있나?"

"음." 하고 브로말이 말했다.

"그 여자도 많이 변했군."

"우리 일을 이해하게 된 거지."

"좋았어."라고 폴이 말했다.

브로말은 자리에서 일어섰다. 우리는 이야기하고 있다. 도니즈. 마들렌. 폴. 우리는 이야기하고 있다. 우리가 있는 것만으로도 충분하다. 그녀는 존재하고 있지 않은 것처럼. 내일. 영구히. 그녀는 전혀 존재하지 않았던 것처럼. 우리들의 입술 위에는 말만 있고 영상은 마음속에 있다. 전설이 되는 것이다.

"아직 파리에 있겠지?"

"저녁때 기차 시간까지는 있을 작정이에요."라고 도니즈가 말했다.

"아홉시 기차요."

폴이 말했다.

"그럼 있다가 다시 만날 수 있겠군." 브로말이 말했다. 그는 문 쪽으로 걸어갔다. "그럼 나중에."

그녀는 존재하고 있지 않은 것 같았다. 이 침대 위에는 아직 누군가가 있다. 이젠 자기를 위해서는 존재하지 않는 누군가가 아직 있다. 그는 따라갔다.

'좋아, 아름다운 이야기다. 아름다운 죽음이다.' 우리는 벌써 당신의 죽음에 대해 의논하고 있다. 그런데 당신은 죽어가고 있다. 엘렌. 더없이 소중한 그대여. 그런데 나는 여기에 있다. 환한 방에서 한 사나이가 무언가 이야기 하고 있다. 얼굴도 없고 이름도 없는 사나이가 만인의 말을 지껄이고 있었다. 그것은 나에 대한 것이다. 그자가 나를 이곳으로 데리고 왔다. 모든 출구는 닫혀져 있다. 나는 이제 너를 위해 아무 일도 할 수 없다. 나를 위해서도 아무 일도 할 수 없다. 그자는 우리들에 대해서는 아무렇지도 않게 생각하고 있다. 그자가 뭐라 말하고 부르르 몸을 떨었다. 나의 연애를 죽여버렸다. 그 자가 또 살인하는 것을 용서해야 할 것인가?

8

엘렌은 플랫폼에 뛰어오르자 역무원 쪽으로 달려가서 물었다.

"페키니로 가는 급행은?"

"한 시간 전에 떠났습니다."

"다음 차는요?"

"내일 있습니다."

역무원은 이렇게 말하고 저쪽으로 가버렸다. 엘렌의 눈에서는 눈물이 흘러내렸다. 장은 두 대의 자전거를 준비하여 저쪽에서 마중나와 있었다. 그리고 급행 열차가 역으로 들어오는 것을 밝은 마음으로 보고 있었다. 그러나 그의 미소는 얼어붙어버렸다. 그녀는 역무원을 뒤쫓아갔다.

"버스는 없을까요?"

"잘 모르겠군요." 그는 엘렌을 보았다. "십구시 발 라비니 행 급행을 타면 어떻겠습니까? 거기서는 십오 킬로 정도니까요. 자동차를 구할 수 있을지도 모르니까요."

"고맙습니다."

엘렌이 말했다.

15킬로, 이렇게 무거운 트렁크를 들고. 그녀는 이를 꼭 물었다. '오늘 밤 그 사람을 만나고 싶어. 내일은 안 돼. 오늘 밤.' 내일이면 늦을 것이다. 가보면 노파가 말할 것이다. '방금 전에 떠났다우!' 그를 뒤쫓아가자. 연대를 뒤쫓아가자. 밤에는 병영에 몰래 들어가기로 하자. 그는 화물계의 역무원에게 트렁크를 맡겼다. 만약 그 사람이 전선으로 떠난다면! 포탄이 작열하는 웅덩이에 몸을 웅크리고 있다면? 내일은 안 돼. 오늘 밤이라야 한다. 잿빛 하늘이 잿빛 도시 위에 있었다. 엘렌은 곧게 뚫린 큰길로 들어섰다. 어느 가게나 문이 닫혀 있었다. 길에는 사람도 없고 차도 다니지 않았다. 철거된 도시 같았다. 길은 바둑판 모양이었으며 어느 집이나 병영 같았다. 동부의 도시인 듯 지금까지 기차로 지나쳐온 황량한 초원 같았다. 실제로 보지는 못했지만 지평선에는 철조망이나, 바리케이드나 대포가 있는 것 같았다. 엘렌은 뛰어 올랐다. 사이렌 소리가 밤하늘을 찢었다. 갑자기 차와 보행자와 병사들이 지상에 나타났다. 이 뜻하지 않은 출현에 엘렌은 아연해하지 않을 수 없었다.

"부인, 이 근처에 레스토랑이 있습니까?"

"이런 시각에 있다 해도 문을 다 닫았겠지요."라고 그 여자가 말했다. 그리고 막연하게 공간의 한 점을 가리키며 "비어 홀로 가보시지요."라고 말했다.

"경보가 울렸습니까?"라고 엘렌이 물었다.

"매일 밤인데요, 뭘." 그 여자는 어깨를 으쓱하며 말했다.

엘렌은 광장을 건너갔다. 초록색 나무 상자에 심은 나무 그늘에 가린 테라스에 앉았다.

"무엇 좀 먹을 것 없을까요?"

보이는 어처구니없다는 얼굴로 쳐다보았다.

"계란이나 냉육(冷肉)이라도?"

"이런 시간에는 없습니다."

그녀는 일어섰다.

"좋아요, 다른 곳에 가보지요."

그녀는 다시 광장을 가로질렀다. 안개비가 내리고 있었다. 그녀는 밀크홀로 들어갔다. 안은 넓었으나 앞의 가게처럼 텅 비어 있었다. 털을 집어넣어 만든 의자는 군데군데 찢어져서 속털이 삐죽하게 빠져나와 있었다.

"무엇 좀 먹을 수 있을까요? 계란이 든 빵이나 초콜릿이라도?"

"계란?" 하고 보이가 말했다. "그런 것은 시내 전체를 찾아봐도 없을 것입니다."

"아무것도 없습니까?"

"맥주나 커피라면 있습니다."

"그럼 커피를 주세요." 엘렌이 말했다.

그녀는 자리에 앉아 핸드백에서 담배를 꺼냈다. 지금쯤 그는 걱정스럽게 마을의 이곳저곳을 찾아다니고 있을 것이다. 그런데도 그녀는 이런 곳에 있다. 그녀를 위한 장소가 하나도 없는 회색의 거리에. 그에게 알릴 방법은 전혀 없었다. '아무런 신호도 할 수 없다. 이 끝없는 부재(不在)밖에는.' 그녀는 커피잔을 단숨에 들이마시고 테이블에 3프랑을 올려놓았다. 할 수 없다. 걷지 않으면 안 된다. 빨리 걸어서 당신이 더 이상 걱정하지 않도록 한시 바삐 가지 않으면 안 된다. 밖에는 비가 심하게 내리고 있었다 '내일이라도 그 사람은 이 청원서에 서명해줄 거야. 무슨 일이 있더라도 서명을 받지 않으면 안 된다." 한 순간 가슴의 응어리가 사라졌다. 그는 샤르트르에 있게 될 것이다. 비행기의 발동기에 기름을 치고 있을 것이다. 위험한 일은 전혀 없을 것이다. 나는 그를 만나게 될 것이다. 그녀는 '그 사람은 서명해 줄 거예요.'라고 되풀이해 생각했다. 그녀는 발걸음을 늦추었다. 병사들은 카페로 밀려들어갈 시간을 기다리면서 삼삼오오 산책하고 있었다. 영화관

입구에서 줄을 서 있는 자들도 있었다. 그들은 머리에 관통상을 입고 홀로 진수렁에 처박히겠지. 그녀는 입술을 지그시 깨물었다. 눈이 돌처럼 굳어지는 것을 느꼈다. 그런 식으로 눈을 감아버리면 영상은 점점 떠오르기 어려웠다.

'무엇이든 먹을 것을 찾지 않으면.' 하고 그녀는 생각했다. 그녀는 큰길을 걸어갔다. 청과점도 식료품점도 없다. 그녀는 제과점의 문을 밀치고 들어갔다. 어느 접시나 텅 비어 있었다. 병사들이 모두 먹어치웠던 것이다. 양철 그릇에 세 개의 작은 파이가 남아 있을 뿐이었다. 엘렌은 그것을 먹고 물을 잔뜩 마셨다. 그녀는 다시 역으로 갔다. 대합실 한 구석에 앉아 기다릴 수밖에 도리가 없었다. 어젯밤 그녀는 한잠도 자지 못했으므로 너무 피로해서 서 있을 수가 없었다.

그녀는 대합실로 들어갔다. 사람들은 큰 보따리 사이에 끼어앉아 있거나 테이블이나 바닥에 앉아 있기도 했다. 동부에서 온 피난민들이었다. 그들은 두 손을 무릎 위에 올려놓고 멍청하게 기다리고 있었다. 전쟁이 시작되자 모두 영문도 모른 채 기다리고 있었다. 엘렌은 등을 문에 기댄 채 바닥에 앉았다. 사람의 훈기와 냄새 때문에 숨이 답답했다.

"발표는 없었지만……." 하고 한 여자가 말했다. "우리 군대에서는 벌써 전사자가 많이 나왔대요."

"그래요, 관청에는 전사 통보가 많이 와 있지만 동장은 그 통지를 차마 가족에게 전해줄 수 없었던 모양이지요."

기차가 기적을 울리면서 지나갔다. 첫 번째 지나간 기차에는 병사들이 타고 있었다. 철모를 쓰고 배낭과 소총을 옆에 놓고 발판에 걸터앉아 있었다. 뒤쪽에는 낙엽 색깔로 위장한 대포가 하늘 쪽으로 포구를 향하고 있었다. 기차는 동쪽으로 달려가고 있었다. 저 멀리 반짝이는 레일의 끝에서는 전쟁이 대포와 병사들을 기다리고 있었다. 저 멀리라 했지만 그리 먼 거리가 아니었다. 그녀는 이미 여기까지 와 있었다. 희망 잃은 눈 속에서, 급조한 화물 틈에서, 기차의 기적 속에서. 엘렌은 눈을 감고 이마를 무릎에 댔다. 밤이 머릿속에 가득 차 있었다.

목조차(木造車)를 연결한 시골 열차에 뛰어올랐을 때 그녀의 몸은 얼어붙고 피로에 지쳐 있었다. 굵은 빗방울이 열차의 지붕 위에 떨어지고 있었다. 그러나 희망이 소생했다. '그 사람을 만날 수 있다.' 차가 달릴수록 그녀는 그에게 다가갔다. '차를 찾아내자. 두세 시간 뒤면, 그 사람의 팔에 안길 수 있을 것이다. 그 사람은 이해할 것이다. 이해하지 않을 수 없다.'라고 그녀는 정열적으로 생각했다.

라비니 역은 캄캄했다.

"화물 맡기는 곳이 어디지요?"

엘렌이 물어보았다.

"트렁크는 거기에 놔두시지요." 하고 담당 역무원은 입구를 지키고 있는 보초를 가리키면서 말했다. "일 번으로 해드리겠습니다."

"고마워요."

엘렌은 트렁크를 놓고 출구 쪽으로 걸어갔다.

"증명서는?" 하고 보초가 말했다.

엘렌은 통행증과 신분증을 제시했다. 통행증은 정당한 것이었으나 목적은 씌어 있지 않았다.

"페키니? 이곳은 페키니가 아니요."

"하지만 그리로 가는 차를 타려고……."

"좋아, 가시오."라고 병사는 말했다.

엘렌은 귀중한 증명서를 소중히 집어넣었다. '무사히 넘어갈 수 있도록, 누구에게도 억류되지 않도록.' 그녀는 무척이나 전전긍긍하고 있었다. 밤의 어두움은 아스팔트처럼 짙었다. 비는 여전히 내리고 있었다. 웅덩이에 빠져 발을 적셨다. 어느 쪽으로 가야 할까? 요소요소에 서 있는 헌병들에게는 겁이 나서 길을 물어볼 용기가 나지 않았다. 그녀는 다리를 건너 무턱대고 걸었다. 마침 차고지가 있었다.

"여기서 자동차를 빌릴 수 있을까요?"

"안 됩니다."라고 사나이가 말했다.

"어디 빌릴 곳이 없을까요?"

"역전 광장의 마라즈의 가게에 가서 물어보시지요."

그녀는 되돌아섰다. 일단의 병사들이 다리를 끌면서 지나갔다. 카페 안은 병사들로 가득 차 있었다. 검은 커튼을 드리운 문을 통해 그들의 웃음소리가 들렸다. 그녀는 차고 옆의 작은 문을 노크했다.

"미안하지만 여기 오면 자동차를 빌려준다는 말을 들었는데."

여자는 잔뜩 찡그린 얼굴로 엘렌을 보았다.

"집 양반이 지금 없어요."

"곧 돌아오실까요?"

"이런 시각에는 차를 낼 수 없어요."

다시 캄캄한 길로 나섰다. 발 밑의 물이 튀고 빗물은 외투를 뚫고 스며들었다. 문. 거절당함. 다른 문. 또 거절. 또다른 문.

"카페 데 스포르로 가보세요. 낭시 거리의 끝에 있어요."

엘렌은 카페의 문을 살며시 열었다. 도무지 용기가 나지 않았다. 거기에는 적포도주병을 앞에 놓은 병사들로 미어질 듯했다. 웃음소리……시선…… 그녀는 용기를 내어 카운터 쪽으로 걸어갔다. 사람들은 시시덕거리면서 큰 접시에 든 스튜를 먹고 있었다.

"미안하지만……." 그녀가 말했다. 그녀의 목소리는 떨리고 있었다. 지금이라도 울음을 터뜨릴 것만 같았다. "여기서 자동차를 빌려준다는 말을 들었는데……."

그 사나이는 식사 중이었다. 스웨터를 입고 있었는데 퍽 따뜻해보였다. 푹신한 침대가 그를 기다리고 있을 것이다.

"밤에는 운전하지 않습니다."라고 그가 말했다. "헤드라이트를 켤 수 없으니까요. 아시겠습니까? 밤에는 누구라도 운전하지 못합니다."

엘렌은 입술을 깨물었다. 모든 것이 끝장이었다. 모든 것을 다 잊고 잘 수밖에 없었다.

"여기에 방을 얻을 수 있을까요?"

"방? 없습니다. 온 시내를 다 뒤져도 짚 방석 한 장 못 구할 겁니다. 지금은 군대가 들어와 있거든요."

"실례했습니다."
엘렌이 말했다.
발이 후들거렸다. 오늘 밤은 틀렸다. 눈물이 앞을 가렸다. 그녀는 금사자(金獅子) 호텔 앞을 지났다. 안에 들어가서 물어볼 필요도 없었다. 틀렸다. 이제는 한 발짝도 움직이기 힘들었다. 숨막힐 듯한 가시 덩굴 속에서 바둥거리고 있는 것 같았다. 장 그 사람을 만나겠다는 것은 단념해야 할 것 같다. 오늘 밤은 끝이 없을 것이다. 오늘 밤, 이 전쟁, 고요하고 기나긴 밤.

*

"그래서 다시 역으로 돌아갔어요."라고 엘렌이 말했다. "역무원이 딱하게 생각했는지, 잠잘 수 있는 객차를 가르쳐주었어요." 그녀는 하품을 했다. "하지만 잠이 오지 않았어요."
"불쌍하게도……." 장이 말했다. "내가 얼마나 걱정했는지 알아? 당신이 증명서도 없이 오다가 잡힌 줄 알고 말이야."
"내가 그렇게 멍청한 줄 아세요?"
"아내를 불러들이는 사관이나 하사관이 많이 있지." 장이 말했다. "그건 묵인해주고 있어. 하지만 최악의 경우에는 파리로 되돌려버리지."
"그러면 싫어요." 엘렌이 말했다. 그녀는 빨간 벽돌 바닥, 얇은 담요를 깐 시골 침상, 무쇠 난로를 보았다. '여기서 두 사람이 산다면 즐겁겠군.' 그녀는 트렁크를 열었다. "보세요, 이것은 모두 당신 거예요." 그녀는 식탁 위에 오래된 브랜디 한 병, 파이 상자, 담배, 털실로 짠 목이 짧은 양말을 내놓았다.
"이것은 어머님이 주신 선물이에요." 그녀는 검은색 레저 표지의 수첩 다섯 권을 가리키며 말했다. "이것은 저의 전쟁 일기예요. 신문 스크랩, 대담이나 논문의 개요 등이 많이 들어 있어요. 저 자신의 생각도 섞여 있고요. 당신이 흥미를 느끼실진 모르지만요."

"물론이지." 장이 말했다. "당신은 친절해."

그녀는 그를 한참 뚫어지게 바라보았다. 몸에 꽉 끼는 카키색 스웨터는 그다지 보기 흉하지는 않았다. 그는 달라지지 않았다. 그러나 지난 두 달 동안 그녀가 모르는 갖가지 생각을 머릿속에 담고 있었음에 틀림없다. 그것이 그녀를 압도케 했다.

"얘기할 것이 산더미처럼 있어요." 그녀가 말했다.

"그렇겠지." 그는 윗옷과 병사용 외투를 입었다. "열한시 반까지 돌아오겠어. 우리 함께 점심 먹자구. 그리고 다섯시 반부터 내일 아침까지는 당신을 혼자 있게 하지 않겠어."

"아이 좋아라." 엘렌은 그의 팔에 안기면서 말했다. "빨리 돌아오세요."

"걱정하지 마. 먹을 것을 갖고 올 테니. 그러니 너무 먼 곳에 가지 말고 집에 있도록 해요. 이 집 앞의 좁은 길가에 아주 시원한 들판이 있지." 그는 엘렌을 안고 문까지 갔다. "그럼 있다가."

그녀는 창가로 갔다. 암탉 두 마리가 골목에서 모이를 쪼아먹고 있었다. 한 병사가 광장을 가로질러 갔다. 그녀는 살며시 창유리를 두들겼다. 장은 뒤돌아보면서 미소를 보냈다. 그녀는 커튼을 닫았다. 한 주나 열흘쯤 신혼부부처럼 그의 곁에서 보내는 것이다. '가까운 시일 내에 그이와 결혼하자.' 라고 그녀는 생각했다. 그녀는 기지개를 켰다. 배도 고프고 졸음이 왔지만 무척 행복했다. 그녀는 한 권의 책을 들고 레인코트를 입었다. 하늘은 파랬다. 안뜰에서는 나무의 습기찬 냄새로 가득 차 있었다.

"안녕하세요, 부인."

노파가 펌프로 물을 긷고 있었다. 그녀는 얼굴을 들었다.

"어때요. 주인 양반을 만났나요? 기뻐하던가요?"

"네, 만났어요. 자고 갔어요."

엘렌이 말했다.

그녀는 진흙투성이의 좁은 길로 들어섰다. 그녀의 입가에서는 기쁨으로 웃음이 떠나지 않았다. 이곳 땅은 지저분하고 누렇고 평탄했으며 여기저기 민둥산이 있을 뿐이었다. 그러나 그녀는 풀, 하늘, 태양, 확 트인 지평(地坪)이 마음에 들었다. 그녀는 언덕에 올라가서 곁에 책을 놓았다. 화창한 가을의 하루였다. 한 가지 걱정이 그녀의 마음을 괴롭혔다. '그이에게 잘 얘기해줘야지.' 떨어져서 생각하면, 아무 일도 아닌 것 같아 보였지만 그를 마음대로 끌고 다닐 수는 없었다. 이 이야기에서 대답을 하는 것은 장 쪽이었다. '그 사람은 거절하지는 않을 것이다. 나를 사랑한다면 거절할 이유가 없다.' 그는 옆을 보았다. 누가 오고 있었다. 가는 스틱을 든 두 사람의 장교였다. 그들은 그녀의 앞에 와서 섰다.

"산책하시나요?"

"네."

엘렌이 대답했다.

"당신은 페키니에 살고 있습니까?"

"아니요, 파리에서 살아요. 오늘 아침에 도착했습니다."

"증명서는 갖고 있습니까?"

"여기 있어요."

엘렌은 통행증을 보여주면서 말했다.

장교는 스틱을 그 멋진 가죽 장화에 댔다.

"여기에 대장의 사증(査証)을 받아야 합니다."

"어머, 그걸 몰랐군요. 지금 바로 가겠어요."

"도착 즉시 받아야 하는 겁니다. 우리와 같이 갑시다. 차가 있으니 안내해 드리지요."

"그러세요."

엘렌은 그들을 따라갔다. 키가 큰 장교는 창백해보였으며 키가 작은 쪽은 검은 수염을 기르고 있었다. 그녀는 자동차에 올랐다.

"날씨가 참 좋군요."

그녀가 말했다.

그러나 그들은 아무런 대답도 하지 않았다. 자동차는 마을로 들어가 물랭 부인의 집 앞을 지나 번화가에서 정차했다.

"여깁니다."

두 중위는 모습을 감추고 엘렌은 혼자서 난로불이 활활 타고 있는 작은 방으로 들어갔다. 가슴이 두근거렸다. 이것은 최후의 수속이었다. 이것만 마치면 안심할 수 있을 것이다. 하지만 빨리 끝나주었으면 하고 초조해졌다.

대장이 얼굴을 들었다. 그는 서류가 잔뜩 쌓인 책상에 앉아 있었다.

"오늘 아침 페키니에 도착한 것은 당신입니까?"

"네."

"증명서를 갖고 있습니까?"

그녀는 통행증과 신분 증명서를 꺼냈다. 대장은 묵묵히 그것을 살폈다.

"이곳엔 무슨 일로 왔지요?"

"친척 할머니인 물랭 부인을 만나러 왔어요."

대장은 그녀를 쳐다보았다.

"그건 거짓말이겠지요. 물랭 부인은 당신의 친척이 아닙니다."

"진짜 친척은 아니지만……."

"아니 전혀 타인이겠지요. 오늘 아침 이곳에 도착하기 전까지는 만나본 적도 없을 테니까."

엘렌은 당황했다. 숨이 끊어질 듯했다.

"우리는 다 알고 있습니다." 대장이 말했다. "당신을 위해 방을 빌린 병사의 이름도 알고 있습니다."

"네, 사실입니다!" 엘렌은 도전이라도 하듯이 말했다. "약혼자를 만나러 왔습니다. 이런 일은 나만 그러는 것은 아니겠지요?"

"당신을 감시하라는 정보가 없었더라면 우리도 못 본체할 수 있었겠지만." 하고 대장이 말했다.

"그런데 누가 그런 소리를 했지요?" 엘렌은 애원하듯이 말했다. "부탁입니다, 이삼 일이면 충분합니다. 좀 봐주시지요."

"이 사건은 이미 우리 수중에 있지 않습니다." 대장이 말했다. "당신은 감시를 받고 있었습니다."

"감시를?"

"경찰의 조직력은 완벽합니다." 대장이 말했다. 그는 일어섰다. "지금 역으로 보내드릴 테니 첫차로 떠나십시오."

"제발 약혼자에게 작별 인사라도 하게 해주세요." 그녀는 손톱으로 손바닥을 꼬집어 뜯었다. 사나이 앞에서는 울고 싶지 않았다.

대장은 머뭇거렸다.

"여기서 기다리시오."라고 그는 말했다.

그는 방에서 나갔다. 감시를 받고 있다. 누구에게? 왜? 그녀는 아연해서 앉아 있었다. 울어서는 안 된다. 몹시 배가 고팠다. 그리고 몹시 졸렸다. 다시 기차에 시달리면서 허기진 배를 움켜쥔 채 만원 열차를 타고 가야 한다.

기차는 나를 태우고 갈 것이다. 장과 멀리 떼어놓을 것이다. '어쩔 수가 없다.' 그녀는 절망하여 가슴을 조리고 있었다.

키가 큰 창백한 중위가 문을 열었다. 그는 무척 시원스런 미소를 짓고 있었다.

"숙소로 돌아가서 식사해도 좋습니다." 그 장교가 말했다. "당신은 스파이가 아니라고 대장을 납득시켰으니까요."

"제가 스파이라구요?"

엘렌이 반문했다.

"당신이 서류가 든 큰 트렁크를 갖고 온 것이 문제였습니다."라고 중위가 말했다. "라비니의 역장이 그것을 열어보았던 거지요. 그리고 불온문서인 줄 알고 오늘 아침 당신을 태우고 온 운전사에게 귀띔했던 거지요."

"저는 그 언덕에서 당신들과 우연히 만난 것으로만 알았는데!"라고 엘렌이 말했다.

"다행히 서둘러 조사해보고 당신이 위험한 선동가가 아니라는 것이 판명되었습니다."

"저의 서류를 몰수했단 말인가요?"

"우리가 당신을 들판에서 찾고 있는 동안 당신이 있던 방은 수색을 당했습니다. 그러나 전부 돌려드리겠습니다." 그는 엘렌에게 머리를 숙이며, "곧 당신을 데리러 가겠습니다."라고 말했다.

"그렇다면 여기에 있을 수 없다는 말인가요?"
"지금으로서는 단념해야 합니다."
엘렌은 숙소로 달려갔다. 그녀는 침대에 쓰러져 와락 울음을 터뜨렸다. 어린애같이 말이다. 타인의 큰 손에 그녀의 행복도, 생활도 잡혀 있다. 그녀가 여기에 있는 것이 어떻다는 말인가. 교활한 녀석들! 그처럼 아슬아슬한 여행 끝에, 겨우 그 사람을 만났는데 바로 헤어지다니. 그때 마침 노파가 불안한 표정으로 들어와서 말했다.
"낯선 군인이 당신을 찾아왔었수."
"알고 있어요."
"당신은 여기 있으면 안 된다고 했다우."
"곧 떠나겠어요."
노파는 싸늘한 시선으로 그녀를 지켜보았다.
"그냥 있게 하면 나까지 경을 친다는군요."
노파는 못 마땅하다는 듯 말하면서 방에서 나갔다.
"못된 할멈 같으니라구."
엘렌은 증오에 차서 중얼거렸다. 다시 눈물이 마구 쏟아졌다. '그자들은 나의 일기를 읽었어. 나는 그들의 손아귀에 들어 있다.'
그녀는 벌떡 자리에서 일어났다. 장이 문을 열고 천진스럽게 웃고 있었다. 기름기가 배어나온 종이에 싼 것을 들고 있었으며 가슴에는 흰 포도주병을 끌어안고 있었다.
"적포도주는 구하지 못했어."라고 그는 말했다. "하지만 맛있는 비프 스테이크를 갖고 왔어.
"그것을 먹을 시간은 있겠군요." 엘렌이 말했다. "저에게 무슨 일이 일어났는지 모르시죠?"
"무슨 일이 있었소?"
"나, 붙잡혔어요."
"무슨 그런 거짓말을."
엘렌은 히스테릭한 웃음을 터뜨렸다.

"저는 들판에서 붙잡혀 대장에게 연행되어 갔어요. 어젯밤 라비니 역장이 저의 트렁크를 열어보았던 모양이에요. 그리고 저의 일기가 반전 문서라 생각하여 저를 스파이라고 밀고했던 거예요."

"변명은 간단하잖아?"

"그래요, 그런데 헌병대에도 보고되었대요." 엘렌은 울음을 억제했다. "곧 이곳을 떠나라는 거예요. 하지만 저는 출발하지 않겠어요." 그녀는 자포자기한 듯이 말했다. "떠난 체하고 어딘가 숨어 있다가 밤에 다시 돌아오겠어요……."

"불쌍하게도!"

장은 그녀를 껴안았다.

"당신과 헤어질 수는 없어요."

"당신은 파리로 돌아가야 할 것 같아." 장이 말했다. "하지만 통행증을 새로 만들면 될 거야. 그리고 이번에는 사 킬로나 오 킬로쯤 떨어진 곳에 숙소를 잡도록 하자구."

"싫어요." 엘렌은 굽히지 않았다. "그 사이에 당신이 전선으로 떠나버리면 두 번 다시 못 만나요."

"그렇게 빨리 출동하지는 않을 거야. 그리고 지금은 저쪽도 조용하니까."

"안 돼요. 저는 그런 것은 믿을 수 없어요." 엘렌이 강력하게 말했다. "저는 미쳐버릴 거예요……." 그녀는 괴로운 시선으로 그를 보았다. 이야기하지 않으면 안 되었다. 한 시가 귀중했다. "당신이 철조망에 걸려 필사적으로 신음하는 것을 생각하는 저의 기분을 당신은 모를 거예요."

갑자기 그녀의 목소리가 끊겼다.

"나도 알아."라고 장이 말했다. "확실히 나의 입장보다는 당신의 처지가 더 고통스러울 것이라는 것을."

그녀는 눈을 내리깔았다.

"후방으로 빠지면 어떻겠어요?"

"그게 무슨 소리지?"

"비행대에 배속되도록 청원하는 거예요." 엘렌이 말했다. "그랑주앙 부인을 잘 아는 장군이 당신을 곧 샤르트르 방면의 캠프로 돌려주겠다고 약속했어요."

"당신이 그렇게 부탁했겠지?"

엘렌의 볼이 빨개졌다.

"네."

장은 잠자코 두 개의 잔에 포도주를 따랐다.

"하지만 이번 전쟁에서는 비행사가 보병보다 훨씬 더 위험해."

"당신은 비행기를 타지 않아도 돼요. 일반 사병은 비행기를 타지 않아요. 행정병이 되거나 엔진에 기름을 칠 뿐이에요." 그녀는 그의 손을 잡았다. "나는 당신 곁에 살 수도 있고 매일 만날 수 있어요."

장은 대답없이 술잔을 내려다보았다. 엘렌은 그의 손을 잡아당겼다.

"왜 그러세요! 뭐 기분 나쁜 일이라도 있나요?"

그녀가 물었다.

"후방 근무는 싫어."

엘렌은 섬뜩했다.

"거절하지는 않겠지요?"

이렇게 말하면서 그녀는 그의 안색을 살폈다. 장은 머뭇거리고 있었다.

"그래, 그렇게 쉽게 대답할 수는 없을 것 같아, 찬찬히 생각해봐야겠어."

"생각할 것이 뭐가 있어요, 인간다운 생활을 하게 해드리겠다는 거예요. 우리는 함께 살 수 있으니까요! 당신은 판에 박은 듯한 생활을 할 수 없다고 걱정해서 주저하는 것이겠지요?"

"그런 것이 아니라는 것은 잘 알고 있으면서도 그렇게 말하는 거요?"

엘렌은 입술을 깨물었다.

"당신이 없더라도 전쟁에 이길 수 있어요."

"그야 그렇겠지. 하지만 내가 생각하기로는 그것은 결코 똑같은 일이 아니야."

"흠." 하고 엘렌은 뾰루퉁했다. "그리고 제가 아침부터 밤까지 불행에 떨고 있는 것은 별로 개의치 않는 모양이지요?"

"이봐 엘렌, 내 기분을 이해해줬으면 좋겠어……."

엘렌은 머리를 저었다.

"안 돼요, 저는 이해할 수 없어요." 그녀는 매우 억눌린 듯한 목소리로 말했다. "당신은 죽은 다음 진급하게 되겠지요."

"하지만 내가 생명만 아끼고 있다면 진급도 하지 못하겠지."

장은 부드러운 목소리로 말했다.

엘렌은 머리를 움켜잡았다.

"당신이 마구 총을 쏘았다고 해서 무엇이 어떻게 달라지겠어요."

"엘렌! 친구가 죽어가고 있는데 한쪽 구석에서 몸을 사리고 있다는 것이 좋다고 생각하오?"

"다른 사람들의 일이라면 아무래도 좋아요." 엘렌은 절망조로 말했다. "저는 누구에게도 의리를 앞세울 필요는 없다고 생각해요." 그녀는 울음을 터뜨렸다. "당신이 죽으면 자살해버리겠어요. 하지만 죽고 싶진 않아요."

"당신은 단 한 번이라도 자기 이외의 것은 생각해보려고 노력할 수는 없는 거요?

그의 목소리는 준엄했다.

"그런 당신은? 당신이 생각하고 있는 것은 자기 자신에 대한 것이겠지요?" 그녀는 슬픈 듯이 말했다. "저에 대해서 걱정하세요?"

"우리 문제는 아니야."라고 장이 말했다.

"아니에요."라고 엘렌이 말했다. 그녀의 손은 식탁보 위에서 부르르 떨리고 있었다. "사람이 싸우는 것은 언제나 자기를 위해서지요."

"엘렌, 우리 사이에는 싸움 같은 것은 문제가 되지 않아."

"나는 당신을 위해서라면 무슨 일이라도 하겠어요." 그녀는 못마땅한 듯 말했다. "도둑이든, 살인자든, 배신자든……."

"하지만 내가 죽을 고비에 처한 위험은 받아들일 수 없겠지!"

"그야 받아들일 수 없지요."라고 엘렌이 말했다. "그것만은 안 돼요, 그것은 나에게서 얻을 수 없어요. 그래서 우리는 싸우고 있는 것이 아닐까요?"

"우리가 좀더 우정이 있다면……."

"우정! 하지만 저는 당신에 대해서 애정을 가지고 있어요."

"나로서는 그런 사랑은 이해하기 어렵군."

그는 그녀를 비판하고 있었다. 이 혈관에 들어 있는 피를 전부 뿜어내는 듯한 불타는 듯한 그녀의 태도를 비판하고 있었다.

"그밖에 다른 사랑은 없어요." 엘렌이 말했다. "당신은 나를 사랑하고 있지 않는 거예요." 어지러운 하나의 진실이 갑자기 그녀를 갈기갈기 찢어버렸다. "저는 당신에게 단 한 번이라도 상대가 되어달라고 말하지는 않았어요."

"나는 당신을 사랑하고 있어." 장은 말했다. "하지만 애정 외에……."

그는 완고하게, 불투명하게, 강철같이 견고한 사상으로 몸을 감싸고 서 있었다. 그의 이마의 주름이며, 눈빛이며 그 어느 것 하나 누구의 신세도 지고 싶지 않다고 외치고 있는 것 같았다.

"좋아요." 그녀가 말했다. "당신의 의견 같은 것은 무시하고 당신이 돌아올 수 있도록 운동하겠어요."

"엘렌, 그것은 절대 사절하겠어."

"사절하다니요, 나는 눈 깜짝 하지 않겠어요. 그것도 내 마음이니까." 그녀는 냉소했다. "당신은 어느 땐가 파리의 특별 배속병이 되어 있을 거예요."

"제발 부탁이오. 이제 몇 분밖에는 남지 않았소. 이런 식으로 헤어지기는 싫어."

"나도 어쩔 수 없어요." 엘렌이 말했다. "한 달 후에는, 당신은 크리시 거리로 돌아와 있을 테니까. 그런 것은 아무래도 좋아요."

"만약 당신이 그렇게 하면……."

"저하고 손을 끊겠다는 건가요? 그러면 지금 당장 끊자구요. 그것이 훨씬 간단하지 않겠어요?"

"제발 부탁이오. 당신은 나의 피를 말릴 작정이오? 나로서는 존경이 따르지 않는 사랑은 불가능해."

"그럼 저를 사랑하는 일을 단념하세요. 그렇게 된다 하더라도 지금까지와 별로 달라질 것은 없을 거예요."

"엘렌." 하고 장이 소리쳤다.

그녀는 깜짝 놀랐다 무거운 발자국 소리로 부엌 유리창이 울렸다. 문을 노크하는 소리가 났다.

"네, 들어오세요."

그녀가 말했다.

두 사람의 중위가 들어왔다. 장은 일어나서 혁대를 맸다.

"겁낼 필요는 없네."

키가 큰, 창백한 얼굴의 장교가 말했다.

장은 빙그레 웃었다.

"제가 무서워할 이유가 있겠습니까?"

"마클레이 중위가 만나고 싶어 하네."

"가겠습니다."

장이 말했다. 그는 군모를 집어들고 엘렌을 보았다. 그녀는 꼼짝도 하지 않았다.

"잘 가요."라고 그가 말했다.

"안녕."

그녀는 손을 내밀지 않은 채 말했다.

"그에게는 문제를 추궁하지 않겠습니다. 그러니 안심하십시오." 키가 작은 중위가 말했다. "저 사람은 성실한 사병이니까."

엘렌은 일어섰다.

"준비를 해야겠지요?"

"네, 자동차를 대기시켜놓았습니다." 키가 큰 중위가 미소를 지었다. "제 소개를 하겠습니다. 뮐레 중위입니다."

"저는 브랄 중위입니다."

또 한 사람의 중위가 말했다.

뮐레 중위는 검정색 수첩을 식탁 위에 내던졌다.

"네, 이것이 증거품입니다."

그녀는 수첩을 집어들었다. 그들은 예리한 눈으로 이것을 파악했다. 그녀는 주위를 둘러보았다. 갑자기 방이 텅 비어버렸다. 고기 뭉치는 아직도 포도주가 반 병 들어 있는 병의 곁에 있었다.

"준비 다 되었어요."

그녀가 말했다.

그들은 밖으로 나와 그녀를 자동차에 태웠다. 뮐레 중위는 그녀의 옆자리에 앉았다.

"결국 추방이군요."

그녀가 말했다.

"우리도 퍽 유감스럽게 생각하고 있습니다."라고 뮐레 중위가 말했다. 그는 위엄있게 웃는 얼굴을 했다. 그 흰 얼굴 중앙에 박힌 두 개의 파란 눈은 깊은 심연을 상기시켰다.

"다시 한 번 통행증을 사람들 눈에 띄지 않도록 하십시오."라고 브랄 중위가 말했다.

"고마워요."

"우리도 사정은 잘 압니다. 우리 두 사람도 결혼했으니까요."라고 뮐레 중위가 말했다.

엘렌은 씁쓰레한 웃음을 터뜨렸다. 남자다운 저속한 생각. 그런데도 나는 미소짓고 있다. 나는 이 두 사람에게 좌우되고 있다. 아무것도 부탁해서는 안 된다. 아무것도 의지해서는 안 된다.

"이제 저를 자유롭게 해줄 수 없을까요?" 그녀가 자동차에서 내릴 때 말했다. 그녀는 뮐레 중위를 탄원하듯 바라보았다.

"당신이 확실하게 차를 탔는지 어떤지, 확인하지 않으면 안 됩니다."

뮐레 중위는 웃으면서 말했다.

그녀는 시선을 흐렸다. 끝장이군. 이젠 전혀 희망이 없다. 새로 수속을 하자면 한 달 이상은 걸릴 것이다. 두 번째니까. 잘 되지 않을지도 모른다. 이젠 끝장이다. 그녀는 레일 끝의 망망한 지평을 바라보았다. 기차가 빨리 왔으면 좋겠다고 생각했다. 그리하여 혼자 울고 또 그들을 증오하고 싶었다.
"잘 가십시오."
뮐레 중위가 말했다.
그녀는 대답도 하지 않고 승강구로 올라가 첫 번째 칸으로 들어갔다. 그들은 플랫폼에 서서 그녀를 보고 있었다. 그녀는 트렁크를 선반에 올려놓고 통로 가까운 자리에 앉았다. 푸른색 융단을 깐 좌석인데 매우 깨끗한 객실이었다. 날씨가 더웠다. 세 사람의 병사가 백포도주를 따라 마시고 있었다. 휴가병이었다. 그들은 웃고 있었다.
"알자스 산 술 한 잔 드시겠습니까?" 그들 중 한 사람이 말했다. "맛이 괜찮습니다."
"감사합니다."
그녀가 말했다.
병사는 컵의 가장자리를 손수건으로 깨끗이 닦더니 찰찰 넘치도록 술을 따랐다.
"어떻습니까?"
"아주 좋군요."
엘렌이 말하면서 잔을 비웠다. 그러자 갑자기 머리가 어질어질했다. 체내에서 활활 불이 붙어 그녀의 심장은 순식간에 한 줌의 잿덩어리로 되어버렸다.
"물도 타지 않고 그대로 마셨어." 하면서 병사는 감탄해 했다.
'곧 알 수 있을 것이다. 내 실력을 보여주겠다.'라고 그녀는 생각했다. 그녀는 외투를 벗어 똘똘 말아서는 베개 삼아 몸을 눕혔다. 병사들은 웃고 있었다. 기차가 달려 그녀의 몸이 일렁거렸다. 오늘 일은 모든 것이 다 끝났었다.

9

그자가 나를 이곳으로 데려온 것이다, 그러나 카키색 군복을 입고, 군모를 쓰고, 그는 마치 아무런 해도 없는 사나이처럼 보였다. 태어나면서부터의 저주, 즉 존재하는 저주가 없어져버린 것 같았다. 첫째로 그는 존재하고 있었던 것일까? 페키니나 코몬의 창고에서 기차나 트럭으로, 또는 보초가 되어 서 있는 얼어붙은 구덩이 속에서는 한 사람의 무명 용사에 지나지 않았다. 불안도 회한도 없는 병사였다. 실로 간단했다. 무엇을 바라거나 선택할 필요도 없었다. 이미 바라고 있었기 때문이었다. 그는 자기와 일체를 이루고 있는 데 지나지 않는다. 아무런 문제도 일어나지 않았다. 목적은 그의 앞에 침착하고 명백하게 존재하고 있었다. 그것은 파시즘에 대한 승리라는 것이었다. 그의 행위의 하나하나가 고맙게도 필요성에 따라서 정해져 있었다.

그러나 갑자기 분노와 굴욕 속에 던져져 그는 다시 자기 자신과 마주서게 되었다. 그는 파란 창유리가 달린 큰 건물에서 나왔다. 그의 등 뒤에서는 중위가 경멸의 웃음을 흘리고 있었다. 그는 좁은 공지를 지났다. 지나쳐가는 병사들의 시선이 그의 볼에 박히는 것 같았다. 그녀의 소행이었다. 그들은 아직 모르지만 언젠가 알 수 있는 일이다. 고백하지 않으면 안 된다. 부시에, 뒤부아, 리비에르에게 이야기하지 않으면 안 된다. 그들은 알 것이다. 모든 것이 거짓이었다는 것을 알게 될 것이다. 군복도, 반합도, 취해서 웃은 것도 창고의 짚더미 속에서 얼었던 발가락을 녹인, 동물적인 따뜻함도 거짓이 었다는 것을 알게 될 것이다. 그들은 그처럼 희희낙락하여 흙빛 군복을 몸에 걸치거나 어머니에게서 받은 텁수룩한 머리를 박박 깎았지만! 그것은 속임수에 지나지 않았다. 나는 그들의 동료는 아니었다. 다른 사람들처럼 보호도 특권도 없는, 벌거벗은 인간으로는 되지 않을 것이다. '국립 인쇄국 교정과 특별 배속병.' 그는 자기의 얼굴이 마음에 들지 않을 때가 자주 있었다. 그러나 이번 일은 가장 싫었다. 그것은 징병 기피자와 똑같은 것이다.

"나는 결코 그곳에 오래 있지는 않을 것이다!"

"다시 돌아온다니 바보 같은 짓이야."라고 리비에르가 말했다.

식탁 위에는 빈 병이 여섯 개 있었으며 어느 접시에나 뼈가 조금씩 남아 있었다. 포도주 맛에도, 스튜의 냄새에도, 그들의 웃음소리에도 달라진 것은 없었다. 그러나 모든 것이 전과는 달랐다.
"나는 운동 같은 것은 아무것도 하지 않았어."라고 나는 말했다. 그들은 격려라도 해주려는 듯이 어깨를 두들겨주었다.
"가라구. 너의 입장이라면 누구라도 그렇게 할 거야."
그러나 그들은 나의 입장에 서 있지 않았다. 그것은 그들도 잘 알고 있었다. 그 입장에 서 있는 것은 나였다. 지금은 각자가 하나의 위치를, 자기의 위치를 가지고 있었다. 나는 외톨이었다. 기차를 타고 전선에서 멀리 도망쳐서 휴가병처럼 여자들의 미소를 받아가면서 동(東) 정거장에서 내린 것은 나였다. 코몬은 아직 겨울이었다. 그러나 파리에는 봄이 찾아와 있었다. 그리고 여자들은 미소짓고 있었다. 짙은 금발이든가 검은 머리의 입술을 빨갛게 칠한 파리의 여자들이 이 엉터리 같은 인간에게 미소짓고 있었다. 가짜 노동자이며 가짜 군인에게. 그들은 나를 빼놓고 전선으로 나갈 것이다. 나는 나의 방에서 자게 될 것이다. 종이로 만든 식탁보를 씌운 레스토랑에서 노인과 여자들에 둘러싸여 식사를 할 것이다. 그리고 나는 외톨이일 것이다. 나는 롤랑, 고티에, 페리에를 만나지 않을까 걱정하면서 벽에 바짝 다가서서 걸었다. 동지들은 이것을 알게 되면 이렇게 말하겠지.
"브로말이 파리로 전속되었다."라고, 그리고 내가,
"그것은 거짓말이다. 내가 원한 것이 아니야."라고 소리치더라도 그들은 쌀쌀한 눈으로 나를 보면서,
"어찌 되었든 자네는 파리에 와 있지 않은가."라고 말할 것이다. 그것은 바로 나인 것이다. 나는 분노로 목이 막혔다. 그녀의 목을 졸라주고 싶었다.
"여보세요, 엘렌을 바꿔주세요."
"여보세요, 제가 엘렌인데요?"
수화기를 통하여 감동의 절규 소리가 들렸다.
"파리에 와 있어요?"
"정말 실망했어, 당신에게는."
"내가 한 일을 화내고 있는 거예요?"
"할 이야기가 있어. 언제 가는 것이 좋겠어?"

"내가 가겠어요. 지금 곧."
"한 시간 뒤에."
"장!"
"왜 그러지?"
"여보세요, 장."
"얘기는 만나서 듣기로 하지."

나는 전화를 끊었다. 그녀는 뼈저리게 느끼고 있을 것이다. 이것만으로도 답답한 마음이 좀 풀리는 것 같았다.

나는 크리시 거리를 걷기 시작했다. 전이나 다름없이 나의 집으로 돌아왔다. 똑같은 카페. 똑같은 가게. 그러나 9월부터 무언가 달라지고 있었다. 집들은 역시 똑같은 곳에 있었으며 앞으로도 그럴 것이다. 나는 통행인에 지나지 않다. 내가 죽고 난 후에도 집들은 전과 다름없이 서 있을 것이다. 나는 그런 것들을 바라보고 있었다. 그러자 집들은 이미 변해 있었다. 이제 엄연한 집채가 아니라 돌덩이를 쌓아놓은 것에 지나지 않았다. 그 균형은 일시적인 것이며 순식간에 무너질지도 몰랐다. 이전에는 집들이 모두 고유한 얼굴을 가지고 있었으나 지금은 철골로 받쳐진 부서지기 쉬운 물질의 외곽에 지나지 않았다. 구부러진 철골, 부서진 벽, 그을린 돌, 이것이 내일의 모습일 것이다. 내가 그러한 폐허 속에 변치 않을 똑같은 모습으로 서 있기도 할 것이다. 나의 미래는 이제 이들 거리의 미래와 뒤섞이지 않았다. 오직 나만의 미래였다. 이제 나는 아무것에도 갇혀 있지는 않았다. 나는 어디에도 없었다. 나는 손 붙일 곳이 없었다. 갑자기 무슨 일이고 가능하게 되었다.

"엘렌과 손을 끊자."

나는 그녀를 구타하고 목을 조르려 생각하기도 했으나 그녀와 멀리 떨어져 있을 때는, 그녀와 손을 끊으려고는 생각지도 않았다. 지금부터는 그녀를 만나 얘기를 해야 할 텐데 뭐라고 말해줄까 나는 곧은 긴 가로수 길을 바라보았다. 나는 외톨이고 자유로우며 과거가 없다. 옛날의 거짓은 이제 나를 속박하지 않는다. 이제부터 그녀에게 거짓말을 한다 하더라도 그것은 새로운 거짓말이다. 분노가 가라앉았다. 나 자신도 놀라면서 '깨꿋하게 헤어지는 것이다.'라고 생각했다.
  나의 행위는 어느 것이나 다 나의 맹세를 깨뜨리게 된다는 것을 알고 있다고 해서, 더 이상 거짓말을 할 수 있을까. 내일 나는 죽고, 추방당하고, 혁명에 직면하게 될 것이다. 그러나 혼자서 자유로운 몸으로 직면하기로 하자. 엘렌에 대해서는 고려하지 말고 결심하자. 그럴 때마다 그녀는 나를 증오하고 나에게 반항할 것이다. 두 사람은 적이 될 것이다. 아니, 그것은 불가능하다. 그런 것은 오래 계속되지는 않는다. 그러나 그녀를 버릴 수 있을까. 어머니는 반짝거리는 방에 있을 것이고, 엘렌도 혼자 되려 하고 있다. 아아, 병사가 되는 것은 쉬운 일이지만 인간으로 다시 돌아가는 것은 어렵다. 다시 모든 것이 불가능한 것처럼 생각되었다. 그러나 나는 이야기를 할 작정이었다. 아직 어디에도 존재하지 않는 것이 존재할 것이다. 나는 천천히 계단을 올라갔다. 나는 언제나 죄를 범하고 나서야 나는 유죄라고 생각했다. 이것은 전부터 이미 유죄라고 느끼고 있다. 거짓인가, 불행인가. '그녀와 만나서는 안 되었었다. 나는 태어나서는 안 되었었다.' 그런데도 나는 태어났다.
  그녀는 눈을 내리깔면서 손을 내밀었다.
  "안녕."
  "앉으라구."
  그녀는 주춤거리며 내 앞에 서 있었다. 나는 그녀가 측은해져 가슴이 아팠다.
  "엘렌! 왜 이런 엉뚱한 짓을 했지?"
  "당신을 죽이고 싶지 않아서요." 그녀는 도전하듯이 나를 보았다. "당신이 저를 버려도 좋고, 때려도 좋고, 어떤 짓을 해도 좋아요. 그래도 당신이 포탄에 박살나는 것보다는 좋다고 생각했어요."
  "내가 파리에 오래 있을 것이라고는 생각지마. 이번에는 아버지의 지위를 이용할 작정이야."
  "저는 언제나 헛수고만 하게 되는군요."라고 그녀가 말했다. 나는 그녀의 눈 속에서 우쭐해하는 번뜩임을 보고 기쁘게 생각했다.

"당신은 우리들의 관계를 전부 망쳐놓았다는 것을 알고 있어?"
그녀의 볼이 빨개졌다.
"그것을 결정하는 것은 당신이에요."
"결정할 것이 있어야 결정을 내리지. 당신이 전부 망쳐놓았으면서……."
"당신은 저를 팽개쳐버릴 구실을 찾아냈으니 기쁘겠지요."
"그것은 구실이 아니야. 당신이 나를 적대시한 거야."
그녀의 눈에서는 눈물이 흘렀다. "그래요, 당신을 적대시했어요."라고 그녀는 말했다. "저는 당신을 증오해요. 당신은 저를 한 번도 사랑해주지 않았으니까. 걱정하지 않아도 돼요. 제가 없어져줄 테니까. 어차피 마찬가지 아니겠어요."
그녀는 흐느끼며 울었다. 코도 볼도 새빨개졌다. 나는 입 안에 짠 눈물 맛을 느끼면서, '이제 그만, 그것은 다 잊어버리자구.' 하고 말해주고 싶었다. 그러나 곧 격렬한 언쟁이 벌어질 것이다. 그녀는 울면서 나를 보았다.
"정말이세요? 제가 없어져버리는 것이 좋겠어요?"
"나는 어느 누구보다도 당신에게 마음이 끌렸었소." 나는 그렇게 말했다. "하지만 우리들 사이에는 너무 중대한 오해가 있소. 당신은 나와 똑같은 생각을 하려고 생각한 적은 한 번도 없소. 당신은 당신 자신을 위해서만 나를 사랑했을 뿐이었으니까."
"저는 당신의 생활 속에 동화되려고 애썼어요."
그녀는 절망적으로 말했다.
"그건 불가능해. 나는 당신이 좋아할 수 있도록 당신을 사랑할 수 없으니까."
그녀의 안색이 달라졌다.
"당신은 나 같은 사람은 사랑하고 있지 않아요!" 그녀는 이렇게 말하면서 나를 빤히 쳐다보았다. 그녀는 혀로 입술을 적시고 있었다. "그런데 어째서 저를 사랑한다고 말했지요?"
"나는 당신에게 애정을 느끼고 있었으니까. 당신을 사랑하고 싶다고 생각했던거요." 나는 머뭇거렸다. "당신과 나는 여러 가지 점에서 서로 다르다는 것을 이해했어야 했어. 하지만 둘이 같이 해야 할 것은 아무것도 없었어."

"당신은 결코 저를 사랑하지 않았어요." 그녀는 천천히 말했다. "참 묘하군요. 나는 이처럼 당신을 사랑하고 있으니."

그녀는 지그시 하늘을 쳐다보았다. 어려운 교재를 힘들여 읽는 것 같았다. 나는 가슴이 미어질 것 같았다. 나는 그녀를 사랑하지 않았던가. 그녀가 무척 가까이 느껴지고 그녀를 위로해주고 싶은 생각을 억제할 수 없었다.

"참 묘하군요." 그녀가 또 말했다. "알고는 있었지만 제가 누구에게 사랑을 받을 수 있었을까?"

"엘렌!"

그녀는 이미 나에게서는 멀리 떨어져버렸다. 그런데도 나는 그녀를 몸 가까이, 친근하고 따뜻하게 느끼고 있었다.

"왜요?"

나는 고개를 떨어뜨렸다. 아무것도 보이지 않았다. 내 마음속을 침범한 어쩔 수 없는 슬픔은 늪 같은 맛이었다.

"용서해주오."

"아아, 저는 당신을 결코 원망하지 않아요." 그녀가 말했다. "그것이 한결 나아요. 그러면 제 자신을 기만하지 않아도 되니까." 그녀는 일어섰다. "나, 그만 가겠어요."

"그대로 돌아갈 수는 없어!"

"어째서죠?" 그녀는 방 안을 한 바퀴 둘러보더니 놀란 사람처럼 나의 얼굴을 보았다.

"지난 한 달 동안 내가 어떤 식으로 지냈는지 당신은 모를 거예요. 알 턱이 없겠지요. 그건 정말……심했어요."

"그거야 당신이 마음대로 택한 일이 아니었소?"

이때 내가 억지로 참지 않았더라면 내 눈에도 눈물이 고였을 것이다. 나는 울어서는 안 되었다.

"우리는 이제 두 번 다시 만나지 않는 것이 좋겠어요." 그녀가 말했다.

그녀는 억지로 미소지으며, "안녕!" 하고 말했다.
　이런 일은 있을 수 없는 일 같았다. 나는 영문을 몰라 그녀를 보고 있었다. 상처투성이인 나의 손을, 독특한 모양의 손톱 그대로를 표본병 속에 넣어 보이고 있는 것 같았다.
　"안녕!"
　그녀는 다시 한 번 그렇게 말하고 문께로 갔다. 가슴이 미여지는 듯한 충동을 느끼면서 나는 그녀에게로 뛰어갔다. 나는 그녀를 사랑하고 있었던 것이다. 그러나 이미 문은 쾅 하고 닫기고 그녀는 계단을 내려갔다. 나는 그녀가 성실하고 용기가 있었기에 사랑하고 있었던 것이다. 그녀가 나갔기에 사랑하고 있었던 것이다. 나는 그녀를 되돌아오게 할 수가 없었다. 엘렌! 나는 이 짧은 절규를 꾹 참으며 팔걸이의자 위에서 손가락을 떨고 있었다. 이제는 끝장이다. 그 눈물, 그 고통은 전에는 존재하지 않았었다. 그런데 지금은 존재한다. 나 때문에.
　그것은 다 나 때문이다. 왜 그럴까? 어찌하여 이론의 여지가 없단 말인가? 너는 울고 있었는데 그럴 필요가 없었다. 내일이면 너를 사랑하게 될 테니까. 너는 하찮은 일로 해서 죽을 것이다. 불필요한 일로 노란 뼈라가 붙여지고 문이 여닫기고, 새벽이 총알이 요란한 소리를 낸다. 하찮은 일 때문에, 그 자는 하찮은 일 때문에 나를 이리로 데리고 왔다. 우리는 정복당할 것이다. 우리가 없더라도 그들은 정복자가 될 것이다. 이러한 범죄도 모두 하찮은 일 때문이다. 나는 그런 것을 생각하지 않았었다. 그는 '무언가 하지 않으면 안 된다.'고 했다. 그는 무엇을 했던가? 너의 죽음이 확실할 뿐이다. 그것도 오늘 밤이다.'
　'두 번 다시 그녀를 만나지 않을 것이다. 모든 것은 끝장이다.' 그는 파리에서 멀어지는 기차 안에서 생각했다. 천천히 과거는 상처처럼 아물었다. 지금 결심은 그의 배후에 있으며 그가 선택하지 않은 때문에 존재한 것이나 마찬가지였다. 결정한 것. 그것은 살아온 것이나 마찬가지로 유죄였다. 엘렌과의 절연도 '폴 살뤼'에서의 식사 정도로밖에는 생각되지 않았다. 그를 죽이려고 결심한 것, 그를 죽인 것, 죽은 것. 더구나 그는 등 뒤를 보지 않았다. 저쪽, 레일 끝의 미래밖에는 보지 않았다. 유일한 목적, 유일한 길, 그는 다시 병사가 되었다. 즐거운 휴가였다! 그는 외톨이었다. 소년 시절, 사과를 깨물었던 들판에 있는 것 같았다! 무엇이고 멋대로였다. 기지개를 켜도, 뒹굴어도, 쥐어도, 깨뜨려도, 위험은 없었다. 그의 행동은 그 누구도 위협하지 않았다. 그의 앞에는 이제 아무도 없었다. 인간은 도구나 장해나 장식에 지나지 않았다. 모든 목소리가 침묵해버렸다. 속삭임, 위협, 불안과 회한의 목소리는 침묵해버렸다. 들리는 것은 대포 소리, 비행기, 탄환 소리뿐이었다. 사과를 씹어먹는 기분으로 태연히 그는 수류탄을 던지고 총의 방아쇠를 당겼다. 대포는 전차나 장갑차를 쏘고, 그가 하는 일은 인간을 쏘는 일이었다. 그러나 콘크리트, 강철, 육체, 모든 것은 똑같은 물질에 지나지 않았다. 그는 다른 기계의 전진을 저지하는, 쇠와 불의 기계의 한 톱니바퀴에 지나지 않았다. '이것이 나의 것이다.'라고 그는 어느 날 손에 자동소총을 들고 숲속에 매복해 있으면서 생각하고 몸을 떨었다. 그는 웃음을 터뜨렸다. 저쪽 밭 한가운데서 인간들은 탄환 아래 쓰러졌다. 그러나 그의 마음은 가벼웠다. '놈들을 죽인 것은 나다.' 그것만이 나에게는 허용되는 것이다. 그는 일개 병사에 지나지 않았다. 그는 이제 아무런 나쁜 일도 할 수 없는 것이 이상했다. 그가 왼쪽 배에 심한 통증을 느꼈을 때 이제는 아무 일도 할 수 없다고 생각했다. 그는 완전히 상실되고, 완전히 구제되었다. 그리고 자기 속에 열처럼 안도감이 솟아나는 것을 느꼈다.

 클로로포름 냄새와 흰 시트와 밝고 널찍한 조용한 방에서 정신을 잃고 참기 어려운 고통밖에는 느끼지 못했다. 시간은 이제 흐르지 않는다. 언제나 변치 않는 유일한 순간과 순수한 고뇌뿐이었다. 그것만이 그의 육체와 함께 떠 있고 그는 이제 지상에 아무런 무게도 없었다. 무게가 없는 고뇌였다. 그것을 지우기 위해서는 후 하고 입김을 불기만 하면 되었다. 그래서 아무에게도 아무런 변화를 주지 않았다. 그것은 도깨비불처럼 환하지도 않고 뜨겁지도 않을 것이다.

 그의 주위의 세계가 조금씩 형체를 되찾고 그는 다시 세계 속으로 들어왔다. 상처는 나아가고 있었다. '무슨 일이 일어난 것일까?' 그는 리

노리움 위를 맨발로 걷고, 창 밖으로 빨간 평야나 푸른 라벤드 들판을 바라보았다. 프랑스 군은 세느 강 쪽으로 퇴각 중이고 독일군은 루앙에 와 있다는 소문이었다. 그러나 그는 조금 더 자고 싶었다.

그러나 눈을 떴을 때는! 그는 작은 사무실에 처박혀 있었다. 그는 라디오의 스위치를 돌렸다. 사투리가 섞인 목쉰 프랑스 어가 말하고 있었다. '우리 군(軍)은 오를레앙에 입성했습니다. 수명의 부하를 거느린 한 대위가 베르당에 진입하여 베르당을 함락시켰습니다. 프랑스 군은 다섯 개 부분으로 절단되어 패주 중입니다. 수백만의 피란민이 길에 넘치고 프랑스 전역은 붕괴 상태에 있습니다.' 그 목소리는 불손하고 오만했으며 그들의 승리를 구가하고 있었다. 우리들의 패배. 나의 패배. 그는 머리를 떨어뜨렸다. 그는 오래도록 꼼짝도 하지 않았다. 그의 입 안은 그의 인생의 맛 바로 그것이었다. 견딜 수 없는 쓴맛으로 가득 차 있었다. 우리가 감연히 나서지 않은 때문이었다. 폴의 목소리가 들렸다. 블루멘펠트의 눈이 생각났다. 봄날의 새벽은 무척이나 부드러웠고, 7월 14일의 태양 아래 붉은 깃발과 삼색기가 펄럭이고 있었다! '정치적 파업은 하지 않는다.' 그 신중함, 바보스런 신중함! '나는 조국을 전쟁으로 몰고 가기 싫다!' 그런데도 전쟁은 일어났고 더구나 뼈저린 패전이다. 우리는 죽이지도 않았지만 죽는 것도 바라지 않았다. 그래서 이 푸른 벌레가 우리들을 산 채로 갉아먹고 있었다. 여자 아이들은 도랑에 처박혀 죽어갔다. 이제 우리의 것이 아닌 이 땅 위에 거대한 철조망이 쳐지고, 온 프랑스의 사나이들은 수없이 묶여 있다. 모두가 나 때문이다. 각자는 모두 책임이 있다. 어느 날 밤 그는 피아노 아래서 융단을 쥐어뜯고 있었다. 쓴 것이 목구멍에 걸려 있었다. 그는 어린 아이에 지나지 않았으며, 울면서 잠들어버렸다. 또 어느 날 밤에는 거리에서 피투성이의 얼굴로 눈을 부릅뜬 채 미친 사람처럼 걸어다니고 있었다. 그거나 그는 젊었다. 생활이 앞쪽으로 펼쳐져 있어서 그 죄를 잊을 수 있었다. 이제 생활은 뒷전이었다. 잃어버린 생활이. 이미 때는 늦었다. 만사는 끝장이다. 그것도 자기를 더럽히지 않고 두고 싶었기 때문이었다. 그런데도 태어나면서부터의 부패는 나의 육체나 나의 숨과 뒤섞여서 내 안으로 들어와버렸다. 우리들은 졌다. 인간이 패배한 것이다. 인간을 대신하여 새로운 동물이 급속히 지상에 만연하게 될 것이다. 생의 맹목적인 고동을 죽음의 부패와 구별짓지 못하게 될 것이다. 생은 똑같은 리듬으로 부풀고, 번식하고, 멸망해갈 것이다. 그것은 포식한 벌레의 근육, 피, 정액, 준동하는 리듬이다. 증인은 없다. 이제 인간은 존재하지 않을 것이다.

반짝반짝 빛났던 인적 없는 차도가 파리 교외로 뻗어 있었다. 그 길은 매우 넓어보였다. 고작 몇 대의 자전거가 정적을 깨뜨릴 뿐이었다. 이따금 지나간 사람도 모두 고독해보였다. 추방, 불행, 공포 속에서 그들은 고독을 느끼고 겁을 내면서 자기의 피부 속에 움츠리고 있었다. 사막에서 길을 잃고 방황하듯이 이 대이변 속에서 어찌할 바를 모르고 있었다. 그들 역시 고독했다. 그는 포켓 속에 소집 해제의 수당을 넣고 아침부터 파리를 배회하고 있었다. 인쇄소는 폐쇄되고 어머니는 파리에서 멀리 떠나 있었다. 엘렌은 소식 불명이었다. 오직 혼자였다. 그러나 그는 거기에 있었다. 완전한 한 사람의 인간으로서, 둔한 햇빛 아래 걷고 있었다. 상점은 철문을 내리고 잠자고 있었다. 식육점의 빨갛게 녹슨 쇠창살 너머로 대리석이 보였다. 식료품 가게의 닫혀진 문 앞에는 검고 긴 행렬이 있었다. '프랑스 인의 차례가 온 거야.' 빈, 프라하, 파리. 모자점 유리창에는 크고 누런 종이 쪽지가 붙어 있었다. '유태인 점포'라고. 그는 걷고 있었다. '나는 여기 있다. 그러나 무엇을 할 수 있을까?' 다른 사람들이나 마찬가지로 고독하다. 그러나 놈들은 장화의 퀴퀴한 냄새를 구름처럼 날리면서 인적없는 광장을, 긴 행렬을 지어 진군하고 있었다. 그리고 트럭은 놈들을 가득 태우고 몽마르트르의 꼭대기까지 싣고 갔다. 놈들은 보조를 맞추어 테르트르 광장을 한 바퀴 돌았으며, 구령과 함께 대오를 풀더니 열두 명씩 뭉쳐서 사르레쿠르 사원에 가서 사진 촬영을 했다. 놈들의 발자국 소리, 발뒤꿈치를 마주치는 소리, 군가, 군복 등이 놈들 사이에 회녹색 그물을 쳐버린다. 그 그물은 두텁게 뒤엉켜 있어서 한 사람 한 사람의 얼굴은 알아볼 수 없을 정도였다. 그는 신문을 샀으나 화를 내며 꾸겨버렸다. 우리들의 주인인가. 그리고 우리들은 아무 말도 하지 않고, 움직이지도 않은 채 머리를 떨구고 있다.

폴란드에서는 여자도 창 밖으로 총을 쏘고 우물 속에 독약을 집어넣었다.
"충실한 협력만이 새로운 재해를 피할 수 있다."라고 고티에가 말했다. "어찌하여 자네는 거부하는가? 〈조합 생활〉에 이처럼 영향을 줄 수 있는 좋은 기회는 이제까지 없지 않았던가? 그리고 자네가 생각하지 않은 것을 강제적으로 쓰게 하지는 않을 거야."

"나는 생각하고 있는 것을 전부 쓰고 싶어. 그렇지 않으면 아무것도 쓰고 싶지 않아."

"하지만 자네는 전부 쓸 수 있네." 고티에가 말했다. "말하자면 우리는 언제나 유럽의 보다 공평한 조직을 희망하지 않았나?"

그는 나와 한 카페에서 만나고 싶다고 말해왔던 것이다. 그것은 크고 속된 카페였는데, 그는 그곳이 무척 마음에 들었던 모양이었다. 그는 요즈음 이런 곳에만 출입하고 있는 모양이었다. 어디에나 녹색 군복만이 우글거리고 있었다. 쌍안경의 노란 가죽 케이스가 놈들을 한가로운 여행객처럼 보이게 했다. 사진, 그림이 들어 있는 신문, '파리 선물'을 가득 넣은 광주리를 어깨에 멘 여자가 식탁 사이를 돌아다니고 있었다. 미국인 시대나 꼭 같았다. 놈들은 그 바구니 속에 본 적도 없는 새로운 군표(軍票)를 마구 내던지고 있었다. 그들은 거의 모두 샴페인을 주문했다. 놈들은 아이스박스 곁에 초콜릿, 향수, 비단 내의 등 작은 보따리를 정중하게 놓았다. 놈들은 파리의 사치품 상점을 송두리째 훑고 있었다.

나는 화를 내면서 고티에를 보았다.

"동지들 대부분이 자네처럼 생각하고 있나?"

"몇 사람은 그래." 그는 나의 시선을 피하면서 말했다. "하지만 동료 중의 누구도 이런 전쟁은 하고 싶지 않았던 거야."

"내가 바랐던 평화도 이런 것은 아니었네."

"그래도 평화는 평화지."

빈은 평화. 프라하도 평화. 파리도 평화라 해야 할까?

옆 자리에 있던 젊은 여자가 연신 주의하면서 보이에게 차 뭉치를 주는 것을 나는 보았다. 그녀는 식탁에 잼과 버터와 사탕이 들어 있는 작은 병을 내놓았다. 우리는 사카린을 친 보리차 커피를 마셨다. 놈들은 우리 나라에 와서 토인의 무리 속에 있는 식민지 개척자 같았다. 두 개의 세계는 서로 미끌어져서 마주치는 일이 없었다. 놈들은 자동차, 비행기를 타며 살았으나 우리는 우리의 발밖에 없었으며 고작 자전거 정도였다. 그래서 거리감은 양자가 일치하지 않고 한 잔의 포도주값조차 달랐다.

"당신은 정말 그들에게 신문을 파는 것을 용인할 작정인가?" 하고 나는 물었다.

고티에는 쓴 웃음을 지었다.

"어찌하여 그들의 관리하에서는 일을 하지 않으려는가? 다다디에의 관리하에서도 태연하지 않았던가." 그는 어깨를 움츠렸다. "자네는 안목이 훨씬 넓은 줄 알았네."

"나의 예측은 확실해. 자네도 그렇겠지. 자기가 할 일을 알고 있겠지." 나는 자리에서 일어섰다. "그런 짓을 한 다음에 거울을 바로 볼 수 있다면 그것도 괜찮겠지."

나는 화가 나서 몸이 떨렸다. 그것은 고티에에 대한 분노였고 나 자신에 대한 분노였다.

폴은 정당했던 것일까? 우리는 배신자였던가? 나는 너무나 괴로워서 과거를 쫓아내려 했다. 아니, 우리는 비겁자가 아니었다.

'그것을 증명하라. 증명해보아라. 네가 증명해야 한다.' 그러나 나는 배신하고 있는 것이 아닐까? 고티에와 나는 어떻게 다르다는 말인가? 그는 앞으로 앞으로 기어간다. 나보다는 훨씬 솔직하다. 그러나 나도 공범자다. 나는 온 다리를 걸어다니고 있다. 나의 한 걸음 한 걸음에 공범임을 시인하고 있는 것이다. 놈들이 배급하고 빵을 먹고 있다. 이것은 레너 블루멘펠트나, 마르셀이나 굶주린 폴란드에는 배급되지 않는 빵이다. 내가 들어 있는 우리는 넓다. 그래서 우리 안을 점잖게 걸어다니고 있는 것이다. '싫어, 싫어.' 하고 그는 말했다. 그는 떨리고 있는 자기의 손을 보았다. 헛일이다. 화를 내도 소용없다. 질문은 어리석다. 과거는 과거다. 노예의 과거인지 인간다운 과거인지 그것을 결정하는 것은 나다. 증명하라. 나는 증명해보일 것이다. '무엇을 할 수 있을까?' 그러나 무엇이고 인간이 일으키는 것이고, 누구나 인간이라는 것을 그는 알고 있었다. 그는 차례차례 동지들을 찾으러 갔다. '우리가 단결하면 고독하지 않다.'라고 그는 설득했다. 우리가 싸웠더라면 패배하지는 않았을 것이다. 우리가 여기 있는 한, 인간은 존재할 것이다. 그는 설득했으며 또 그의 동료가 다른 동료를 찾아가서 설득했다. 그리하여 이미 그들이 서로 이야기를 나누는 이상, 그들은 단결하고 투쟁하고 있는 것이다. 인간은 정복되지는 않았던 것이다.

"이야기하는 것만으로는 충분하지 않아."라고 그는 말했다.

두 신사가 불안한 듯 그를 보았다. 두 사람 모두 머리는 반백이었다. 르클레르의 눈은 부드러운 얼굴 속에서 다정하고 파랬다. 파르망티에의 얼굴은 균형은 잡혀 있었으나 온화하지 못했으며 프로테스탕풍이었다.

"그야 그렇지." 파르망티에가 말했다. "위기가 임박했다. 즉 확실한 목표가 없으면 틀림없이 우리들의 결합도 연구회나 살롱의 담화로 전락해버릴 뿐이다."

"그래서 우리들은 당신들과 자진해서 협력하여 신문을 발행하고 또 팜플렛을 만들어 배포하는 일에 찬성하는 거야."라고 르클레르가 말했다.

"그것만으로는 아직 충분치 않아."라고 그는 말했다.

르클레르는 곤란하다는 듯이 턱을 쓰다듬었다. 아무런 소리도 들리지 않았다. 커튼, 두터운 융단, 가죽을 댄 문이 외계의 소리를 차단하고 있었다. 큰 식탁 위에는 커피잔 세 개와 술이 든 글라스가 있었다. 벽에는 책이 가지런히 꽂혀 있었다.

"어찌하면 좋지?"라고 르클레르가 말했다. 그는 그 대답을 피하기라도 하려는 듯 급히 덧붙였다. "정보 기관을 만들 수도 있지 않은가."

"그런 것은 모두 가짜 행동에 불과해."라고 브로말이 말했다.

침묵이 흘렀다. 이 방음 장치를 한 멋진 방 안에는 심상치 않은 공기가 퍼져 있었다. 이 사람들은 겁쟁이는 아니었다. 감행하고 바라는 것도 알고 있었다. 그러나 양심은 평정을 찾을 필요가 있었다. 그런데 이 평정이 갑자기 이상해졌던 것이다. 그 정도라면 어떤 것이든 다른 위험을 모험해보는 것이 좋다고 생각하는 것이었다.
파르망티에는 용기를 내어 물었다.
"도대체 자네는 무엇을 계획하고 있나?"
"진정한 행동입니다."라고 브로말이 말했다.
"행동?"
르클레르가 반문했다. 그는 브로말 쪽은 보지 않았다. 자기자신의 내면을 들여다보고 있었다. 그가 나아가는 길에 버티고 서 있는 울타리는 누가 세운 것인지 그는 한 번도 생각해보지 않았다. 그것은 그 자신이었다. 그는 그것을 부술 수도 있었다. 그는 자기 자신을 겁내고 있었다.
"돈만 있으면 무기를 손에 넣는 것은 간단해." 브로말이 말했다. "동지 중에는 폭약을 만들 수 있는 사람도 있지. 우리는 어떤 위험이라도 떠맡을 각오가 되어 있어."
"돈? 그것은 없다고는 할 수 없지."라고 르클레르가 말했다.
"나는 주의(主義)로서 폭력을 인정하지 않는다는 것은 아니지만……." 하고 파르망티에가 말했다. "사실을 말하자면 아무런 책임도 없는 병사 몇 놈 죽여보았자 아무런 도움이 되지 않는다고 생각해."
"그럴 게 아니라, 대중을 단결시켜 전쟁이 끝날 때까지 버티게 하고 장래를 건설할 수 있는 힘을 길러내기 위해서는 우리가 행동해야 합니다." 라고 브로말이 말했다. "행동함으로써 우리는 존재하니까요."
"태업을 할 수도 있겠지."라고 르클레르가 말했다.
"보다 확실한 행동이 필요합니다." 브로말이 말했다. "군용열차의 폭파라든가, 호텔을 폭파한다든가. 국민들에게 아직도 전쟁을 하고 있구나 하고 느끼게 하지 않으면 안 됩니다. 당신들은 저항운동을 일으키고 싶습니까? 싫습니까? V자 운동이라든가 로렌+자라든가 낚싯대만 든다고 해서 프랑스를 들끓게 할 수는 없습니다."
"무서운 보복이 있을 것이라는 것도 염두에 두었는가?"
파르망티에가 말했다.
"물론입니다."

브로말이 대답했다.

"물론?"

파르망티에는 못 마땅한 표정으로 브로말을 바라보았다. '나는 다 알고 있다.'라고 브로말은 생각했다. 그보다 잘 그것을 알고 있는 사람이 달리 있을까? 그는 코냑 잔을 들고 여기에 있다. 그리고 자기 자신의 심장에 들어갈 수 없는 타인의 피를 말로 멋대로 처리하고 있는 것이다. 그러나 지금은 그에 대해서는 문제가 되지 않는다.

"나는 그 보복을 목적으로 하고 있습니다. 협력 정치가 불가능해지고 프랑스가 평화 속에 잠들지 않게 하기 위해서는 프랑스 인은 피를 흘릴 필요가 있습니다."

"그리고 죄없는 자들을 태연히 총살시킬 작정인가?"라고 파르망티에가 물었다.

"사람이 아끼는 피도, 흘리는 피도 똑같이 속죄할 수 없다는 것을, 나는 이 전쟁에서 배웠습니다."라고 브로말이 말했다. '정치적 휴업은 안 된다. 조국을 전쟁으로 몰고 가지는 않는다. 그것이 이 꼴이다. 많다, 너무 많다. 그런 바보스런 신중함은.'

"우리들의 저항을 통해서 구할 수 있는 생명에 대해서 생각해주십시오."

그들은 오래도록 잠자코 있었다.

"하지만 만약 우리들의 노력이 실패한다면……." 하고 파르망티에가 말했다.

"우리는 무익한 죄를 지게 되겠지."

"그렇지요."라고 브로말이 말했다. 어찌 되었든 인간에게는 언제나 죄가 있다. 그러나 이 두 사람은 그것을 알지 못하는 거다. 그들은 죄를 두려워하고 있다.

"하지만 우리들은 성공한다고 생각해야 합니다. 어쨌든 당신의 동료는 감옥이나 죽음의 위험을 모험하고 있어요. 신문, 팜플렛도 역시 안전한 것은 아닙니다."

"그것은 똑같지 않아요."라고 파르망티에가 말했다. "우리들의 동료도 위험은 각오하고 있소."

"그들은 어떤 결과를 생각한 끝에 각오하고 있습니다. 아무런 이익도 되지 않는 위험에 그들을 내보낸다면 우리는 죄를 받아야 하겠지요, 그러나. 우리는 달성해야 할 목적만 생각하고 그러기 위해서는 필요한 일체의 수단을 강구해야 합니다." 하고 브로말이 말했다.

"자네는 어떤 수단이라도 좋다고 생각하나?"

르클레르가 불안스럽게 물었다.

"아니 그 반대이지요. 어떠한 수단이든 좋은 것은 없습니다."

브로말이 말했다.

옛날에는 그 역시 행위를, 훌륭하고 당당한 이유로 뒷받침할 것을 꿈꾸고 있었다. 그러나 그것으로는 너무 안이하다. 보증없이 행동하지 않으면 안되었다. 인명(人命)을 계량하고 눈물과 피의 한 방울의 무게를 비교하는 것은 불가능한 일이었다. 이제 계획할 필요는 없다. 화폐는 어떤 것이라도 양화(良貨)인 것이다. 가령 타인의 피라도 그렇다. 거기에는 비싼 대가를 치르는 일은 없을 것이다.

"이것으로 자금은 만들어졌어."

그는 동료에게 말했다.

"당신은 위대해!"라고 롤랑이 말했다.

"이제야 본격적으로 일을 할 수 있게 되었다."

베르티에가 말했다.

모두 환한 얼굴을 하고 있었다. 그러나 몇 사람의 얼굴에는 고뇌가 비쳤다.

"그것이 누구를 위한 일인지 확실하다면!" 하고 롤랑이 말했다.

"레이노나 다다디에를 다시 꽃피게 하기 위해서라면……."

"아니."라고 브로말이 말했다. "다 알고 있잖아. 우리는 강해지기 위해서 일하는 것이다. 우리들이 내일의 지배자가 되기 위해서지."

"그렇게 강해지나?"라고 랑팡이 말했다.

"그야 그렇지."라고 베르티에가 말했다. "우리가 부르주아 자본주의나, 영미의 제국주의나, 반동 세력의 승리를 위하여 싸우는 것이 아니라고 어떻게 확신할 있는가?"

그는 주저했다. 바로 그대로였다. 그들이 하려 하는 것을 사전에 아는 것은 불가능한 것이다. 그는 머뭇거렸다. 그러나 확신에 찬 목소리로 그는 대답했다.

"어쨌든 파시즘보다야 낫지."라고. 그리고 그는 스스로 이렇게 생각했다. '적어도 자기가 바라는 것이 무엇인지 알 수는 없다. 바라기 위해서는 행동하지 않으면 안 된다. 뒷일은 우리와 관계가 없다.'

나는 희망했다. 바라는 것을 알면서 그는 나아갔다. '그가 무엇을 하고 있는지 알지도 못하고.' 신중이라는 낡은 올가미를 짓밟고, 닥치는 대로 자기 자신을 미래로 내던지고 회의를 배척하면서. '아마도 모든 것은 헛수고였다. 나는 너를 헛되이 죽인 것이 될 것이다.'

10

엘렌은 책을 덮었다. 이젠 읽을 수가 없었다. 그녀는 판테온 위의 검은 하늘을 바라보았다. 날씨는 사나웠다. 그러나 구름이 태양을 가리고 있는 것이 아니라 검고 고운 재가 두터운 대기에 떠 있었던 것이다. 파리 주변에서 불타오르는 가솔린 탱크가 몇 개나 있다는 것이다. 지평선 저쪽에서 폭음이 울리고 새하얀 연기가 어두운 하늘을 배경으로 여러 줄기가 흐르고 있었다. 그들은 접근하고 있었다. 납덩이 같은 위압이 파리를 덮치고 있었다. 이윽고 최후의 방위선도 무너져 그들은 거리로 쏟아져 나올 것이다. 엘렌이 사는 이웃집인 마이우의 테라스에도 사람은 보이지 않았다. 스프로 거리도 텅 비어 있었다. 택시 한 대도 지나가지 않았다. 자동차란 자동차는 모두 오를레앙 성문을 향해 생 미시엘 거리를 달리고 있었다. 그 길은 시내를 관통하는 가도가 되어 생명이 물결치며 흐르는 퇴로로 되어 있었다. 그런데 푸른 작업복을 입은 한 사나이가 사닥다리에 올라가 가로등 전구를 열심히 닦고 있었다.

'내일이면 독일군이 입성할 것이다.' 엘렌은 불안에 쌓여 먼 곳을 보고 있었다. 자동차는 열시에 오기로 되어 있었다. 그녀는 이 출구 없는 도시에서 움직일 수 없게 된 것이 싫었다 창문이 닫힌 집들 사이로 얼어붙은 거리를 침묵이 감싸고 있었다. 거기에 사는 사람들은 모두 전답의 홍수 속에 남겨진 이재민들보다도 고독해질 것이다. 앞으로도 집들은 대지 위에 버티고 서서 마로니에 나무들이 언제나 변치 않는 그림자를 룩상부르 공원에 던지리라고는 믿을 수 없었다.

자동차의 혼잡한 물결에 묻혀 피란민 마차가 천천히 움직이고 있었다. 그것은 네댓 마리의 말이 끄는 큰 짐수레였는데 녹색 천막으로 덮은 건초를 잔뜩 싣고 있었다. 그리고 양끝에는 이불이나 자전거를 실었으며, 그 가운데에는 가족들이 납인형처럼 꼼짝도 하지 않고 큼직한 우산 아래 모여 있었다. 무언가 장엄한 행렬을 위해 만든 활인화(活人畫) 같았다. 엘렌의 눈에는 눈물이 고여 있었다. '나도 도망쳐야겠다.'

그녀는 주위를 둘러보았다. 그녀의 과거는 모두 이 화폭의 석조(石造) 가옥들 속에 있었다. 보도 위에서 하느님의 인자한 눈길 아래서 이본과 공기 놀이를 했던 것이다. 가로등 곁에서 폴이 그녀에게 입을 맞추었다. 이 길 저쪽에서는 장이 '당신을 사랑하고 있소.'라고 말해주었다. 그녀는 눈을 닦았다. 하느님은 존재하지 않았었다. 그녀는 폴을 사랑하지 않았다. 장은 그녀를 사랑해주지 않았었다. 모든 약속은 거짓이었다. 미래는 조금씩 거리 밖으로 흘러가고, 과거는 텅 비어 있었다. 그것은 아쉬워할 가치도 없는 생명없는 빈 껍질에 지나지 않았다. 그것은 산산이 날아가버렸다. 이제 과거는 없으면 유랑도 없었다. 지구 전체가 돌이킬 수 없는 유랑에 지나지 않았다.

청소부가 묵직한 가방을 들고 카페에서 나왔다. 그때 텔리에 씨의 자동차가 길 옆에 서더니 창으로 도니즈의 얼굴이 나왔다. "엘렌, 모르지?"라고 도니즈가 소리쳤다. "러시아 군과 독일군이 함부르크에서 적진 상륙을 했대. 방금 들었어!"

도니즈는 엘렌의 트렁크를 받았다. 차 안에도 지붕 위에도 트렁크가 높게 쌓여 있었다. 헤드라이트 앞에는 자전거를 붙들어 매어놓았다. 엘렌은 뒷

좌석에 도니즈와 나란히 앉았다. 큰 식료품상 주인이 과실 시럽의 큰 상자를 숨겨두었던 창살문을 막 닫고 있었다. 어느 가게나 모두 닫혀 있었다.

"당신의 부모님은 피란가지 않아?"라고 도니즈가 물었다.

"가게가 약탈될까봐 못 가신데." 엘렌이 말했다. 그리고 다시 큰소리로 말했다. "당신 아버님이 나를 데려가주시니 정말 고맙군!"

"아, 그야 당연히 그렇게 해야지." 텔리에 씨가 말했다. "집이 넓으니까 모두 들어갈 수 있어요."

자동차는 오를레앙의 성문을 지나 좁은 길로 들어섰다. 잠겨 있는 별장 위의 하늘은 푸르고, 마치 주말 여행이라도 가는 기분이었다. '이젠 모든 것이 끝장이다.'라고 엘렌은 생각했다. '영구히.' 그녀는 영구히 저쪽 마로니에의 나무 그늘에 꿀과 코코아 냄새 속에 머물러 있었다. 영구히 저 매몰된 도시 속에 그녀 역시 잃어버린 연애의 환영과 함께 매몰되어 남아 있었다. 자동차의 문에 기대어 있는 여자는 수맥만 피란민 중의 한 사람에 지나지 않았다.

도로에는 아까 큰 길을 지나가던 짐수레 비슷한 차가 수없이 눈에 띄었다. 그러나 그것은 이제 덜컹거렸고 백성들은 말 곁에서 걷고 있었다. 건초 더미는 절반으로 줄어 있었다. 먼 곳에서 이미 여러 날 걸어왔음이 분명했다. 이따금 길이 혼잡해져서 앞으로 더 이상 나가지 못한 채 긴 행렬 뒤에 자동차는 멈추어버렸다. 그 행렬은 몸이 잘린 송충이처럼 느릿느릿 흙먼지 길에서 움직이고 있을 뿐이었다.

"내일이면 차도 움직일 수 없을 거야." 텔리에 씨가 말했다. 그는 뒤돌아보면서 "시장하지요?"라고 물었다.

"다음 마을에서 쉬어가면 좋겠어요."

"여기서 쉬도록 하자."

장미와 붓꽃이 피어 있는 집 앞에서 농민들이 기다리고 있었다.

"어떻게 됐지? 파리는 함락되었나? 이젠 끝장인가?"

"파리는 이제 프랑스가 아니야."라고 텔리에 씨가 말했다.

그들은 카페로 들어갔다. 도니즈는 샌드위치와 브리오슈와 과일 보따리를 끄르고 커피를 주문했다. 라디오 곁에 앉아 발표를 듣고 있는 여자가 있었다. 엘렌의 눈엔 눈물이 글썽거렸다. 이것은 그녀가 지금껏 알지 못했던 눈물이었다. 이 수개월 동안, 그녀는 자기의 눈물이 절망과 분노의 맛을 가진 것을 알았다. 그것은 거의 짜지 않고 미적지근했으며 볼 위로 흘러내려도 고통스럽지는 않았다.

 시골의 가장행렬 때처럼 나뭇잎으로 덮은 자동차가 입구에 멎었다. 에블에서 온 차였다. 에블은 불타고 있으며 루비에도 루앙도 불타고 있었다. 오후에는 노르망디 지방에서 내려오는 기차를 계속 만날 수 있었다. 어느 열차나 모두 나뭇가지로 위장했으며 이불을 쌓아올려 마치 축제 때 같았다. '무언가가 일어나고 있다.' 라고 엘렌은 생각했다. '내게서가 아니다. 나는 이미 존재하지 않는다. 세계에서 무언가가 일어나고 있다.' 후퇴라든가 퇴각은 이제 문제되지 않았다. 차의 행렬을 괴롭고 원망스럽게 보고 있는 사람들의 눈 속에, 피란민의 먼지투성이의 얼굴 위에, 트럭에 쌓아올린 이불, 물받이, 의자 사이에야말로 패배가 있었다.

 밤이 되었다. 짐수레는 벼랑 가에 멈추고 말을 풀어 매어놓았다. 사람들은 수프를 만들기 위해 불을 지피고 노숙할 준비를 했다. 엘렌은 서부극에 나오는 개척자를 상기했다. 그녀 자신은 먼 고장에 와 있는 듯한 기분이었다. 시간까지도 광활한 무인지대에 있는 듯했다.

 "라발에서 쉬면서 너의 어머니께 전화를 걸어 우리가 가는 곳을 가르쳐주자."라고 테리에 씨가 말했다.

 이 조용하고 작은 마을에 하루만에 굉장한 인파가 모여들었다. 보도는 자동차로 꽉 찼으며 둑은 피란민으로 새까맣다. 어떤 부자라도 광장에 삐어져 나온 카페의 테이블 앞에 걸터앉아 있을 뿐이었다. 다른 사람들은 땅에 누워 자고 있었다.

 "차 안에 계세요. 저는 엘렌과 우체국에 가보겠어요." 도니즈가 말했다.

 그녀는 엘렌의 팔을 잡았다. 단둘이 있게 되자 그녀의 안색이 달라졌다.

 "완전히 단절되고 말 거야." 그녀가 말했다. "마르셀에게서는 아무런 소식도 없게 될 것이고……. 그러면 나는 어떻게 살아갈지 모르겠어."

엘렌은 아무 대답도 하지 않았다. 대답할 말이 없었다. 아무것도 모르게 된다면? 하지만 알지 않으면 안 되는 것은 아무것도 없었다. 있는 것은 피로에 지친 몸뿐, 고동치고 있는 심장뿐이었다. 심장은 누군가를 위하여 고동치고 있는 것은 아니었다. 무명의 심장이었다. 역사가 흐르고 있다. 하지만 나에게는 이제 역사가 없다. 생활이 없다. 사랑도 없는 것이다.

"브로말이 부상당한 것은 행운이었어."라고 도니즈가 말했다. "틀림없이 남프랑스로 후송될 거야."

"그렇겠지."

엘렌이 말했다. 그가 부상당했다는 것은 브로말의 어머니에게서 들어 알고 있었다.

그녀들은 창구로 다가갔다. 먼지와 땀 냄새 속에서 지친 군중들이 밀려들고 있었다. 조그만 체구의, 초라한 검은 옷을 입은 여자가 전화계 직원을 애원하는 듯한 눈으로 쳐다보고 있었다.

"제발 부탁입니다. 저 대신 전화를 걸어주십시오." 전화계는 어깨를 움츠렸다. "제발 그렇게 해주세요." 그 여자는 되풀이해 말했다.

엘렌은 그 여자의 어깨에 손을 댔다.

"어디다 걸려 하세요?"

"마을로요. 남편에게 알리려구요."

"어느 마을이지요?"

"루지에입니다."

"기다리세요, 찾아드리지요." 엘렌은 이렇게 말하면서 전화번호부를 뒤졌다. 루지에, 멘 에 루아르국. "누구에게 걸지요?"

"그걸 모르겠군요."라고 그녀가 말했다.

루지에에는 가입자가 열 명이 있었다.

"부사드 씨?"

"아니요, 그 사람은 이제 마을에 없어요."

"피몬 씨?"

"안 돼요, 지금쯤은 밭에 나가 있을 거예요."

"메르시에 씨."
"그 사람도 안 돼요."
그녀는 어쩔 줄 몰라하여 말했다.
그녀는 너무나 넓은 세계에서 절망적으로 잃어가고 있었다. 우리들은 모두 잃고 말았던 것이다. '자기를 다시 찾아낼 수 있을까?' 하고 엘렌은 생각했다. '그것이 무엇이 될 것인가? 매달려 있는 손톱이 무슨 도움이 될 것인가. 바라지도 않는 것을 바라고 있다니.' 이제는 바라지 않는 것이 좋다. 아무것도 알려하지 말아야 한다. 그저 여기 있으면서 정처없이 도망쳐가는 생명의 조용한 고동을 들을 뿐이다.
그녀들은 다시 차로 돌아갔다. 텔리에 씨는 비스듬히 엎드려 담배를 피우고 있었다.
"러시아에서는 동원 같은 것은 하지 않았어."라고 그가 말했다. "그런데 이탈리아가 우리 나라에 선전포고를 했다는군."

*

여자, 어린 아이, 침구, 식기 등을 가득 실은 트럭이 매일 마을을 지나갔다. 아랑송이나 레구르에서 오는 차들이었다. 어느 날 밤 운전사가 소리쳤다. "놈들은 코 앞까지 들어왔소."라고. 이 집에 살고 있던 사람들은 서로 얼굴을 쳐다보았다. 그들은 도니즈의 부모, 할머니, 숙모, 그리고 두 친척 자매였다. 텔리에 씨의 차는 이 가족들을 다 태우기에는 너무 좁았다. 게다가 저녁 때가 되면 하룻밤만 재워달라고 간청하는 피란민들이 끊이지 않았다.
"우리는 이곳 주민들에게 모범을 보여줍시다."라고 텔리에 부인이 말했다. "그러니 여기에 눌러 있도록 합시다."
이튿날 새벽부터 마을 사람들은 소형 트럭, 마차, 자전거를 타고 도망쳐 갔다. 도망치지 못한 사람은 가게나 집의 문을 걸어잠그고 들판 구석으로 가서 숨었다. 멀리선 포성이 울리고 이따금 폭음도 들렸다. 앙지에의 가솔린 탱크가 폭파되고 있는 것이다.

"들판 한구석에 천막을 칩시다."

테리에 부인이 말했다.

"그런 일을 한다고 될 것 같아요?" 도니즈가 말했다. 그녀는 엘렌과 뜰로 나와, 라발에서 온 트럭이 햇빛이 내리쪼이는 가도를 달리고 있는 것을 보고 있었다. 30킬로미터. 고작 몇 시간. 휴전 조약이 조인되고 있는 중이었다. 이윽고 평정을 되찾게 되고 전쟁은 끝날 것이다.

"하지만 모습을 보이지 않는 것이 현명합니다."라고 네덜란드 인이 말했다. 그는 아내와, 장모 세 식구였는데 뜰의 한쪽을 빌려 쓰고 있었다.

텔리에 부인은 이불을 잔뜩 가지고 가버렸다. 네덜란드 인도 식료품을 가득 담은 바구니를 들고 뒤따라갔다. 도니즈는 삽짝문에 기대어 있었다.

"마르셀은 틀림없이 포로가 되었을 거야." 그녀는 나직하게 말했다. "적들이 후방을 포위하여 모두 생포되었음에 틀림없어."

"약삭빠르게 붙들리진 않았을지도 모르지."

엘렌이 말했다.

도니즈는 지긋이 입술을 깨물었다.

"그렇게 되면 몇 년 동안은 만나지 못할 거야."

한 대의 트럭이 모습을 나타냈다. 군가를 부르는 프랑스 병사들을 태운 군용 트럭이었다. 다시 한 대, 또 한 대가 지나갔다. 병사들은 웃으면서 손을 흔들었다.

"노래를 부르고 있군." 하고 도니즈가 말했다.

"전쟁이 끝나 목숨을 구했기 때문일 거야." 하고 엘렌이 말했다.

한 대의 승용차가 정차하더니 네 명의 장교가 차에서 내렸다. 페키니에서 만났던 장교와 비슷하게 생겼는데 매우 세련되고 생기에 넘치는 얼굴 중앙에서 두 눈이 반짝거리고 있었다.

"이 도로는 솔레로 가는 길입니까?" 하고 젊은 중위가 물었다.

"네, 맞아요." 하고 도니즈가 대답했다.

"우리가 알고 싶은 것은……." 하고 대령이 당혹한 듯이 말했다. "앙지에에 독일군이 있는지 없는지 알고 싶은 거요." 그러더니 다시 도니즈를 보고, "우체국은 어디 있지요?" 하고 물었다.
"제가 안내해드리지요."
도니즈가 문 밖으로 나가면서 말했다. 철모도 쓰지 않고 총도 들지 않은 두 병사가 지팡이를 짚고 지나갔다. 독일군의 손에서 탈출한 포로였다. 도로에는 그 밖에 아무도 없었다. 어제까지만 해도 총을 어깨에 메고 대로를 활보하던 정병(精兵)들은 모두 모습을 감추고 없었다.
우체국 안에서는 전화벨이 울리고 있었지만 문은 잠겨 있었다.
"책임자는 어디 있는가?" 대령이 볼멘 소리를 질렀다.
"어딘가 들판에 있겠지요."라고 도니즈가 말했다.
"돼먹지 않았어." 대령은 이렇게 말하더니 중위에게 눈짓을 했다. "부셔버려."
중위는 어깨를 힘껏 문을 밀쳤다.
"안 되겠는데요, 도끼가 있어야 하겠습니다."
"도끼를 찾아드리지요." 하고 도니즈가 말했다.
이번에는 대포와 탱크가 마을을 지나갔다.
"독일군이 곧 이곳으로 몰려올까요?" 하고 엘렌이 물었다.
"한 시간 뒤에. 하지만 겁낼 필요는 없소. 해치지는 않을 테니까."
중위는 이렇게 말하면서 우쭐대듯 미소를 지었다.
"우리는 지연 작전을 펴기 위해 루알 강까지 가는 중입니다."
"여기 도끼……." 하고 도니즈가 말했다.
중위는 잠긴 문을 뜯었다. 대령은 안으로 들어가더니 곧 다시 나왔.
"가자." 하고 그는 말했다. 그들은 타고 왔던 자동차로 향해 갔다.
"집에 돌아가 있도록 하시오."라고 중위가 말했다.
"네 그러겠어요."
도니즈가 말했다. 그녀는 루아르 강 쪽으로 달려가는 승용차를 바라보았다. 탱크의 행렬이 이어졌는데 기관포는 남쪽을 향하게 하고 등을 적쪽으로 돌리고 있었다.
"도니즈!" 하고 텔리에 부인이 불렀다. "두 사람 모두 빨리 오게나."

"저는 집에 있겠어요." 하고 도니즈가 말했다. "밖을 내다보고 있었어요."
"아버지가 누구고 창가에 있지 말라 하시더라. 창가에 있으면 다칠지 모른다고."

텔리에 부인은 겁에 질린 목소리로 말했다. 그녀는 진주 목걸이를 목에 걸고, 손가락에는 반지란 반지는 모두 끼고 있었으며, 배와 가슴은 보기 흉할 정도로 뚱뚱했다.

"그러면 보석이 안전할 줄 아시나 보죠?" 하고 도니즈가 뾰루퉁해서 말했다.

"설마 몸에 걸치고 있는 것을 훔쳐가지야 못하겠지." 하고 텔리에 부인이 말했다.

엘렌은 도니즈의 방으로 올라갔다. 그녀들은 창가로 가서 창문을 조금 열었다. 또 탱크 한 대가 창 아래로 지나갔다. 그리고 도로에는 인적이 없었다. 엘렌의 가슴은 답답했다. 이제 이 마을은 프랑스와 독일 사이에서 통치자도 없이, 법도 없이, 무방비 상태로 버려져 있었다. 어느 집 창문이고 다 닫혀 있었다. 햇빛을 받은 흰 집에는 살아 있는 것이라곤 아무것도 없었다.

이 세상 밖 같다는 느낌이었다. 시작도 끝도 없는 야릇한 망상 속에 들떠 있는 것만 같았다.

"앗!" 하고 소리치면서 도니즈가 엘렌의 팔을 잡았다. 길 한쪽에서 무언가가 폭발하여 레스토랑의 유리창이 산산이 부서졌다. 그러고는 다시 정적이 찾아왔다. 갑자기 목구멍에 걸린 듯한 목소리가 지금까지는 들어본 적이 없는 말을 토해냈다. 그들이 나타난 것이다. 그들은 모두 키가 크고 금발이며 장미빛 얼굴을 하고 있었다. 그들은 모두 곁눈질도 하지 않았으며 강철 같은 걸음으로 행진하고 있었다. 승리자다. '우리는 패한 것이다.'라고 엘렌은 생각했다. '누가? 우리가?' 도니즈의 눈에는 눈물이 고였다, '그러면 나는?' 하고 엘렌은 생각했다. '프랑스는 패했다. 독일이 이기고 있다. 그러면 나는 어디에 있는건가? 내가 설 자리는 이제 없다.' 그녀는 외국 군대, 말, 탱크 대포가 지나가는 것을 바라보고 있었다. 그녀의 것도 아니고 누구의 것도 아닌 '역사'가 지나가는 것을 바라보고 있었다.

*

네덜란드 인은 길가에 걸터앉아 있는 세 여자 앞에 섰다. 그는 텅 빈 석유 깡통을 흔들고 있었다.
"가솔린은 구할 수 없더군요."라고 그는 말했다. 그의 장모는 어깨를 움츠리며 당연한 일이라고 말했다.
급유차의 도착은 1주 전에 공시된다는 얘기였다. 그러나 그런 것을 믿는 사람은 아무도 없었다.
네덜란드 인은 석유통을 놓더니 '무언가 좀 먹고 싶다.'고 말했다.
"나도 배가 고파요."
그의 젊은 아내는 앳된 목소리로 말했다.
'먹을 것을 구하기는 힘들 거야.'라고 엘렌은 생각했다. 망의 가게는 메뚜기가 지나간 뒤의 밭보다도 더 엉망이 되어 있었다. 한 조각의 빵도 과일 한 개도 없었다. 회녹색 군복의 군인으로 만원을 이룬 레스토랑에는 빈 자리라고는 하나도 없었다. 엘렌은 이제 배도 고프지 않았다. 아무 생각도 없었다. 이 자갈밭 위에 햇빛에 잠식되어가는 띠 모양의 가느다란 그림자 속에 언제까지나 앉아 있을 수는 있을 것이다. 많은 사람들이 빈 석유통이나 물뿌리개를 들고 시청 광장이나 사령부가 있는 광장으로 걸어가고 있었다. 그들은 이따금 길바닥에 통을 내려놓고 쉬었다가는 다시 걸었다. 잠시 후, 그들은 빈 석유통과 물뿌리개를 든 채 사령부에서 시청 쪽으로 쫓기어 반대 방향으로 걸어가는 것이 보였다. 그들은 마치 시시포스나 다나이드 같았다. 지옥 같은 더위 속에서 생활은 점점 빠르게, 미친 유동 목마처럼 빙글빙글 돌았다. 수천 대의 자동차가 둑 위에 서 있었다. 그것을 둘러싸고 음울한 눈을 한 여자가 차의 그늘에 짐이나 이불을 놓고 앉거나 땅바닥에 주저앉아 있었다. 한편 번쩍거리는 잿빛 자동차나 장갑차는 큰길을 질주하고 오토바이가 요란한 소리를 내면서 광장 주위를 달리고 있었다. 카페에는 새 군복을 입은 젊은 병사들로 가득 차 있었으며 차도에까지 몰려 있었다. 또 대오를 짠 병사들은 햇빛과 기아로 지쳐 있는 군중 사이를 위압적인 보조로 지나갔다. 확성기는 군악을 방송하고 있었다. 이런 불 같은 목소리, 생명없는 빛, 불투명한 공기는 시간이 시작된 이래, 영원히 존재하고 있었던 것이다. 엘렌은 영원해졌다. 그녀의 혈관 속에서 흐르는 피는 말라붙어버렸다. 그녀는 추억도, 욕망도 없이 영원히 거기에 있었다.

"좀 앉지 그래."라고 장모가 말했다.

"그렇게 손만 축 늘어뜨리고 있지 말고!"

네덜란드 인은 빙긋이 웃었다. 그의 피부는 장미빛이고 머리는 금발이었다. 이빨은 아랫입술 밖으로 드러나 있고 그 미소는 어린 아이 혹은 죽은 사람의 웃는 얼굴처럼 경직되어 있었다.

"햇볕을 너무 쐬지 마세요."

젊은 아내가 말했다. 그녀의 흰 모자는 하룻밤 사이에 색이 발했고 옷은 주름투성이가 되어 있었다. 그녀는 종이로 만든 삼각모를 남편에게 건네주었다.

"이것을 쓰고 있어요."

그는 그것을 받아쓰고 역시 미소를 지으면서 자동차의 계단에 걸터앉았다.

"정말 무더운 날씨군." 하고 그는 말했다.

장모는 뾰루퉁해서 그를 보고 있었다.

"엊그저께는 앙지에서 이십오 리터나 구할 수 있었는데."

"행렬이 너무 길어서." 그는 변명하듯이 말했다. "독일군이 도중에서 보급해줄줄 알았지."

이 차에 동승하기로 되었을 때, 엘렌도 가솔린은 충분할 것이라고 믿고 있었다. 그러나 그녀는 출발한 것을 후회하진 않았다. 도니즈는 친절하게 대해주었지만 초만원이 된 집에서는 짐만 될 것이라 생각했기 때문이었다.

"아직도 시청에는 인파가 몰려 있군요."라고 그녀가 말했다.

"한번 가보지 그래." 장모가 말했다.

"오늘 아침이나 똑같을 겁니다."

네덜란드 인이 대답했다.

"가보라구요. 또 하룻밤을 차 안에서 자야 하다니 그건 정말 못 견디겠어요." 하고 아내가 말했다.

그녀는 루이 15세풍의 하이힐을 신고 자리에서 일어났다. 엘렌도 그들 부부를 뒤따라갔다. 이삼백 명이나 될 법한 인파가 빈 통을 들고 담장 곁으로 몰려들었다. 큰 깃털 모자를 쓴 국민회의 의원의 동상 아래엔 냄비에 무언가 끓이고 있는 여자들이 있었다. 또 어떤 여자는 이불을 깔아놓고 잠을 자고 있었다.

"사람들이 너무 많군." 하고 네덜란드 인은 말했다.

"아유 지독해라." 하고 아내가 말했다. 그녀는 레이스 손수건을 코에 대었다.

"정말 냄새가 고약하군요."

엘렌은 한 여자 쪽으로 고개를 돌렸다.

"그런데 모두 무엇을 가지고 있지요?"

"번호표지요. 가솔린 인환권을 얻기 위한 것이지요."

"인환권이 있으면 가솔린을 얻을 수 있나요?"

"가솔린이 도착하면……."

담장 문이 열리자 모두 안으로 들어갔다. 엘렌도 인파에 떠밀려서 복도 안으로 들어가게 되었다. 한 사나이가 사람들에게 네모난 작은 종이를 건네주었다. 사람들은 모두 그 종이 쪽지를 소중하게 갖고 돌아갔다. 엘렌도 종이 쪽지를 받아들고 아직도 뒤쪽에 줄지어 서 있는 네덜란드 인에게 달려갔다.

"인환권을 받았어요."

"시내의 변두리 주유소에서 가솔린을 오 리터씩 배급한다나봐."라고 장모가 말했다.

"그렇다는군요."라고 네덜란드 인이 말했다. 그는 손에 든 종이 쪽지를 멍청하게 바라보고 있었다.

"자, 어서 가보라구." 하고 장모는 그의 어깨를 밀었다.

"나도 그리로 가보겠어요."라고 엘렌이 말했다.

그녀는 역 쪽으로 갔다. 5리터의 가솔린을 얻지 못한다면 이 무겁고 혼잡스런 시내에서 벗어날 다른 수단을 찾아내지 않으면 안 되었다. 네덜란드 인이란 어쩔 도리가 없다. 그녀는 기차에 올라탈 수 있을지도 모른다. 저쪽 레일 끝에는 깨끗한 침대, 향료가 든 빵, 뜨거운 차가 있다. 그녀는 역으로 들어섰다.

파리행 기차는 몇 시에 떠나지요?" 하고 그녀가 물었다.

"파리로 가는 여객은 받지 않습니다. 샤르트르까지밖엔 갈 수 없습니다." 하고 역무원이 말했다.

엘렌은 머뭇거렸다. 짐짝에 둘러싸여, 바다 위에서 자던 군중은 무언가를 기다리고 있었다. 어쨌든 단념하는 것보다는 좋을 것으로 생각되었다.

"샤르트르까지의 표를 주세요."

"샤르트르에 살고 있다는 증명서가 있습니까?"

엘렌은 발길을 돌렸다.

"움직일 수도 없게 해놓고서 집으로 돌아가는 건가?" 하고 무릎에 아기를 앉힌 여자가 말했다.

"파리에서는 식량 부족이 심하다는군."

한 사나이가 말했다.

"여기도 마찬가지지요."라고 여자가 말했다. "여기서 굶어죽는 것이 좋을 것이라고 놈들은 생각하나봐."

엘렌은 그 여자를 보았다. 그녀는 갑자기 자기의 무릎 위에 있는 아이의 무게를 느끼고 그 비난에 찬 눈으로 바라보았다. 놀란 것은 '타인은 눈에도 들어오지 않나봐, 불구자임에 틀림없어.'라는 옛날에 들었던 귀에 익은 목소리가 마음속에 되살아났다. 그녀는 그 여자 앞에 섰다.

"당신은 파리에서 왔습니까?"라고 그녀가 물었다.

"생 드니에서 왔다우." 하고 그 여자가 말했다.

"저는 차를 갖고 있는 사람들과 일행입니다."라고 엘렌은 말했다. "가솔린을 구하면 곧 출발할 수 있을 거예요. 당신도 그 차로 같이 가는 것이 어떻겠어요?"

"데려다주시겠어요?" 여자는 미심쩍은 얼굴로 말했다.

"함께 가보시지요. 꼭 그렇게 할 수 있다고는 보증할 수 없지만 어쩌면……."

여자는 따라왔다. 창고에서 자면서 시골의 신선한 공기를 마신다. 우유와 계란. 내일이면 파리에 도착한다. '어찌하여 이 여자가 아니고 나인가?' 하고 엘렌은 생각했다. 햇볕과 허기로 머리가 어지러웠다. 그러나 그녀는 먹을 것도, 응달도 바라지 않았다. 참 묘했다. 전에는 그토록 이것저것을 다 원했건만.

두 여자는 자동차의 발판에 걸터앉아 있었다. 두 사람 모두 갈색 머리로 밝은 색깔의 옷을 입고 있었다.

"모리스는 아직 돌아오지 않았어요."라고 어머니는 속이 상해 말했다.

"독일 놈들!" 하고 딸이 말했다. "모두 그놈들 때문이에요."

엘렌은 동행한 여자에게로 돌아갔다.

"조금 기다려보세요."라고 그녀는 말했다. 그녀는 벽에 기댔다. 기다릴 것은 아무것도 없었다. 나에게는 이제 인생 같은 것은 없다. 있는 것은 세계의 변덕스런 얼굴이 어른거리는, 고여 있는 지저분한 웅덩이뿐이었다.

"십 리터 얻었어."라고 네덜란드 인이 말했다.

두 여인은 벌떡 일어섰다.

"이제는 여기서 **빠져나갈** 수 있어요!"라고 아내가 말했다.

"여기서 조금만 나가면 보급이 **훨씬** 쉽다는군." 하고 네덜란드 인이 말했다. 그는 뚜껑을 열었다. 엘렌이 그의 곁으로 다가갔다.

"부탁합니다. 저기 아기를 데리고 있는 젊은 여자에게 저의 좌석을 양보해주시겠습니까? 저의 트렁크만 갖다주시면, 저는 **괜찮습니다**."

"저 젊은 여자를?" 하고 네덜란드 인이 어리둥절해서 말했다. 그 젊은 여자는 무척 초췌하고 머리도 마구 헝클어져 있었다. 그는 그 여자를 의아한 눈으로 보고 있었다.

"그러지 않으면 저 아이는 틀림없이 죽을 거예요." 하고 엘렌은 위협하듯이 말했다.

"그럼 당신은?" 하고 장모가 말했다.

"다섯 사람은 탈 수 없어요."

"압니다." 엘렌이 말했다. "그래서 저는 어떻게 다른 수를 써보겠다고 말했잖아요?"

"그렇다면 타시오."라고 네덜란드 인이 말했다.

그 여자는 머뭇거리고 있었다.

"어서 타세요." 하고 엘렌이 말했다.

그 여자는 못 마땅해 하는 장모의 옆에 앉았다.

"당신은?" 하고 여자가 물었다.

"나는 염려 마세요." 엘렌은 말했다. 그녀는 네덜란드 인에게 미소를 보내며, "잘 가세요, 고마웠어요."라고 말했다.

그녀는 광장 쪽으로 걸어갔다. 그녀의 등 뒤로 자동차의 문이 닫기는 소리가 들렸다. 차는 달리기 시작했다. 그녀는 거치른 시가지를 피하여 건초 냄새가 나는 뜨뜻미지근한 나무 그늘로 걸어갔다. 엘렌은 불타오르는 먼지 속에 혼자 있었다. '먼 곳도, 이곳도 마찬가지야.' 그녀는 아무래도 좋다는 기분이었다.

광장에서는 한 대의 트럭을 둘러싸고 독일 병사들이 부지런히 일하고 있었다. 피란민들은 공포와 희망에 찬 얼굴로 그것을 바라보고 있었다. 승리자이며 주인인 그들은 젊었다. 얼굴이 잘생긴 병사도 있었다. 깨끗한 군복 밖으로 우람한 신체가 나와 있었다. 그들은 갈 곳 없는 피란민들을 딱하다는 듯 보고 있었다. 그들 중 한 병사는 손을 뻗어 여자를 차 위로 끌어당겼다.

"저 사람들은 어디로 갑니까?" 하고 엘렌이 물었다.

"파리라우." 한 노파가 말했다. "빈 자리가 있으면 태워준다우."

순식간에 트럭은 아이들로 만원을 이루었다.

"또 다른 트럭도 오나요?"

"글쎄요, 기다려봅시다."

엘렌은 그 노파와 헝클어진 검은 머리의 아가씨 사이에 앉았다.

"그럼 저도 기다려보겠어요."라고 그녀는 말했다. 그녀는 머리를 무릎 위에 올려놓고 눈을 감았다.

눈을 떠보니 옆에 있던 밤색 머리의 아가씨가 큼직한 빵 조각을 먹고 있었다. 더위는 한결 수그러들었었다.

"잘 잔 것 같군요."라고 아가씨가 말했다.

"네, 잘 잤어요."

엘렌이 말했다.

"먹을 것 없나요?"

"네, 아무것도 구할 수가 없었어요."

"이것 드리겠어요."

아가씨는 이쪽이 당황해하는 것을 보자 빵을 잘랐다.

"고마워요."

엘렌은 빵을 씹었다. 딱딱하고 시큼한 것이 통 먹을 수 없을 것 같았다.

"왔어요!" 하고 밤색 머리의 아가씨가 말했다.

한 대의 트럭이 광장에 나타났다.

"일어서세요, 할머니." 그녀는 노파의 팔을 잡으면서 말했다. 그리고 엘렌을 보면서, "당신도요."라고 말했다. 그녀들은 뛰어올랐다.

"두 사람만."

독일 병사는 손가락 두 개를 펴보이며 말했다. 그녀는 노파를 차에 끌어올렸다. 아가씨는 트럭의 난간을 오르며 엘렌에게 손을 내밀었다.

"언니예요." 하고 그녀는 독일 병사에게 말했다.

"그럼 타요."

엘렌은 트럭에 매달렸다.

병사는 웃으면서 손을 내밀어주었다.

엘렌은 맨 뒤의 빈 통 위에 걸터앉았다. 트럭은 초만원이었다. 두터운 천막이 차를 덮고 있었다. 차가 움직이자 엘렌은 가솔린 냄새와 열기로 숨이 답답해지고 가슴이 메슥거렸다. 그녀는 주위를 둘러보았다. 몸을 옴짝달짝도 할 수 없었다. 몸이 쑤시고 이마에서는 비지땀이 흘렀다. 한 여자는 마구 토했다. '어쩔 수 없지.' 하고 엘렌은 생각했다. 그녀는 가능한한 다리를 오무리고 구부려서 통 사이에 토했다. 그녀는 입과 얼굴을 닦았다. 기분이 좋지 않았다. 발 옆에는 희멀겋고 끈적거리는 것이 있었다. 그러나 그 누구도 개의치 않았다. '아무도 부끄럽다고는 생각지 않는군.' 하고 그녀는 생각했다. '마치 자기의 몸이 자기 것이 아닌 것처럼.'

가솔린이 충분한 트럭은 포탄에 맞아 여기저기 구멍난 길을 고장도 없이 마구 달렸다. 길가에는 뒤집힌 자동차며, 불에 탄 자동차, 십자가를 세운 묘도 보였다. 그리고 행렬이 꼬리를 물었다. 마른 풀을 실은 차, 자전거, 보행자의 행렬. 포탄에 지붕이 날아간 집도 있었다. 이동, 빈궁, 죽음. 한 편으로 잿빛의 멋진 차를 타고 건장한 청년들이 노래를 부르며 지나쳐갔다.

"하이!"

그들 중의 한 사람이 손을 번쩍 들어올리며 소리쳤다. 그도 동료들과 마찬가지로 회색 옷을 입고 있었다. 그들은 모두 가슴에 빨간 장미를 달고 있었다. 트럭은 파리의 성문에 멎었다. 엘렌은 차에서 뛰어 내렸다. 그녀는 비틀거리며 서 있는 것이 고작이었다. 거울을 들여다보니 얼굴은 먼지로 엉망이었다. 그랑 타르메 거리에는 아무도 걸어다니지 않았다. 어느 가게나 모두 문이 닫혀 있었다. 그녀는 정적 속에 잠시 서 있다가 에투알 광장 쪽으로 걷기 시작했다. 그것은 모든 것이 전이나 다름없었다. 집도, 가게도, 나무도. 그러나 사람은 보이지 않았다. 닫아버린 가게 문을 여는 사람도, 길을 산책하는 사람도, 미래를 건설하고, 과거를 추억하는 사람도 없었다. 오직 그녀만이 기적적으로 생명이 없는 세계에 아무런 상처도 없이 살아 남은 것이다. 그러나 그녀에게는 이제 육체도 영혼도 없었다. '나는 이제 내가 아니다.'라는 소리만이 있었다.

*

도니즈는 무릎 위에 편지지를 올려놓고 깨알 같은 글씨로 잔뜩 써넣고 있었다.

"이제 다 끝났다." 하고 그녀가 말했다. "언제라도 함께 가겠어."

엘렌은 자리에서 일어섰다. 도로는 아직도 뜨거웠다. 다섯시. 프랑스 시간으로는 세시였다. 공기는 무겁고 세느 강은 움직이지 않는 하늘 아래 천천히 흐르고 있었다.

"일요일 같은 생각이 들지 않는군."라고 엘렌이 말했다. 그녀는 둑 가에 눕혀두었던 자전거를 일으켜 세웠다. 자동차도, 합승 자전거도 없고, 연인도 웃음소리도 없었다. 시골에는 인적이 없었다. 상반신이 햇볕에 그을린 사나이가 나무 그늘에 걸터앉아 있었다. 옷깃으로 보아 그가 어떤 사람인지 알 수 있었다. 그들만이 프랑스의 일요일을 보낼 수 있었던 것이다. 그것은 타향의 일요일이었다. 강물의 한 가운데서 반짝거리는 햇빛 속에 보트를 띄우고 혼자서 아코디온을 켜고 있는 사나이가 있었다. 엘렌의 발은 꼼짝도 하지 않았다. 공간과 시간이 그녀의 주위에서 파멸해버렸다. 그녀는 문득 신비로운 확대작용에 이끌려, 아무런 연관도 없는 시대와 세계의 한복판에 내던져져 있었다. 그녀는 이상한 하늘 아래 빨려들어 자기의 존재가 쫓겨난 역사에 직면했다. '마치 내가 여기에 있는 것 같다. 나는 여기에 없다,고 말하기 위하여 여기에 있는 것 같아.' 그녀는 핸들 위에 몸을 구부렸다. 어느 별장이고 닫혀 있었다. 호텔의 간판은 퇴색해 있으며 색깔이 벗겨지고 있었다. 이따금 열려 있는 정문 뒤로는 자갈밭 위에 회색빛 자동차가 보이고 뜰에서는 째지는 듯한 목소리가 들렸다.

"엘렌!"

엘렌은 페달을 세게 밟았다. 그녀는 이따금 이런 이상한 모험에 뛰어드는 일에 자기도 감탄하며, 또 때로는 무섭다고 생각하기도 했다. 되돌아갈 길을 알지 못하기 때문이다. '하지만 달리 어쩔 수도 없잖아?'

"엘렌의 독일인이 마르셀을 위하여 힘이 되어줄지 모르겠군." 하고 도니즈가 말했다.

"저녁 식사를 할 때 물어보겠어. 그 사람은 아는 사람이 많으니까. 어쨌든 내가 베를린에 가게 되면 어떻게 해서든지 도움이 될 만한 사람을 사귀겠어."

"곧 손을 쓰지 않으면 안 되는데……."라고 도니즈가 말했다. "수용소의 삼분의 이는 독일로 옮겨졌대." 그녀는 엘렌을 지긋이 바라보았다. "정말 갈 거야?"

"왜 못 갈 것 같아?" 엘렌이 말했다. 그녀는 몸을 경직시켰다. 도니즈가 어떻게 생각할지, 장이라면 어떻게 생각할지 그녀는 알고 있었다. 그녀는 도전이라도 하듯이 먼 곳을 보았다. "당신의 말이 맞아, 우리는 함께 할 수 있는 것은 아무것도 없었으니까."

"독일인을 위해서 일해도 아무렇지도 않아!"

"어차피 마찬가지가 아니겠어?" 하고 엘렌이 말했다.

"그런 문제가 아니야." 도니즈가 나무라듯이 말했다. "나 같으면 싫어. 나 자신에 대한 긍지로 보더라도."

"자기 자신?" 엘렌은 이렇게 말하면서 핸들을 잡은 자기의 손을 보았다. '자기 엘렌……'

모두가 길가에서 자동차, 개, 어린이들을 잃었다. 그녀는 자기 자신을 잃었던 것이다.

"말하자면 당신은 시세에 편승하겠다는 말이군."

도니즈가 말했다.

"아니, 나는 파시즘 같은 것으로는 개종하지 않겠어." 엘렌이 말했다. "그런데 그것이 어떻다는 말이지? 파시즘은 현재에 있지. 그 다음에는 또 다른 것이 잇달아 나와." 엘렌은 어깨를 움츠렸다. "그러니까 파시즘 같은 것은 문제가 되지 않아."

"하지만 우리들에게 중요한 것은 우리가 살고 있는 현재야."

"중요하다고 생각하니까 중요하다고 생각하게 되는 거야."라고 엘렌이 말했다. 그녀의 장의 '결정하는 것은 우리들이다.'라고 한 말을 생각해 냈다. 바로 그대로였다. 중요한 것은 나의 개인적인 운명이라든가, 프랑스의 운명이라든가, 내가 우연하게 내던져진 시대의 운명이라든가 하는 것들을 어찌하여 결정하지 않으면 안 되는가? 그녀는 잘 포장된 긴 가로수길을 질주하고 있었다. 비정한, 유일한 태양 아래서 무관심한 하늘을 가로지르는 유성처럼 덧없는 모습으로.

그녀들은 파리의 성문을 통과했다.

"나 적십자사에 들러서 편지를 놓고 오겠어."

도니즈가 말했다.

"나도 같이 가겠어."

하늘은 흐려 있었다. 무더웠다. 열 명 정도의 눈이 흐릿한 젊은 여자들이 상설관 문 앞에 몰려 있었다. 보도에는 회색빛 자동차가 늘어서 있었다. 가로수 안쪽에는 녹색 둥근 지붕의 오페라 극장이 과거 한 시대의 증인처럼, 배물교(拜物敎) 건물처럼 보였다.

여사무원이 봉투를 보더니 도니즈에게 되돌려주었다.

"바카라로 보내는 우편물은 받지 않습니다."라고 그녀는 말했다. "수용소가 독일로 옮겨졌으니까요."

"바카라까지!"

도니즈가 말했다.

"네, 바카라도."

여사무원은 약간 짜증스럽게 말했다. 엘렌은 도니즈의 팔을 잡고 출구 쪽으로 데리고 갔다. 도니즈는 얼굴이 창백해져 당장이라도 기절할 것만 같았다.

"저 사람들도 전혀 잘못된 전보를 받을 때가 흔히 있어."라고 엘렌이 말했다.

"독일로!"라고 도니즈가 말했다.

엘렌은 목이 메었다. 도니즈의 얼굴 위에, 그리고 일요일 저녁의 잿빛 더위 속에 꺼림칙한 불행의 그림자가 보였다.

"독일이라도 돌아올 수 있어."라고 그녀는 말했다. "어떤 방법을 찾아 보도록 합시다." 그녀는 깊은 한숨을 쉬었다. 다행히도 이것은 그녀의 불행이 아니었다. 그녀로서는 불행이 끝나 있었다. 사람도, 생활도, 불행도 없었다.
"어떤 기분으로 출발했을까?"라고 도니즈가 말했다. 그 목소리는 떨리고 있었다.
"마르셀은 절대로 불행한 일을 당하지 않도록 잘 해낼 거야."라고 엘렌이 말했다.
"그 사람이라면 그럴지도 모르지." 도니즈는 이렇게 말하면서 잡았던 엘렌의 팔을 놓았다. "미안하지만, 나 혼자 있고 싶어."라고 말했다.
"그래, 알겠어." 엘렌은 도니즈의 손을 잡았다. "내일 아침, 당신에게 전화를 걸어 베르크만의 대답을 알려주겠어."
"미안해, 그럼 전화 꼭 부탁해." 하고 도니즈가 말했다.
엘렌은 그녀에게 미소를 보내면서 자전거에 올랐다. 남을 위해 괴로워하다니 그것은 거짓말이다! 그들은 그런 일에 전혀 관심이 없을 것이다. 자기의 마음으로, 개인적으로, 작은 문제를 처리해버리지. 끝난 것이다. 완전히 끝나버린 것이다. 그녀는 상 제르망 거리를 건너갔다. 장갑차가 요란한 소리를 내면서 몇 대나 지나갔다. 그 뒤엔 전차가 따랐다. 새까만 얼굴에 큰 베레모를 바람에 날리고 있던 병사가 얼굴을 내밀고 있었다. 그들은 웃고 있었다. 젊음으로 넘치는 그들은 승리를 구가하고 있었다. 승리. 패배. 저 사람은 전쟁에서 패한 것이다. 그녀는 핸들을 꽉 잡았다. 승리도 패배도 없는 것이다. 당신의 것도, 나의 것도 없는 것이다. 이것이야말로 '역사'의 한 순간이었다.
엘렌은 제과점 앞에 자전거를 세우고 자기의 방으로 올라갔다. 그녀는 자기가 디자인한 산뜻한 색상의 옷을 입었다. 옷장에는 새롭고 밝은 색상의 외투가 예쁘고 스포티한 옷과 함께 걸려 있었다. 독일인 손님의 지불이 후했던 것이다.
"안녕하세요, 어머니. 안녕하세요 아버지."
"그래, 너도······." 베르트랑 부인이 무뚝뚝하게 말했다. 베르트랑 씨는 신문에서 얼굴을 들지 않았다. 양친은 딸의 호경기에 미련도 있었지만 그녀가 침략자와 어울리는 것을 좋게 생각하지는 않았다. 엘렌은 가게 문을 열었다. 그러자 긴 금속 빗장은 밝은 소리를 냈다. 지난날 폴이나 장을 만나러 갈 때 부수어버리고 싶던 그 빗장이었다.

자전거는 생 미시엘 거리를 시원스럽게 달렸다. 자전거는 지저분하게 녹이 슬어 있었다. 그러나 기계는 아직 상하지 않았다. '그를 그곳으로 데리고 가자.' 그녀는 그렇게 생각했다. 그녀는 브레이크를 잡았다. 큰길 아래쪽에는 나무 울타리가 있었으며, 그 앞에 사람들이 몰려 있었다. 그녀는 자전거에서 뛰어내렸다. 게시판에는 노란 전단이 붙어 있었다. '로베르 자르디에, 롤리앙의 기사. 위의 사람은 태업행위를 하여 사형 선고를 받았으며, 오늘 아침 총살되었다.' 사람들은 말없이 이 벽보 앞에 서 있었다. 총살. 노란 종이에 큼직하게 인쇄된 이 문자는 매우 을씨년스러웠다. 총살. 엘렌은 얼른 그 곁에서 떨어졌다. '어차피 이것은 피할 수 없으니까.'라고 그녀는 생각했다. 그녀는 맹렬한 기세로 페달을 밟았다. '이런 것은 모두 대수로운 일이 아니다. 아무것도 아니라니까!'

그녀는 레스토랑의 문을 밀쳤다. 동으로 만든 냄비와 줄줄이 엮어놓은 양파 사이로 소시지와 햄이 천장 대들보에 매달려 있었다. 복도의 양쪽에는 식탁이 놓여 있었다. 베르크만 씨가 벌떡 일어나서 뒤꿈치를 붙이더니 인사를 하고 엘렌의 손에 입을 맞추었다.

"남자처럼 시간이 정확하군요."

그는 미소지으며 말했다.

그는 뻣뻣한 칼러를 했으며, 품위있고 수수한 색깔의 양복을 입고 있었다. 밤색 머리카락으로 덮여 있는 얼굴은 매우 인상이 좋았으며 약간 거드름을 피우는 것도 같았다. 그는 손짓을 했다. 그러자 농민 차림의 상의를 입은 보이장이 다시 다른 보이에게 신호했다.

"우리 레스토랑의 특별 요리입니다."

보이가 파테, 소시지, 햄, 돼지고기 튀긴 것을 접시에 담아 내왔을 때 보이장이 말했다.

"이 요리는 아주 맛있군요."라고 베르크만 씨가 말했다.

"그렇군요."

엘렌도 말했다. 그녀는 많이 먹었다. 옆 테이블에서는 얼굴이 빨갛고 사텐 상의를 입은 뚱뚱한 여자가 비프스테이크를 먹고 있었다. 식당 안의 손님은 대개가 독일 장교이고, 동료끼리 식사를 하거나 성장한 젊은 여자와 함께 와 있었다. 몇몇 박스에는 빨갛고 두터운 커튼이 쳐져 있었다.

"나는 그랑주앙 부인과 장 시간 애기했습니다. 그런데……." 하고 베르크만 씨가 말했다. "가까스로 결론을 냈습니다. 게다가 당신은 계약에 묶여 있는 것도 아니고."

"그래요. 하지만 저는 그 여자한테서 배웠습니다. 이제 와서 그만둔다는 것은 별로 좋은 일은 아니지요."

"그 여자는 당신과 공동 경영을 했어야 했습니다." 베르크만 씨가 말했다. "당신을 일반 사용인처럼 취급한 것은 결국 당신을 착취한 것입니다."

"전에 절더러 미국에서 지점을 운영하는 것이 어떠냐고 권유한 적이 있었어요."라고 엘렌이 말했다. "그러나 저는 사양했어요."

"왜 사양했지요?"

"그 무렵, 저는 파리에 있고 싶었어요."

"이제는 아무런 미련도 없겠지요." 베르크만 씨가 말했다. "프랑스에는 당신의 장래가 없습니다. 리용도 틀렸습니다. 이곳을 지배하는 것은 우리니까요."

느긋하고 만족스러운 듯 말하는 그가 갑자기 옆 테이블에 앉아 있는 장교와 비슷하다는 느낌이 들었다.

"조금만 더 기다려주세요." 엘렌은 쓴 웃음을 지으며 말했다. "아직 모든 것이 다 끝난 것은 아니니까요."

"아니, 이제부터 모든 것은 시작입니다."라고 베르크만 씨는 말하면서 엘렌의 글라스에 달콤한 보르도 산 술을 조금 따랐다. "프랑스와 독일은 제휴하도록 되어 있습니다. 가령 말입니다. 당신과 내가 협력하게 된다면 아주 유리할 것입니다. 나는 직물을 만들고, 당신은 독일에 없는 것을 가져다 줄 테니까. 즉 프랑스 무드란 것 말입니다." 그는 정색을 하며 말했다.

"그렇겠군요."라고 엘렌이 말했다.

"서류는 정규의 것입니다." 베르크만 씨는 또 말했다. "월요일 좌석을 잡아두었습니다."

"월요일……." 하고 엘렌이 말했다.

"저도 더 오래 머물고 싶었습니다." 그는 멈칫거렸다. "요즘 같은 파리를 보는 것은 너무 쓸쓸합니다. 이제 이곳은 한 나라의 수도가 아니라, 주둔지입니다."

"당신은 전에 자주 파리에 온 적이 있었습니까?"

"몽소 공원 근처에서 일 년간 산 적이 있었습니다." 베르크만 씨가 말했다. "아침에는 공원을 산책하면서 아이들이 노는 것을 보기도 했습니다."

"저는 룩상부르 공원을 좋아해요."

"룩상부르 공원도 참 좋지요."라고 그는 말했다.

"그리고 카르체 라탕. 세느 강 기슭. 아침 다섯시에 프랑스 친구들과 시장에서 양파 수프를 마시기도 했습니다."

그는 한숨을 내쉬었다. "이 레스토랑도 참 좋았지요. 전형적인 프랑스 사람 같은 얼굴을 한 사람들이 많이 드나들었지요. 지금은 몽마르트르에서도, 몽파르나스에서도, 독일어 회화밖에는 들을 수 없군요." 그는 엘렌의 글라스에 씁쓸한 샴페인을 따랐다. "더 후에 와야겠지요."

"과거는 두 번 다시 돌아오지 않아요." 하고 엘렌이 말했다.

"아니 그러나 다른 것이 나타나겠지요. 당신은 신흥 유럽을 보고 싶다고는 생각하지 않으십니까?"

"보고 싶어요."라고 엘렌이 말했다. "저는 새로운 것을 좋아합니다." 그녀는 그에게 미소를 보냈다. 과거는 되살아나지 않을 것이다. 이미 완전한 과거다.

그녀는 거기에서 해방되었던 것이다. '폴 살뤼'에서의 만찬도 없다. 눈 속의 웃음소리도 없다. 오랑캐꽃 향기가 물씬 풍기는 따뜻한 저녁의 눈물도 없는 것이다. 누구에게나 오직 하나의 미래밖에는 없다. 독일인, 프랑스인, 남자고 여자고 그것은 마찬가지다. 그들은 모두 똑같은 가치밖에는 없다. 독자적인 얼굴이나 독특한 눈길을 갖고 있는 사람은 한 사람도 없을 것이다.

이 사나이도 손, 심장, 머리를 가진 사나이이며, 장이나 다를 것이 없었다.
"꼭 부탁드리고 싶은 것이 있어요."라고 엘렌이 말했다.
"기꺼이 듣겠습니다."
"최근 독일로 옮긴 포로를 송환할 수 있는 방법이 있을까요? 제 친구의 남편인데요."
"대사관에 친구가 있으니까요."라고 베르크만 씨는 말했다. "이름과 주소를 말해주시지요. 가능한 일인지 알아보겠습니다." 그는 머뭇거리며 말했다. "별 도움은 되지 않으리라고 생각합니다만은."
엘렌의 가슴은 답답했다. 마르셀은 얼마나 오래 그곳에 있게 될 것인가? 사 년일까, 오 년일까?
"포로 문제는 참으로 가슴 아픈 일입니다." 베르크만 씨가 말했다. "우리가 당신들에게 포로를 돌려주면 서로의 우의도 훨씬 돈독해질 텐데."
그는 큼직한 고기 덩이를 입에 넣었다. 그는 먹는 것이 무척 빨랐다. 그녀는 문득 질린 듯이 그의 새하얀 손, 흰 손가락에 낀 반지를 바라보았다. 우리는 당신들에게 포로를 돌려줄 수 없다. 그는 거짓말을 하고 있었다. 그녀도 자기에게 거짓말을 하고 있었다. 그들은 단 한 순간이라도 똑같은 역사를 체험한 적이 없음을 두 사람 모두 잘 알고 있었던 것이다.
"당신들은 그럴 마음만 있으면 할 수 있을 거예요."라고 그녀는 말했다. "프랑스 인은 누구나 안심할 수 있는 친구라고 할 수는 없으니까요."
그는 정중한 어투로 말했다.
"어쩔 수 없겠지요. 이것도 역사의 필연일 테니까요."
엘렌은 접시 위에 포크를 놓았다. 그녀는 이제 배가 고프지 않았다. 그녀는 기름기가 많은 프랑스 요리를 먹고 있는 코안경의 장교들을 바라보았다. 이때, 한쪽에서는 베르트랑 부인이 냄비에 부추를 데치고 있었으며, 도니즈는 삶은 감자의 껍질을 벗기고 있었다. 마르셀은 한 주 내내 아무것도 먹지 않았다. 내일, 유태인 이본에게는 일할 것이 없게 될 것이고 결국은 살 집도 없게 될 것이다. 그것은 아마도 역사의 필연이었다. 그런데 나는 어찌하여 여기에 있는 것일까?

베르크만 씨가 메뉴를 건네주었다.
"치즈나 과일은 어떻겠습니까?"
"아니요, 아무것도 먹고 싶지 않아요."라고 그녀는 말했다.
"알코올은?"
"아니, 됐어요."
베르크만 씨는 딸기 크림을 주문했다. 그는 스푼으로 빨간 딸기를 크림 속에 쑤셔넣고 있었다.
"오늘 밤, 마지막으로 어딘가 좋은 곳을 알고 있습니까?"라고 그가 말했다. "여행자 상대가 아닌, 순수한 프랑스식 나이트 클럽 같은 곳에라도." 그는 아주 허물 없이 덧붙였다.
"글쎄요, 얼른 생각이 나지 않네요." 엘렌이 말했다. 그러나 그녀는 가까스로 생각이 났다. "카르체 라탕에 춤출 수 있는 장소가 있다는 말을 들은 적이 있습니다."
"그럼 거기로 갑시다. 내 차가 있으니까." 하고 그는 말했다.
"제 자전거는 어떻게 하지요?"라고 엘렌이 말했다.
"걱정할 것 없어요."라고 그는 말했다. "그야 간단하니까. 집에 갖다 놓도록 부탁해놓겠습니다. 이 집 사람들은 아주 친절하니까요."
엘렌은 핸드백에서 콤팩트를 꺼냈다. 확실히 그것은 간단했다. 그들에게는 무슨 일이고 간단했다. 그는 보이장에게 천천히, 그리고 큰소리로 말하면서 지갑에서 몇 장의 지폐를 꺼냈다. 보이장은 머리를 조아리며 미소를 보냈다. 나도 웃었다. 미소를 지어라, 미소를 지어라, 미소짓지 않는 자는 총살이다. 오늘 아침에도 새벽에 미소짓지 않아. 총살당한 자가 있다. 역사의 필연성, 그러나 내가 계속 미소지을 것인지 미소를 짓지 않을 것인지 누가 결정할 것인가?
그녀는 차에 올랐다. 밖은 아직도 훤했다.
"차를 어디다 세울까요?"
"메디스 광장에 세워주세요. 그 곁의 좁은 골목에 있어요."
메디스 광장은 매우 조용하고 두 채의 큰 카페 테라스에서 떠드는 소리가 잘 들렸다. 가로수길은 버려진 대로에 지나지 않았다. 그러나 모든 것은 전날 그대로였다. 샘물도, 마로니에 나무도 6월 10일 아침, 인부가 정성껏 청소한 그 가로등도, 집도, 얼굴도, 흙빛까지도 다 변해버린 줄 알았는데. 그러나 이 정적과 이상스럽게 청명한 하늘이 있고, 엘렌의 곁에는 품위 있게 차려입은 사나이가 있다는 것이 다를 뿐이었다.

"여기예요."라고 그녀가 말했다. 그녀는 문을 밀었다. 그들은 빨간 벽지를 바른, 녹색 식물 장식이 있는 작은 홀로 들어섰다. 악사들은 천장과 바닥 사이에 놓인 좌석에 앉아 있었다. 몇 쌍의 남녀가 춤을 추고 있었다.

"보세요, 군복 차림은 별로 안 보이지요?"라고 엘렌이 말했다.

그들은 자리에 앉았다. 베르크만 씨는 샴페인을 주문했다. 그는 깊은 생각에 잠겨 주위를 두리번거렸다.

"아주 아늑하군요."라고 그는 말했다. "그런데 좀 빠진 것이 있군…… 글쎄 뭐라고 할까? '정서' 같은 것이."

"지금은 전시예요."라고 엘렌이 말했다.

"그야 물론이지만……." 하고 베르크만 씨는 고개를 끄덕였다. "당신들은 굉장한 시련을 겪고 있으니까!"

"베를린은 아주 명랑하겠지요?" 하고 엘렌이 물었다.

"곧 베를린을 와보시게 될 겁니다. 아주 아름다운 도시지요."

베르크만 씨가 말했다.

엘렌은 춤추는 남녀를 보는 사이에 마음이 무거워졌다.

악사들은 전전(戰前)의 곡을 연주하고 있었다. 잊고 있던 무언가가 그녀의 마음속에 되살아났다. 달콤하고 따뜻한 것이었다. 그리고 그것은 날카로운 칼 끝으로 그의 가슴을 찔렀다. 최후의 며칠. 최후의 몇 밤. 일주일 후 이맘때, 내 주위에 있는 사람들은 모두 외국 말만 쓰고 있을 것이다.

"저는 여행 같은 것은 한 적이 없었어요."

"곧 유럽인이 될 거요." 하고 베르크만 씨가 말했다.

오렌지색 리본 장식을 단 검은 옷을 입은 젊은 여자가 바구니를 들고 테이블로 다가왔다.

"초콜릿이나 담배 사세요."

"초콜릿 한 통." 하고 베르크만 씨가 말했다.

엘렌의 볼에는 핏기가 올랐다. 그녀는 이 리본을 두른 상자를 전에 본 적이 있었다. 이 여자와 비슷한 금발의 젊은 여자가 매주 베르트랑 부인에게 물건을 팔러 왔었다.

"이것을 독일 놈에게 사백 프랑에 팔아 넘기지요." 하고 그 여자는 웃으면서 말했었다.

"잘 사셨어요."라고 엘렌이 말했다.

"자, 들어요."

"아니요. 먹고 싶지 않군요, 초콜릿은 원래 싫어하니까요."

"그런 담배는?"

"못 피워요. 아무것도 사고 싶지 않아요."

그녀는 팔러 온 여자를 증오스런 눈으로 보고 있었다. 마르셀의 자유, 이본의 안전, 오늘 아침 총살당한 기사 로베르 자르디에의 생명을 제외하고는 아무것도 갖고 싶지 않았다. 젊은 여자는 저쪽으로 가버렸다. 싸늘한 침묵이 흘렀다.

"저와 춤추지 않겠습니까?" 하고 베르크만 씨가 말했다.

"상대해드리지요."

엘렌은 이렇게 말하면서 일어섰다. 그는 나를 안았고, 우리는 춤을 추었다. 깃발이 푸른 하늘에 펄럭였다. 그 사람은 연단에 서 있었다. 그 사람은 연설을 하고 모두 노래를 부르고 있었다. 그것은 내 것이었지, 하고 생각하자 그녀는 괴로워졌다. 그것이 나의 과거다. 나는 그것을 가린 채로 베를린으로 갈 것이다. 나의 모든 과거를 가지고 베를린으로 갈 것이다. 베르크만 씨는 그녀를 꼭 껴안고 있었다. 그는 정확하게 스텝을 밟고 있었지만 매우 열중했다. 두 사람은 발이 잘 맞았지만 몸은 서로 고독했다. 그녀는 '나는 이 사람에게 안겨 있다.'고 생각했다. 그녀는 거울 쪽을 흘깃 보았다. 그의 팔에 안겨 있는 것은 확실히 나였다. 그녀는 자기를 보고 있었다. 그리고 도니즈가 그녀를 보고 있었다. 마르셀이, 이본이 그녀를 보고 있었다. 그들이 나를 보고 있는 것이다.
"미안합니다."라고 말하면서 그녀는 테이블 쪽으로 걸어갔다.
"왜 그러지요?" 베르크만 씨가 걱정스런 목소리로 말했다. 그는 웃으면서, "저의 춤 솜씨가 서툴지요?"라고 물었다.
"그런 게 아니라 제가 피곤해서예요."
그녀는 의자에 앉았으나 웃으려 하지도 않았다. 이젠 웃고 싶지도 않았다. 그들은 나를 보고 있다. 그들은 존재하고 있다. 장은 존재하고 있다. 그녀는 머리를 떨구었다. 나는 괴로운 생각을 하고 싶지 않았던 것이다. 나는 거짓말을 했다. 나는 존재하고 있다. 결코 그만두거나 하지 않았다. 그의 모든 과거를 안고 베를린으로 떠나는 것은 나다. 그에게 안겨 있었던 것은 나다. 내가 현재 살아 있는 것은 나의 생활인 것이다.
"샴페인을 조금 들어보세요."라고 베르크만 씨가 권했다.
"고마워요."
그녀는 샴페인 잔을 단숨에 들이켰다. '나는 잊기 위해 복수를 하려고 거짓말을 한 것이다. 나는 거짓말을 하기로 택한 것이다. 여기에 있기로, 이 사나이의 곁에 있기로 택한 것이다.' 갑자기 예리한 여러 개의 칼 끝이 그녀의 마음을 찔렀다. '나는 존재하고 있다. 영원히 장을 잃고 말았다.'
"기분이 좀 좋아졌습니까?"
"네."
그녀는 말했다. 그녀는 이 언제까지고 사라지지 않는 마음의 통증을 알고 있었다. 심장의 두근거림에, 입 안에, 기억이 있었다. 바로 나인 것이다. 이것은 확실히 나다. 우리들의 패배. 그들의 승리. 우리들의 포로. 그녀는 베르크만 씨를 지긋이 바라보았다.
"저는 베를린에 갈 것 같지 않아요."라고 그녀는 말했다.

11

너의 죽음을 필요치 않았으므로 나는 너를 쓸데없이 죽여버렸던 것이다.

나 스스로 갈 수도 없었던 것이다. 장이나 클레르를 보낼 수도 있었던 것이다. 어째서 장인가? 클레르인가? 너인가? 나는 어찌하여 선택했었던가? 나는 기억한다, '바라고 있는 것을 위하여 행동해야 한다.'고 그가 말한 것을, 나는 이제 아무 말도 할 수 없다. 그가 올바르다느니 잘못되었다느니 하고 말할 수 없다. 그러나 나는 아무 말도 하지 못하므로 이 목소리도 침묵하지 않으면 안 된다. 나의 생명도 잠자코 있지 않으면 안 된다.

목소리는 말하고, 역사는 전개한다. 그리고 너는 침묵하고 있다. 너의 눈은 감겨져 있다. 이윽고 날이 밝을 것이다. 너는 영구히 침묵해버릴 것이다. 나는 큰소리로 말할 것이다. 롤랑에게 말할 것이다. '가라.'라든가 '가지 마라.'라고. '나는 이제 아무 말도 하지 않겠다.'

그는 말하고 있었다. 바라는 것을 알고 있었다. 그리고 인기척도 없는 길을 돌아다니면서 말하고 있었다. 일요일에는 모르방의 농장이나 노르망디, 부르타뉴의 농장에서, 무기를 묻어놓고 있는 농민들과 얘기하고 있었다. 농민도, 노동자도, 부르주아도 그의 말에 귀를 기울이고 있었다. 영국에서도 듣고 있었는데, 밤에 라디오로 '개양귀비가 묘지 위에 필 것이다.'라고 대답해왔다. 노르망디나 부르타뉴의 밭에 비행기가 기관총이나 수류탄을 떨어뜨려주었다.

"이제부터 본격적으로 시작할 것이다."

그들은 교외에 한 채의 작은 집을 빌렸다. 브로말의 아버지가 인쇄 자재를 제공해주겠다고 약속해주었다. 인쇄소 겸 무기 창고였다. 우리는 소형 트럭을 타고 무기를 가지러 갔었다. 그리하여 여러 가지 일들이 벌어지는 것이다. 나에 의해서 무언가가 일어날 것이다. 이번에는 내가 그것을 바랐으니까 나의 뜻에 반한 것은 아니다.

그는 몸을 부르르 떨었다. 누군가가 문을 노크했다.

누구인지 즉각 알 수는 없었다. 머리를 박박 깎았으며 수염이 텁수룩했다.

"누구야, 마르셀인가?"

"그래."

마르셀은 이렇게 말하면서 웃고 있었다.

"어떻게 이곳에? 탈출했나?"

"놈들이 통행증이라도 주웠을 줄 아나?"라고 마르셀이 말했다. 그는 내 방으로 들어와서 기쁜 듯이 주위를 살폈다.

"아니! 여전히 내 그림을 갖고 있군."

그는 이렇게 말하면서 한참 잠자코 그 그림을 보고 있었다.

나는 그의 어깨를 잡았다.

"자네가 내 앞에 나타나다니 정말 믿기지 않는군." 하고 나는 말했다.

"틀림없는 나야."라고 그는 말했다. 나는 선반에서 빵과 버터 조각을 꺼냈다.

"배 고프지?"

"그래 몹시." 마르셀은 의자에 앉았다. "파리가 식량 부족이라는 것은 사실인가?"

"아직 그렇게 심하진 않아."

나는 그렇게 말했다. 나는 감자가 든 냄비를 불에 올려놓았다. 큰 머리에 억센 손을 가진 마르셀은 예의 식인종 같은 신비스런 웃음을 웃으면서 여기에 있었다. 그는 온 방 안을 마구 왔다갔다 했다. 나는 무척 기뻤다.

"우리는 자네가 독일로 끌려간 줄만 알았어."

"그들은 나를 그리로 데려가려 했었지."

"탈출하는 데 힘들었지? 위험하지는 않았나?"

"나는 걷는 것을 좋아하니까."라고 마르셀이 말했다.

나는 빵에 버터를 바르고 있었다. 그는 얼굴을 쳐들었다.

"이쪽 얘기를 들려주게. 어떻게들 지냈나?"

나는 어깨를 움츠렸다.

"독일인들은 거리를 활보하고 있나?" 하고 그가 물었다. "지하철에서는 놈들과 나란히 앉는가? 놈들이 길을 물으면 대답해주나?"

"음. 그러나 언제까지 그러리라고는 생각지 않아."

나는 얘기했고 그는 먹으면서 듣고 있었다.

"그럼 자네는 테러 활동의 두목인 모양이군." 그는 이렇게 말하면서 웃음을 터뜨렸다. "역시 인간이란 다시 봐야 하겠군."

"생각지도 못했던 동정과 지지를 받고 있네."라고 나는 말했다. "아버지와도 화해했고 애국주의 부르주아도 손을 뻗어오고 있어."

"그것은 반가운 일이군." 하고 마르셀을 말했다. 그는 여전히 먹고 있었다. 그는 수염투성이에 죄수 같은 머리를 하고 있었지만 역시 그다웠다.

"자네는 어떻게 할 작정인가? 몽소 레 민 근처에 있는 동지의 주소를 가르쳐주지. 그러면 경계선을 돌파할 수 있어."

"제대 수속을 하려면 그곳에 가야 하나?"

"정식 수속을 밟으려면 그래야 하지."

"그럼 가야겠군."

"그런 다음에는? 또 장기나 둘 작정인가?"

"수용소에서 많이 두었지. 이젠 판이 없어도 일곱 가지 내기도 할 수 있게 되었네."

"그쪽에서는 어떠했나?"

"조용하기만 해!" 마르셀은 주머니에서 파이프를 꺼냈다. "담배 있나?" 나는 담배 쌈지를 내주었다. 그는 감탄한 듯이 손으로 그 양을 어림쳐 보았다. "이 안에 든 것이 모두 담배인가?"

"거기서는 담배도 없었나?"

"그야 물론이지." 그는 천천히 파이프에 담배를 담았다. "내가 할 만한 일은 없을까?"

"자네가 우리와 함께 일할 사람이던가?"

"일에 따라 다르지. 무엇을 쓰거나 연설하는 것은 싫지만……."

"하지만 자네에게 폭탄을 던지게 하거나 주유소에 불을 붙이게 할 수도 없고. 그러다가는 첫날에 자폭하고 말거야."

"그야 그렇지." 마르셀은 유감스럽게 말했다. 나는 주저하고 있었다. 그가 할 만한 일이 하나 있었다.

"자네는 정말로 소용돌이 속에 뛰어들고 싶은가?"

"왜 이상해?"라고 마르셀이 말했다.

"인간은 어떤 때라도 장기를 둔다고 생각하나?"

"자네의 정치적 무관심에 대해서 나는 태연하니까. 자네는 언제나 비인간적인 쪽에 걸고 있으니까."

"그래서 나는 패한 거야."

잠시 침묵이 흘렀다.

"자네에게 제안하고 싶은 것이 있네."라고 내가 말했다.

"말해봐."

"실은 우리가 무기나 인쇄기를 숨겨두는 작은 집에는 아직 집을 빌린 사람이 누구라고 정해놓지 않았네. 우리와 함께 활동하지 않는 인간이 필요해. 자네는 결혼했으니까 안성맞춤이거든. 자네는 하루 종일 그림을 그리거나 조각을 하고 있으면 되지."

"그 오두막집은 어디에 있지?"라고 마르셀이 물었다.

"무동이야."

"무동?" 그는 어이없다는 얼굴이었다. "호사스럽다고는 말할 수 없겠군."

"다만 자네가 알아둘 것은……."하고 나는 말했다. "자네의 생명도, 도니즈의 생명도 걸어야 하네."

"도니즈는 좋아하겠지."

"자네가 그렇게 하겠다고 하는 것은 나에 대한 의리 때문은 아니겠지?"

"그것이 어떻다는 말인가?" 마르셀이 말했다. "자네는 자네의 이익만 생각하면 될 것 아닌가."

"그렇지 않아." 나는 나의 마음속에서 무언가 꿈틀거리는 것을 느꼈다. 나는 그 목소리를 침묵시킨 것으로 알고 있었다. 전에는 자크……. "나는 자네를 나를 위한 수단으로 이용하고 싶지는 않아."

"자네는 아직 두목의 자질이 없는 것 같군."

"그럴지도 모르지."라고 나는 말했다.

나는 웃지도 않았다. 그는 나를 뚫어지게 바라보았다.

"자네는 여전히 우쭐거리는 사나이군. 나를 하나의 방편으로 사용할 수 있다고 생각하나? 나는 내가 좋아하는 일을 할 뿐이야."

"그야 자네 마음에 달려 있겠지."

나의 마음은 닫혀 있는 채 있었다. 어째서 하필이면 그일까? 바라는 바를 알고 그것을 하는 것. 그것은 매우 간단해보였다. 나는 무기와, 무기를 숨겨둘 오두막집과 그 오두막집을 빌릴 차용주(借用主)가 필요했다. 그러나 그 위험을 마르셀에게 꼭 지워줄 생각은 없었다. '그럼 다른 사람 중에서 알아보자. 마르셀보다는 비농은 어떨까?' 목적은 명백하게 빛나고 있었다. 그러나 길이 정해지지 않으면 그것은 비쳐지지 않았다. '어느 수단도 전부 나쁘다. 왜 너인가?'

그 녀석이 나를 여기까지 데려왔었다. 너는 거기에서 죽어가고 있다. 그리고 나는 너를 바라보고 있다. 그녀는 몸부림치면서 신음하고 있다. '류트! 류트!' 도대체 누구를 부르고 있는 것일까? 그 여자는 어떤 사람일까? 나로서는 알 수 없다. 지금 역사는 급속하게 흘러가고 있다. 나는 물 밑으로 가라앉아 몇 초 후에는 숨이 멈춰버릴 것만 같았다. 물 밑에, 절망의 밑바닥에 소형 트럭이 몇 대나 오갔다. 무거운 짐을 싣고 파리로 들어오는 독일제 트럭조차 있다. 운전수는 버터나 햄을 싣고 있는 것으로 알고 있다. 운임은 넉넉하게 지불했다. 무동의 별장에 가구며 이불, 옷보따리가 내려지고 상자가 내려졌다. 추운데도 롤랑은 윗옷을 벗고 있다. 땀으로 먼지가 얼굴에 얼룩져 있다. 그는 화약 상자를 둘러메고 지하실 계단을 내려온다. 그는 밝게 웃고 있다. 나는 도니즈가 자기의 융단이나 가구를 들여놓은 객실로 들어간다. 스토브가 활활 타고 있다. 나는 롤랑에게 빨간색으로 구불구불하게 쳐놓은 파리의 지도를 보인다.

"알겠나. 처음의 모퉁이를 오른쪽으로 돈 다음 모퉁이를 왼쪽으로. 다음에는 큰길로 나가도록."

"좋아, 알겠어."라고 그는 말했다.

"지도를 외우겠나?"

"그곳에 가서 그려보이겠어."

나는 종이 쪽지를 구겨 난로 속에 던져넣었다. 마르셀은 장기판을 보면서 생각에 잠겨 있었다. 도니즈는 방 안을 왔다갔다 하고 있었다.

"맨 먼저 게슈타포라니 반갑군." 하고 롤랑이 말했다.

나는 그의 곱슬머리, 파란 눈, 못생긴 입을 바라보았다. 그의 얼굴을 이렇게 자세히 본 적은 없었다. 자크와는 닮지 않았지만 혈색은 같았다.

"주머니 속에는 아무것도 없겠지?"

"걱정 마." 그는 지갑 속에서 가짜 신분증은 꺼내어 만족스럽게 보고 있었다. "이것은 정말 멋지군. 그런데 페리에 소식은 있었나?"

"전혀 없어. 여전히 밀실에 갇혀 있어. 수용소로 옮겨지면 그와 연락을 취하도록 하자구."

"상지에는 독방에서 교살당한 시체로 발견된 모양이에요."라고 도니즈가 말했다. "그 사람은 절대로 자기 스스로 목을 조르지는 않았을 것이라고 교회사(教誨師)는 단언했어요."

"그야 그렇겠지."

나는 벽시계를 보았다. 10시 15분, 아직 너무 이르다. 나는 일어서서 마르셀에게로 다가갔다.

"어떤가? 임금님은 안전한가?"

그는 얼굴을 든다.

"어쩐지 마음이 안 내켜." 그가 말했다. "한꺼번에 두 가지 일은 할 수 없어."

"자네가 그림을 다시 그리기 시작했다니 기쁘군."

"나도 그래." 그는 미소지었다. 내가 무언가 이야기하려는 것을, 무언가 색다른 이야기를 하고 싶어 한다는 것을 그는 눈치챈 것이다. "나는 바보였어."

"그림을 그린다는 것이 이제는 바보스럽다고 생각되지 않나?"

"음." 하고 마르셀이 말했다. "수용소에서 그것을 알게 되었어. 거기서 독서실을 장식할 벽화를 그려달라는 부탁을 받았지. 그때 그들이 어떤 눈으로 그것을 보았는지 자네가 알았더라면. 진심으로 감탄한다는 것은 무서운 일이야. 그것이 나의 생각을 바꾸어놓았었네."

"자네에게는 무엇보다도 관중이 부족했다고 나는 늘 생각했었지."

"그것은 자네의 노파심이야." 마르셀이 말했다. "나의 그림은 어느 누구도 필요로 하지 않고, 그것만으로 존재하기를 바라고 있었네. 그림을 존재케 하는 것은 타인이니까. 하지만 반대로, 그러는 편이 더 정열을 솟구치게 하지."

그는 신비롭고 잔인스런 미소를 지었다.

"알겠나? 타인은 자유니까. 거기에 내가 가서 그들의 자유를 침해하는 것지. 상대방의 자유는 그대로 놔두고 침해하는 거야. 주제를 만들기보단 이렇게 하는 것이 훨씬 재미있지."

"음." 나는 그의 얼굴을 빤히 보았다. "그래서 자네는 주위에서 일어나는 것에 관심을 갖게 되었나 보군?"

"물론이지. 나는 나의 그림을 보아줄 사람을 선택하고 싶은 거야."

나는 그의 어깨에 손을 얹었다. 그는 그것으로 좋았다. 그러나 나는 그에 대해서 그토록 걱정한 적은 없었다. 그는 자기나 바라는 것 이외에는 아무것도 하지 않는다고 확신했기 때문이다. 나는 도니즈를 슬쩍 보았다.

"대머리 사나이가 여전히 이쪽을 배회하고 있소?"

"지난 사흘 동안은 보이지 않아요." 그녀는 미소지었다. "나는 분명히 꿈에 보았어요. 그 사나이는 우리들에 대해서 전혀 신경을 쓰지 않았어요. 그럴 이유는 아무것도 없으니까."

"그렇구말구."

그녀는 냉정한 목소리로 말하고 있었으나 눈 아래로는 그늘이 져 있었다. 그녀는 낮이고 밤이고 악몽을 꾸고 있다. 정원의 울타리 밖을 살피고 있다. 그녀가 물러서거나 배신하거나 하지 않는다는 것은 알고 있다. 그녀는 어떠한 일이라도 해낼 것이다. 그러나 그녀는 죽는 길은 택하지 않았다. 다만 어떤 사는 방법을 택했을 뿐이다. 그녀는 깜짝깜짝 놀라고 있다. 언젠가 죽음이 찾아올지도 모른다. 줄이 끊긴다거나 강물에 빠진다거나 하는 스캔들

같은 죽음이. '모두를 자유롭게 해두는 것은 아주 좋은 일'이라 한다면 그녀의 자유는 어디에 있다는 말인가.

"뜨거운 커피를 좀더 드릴까요?" 하고 그녀가 물었다.

"그러지요"

그녀는 우리들의 찻잔에 가득 부었다. 10시 20분. 롤랑은 후후 불어가며 커피를 마시고 있다. 무척 침착해보였다. 그는 자진해서 죽음을 승낙하겠지만, 나와 함께 일하면 죽지 않을 것이라고 믿고 있다. 나는 매사를 잘 생각했던가? '안전 장치도 확인했고 모든 것을 생각해보았다.' 나는 찻잔을 놓았다.

"가자!"라고 나는 말했다.

도니즈는 깜짝 놀라 나를 보았다.

"뭐라고요? 설마 당신이 롤랑과 같이 가는 것은 아니겠지요!"

"아니요, 같이 갈 거요."

"그건 안 돼요. 만일 당신에게 무슨 일이 일어난다면 활동은 어떻게 되지요?"

"알고 있소. 장군은 침대에서 죽겠지. 하지만 나에게는 장군의 영혼 같은 것은 없으니까."

"그러면 사오면 돼요. 당신을 대신할 사람이 아무도 없다는 것은 잘 알고 있지 않습니까?"

"동료를 사지(死地)에 몰아넣고 나는 커피나 마시고 있으란 말인가요? 만약 그렇게 한다면 나는 병이 날 거요."

도니즈는 원망스럽다는 듯 나를 보았다.

"당신은 자기에 대해서 너무 신경을 써요."라고 그녀가 말했다.

이 말은 나의 아픈 곳을 찔렀다. 그녀의 말이 맞았다. 그것은 내가 부르주아이기 때문일 것이다. 나는 언제나 나 자신에 대해서 너무 신경을 쓰는 것이 분명하다.

"당신의 개인적인 염려 같은 것은 우리와는 아무런 관계도 없어요." 그녀는 신랄하게 말했다. "우리는 무엇보다도 당을 첫째로 생각하는 당수로서 당신을 신뢰하고 있는 거예요. 당신은 우리를 배신할 권리는 없으니까요."

나는 롤랑을 본다. 그는 듣고 있었지만 무관심했다. 내가 하는 일은 무엇이고 틀림없다고 생각하고 있는 것이다. 나는 마르셀을 본다.

"자네는 어떻게 생각하나?"

그는 웃는다.

"자네와 같은 의견이야."

"좋아." 나는 도니즈에게 말한다. "당신의 말대로요. 두 번 다시 그러지는 않겠소. 하지만 이번만은 롤랑과 같이 가겠소. 그 일을 위해서는 두 사람이 있어야 하고 결행을 연기하고 싶지는 않아." 나는 일어났다. "그리고 어떤 식으로 행해지는지 내 눈으로 직접 보아두고 싶거든."

"이 문제를 위원회에 제출하겠어요." 도니즈가 말했다. "판결이 어떻게 나리라는 것은 처음부터 알고 있지만……."

우리는 출발한다. 자전거가 앞쪽으로 작은 빛의 바퀴를 떨어뜨리면서 밤 속으로 미끄러져간다. 나의 배낭 속에는 양파나 당근 아래 정어리 통조림 같은 것이 들어 있다. 오른쪽의 어둠 속에는 검은 번쩍임, 상쾌한 냄새가 있다. 세느 강이다. 모래 주머니가 길을 막고 있다. 우리는 자전거에서 내려 걸어간다. 다시 출발한다. 파리 시내로 들어섰다. 시가는 잠들어 있는 것 같았다. 거리에는 아무도 없었으며 집들은 캄캄한 돌덩이였다. 놈들만이 등화관제를 하지 않고 있어서 놈들이 들어 있는 건물은 환했다. 큰길 안쪽으로 환하게 빛나는 장방형 건물이 보인다. 나는 배낭 속에 손을 넣어 정어리 통조림을 잡는다. 그 역시 딱딱하고 싸늘한 금속을 쥐고 있음을 나는 알고 있다. 오른쪽으로 환하게 빛나는 장방형이 접근해온다. 유리창 반대쪽에는 노란 완장을 두른 푸른 제복의 사람들이 많이 있다. 건물 위에서 아래까지 있다. 입구에는 자동차가 서 있고 독일 장교가 차 앞에 서 있었다. 나는 되돌아선다.

"실패다."라고 나는 롤랑에게 말한다.

"따라와."

우리는 그들 앞을 지나간다. 그들은 우리의 손을 보지 않는다. 우리는 큰길을 내려가서 오른쪽으로 꼬부라진다. 속력을 늦춘다.

"빌어먹을." 하고 롤랑이 말한다.

"밤새도록 거기 있을 수는 없지. 조금 더 자전거를 타고 다니자."

핀트가 빗나간 느낌이었다. 어제 오후 자동차는 없었다. 예정에 자동차는 없었다. 그런데도 자연스럽게 당연하다는 듯이 자동차가 멈추어 있다. 예정한 대로라면 지금쯤 마들렌이 있는 곳으로 자러 갈 시기다. 정말일까? 그가 독방에서 목이 졸린 시체로 발견되었다! 우리는 꽤 오랜 시간 동안 묵묵히 달리고 있다.

"다시 가보자."

우리는 다시 큰 길로 나가 천천히 내려갔다. 차도는 텅 비어 있었다. 보도 위에서는 한 경관이 순찰 중이었다. 나는 속력을 늦춘다. 불이 환한 유리창을 향하여 통조림통을 던진다.

"해냈다!" 등 뒤에서 유리창 깨지는 소리, 폭파음, 아우성, 호루라기 소리가 들린다. 큰길은 완만한 경사를 이루고 있어서 그것은 차바퀴 아래로 쏜살같이 날아간다. 등 뒤에서 호루라기 소리가 난다. 첫 번째 모퉁이를 오른쪽으로. 또 호루라기 소리. 두 번째 모퉁이를 왼쪽으로. 우리는 숨을 헐떡이며 페달을 밟는다. 가까스로 한숨을 내쉬었을 때 정적이 되돌아온다. 시가는 잠들어 있다. 하늘도 잠들어 있다. 아무 데도 아무 일도 일어난 것 같지 않았다.

"멋지게 해치웠습니다."라고 롤랑이 말했다.

"음, 그런 것 같아."

"스포츠라 하기에는 너무 쉬워요."

"놈들이 아직 겪어보지 않아서 그래, 문제는 이제부터야."

우리는 천천히 페달을 밟는다. 무더웠으나 몸도 마음도 가뿐했다. 바라는 일을 하는 것은 간단하다. 내일 또 하기로 하자구. 우리는 다른 건물을 폭파할 것이다. 그리고 열차, 창고, 공장도. 우리는 하숙집 코리브리 앞에 이르렀다. 불 옆에서 마들렌과 폰스를 마신다. 저쪽에서는 사망자나 부상자를 싣고 있다. 그들은 명령하거나 우리들을 총살하거나 한다. 그런데도 우리들은 밀림 속에 숨어 있는 것처럼 조용하게 폰스가 줄어드는 것을 보고 있다.

이튿날 정오. 마들렌이 공장에서 돌아오는 길에 만나러 왔다.

"대성공이었어." 하고 그녀는 말했다. "사망 여덟 명, 부상자는 너무 많아 얼마나 되는지 모를 정도예요. 그 일대는 아수라장이었어요."

나는 크리시 거리를 성큼성큼 걸어갔다. 사망자에 대해서는 별 관심이 없었다. 나의 얼굴이나 손에는 아무런 흔적도 남아 있지 않다. 그들은 나를 스쳐 지나가면서 보고 있다. 그러면서도 놈들은 범인을 알아보지 못한 것이다. 나는 무고한 통행인에 지나지 않다. 사형수 같은 용모는 전혀 찾아볼 수 없다. 오늘도 다른 날들과 다른 점이 없다. 저녁때 부모님 댁으로 저녁을 먹으러 갈 예정이었다. 일곱시에 지하철 역에 내렸다. 흰 타일 벽에 빨간 전단이 나붙어 있었다.

"보았니?" 하고 어머니가 물었다.

"뭘 말이죠?"

"전단 말이다. 어젯밤 습격이 있었다는구나. 그 자들은 그 보복으로 열두 명의 인질을 총살했대." 어머니는 나의 얼굴을 유심히 보았다. 어머니의 눈은 멍청했으며 볼은 충혈되어 할머니 같았다. 그녀는 억양없는 목소리로 말했다. "습격한 범인을 사흘 안에 잡지 못할 때는 다시 열두 명의 인질을 총살한다는구나."

"알아요, 드디어 시작된 거지요."라고 나는 말했다.

"유력한 정보에는 오십만 프랑의 상금도 준다더라."

아버지는 빈정대듯이 말했다.

"자수하고 나왔으면 좋겠어."라고 어머니는 말했다. "열두 명이나 무고한 사람이 총살을 당하는 데도 태연할 수 있을까?"

나의 손을 떨리지 않았으며 얼굴도 빨개지지 않았다. 그러나 나의 손이나 얼굴에, 흔적이 있다는 것은 알고 있다. 어머니는 그것을 보고 있다. 그리고 그 눈길이 나에게 달라붙는 것이다.

"그럴 수는 없겠지요."라고 나는 말했다. "그들이 자수하면 두 번 다시 할 수 없을 테니까."

"그들은 대의명분에 따르고 있다."라고 아버지가 말했다. "이제 놈들은 겁을 집어먹고 있겠지. 폭탄을 던진 사나이는 자기의 행위를 결코 후회하지는 않아. 의지가 굳은 놈임에 틀림없어."

"하지만 그런 일은 두 번 다시 해서는 안 돼요." 어머니가 말했다. "프랑스인을 암살한 셈이니까."

"폴란드에서 어떤 일이 일어나고 있는지 아세요?"라고 나는 말했다. "유태인을 열차에 태워 차를 밀폐시킨 뒤 모든 객차에 가스를 주입한다고 합니다. 우리를 보고 이런 학살자의 공범이 되라는 말인가요? 현재는 언제나 누군지를 암살하고 있어요."

"그 폭탄이 한 사람의 폴란드 인의 생명이라도 구했다는 말이냐? 그 대가로 스물네 명의 목숨을 내주지 않았느냐?"

"그러나 그 사체가 중대합니다."라고 나는 말했다. "그런 식으로 처형해 놓고 독불(獨佛) 협력이라니, 그건 무의미한 것입니다. 녀석들이 형 같은 얼굴로 우리에게 미소라도 지어보일 줄 아십니까? 이제 놈들과 우리들 사이에는 생생한 피가 흐르고 있으니까요."

"싸우고 싶은 사람은 싸우고 자기의 피를 흘리면 돼요."라고 어머니가 말했다. 어머니는 머리카락 속에 손을 넣었다. "하지만 그 사람들은 죽고 싶지는 않았다. 상담도 받지 않았어." 그녀의 목소리가 높아졌다. "그럴 권리는 없어. 이건 암살이야."

나는 어쩔 수 없이 어깨를 움츠렸다. 목이 탔다. 다행히 아버지가 설명하기 시작했다. 잉크와 먼지와 이전부터의 냄새가 방 안에 풍기고 있었다. 옛날엔 이 냄새가 답답해서 나는 피아노 아래서 깔개를 뜯고 있었다. 루이즈의 아기가 죽었을 때였다. 돌이킬 수 없는 영원한 죽음이었다. 나는 영원히, 그들의 생명을, 유일한 생명을 빼앗아버렸다. 그 누구도 그들 대신 그 생을 살 수는 없을 것이다. 그들은 나를 알지도 못했다. 그런데도 나는 그들의 생명을 빼앗아버렸다. 누군가 문을 노크한다. '마르셀은 아틀리에에서 책을 읽고 있었다. 내가 문을 노크했던 것이다.' 아 이제 그만. 나도 알고 있었던 것이다. 희망했던 것이다. 내일, 또 시작하자.

하녀가 포타주를 갖고 온다. 배는 고프지 않았으나 먹지 않으면 안 된다. 어머니는 드시지도 않고 나를 보고 계시다. 어머니께 말씀드리지 않으면 안 된다. '그녀는 알고 있다. 그녀가 알고 있다는 것을 나는 알고 있다. 그녀는 결코 나를 용서하지 않을 것이다.'

나는 먹는다. 보리 커피를 마신다. 하지만 만약 내가 어머니께 ' 좋아요, 저는 자수하겠습니다.' 라고 말한다면 어머니는 뭐라 하실까 ? 그러나 나는 더 이상 아무 말도 하지 않는다. 그래서 어머니는 나를 증오할 수밖에 없다. 어머니는 아버지의 얘기를 듣고 있지 않다. 그녀는 먼 곳을 퀭한 눈으로 방심한 듯이 바라보고 있다. 아버지가 얘기하고 나는 거기에 대답하고 있다.

우리들은 얘기를 나누고 있다. 시계 바늘이 돌아간다. 열한시다. 나의 심장이 조여든다. 갑자기 나는 다섯 살이 된다. 나는 무섭고 춥다. 어머니가 나의 침대 곁에 와서 오래오래 안아주었으면 좋겠다고 생각한다. 나는 지금 이 집에 있으며 이전의 내 방에서 과거에 묻히면서 자고 싶다. 그러면 틀림없이 잠이 잘 올 것이다.

'나는 가지 않으면 안 된다.'

나는 일어선다. 발길이 무겁다. 여기에 남아 있을 수는 없다. 어머니의 눈길은 나를 좇고 있다. 어머니께 입을 맞추려 몸을 구부리자 어머니는 입을 굳게 다물고 몸을 경직시켰다. '네가 한 일이니 혼자 견디면 된다.' 그녀는 잠자코 있었으나 그 준엄한 목소리가 들린다. 어머니는 죽어도 나를 용서해주시지는 않을 것이다.

나는 어둠 속에 가라앉았다. 나는 죄인으로서, 죄에 몸을 맡기고 앞쪽으로 걸어갔다. 새벽까지 걷고 싶었다. 한밤중에 나는 내 방으로 돌아갔다. 불기 없는 난로 곁에 걸터앉았다. 혼자서 나의 죄와 곁에 걸터앉았다. 혼자서 나의 죄와 아울러 혼자 갇혀서 나는 난로 속에서 헌 신문지가 불타고 있는 것을 보고 있었다. '만약 이런 것이 전부 헛된 일이라면 ? 그들을 무고하게 죽인 것이 된다면 ?' 새벽녘에 나는 난로 곁에서 눈을 떴다. 몸은 얼어붙었고, 입 안은 썼다. '다시 시작하지 않으면 안 된다. 그러지 않으면 모든 것이 헛수고가 된다. 그들을 헛되이 죽이게 될 것이다.'

내게는 이제 기력이 없다. 더 이상 계속할 수가 없다. 오늘 밤 이 침대에서 죽어가고 있는 것은 바로 너다. 나는 중지하고 싶다. 나는 주지할 수 없을 것인가? 관자놀이에 권총을 대자. 그리고? 그런 다음 그들은 어찌될 것인가. 나는 이미 이 세상에 없을 것이다. 그러나 나는 여기 있다. 여기에 있는 한 나의 죽음을 초월하여 미래가 존재한다 나는 죽음을 생각하며 생을 생각한다. 죽음을 결심하라. 다시 한 번 혼자서 결심하라. 혼자서 결심하라. 그리고? 그리고?

12

엘렌은 사이드테이블에 줄을 놓고 거품이 이는 비눗물이 든 쇠대야에 왼손을 담그고 있었다. 그녀는 긴 의자 위에 비스듬히 누워 있었다. 커튼을 젖히고 머리맡의 등을 켰다. 이렇게 하고 있으면 곧 해가 질 것만 같았다. 그러나 그것이 거짓말이라는 것도 잘 알고 있었다. 창 뒤로 푸른 하늘과 나른한 오월의 일요일이 느껴졌다. 아래층 제과점 문은 열려 있었다. 아이들이 종이컵에 든 장미빛 아이스크림을 먹고 있었다. 엘렌은 쇠대야에서 손을 꺼내 짧은 면봉을 흰 액체에 적셔 손톱 밑의 하얗게 된 껍질을 벗기기 시작했다. 매일 이렇게 시간을 보내는 일이 몇 년이나 계속될 것인가. 가령 그 사람이 사랑해주더라도 어떤 차이가 있었을까. 한 개의 껍질 속에 들어 있는 두 개의 굴조개에 지나지 않는다. 역시 이러한 침묵과, 아무 맛도 없는 파란 비눗물 소리가 있을 것이다! 그녀는 발등으로 스커트를 내렸다. 누군가 문을 노크했다.

"들어오세요"

이본이었다. 그녀는 오랑캐꽃 꽃다발을 들고 있었다. 묘한 모습이었다.

"왔군!" 하고 그녀가 말했다. 그녀는 억지로 애매한 미소를 지었다. 엘렌을 비웃는 것 같기도 했다.

"그런데 어찌 되었지?"

"그자들이 집에 왔어요. 유태인들을 모두 차에 태우고 있어요."

"거짓말이겠지."라고 엘렌이 말했다.

그녀는 당황한 듯이 이본을 보았다. 그녀의 입술은 웃고 있었으나 얼굴은 경직되어 있었다.

"정말이야." 갑자기 미소가 사라지더니 볼을 실룩거렸다. "어쩌면 좋지? 폴란드로 끌려가기는 싫어."

"아니, 대체 어떻게 된다는 거지?" 하고 엘렌이 물었다.

"잘은 모르겠어. 나는 잠시 산책에 나갔는데, 돌아오는 길에 오랑캐꽃을 샀어. 그랬더니 꽃을 파는 아주머니가 어서 도망치라는 거야."

엘렌은 자리에서 벌떡 일어났다.

"걱정할 것 없어. 끌려가게 하지는 않겠어."

"하지만 어머니 일이 걱정이야."라고 이본이 말했다. "내가 돌아가지 않으면 어머니는 큰일인데. 지금쯤 어머니는 얻어맞고 있을지도 몰라."

"여기 있는 것은 위험해."라고 엘렌이 말했다. "그들은 어머니한테 물어보고 곧장 이리 달려올 거야. 자, 나가자구!"

"엘렌, 어머니를 그냥 팽개칠 수는 없어……." 그녀는 공포에 질린 눈으로 엘렌을 보고 있었다. "나 대신 상황을 살펴줄 수 없을까? 돌아갈 필요가 있다면 나에게 말해줘. 나 돌아가겠어요."

"그래, 곧 가보겠어." 엘렌은 이렇게 말하면서 외투를 걸쳤다. "어디서 기다리고 있겠어?"

"생 테티엔 뒤 몽 교회에 숨어 있으려고 했어. 이 일대는 샅샅이 뒤지겠지만, 교회 안에까지는 들어오지 않을 거니까."

두 사람은 황급히 계단을 내려갔다.

"놈들이 유태인을 데려가다니! 정말 믿을 수 없군!"

엘렌이 말했다.

이본은 그녀를 보았다. 그 눈에는 일종의 슬픈 야유가 서려 있었다.

"나는 믿을 수 있어. 이제야 알게 되었어." 그녀는 엘렌의 어깨에 손을 없었다. "얼른 가봐. 나는 성모당 안에 있겠어."
 엘렌은 달려갔다. 아무리 뛰어도 소용이 없었다. 이본의 시선이 그녀에게 달라붙어 떨어지지 않았다. 수치심으로 목이 막혔다. 나로서는 그런 것을 믿을 수가 없었다. 생각해보지도 않았다. 잠을 자고 있었던 것이다. 어젯밤에는 잠을 이루지 못하고 침대에서 몸을 뒤척이며 기다리고 있었다. 나는 손톱에 칠을 하고 있었다. 그 사이에 놈들은 유태인을 때려 차에 싣고 있었던 것이다. 졸음과, 정적과 권태로 가득 찬 방 안에 갇혀 있었다. 밖은 아직 한낮이어서 사람들은 생활하며 괴로워하고 있다. 그녀는 발걸음을 늦추었다. 숨이 찼다. 거리는 아무것도 달라진 것이 없는 것 같았다. 언제나 똑같은 일요일, 똑같은 일도 일어나지 않는 긴 그 일요일이었다.
 그녀는 정면의 현관으로 들어섰다. 포치 아래 경관이 두 사람 서 있었다. 온 집 안에서는 왁자껄하고 다투는 소리가 났다. 문이 요란한 소리를 내며 열리고 무거운 것이 바닥에 떨어지고 한 여자가 외국말로 소리치고 있었다. 계단 중간에서 엘렌은 젖먹이 아기를 안고 있는 경관과 마주쳤다. 그녀는 삼층 무도장에서 걸음을 멈추었다. 문은 열려진 채였고 작은 방 안에서 남자들의 목소리가 났다. 엘렌은 안으로 들어갔다.
 "이본!"
 경관 한 사람이 안쪽 방에서 나왔다.
 "아아, 돌아왔군!" 하고 그는 말했다.
 "나는 이본이 아니에요." 하고 엘렌이 말했다.
 "조사할 것이 있으니 안으로 들어가 있어."
 엘렌은 잠시 머뭇거렸다. 밤과 악몽과 미치광이 냄새가 밴, 한 번도 연적이 없는 방이 휜하게 열려 있었다. 전기불이 켜져 있고 침대 머리에 두 경관이 서 있었다. 코츠 부인은 이불을 뒤집어쓴 채 얼굴만 내놓고 있었다. 짧게 깎은 머리, 검은 솜털이 나 있는 포동포동한 얼굴.
 "이본은 어디 있지?"라고 그녀가 말했다.
 "증명서는 갖고 있소?"
 엘렌은 핸드백에서 신분증과 배급 통장을 꺼냈다.

"왜 그러지요?"

"이본은 어디 있지?" 하고 코츠 부인은 되풀이해 물었다. "그 아이가 이렇게 늦게까지 돌아오지 않은 적은 없었는데."

경관은 증명서를 살펴보고 수첩에 무언가 메모를 했다.

"좋아." 그는 실망한 듯 말했다. "그런데 여긴 무엇하러 왔지?"

"친구를 만나러요."

"그 여자 어디 있는지 모르는가?"

"몰라요."

"곧 돌아올 거예요."

코츠 부인이 애원하듯이 말했다.

"도망치지 말라고 당신이 전해주시오."라고 경관이 말했다. "내일은 독일병이 찾으러 올 텐데, 찾지 못하면 그들도 가만히 있지 않을 거요."

두 사나이는 방에서 나가면서 쾅 하고 문을 닫았다.

"그 아이는 나를 죽이게 할 거야!" 코츠 부인이 소리쳤다. 그녀는 눈을 감고, "아아, 나는 이제 다 틀렸어."라고 말했다. "이젠 틀렸어! 빨리 약을 먹여줘요."

엘렌은 사이드테이블 위에 놓인 약병을 들어 수저에 담았다.

"고맙다."라고 코츠 부인이 말했다. 그녀는 깊은 한숨을 내쉬었다. "곧 돌아와 달라고 전해줘. 나는 그들의 손에 죽고 말거야!"

"그런 일은 있을 수 없어요."라고 엘렌은 말했다. "걱정하시지 않아도 돼요. 오늘 밤 제가 다시 오겠어요. 제가 간호해드리지요."

"그런데 우리 이본은 어디 있지?"

"글쎄요, 저는 모르겠는데요. 그럼 이따 다시 오겠어요."

엘렌이 말했다.

그녀는 방에서 나와 문을 닫았다. 이본의 테이블에는 가위와 핀, 빈 화병 곁에는 실패가 있었다. 흰 실로 가봉한 청색 모직의 로브가 창가의 손잡이에 걸려 있었다. 집에서 나가면 오분도 안 되어 돌아온다고 했다. 그녀는 오랑캐꽃을 샀다. 그러나 화병은 빈 채로 있을 것이다. 그녀는 돌아오지 않을 것이다. 책이 꽂혀 있는 선반 위에는 십 년 전 엘렌이 그녀를 위하여 훔쳐다준 봉제 새끼곰이 놓여 있었다. 그것은 어미없는 아기처럼 보였다. 엘렌은 그것은 집어 핸드백에 넣었다.

계단에서는 이제 아무런 소리도 들리지 않았다. 온 집 안이 텅 비어 있는 것 같았다. 엘렌은 거리로 나왔다. 꽃파는 여자가 푸른색 차 옆에서 삼각의자에 걸터앉아 있었다. 이본은 이제 그녀에게서 꽃을 사는 일은 없을 것이다. 제과점에도 들어오지 않을 것이다. 그녀는 어디로 갈 것인가? 혼자서 미아가 되어, 친구도 없이……. 그런데도 나는 커튼을 내리고 손톱을 다듬고 있다!

그녀는 벌떡 자리에서 일어섰다. 콘트르스카르브 광장에는 네 대의 버스가 길가에 세워져 있었다. 흙이 수북이 쌓인 왼쪽의 두 대는 비어 있었으며, 오른쪽 두 대에는 아이들이 가득 차 있었다. 차의 승강구에는 경관이 버티고 서 있었다. 경관이 둘러싸인 여자들의 긴 행렬이 무프타르 거리에서 나오고 있었다. 여자들은 두 줄로 서서 걸어왔는데, 손에 옷 보따리를 들고 있었다. 광장은 마을의 광장처럼 조용했다. 큼직한 자동차의 유리창 너머로 갈색 머리의 공포에 질려 있는 아이의 얼굴이 보였다. 광장 주위에서는 사람들이 꼼짝도 하지 않고 지켜보고 있었다.

여자들은 흙더미를 가로질러, 비어 있는 버스로 향했다. 어린 여자아이의 손을 잡고 가는 여자가 있었다. 밤색 머리를 땋아 빨간 리본을 꽂은 어린 여자아이였다. 한 경관이 여자들에게 다가가서 뭐라고 말했는데, 엘렌에게는 들리지 않았다.

"싫어요."라고 여자가 말했다. "싫어요."

"자, 어서." 경관이 말했다. "귀찮게 조르면 안 돼. 나중에 돌려줄게." 그는 그 아이는 안아올렸다.

"싫어요, 싫다니까요." 하고 여자가 말했다. 그녀는 두 손으로 경관에게 달라붙었다. 그녀의 목소리가 점점 커졌다. "돌려주세요, 그 류트를, 그건 내 거예요!"

아이는 울음을 터뜨렸다. 엘렌은 주먹을 불끈 쥐었다. 눈에는 눈물이 글썽거렸다. 우리는 저것을 보고도 어쩌지 못한다는 말인가? 모두 합세하여 경관에게 달려든다면? 아이들을 되돌려줄 수 있다면? 그러나 움직이는 사람은 아무도 없었다. 경관은 류트를 오른쪽 차의 승강구에 떨어뜨렸다. 아이들은 아우성쳤다. 차 안에 있던 몇몇 아이들도 함께 소리쳤다.

여자는 광장 한 가운데 서 있었다. 버스는 무거운 차체를 움직이기 시작했다.

"류트, 류트!" 그녀는 손을 내밀면서 차를 뒤쫓아갔다. 그녀는 뒷축이 망가진 하이힐을 신고 있어서 어색하게 뒤뚱거리며 뛰어갔다. 한 경관이 느릿느릿 그 뒤를 쫓아갔다. 그녀는 또 소리쳤다.

'류트!' 고막을 찢는 듯한 절망적인 절규. 그러더니 큰길가에 서서 머리를 두 손으로 감쌌다. 작은 광장은 침묵에 싸였다. 그녀는 일요일의 푸른 하늘 아래서 머리를 손으로 움켜쥔 채, 찢어질 듯한 가슴을 안은 채 서 있었다. 경관이 그녀의 어깨에 손을 얹었다.

'아아! 왜? 왜들 저러지?' 엘렌은 절망했다. 그녀는 울고 있었다. 그러나 다른 사람들과 마찬가지로 꼼짝도 하지 않고 바라보고 있을 뿐이었다. 그녀는 거기에 있었다. 그러나 그녀가 있던 곳에서는 아무런 변화도 없었다. 그녀는 광장을 가로질러 갔다. '내가 존재하지 않는 것만 같다. 하지만, 나는 존재하고 있다. 닫혀진 방에 존재하고 있다. 공허 속에 존재하고 있다. 나는 쓸모없는 인간이다. 그것이 나의 죄일까' 판테옹 앞에서는 독일 병사들이 관광 버스에서 막 내려오고 있었다. 그들은 몹시 지쳐보였으며, 노상에서 '하이!' 하고 소리치는 활기찬 정복자들과는 달랐다. '나는 역사가 흐르는 것을 보고 있었다. 그것은 나의 역사였다. 모든 것은 나의 몸에서 일어나고 있는 것이다.'

그녀는 교회로 들어갔다. 오르간 소리가 교회의 둥근 석조 천장에서 메아리치고 있었으며 본당은 신자들로 가득 차 있었다. 예배당 안쪽에서는 촛불이 불꽃을 밝힌 뒤로 성모상이 무심하게 미소짓고 있었다. 엘렌은 이본의 어깨를 슬쩍 건드렸다.

"어머, 벌써 왔어? 그런데?"

"어머니를 만나고 왔어." 엘렌이 말했다. 그녀는 이본과 나란히 무릎을 꿇었다. "경관이 무척 순했어. 어머니가 환자라는 것을 이해해주었어. 그래서 그냥 두고 갔어. 그 경관은 너의 어머니가 너무 걱정하지 말라고 했어."

"어머니가 그렇게 말씀하셔?"

"그래, 어머니의 병세는 전보다 훨씬 좋아진 것 같았어." 그녀는 핸드백을 열었다. "너의 곰을 갖고 왔어. 네가 없어서 외로워하는 것 같아서."

"고마워!" 하고 이본이 말했다.

"이제부터 내 문제를 도와줘야겠어. 나 장을 만나고 오겠어. 그 사람을 경계망에서 빠져나가게 해줄 거야."

"장을 만나겠다구?"

"만약의 경우에는 그 사람과 상의하라고 도니즈가 말했어."

"하지만 네 입장이 거북할 텐데."

"상관없어." 엘렌은 일어섰다. "여기에 있어. 될 수 있는 대로 빨리 돌아올 테니까."

"그래." 엘렌이 말했다. "이것 갖고 가." 그녀는 엘렌의 손에 오랑캐꽃 다발을 쥐어주면서 "고마워." 하고 울먹이며 말했다.

"바보!"

엘렌이 말했다.

그녀는 교회를 가로질렀다. 오르간은 멈추고 정적 속에 방울 소리가 은은히 울리고 있었다. 사제가 머리 위에 금으로 만든 성체함(聖体舍)을 받쳐들고 있었다. 엘렌은 스프로 거리로 돌아가서 그녀의 자전거를 꺼내 탔다. '장을 만난다.' 마음은 태연했다. 당연한 일이었다. 무섭지는 않았다. '류트! 나의 류트!' 그 사람도 그 소리를 지워버리지는 못할 것이다. 앞으로도 계속 그녀의 귀에 남아 있을 그 절규를. 그 밖의 것은 아무것도 중요하지 않았다. '류트! 류트!' 거리에서는 일요일이 저물고 있었다. 교회 안의 일요일, 차 테이블을 둘러싼 지친 사람들 속의 일요일 '나의 역사. 그것은 나없이 살아 있다. 나의 잠, 이따금 바라본다. 모든 것이 나없이 일어나 있는 것이다,'

그녀는 계단을 올라가서 문에 귀를 댔다. 무언가 갉아먹고 있는 듯한 소리가 났다. 그 사람은 있었다. 그녀는 벨을 눌렀다.

"안녕!" 하고 그녀가 말했다. 그 목소리는 목구멍에 걸리고 말았다. 그가 이런 눈으로 보리라고는 상상도 하지 못했다. 그녀는 웃지도 않았다. 그녀는 억지로 웃어보였다.

"한 오분만 얘기하고 싶은데."

"좋아, 들어와."

그녀는 앉자마자 서둘러 말했다.

"제 친구 이본을 기억하지요? 그 여자가 독일로 끌려가게 되었어요. 당신이라면 그 여자를 자유자재로 보내줄 수 있지 않을까 해서……. 도니즈에게서 들은 말도 있고 해서……"

"할 수 있을지도 모르지."라고 장은 말했다. "그 여자는 돈을 가진 것이 있을까?"

"없어요." 엘렌이 말했다. 그녀는 자기의 옷장 속에 걸려 있는 밝은색 외투와 예쁘고 스포티한 옷을 머리에 떠올렸다. "조금은 갖고 있겠지요. 하지만 당장은 없을 거예요."

"그럼 상관없어. 다섯시쯤 오르셀가 십이 번지 랑팡에게 가도록 일러줘. 내가 얘기해둘 테니까."

"오르셀가 십이 번지 랑팡이랬지요?" 하고 엘렌이 반복했다.

갑자기 그녀의 입에서 말이 나왔다. 그런 말을 해야겠다고는 생각지도 못했었다. 그러나 그 말을 하려고 일부러 왔음을 생각하자, 당연한 일처럼 말이 나왔다.

"장, 나 당신과 함께 일을 하고 싶은데……"

"당신이?"

"제가 할 만한 일은 없을까요?"

그는 그녀를 뚫어지게 보았다.

"당신은 우리가 무슨 일을 하고 있는지 알아?"

"당신들이 모두를 돕고 있다는 것은 알고 있어요. 무언가 일을 하고 있다는 것은 알아요. 저에게도 무언가 시켜주세요!"
 "좀 기다려봐." 하고 장이 말했다. "생각 좀 해보고서."
 "저를 경계하는 거예요?"
 "경계?"
 "제가 베를린으로 가려 했다는 것은 당신 귀에도 들어갔을 테니까요." 그녀는 웃어보였다. "하지만 저는 가지 않았어요."
 "어째서 우리와 같이 일하겠다는 거지?"
 "걱정하지 않아도 돼요. 당신을 위해서가 아니니까."
 "나도 그렇게는 생각하지 않아."
 "그렇게 생각해도 어쩔 수 없어요." 그녀는 방 안을 둘러보았다. 아무것도 달라진 것은 없었다. 나의 사랑은 달라지지 않았다……. "그래요. 다시 당신의 생활 속으로 뛰어들고 싶어서는 아니에요."
 "위험한 일이야."라고 장이 말했다.
 "괜찮아요." 다음에 할 말도 미리 생각해둔 것은 아니었다. 그러나 너무도 자연스럽게 입에서 튀어나왔다. "나는 이제 살아 있지 않아요. 죽은 사람이나 마찬가지에요. 기억하고 있지요? 생명이 의미를 갖기 위해서라면 죽음을 모험하는 일이라도 떠맡을 수 있다고 당신은 저에게 말했었어요. 당신이 한 말은 맞다고 생각해요."
 "당신이 그런 소리를 다 해?" 하고 장이 말했다.
 "내가 변했다고 생각하세요?"
 "아니야. 당연히 그래야 하지." 그는 잠시 생각하고 있었다. "당신 자동차 운전 할 줄 알아?"
 "운전은 문제 없어요. 운동 신경이 발달했으니까."
 "그렇다면 큰 힘이 되어줄 수 있겠구만." 잠시 침묵이 흘렀다. "당신, 후회하진 않겠지? 붙잡히더라도 입을 열진 않겠지? 우리가 잡히면 곧바로 총살당한다는 것을 각오하지 않고서는……."
 "걱정 마세요."라고 엘렌이 말했다. 그녀는 잠시 머뭇거렸다. "당신들은 모두를 돕고 있군요. 그런데……그것뿐인가요?"

"그것만이 아니야."

"어머, 당신도 변했군요."라고 그녀가 말했다.

"대수롭지는 않지만……." 하고 그가 말했다. 그는 쓸쓸하게 똑바로 앞쪽을 바라보고 있었다. '이 사람은 불안하다. 고독하다……나는 이 사람의 사랑하는 방법을 알지 못했다.'라고 그녀는 생각했다. '아직 너무 늦은 것은 아니다. 언제까지나 나는 이 사람을 틀림없이 사랑할 거야.'라고 그녀는 생각하면서 자리에서 일어났다.

"제가 도움이 될 것 같으면 곧 알려줘요."

"이삼 일 후에." 그는 그녀를 보면서 미소지었다. "당신을 다시 만나게 되어 아주 기뻐."라고 그는 말했다.

엘렌은 혀로 입술을 적셨다. 울음이 터질 것만 같았다.

"그래요, 난 알게 되었어요. 그런 짓을 해서는 안 되었어요, 나……나쁜 여자였어요."

"아니야! 나도 나빴소."

두 사람은 말없이 들뜬 마음으로 서로를 보고 있었다.

"안녕!" 하고 그녀가 말했다. "이젠 저를 미워하지 말아요."

그녀는 문을 열더니 그의 대답도 기다리지 않은 채 계단을 내려갔다.

*

그녀는 유리문을 열고 밖으로 나갔다. 발 밑에서 자갈이 삐걱거렸다. 따뜻한 밤이었다. 초목의 싱그러운 냄새가 어두운 방으로 올라갔다. 그녀는 벽 앞의 작은 나무 벤치에 앉았다. '결국 아무 일도 일어나지는 않았어.'라고 그녀는 생각했다. 구석진 골짜기에서 열차의 기적이 울렸다. 기차는 커튼을 모두 내려 밖을 내다보지 못하게 하고 달리고 있었다. '그런 식으로 생각할 필요는 없어. 언제 무슨 일이 일어날지도 모르잖아.' 그녀는 월계수 잎을 한 장 주어 손가락으로 문질러버렸다. '이제 나는 무섭지 않아.' 그녀가 아버지이신 하느님의 팔에 안겨 있을 무렵의, 유년시절의 가장 행복했던 밤처럼 마음이 가볍고, 또한 충만한 느낌이었다. 죽어 있다. 사람은 결코 죽지는 않았다. 죽기 위한 인간, 그런 것은 없다. 나는 살아 있는 것이다. 나는 영구히 살아 있을 것이다. 그녀는 가슴속에서 고동치는 자기의 생명을 느꼈다. 이 순간은 영원했다.

"엘렌!"

빨간 담뱃불이 어둠 속에 떠올랐다. 그것이 장이라는 것을 알았다.

"엘렌, 부탁이야."라고 그는 말했다. "오늘 밤에는 가지 말아줘!"

"안 돼요, 가야 해요."

"한 번 실수하면 돌이킬 수 없어, 그들은 도중에서 들켰을지도 몰라. 이삼 일 동안 상태를 보았다 하자구."

"그 사람들은 기다리지 않아요. 내일이면 그를 다른 수용소로 옮길지도 모르고, 그러니 답답해서 앉아만 있을 수가 없어요."

나는 그녀의 옆에 앉았다.

"만약 폴이 아니라도 할 작정이오?"

"틀림없이 폴이에요."

"폴은, 도니즈로서도 아무 관계가 없는 인간이야."

"그녀도 찬성이에요. 우리는 조를 짰는데 한 조가 되었거든요." 그녀는 생각하고 있었다. "하지만, 이렇게 할까요. 이번에 가는 것은 나 한 사람으로."

"안 돼, 당신 혼자는 사소한 사고가 일어나더라도 끝장이야." 그는 발바닥으로 담배 꽁초를 비벼 껐다. "그럼 내가 함께 가지."

"당신이? 당신은 어떤 습격에도 가담해서는 안 될 분이에요. 이것은 절대적인 철칙이에요."

"그것은 알고 있소. 그러나 나는 사람들을 사지(死地)로 몰아넣고 있어. 그런데도 그들과 운명을 같이 할 수도 없다니."

"당신이 그랬다 하더라도 아무런 변화도 없어요."라고 그녀가 말했다.

잠시 침묵이 흘렀다.

"당신이 위험을 겪게 될 텐데, 내가 당신 곁에 없다니, 이건 참을 수 없어."라고 그는 말했다.
 "당신은 제 곁에 있어요. 조금 떨어져 있는 것쯤은 아무렇지도 않아요. 당신은 언제나 제 곁에 있으니까요."
 그는 그녀의 어깨를 팔로 감았다. 그리고 그녀의 볼을 그의 볼에 댔다.
 "그렇군." 하고 그는 말했다. "지금은 무슨 일이 있더라도 우리들을 결코 갈라놓을 수는 없어."
 "그래요. 처음에는 여간 무섭지 않았어요. 하지만 지금은 행복해서 조금도 두려워하지 않아요."
 "귀여운 엘렌!"
 정원 맞은쪽에서 '엘렌!' 하고 부르는 소리가 났다.
 엘렌은 일어났다.
 "그럼, 내일 또. 라미에게 전화를 걸어 신호해달라고 말해주세요. 한 시간 후에는 거기에 도착할 거예요."
 "조심해요." 장이 말했다. "그리고 빨리 돌아오도록 해요." 그는 그녀를 포옹했다. "꼭 돌아와야 해."
 그는 그녀를 풀어주었다. 그녀는 차고 쪽으로 달려갔다.
 "그래, 곧 갈게."
 "도니즈는 넝마 보따리를 실은 소형트럭의 펜더를 내렸다. 그녀는 스카프로 머리를 묶고 있었다.
 "만사 오케이야!"라고 그녀가 말했다.
 엘렌은 숄을 턱으로 받쳤다.
 "양복도 신분증도 빠진 것은 없겠지?"
 "필요한 것은 전부 갖고 있어."
 두 여자는 차에 올랐다. 엘렌이 핸들을 잡았다.
 "장이 말이지, 우리를 보내고 싶어하지 않았어. 경솔한 짓이라고."
 "나에게도 그렇게 말했어. 하지만 폴은 틀림없이 우리에게 기대를 걸고 있는 거야. 게다가 밤의 어둠도 이렇게 짙어지지는 않을 거야."
 엘렌은 기어를 넣었다. 저쪽 병사(兵舍) 뒤에서 쭈그리고 있을 폴은 정적 속에서 귀를 기울이고 있었다. 라미는 자전거를 타고 노래를 부르면서 수용소 앞을 지나갔다. 장은 역 쪽으로 걸어가고 있었다. 그녀는 결코 그에게서 떨어지지는 않았다. 이제 그녀는 외톨이가 아니었다. 공허한 하늘 아래 무익하고 쓸모없이 있는 것은 아니었다. 그녀는 그와 함께 존재하고 있었다. 또한 마르셀, 마들렌, 롤랑, 이본과 함께 목조 병영에서 잠자고 있는, 그녀의 이름 같은 것은 들어본 적도 없는 미지의 사람들과 함께, 다른 미래를 바라고 있는 사람들과 함께, 무엇을 희망하는 것이 좋은지 모르는 사람들과 함께 그녀는 존재하고 있었다. 껍질은 깨진 것이다. 그녀는 무언가를 위하여, 누군가를 위하여 존재하고 있었다. 지구 전체가 형제처럼 존재하고 있었던 것이다.

"참으로 아름다운 밤이군!" 하고 그녀가 말했다.

13

들창문을 통하여 한줄기 빛이 새어들고 있다. 다섯시다. 일찍 일어난 집에서는 문을 연다. 의사나 산파가 환자나 임산부 곁으로 서둘러 간다. 비밀 댄스 홀이 텅빈 거리로 사람들을 토해낸다. 역 근처의 카페에 불이 켜진다. '놈들이 그들을 벽에 다가 세운다.' 그는 주머니 속에 손을 넣었다. 딱딱하고 싸늘한 장난감. '이것으로 사람을 죽일 수 있다니, 생각하기 어렵다.' 이것이 사람을 죽이는 것이다. 그는 침대로 다가갔다. 그녀는 오늘 밤을 넘기지 못할 것이다. 그리고 밤은 새어가고 있다. '내가 그녀를 죽인 것일까?'라든가 '또 사람을 죽여야 할 것인가?'라든가 하고 말하기 위하여 나는 아직도 여기에 있는 것일까? 이 목소리……그것이 이야기 하는 것은 나를 위해서이며, 잠자코 있는 것도 나를 위한 것이다. 나의 침묵이 그들에게는 소리가 된다 하더라도 그것이 어떻다는 말인가? 나를 구해주는 것은 아무것도 없을 것이다. 그러나 나는 이 죄많은 물결 속에 잠들고 가라 앉을 수 있다. 고뇌가 나를 갈기갈기 찢어 나를 나 자신에게서 뜯어놓는다. 철저하게 쥐어뜯기고 싶다……."

"장."

그는 돌아보았다. 그녀가 눈을 뜨고 있었다. 그리고 그를 보고 있었다.

"폴은 왔어요?"

"음, 왔어, 만사가 잘 되었어."

"기뻐요."

그 목소리는 희미했으나 똑똑했다. 그는 침대 모서리에 걸터앉았다.

"기분은 어때?"

"좋아요." 그녀는 두 손으로 그의 손을 잡았다. "슬퍼하지 않아요. 나, 죽는 것 그렇게 두렵지 않아요."

"죽지 않아."

"그렇게 생각하세요?"

그녀는 그를 지그시 바라보았다. 옛날과 똑같은, 의심하거나 묻는 듯한 눈매였다.

"의사가 뭐라 했지요?"

이번만은 주저할 수가 없었다. 관자놀이에 땀방울이 솟고 목은 쉬어 있었으나 거기에 있는 것은 불쌍한 육체가 아니라 하나의 눈매이고 하나의 자유라는 것은 의심할 여지가 없었다. 그녀의 최후의 순간은 그녀만의 것이었다.

"별로 희망이 없을 것이라고 말했어."

"그래요, 저도 그런 기분이 들었어요." 그녀는 잠시 말을 멈추었다. "그렇게 싫지 않아요."라고 그녀는 되풀이해 말했다.

그는 몸을 구부려 그녀의 푸르둥둥한 볼에 입술을 댔다.

"엘렌, 내가 당신을 사랑하고 있다는 것을 알고 있겠지?"

"네, 지금은 사랑해주고 있어요."라고 그녀는 말했다. 그녀는 그의 손을 잡았다. "당신이 곁에 있어 주어 기뻐요. 저를 잊지 말아주세요."

"불쌍한 엘렌." 하고 그는 말했다. 당신이 이렇게 된 것은 내가 나빴던 때문이야."

"어째서 나쁘지요?" 그녀는 말했다. "내가 가고 싶어 간 거예요."

"하지만 나는 가지 못하게 할 수도 있었어."
그녀는 미소지었다.
"저 대신 결정을 내릴 권리는 당신에게 없어요."
똑같은 말이다. 그는 그녀를 지켜보았다. 분명히 그녀임에 틀림없다. '결정하는 것은 나예요.'라고 그녀는 말했었다. 윤기없는 머리카락이 반짝거리고 야윈 볼은 생명으로 빛나고 있었다. 분명히 그녀다. 똑같은 자유다. 나는 그 누구도 배반한 적은 없었을까? 내가 얘기하고 있는 것은 정말 너였던가? 너의 생명이라는 유일한 진실 속에 있는, 무엇과도 바랄 수 없는 너였던가? 이 헐떡이는 호흡 속에 푸르둥둥한 눈꺼풀 속에 너는 아직 너의 의지를 인정하고 있는 것일까?
"그것은 당신이 전에도 사용했던 말이야. 나는 당신에게 자유롭게 선택시켰어. 그런데 무엇을 선택했는지 알고 있었나?"
"나는 당신을 선택했던 거예요. 다시 고르라 해도 역시 당신을 선택하겠어요." 그녀는 머리를 저었다. "다른 식으로 살았을 것이라고는 생각할 수도 없어요."
그는 이런 말들을 도저히 믿을 수가 없었다. 그러나 그의 마음을 조이고 있던 힘이 빠지고 희망이 어둠 속에서 빛나기 시작했다.
"당신은 나와 만나는 것을 택하지는 않았었어."라고 그는 말했다. "돌에 차여서 넘어지듯이 나에게 차였을 뿐이야. 그러니까 지금……."
"지금은 아무것도 후회하지 않아요. 할멈이 될 때까지 살고 싶지도 않고."
가까스로 말이 입술 사이로 새어나왔다. 그러나 그 눈길은 지그시 살피고 있었다. 그녀는 발랄하게 존재하고 있었다. 갑자기 시간은, 그녀가 사라져서 없어지는 듯한 시간은 이제 중요해지지 않은 것 같았다. 그녀는 이 순간에 자유롭게, 무한하게 존재하고 있었기 때문이다.
"당신이 아무것도 후회하지 않는다고 하는 것은 정말이오?" 하고 그는 물었다.
"정말이고말고요. 왜 그러세요?"
"왜냐구?" 하고 그는 앵무새처럼 되풀이했다.

"당신도 후회하거나 하면 안 돼요."라고 그녀가 말했다.

"그렇게 하도록 노력하겠어."

"후회하면 안 돼요." 그녀는 힘없이 미소지었다. "저는 하고 싶은 일을 한 거예요. 당신은 돌덩이 같았어요. 돌덩이를 사용하여 길을 만들어야 했어요. 그렇지 않고서는 어떻게 자기의 길을 선택할 수 있겠어요?"

"그것이 사실이라면 말이지." 하고 그는 말했다.

"정말이라니까요. 나에게 무슨 일이 일어나지 않았다면 저는 어떻게 되었을까요?"

"아아, 당신이 하는 말을 믿겠어."

"누구의 말이라면 믿겠어요?"

"당신을 바라보고 있을 때는 당신을 믿어."라고 그는 말했다.

"그러면 저를 보고 계세요." 그리고 그녀는 눈을 감았다. "조금 자야겠어요, 피곤해요."

그는 그녀를 보았다. '훌륭해!' 폴이 '훌륭해!'라고 말한 것은 옳았음에 틀림없다. 그녀는 조용하게 숨을 쉬고 있었다. 그는 그녀를 보았다. 그녀를 위하여 다른 죽음을, 다른 삶을 만들어내는 것은 역시 불가능했을 것으로 생각되었다. 나는 당신을 믿는다. 믿지 않으면 안 된다. 나를 위하여 당신은 아무런 피해를 입지는 않았다. 나는 당신의 발 아래 놓인 무해무덕한 돌에 지나지 않았다. 돌처럼 해가 없고 너의 폐를 관통한 쇠조각처럼 무해한 것이다. 그는 너를 죽이지는 않았다. 너를 살해한 것은 내가 아니다. 사랑스런 연인이여.

"엘렌!"

그는 이를 꽉 물고 소리를 줄였다. 혈관이 불룩해지고 입이 약간 열려 있다. 그녀는 잠들어 있다. 그녀는 죽어가고 있다는 것을 잊어버리고 있다. 조금 전까지는 알고 있었다. 그러나 지금 그녀는 죽어가고 있다. 그런데도 전혀 모르고 있다. 자면 안 된다. 잠을 깨워다오. 그는 몸을 구부렸다. 그녀의 어깨를 잡아 흔들고 애원하고 싶었다. 꺼지려는 불이라면 힘껏 불어 다시 불이 붙게 할 수도 있었다. 그러나 나의 입에서 그녀의 생명까지 통하는 길은 없다. 그녀만이 자기를 광명 쪽으로 치솟게 할 수 있는 것이다. 엘렌! 그녀에게는 아직 이름이 있다. 하지만 더 이상 부를 수는 없는 것일까? 숨은 겨우 폐에서 입술로 올라왔다가 가까스로 다시 입술에서 폐로 내려간다. 생명이 헐떡이며 괴로워하고 있다. 그러나 그녀는 아직 완전했다. 최후의 순간까지 완전할 것이다. 최후의 순간을 죽음 이외의 일에는 사용하고 싶지 않은 것일까? 심장의 고동 하나하나가 그녀를 죽음으로 다가가게 하고 있다. 멈추어다오. 그녀의 심장은 무정하게도 계속 뛰고 있다. 그것이 뛰지 않게 되면 그녀는 죽게 되고 늦어지게 될 것이다. 말려다오, 곧. 죽는 것을 말려다오.

 그녀는 눈을 떴다. 그는 그녀를 안았다. 뜬 눈은 이제 아무것도 보고 있지 않았다. 엘렌! 그녀에게는 이제 아무것도 들리지 않았다. 그녀 자신에게는 아직 존재하고 있는 무언가가 남아 있다. 그러나 그것은 이미 지상의 것이 아니고 나에게는 존재하지 않는 것이다. 그 눈은 아직 눈임에는 틀림없으나 아무것도 보지 못했다. 호흡이 멈춘다. 그녀는 "당신이 곁에 있어 주어서 기뻐요."라고 말했다. 그러나 나는 여기에 없다. 무언가가 일어나고 있다는 것은 나는 알고 있다. 그러나 나는 거기에 입회할 수는 없다. 그것은 여기에도, 다른 곳에서도 일어나지 않는 것이다. 모든 존재 밖의 이야기다. 그녀는 다시 한 번 숨을 쉰다. 눈은 흐려 있다. 세계가 그녀에게서 멀어져간다. 세계가 무너진다. 그러나 그녀는 세계의 밖으로 빠져나가지는 않는다. 세계의 한복판에서 그녀는 사자가 되어 내 팔에 안겨 있는 것이다. 그녀의 입술 가장자리가 실룩거린다. 이미 눈은 초점을 잃고 있었다. 그는 생기없는 눈을 감겨주었다. 사랑스런 얼굴, 사랑스런 육체. 그것은 너의 이마이며 입술이었다. 너는 나에게서 떠나버렸다. 하지만 아직 너의 부재(不在)를 사랑할 수는 있다. 그것은 아직 너의 얼굴을 가지고 있다. 그것은 여기에 움직이지 않는 틀 속에 존재하고 있다. 남아다오. 나와 함께 남아다오……

 그는 얼굴을 들었다. 그는 이 소리 나지 않는 심장에 이마를 대고 오래도록 꼼짝도 하지 않고 있었음에 틀림없었다. 너의 것이었던 이 육체. 그는 이

응결된 얼굴을 괴로운 듯 바라보고 있었다. 그것은 전이나 달라진 것이 없었으나 이제 그녀는 아니었다. 하나의 시체이며 하나의 초상이었다. 이제 인간은 아니었다. 그녀의 부재는 그 윤곽을 잃고 세계의 밖으로 빠져나가 버렸다. 그러나 세계는 어제와 마찬가지로 충실했으며 아무것도 부족하지는 않다. 추호의 균열도 없다. 그런 일은 있을 수도 없는 일이다. 그녀는 이 지상에서 아무것도 아닌 것 같았다.

나 또한 아무것도 아닌 것 같았다. 아무것도 아니지만 또한 일체이기도 하다. 전세계의 모든 사람들에 대해서 현존하고, 또 그들에게서 영구히 떨어져 있다. 길 위의 돌처럼 죄가 많고 또 무해하다. 매우 무겁고 또 전혀 무게를 느끼지 못한다.

그는 깜작 놀랐다. 누군가 노크했던 것이다. 그는 문으로 걸어갔다.

"누구세요?"

"당신의 대답이 듣고 싶어."라고 롤랑이 말했다. 그는 한 걸음 앞으로 나서서 침대를 바라보았다.

"음." 하고 브로말이 말했다. "죽었어."

"괴로워하지는 않았나?"

"음."

그는 창문을 바라보았다. 아침이 되어 있었다. 순간은 순간을 부르고, 서로 무한하게 때리며 싸우며 엎치락뒤치락하고 있었다. 다시 조종(弔鐘)이 울린다. 내가 죽을 때까지 계속 울릴 것이다.

"폭탄은 한 시간 안에 장치할 것이다."라고 롤랑이 말했다. "당신은 찬성인가, 반대인가?"

그는 침대를 보았다. 너를 위해서는 무해(無害)한 돌덩이에 지나지 않았다. 너는 선택한 것이다. 내일, 총살되는 사람들은 고르지 않았다. 나는 그들을 눌러 죽일 바위인 것이다. 나는 저주를 면할 수는 없을 것이다. 나는 영구히 그들에게는 타인이며 그들에게는 영구히 맹목적인 힘이며 그들로부터 영구히 떨어져 있다. 그러나 모든 돌이나 바위를 무해하게 하고 공허하게 하는 지고(至高)의 선을, 각자를 타인으로부터, 그리고 또 나 자신으로부터 구해줄 선을, 즉 자유를 위하여 나 자신이 도움이 되면 되는 것이다. 그렇게 된다면 나의 정열도 헛되지는 않다. 너는 나에게 평정을 주지는 않았다. 그런데 어떻게 나는 평정을 바랄 수 있을까. 너는 나에게 위험과 고뇌를 영구히 받아들여, 나의 죄와 나를 언제까지나 괴롭힐 것이 분명한 회한을 견뎌낼 용기를 준 것이다. 달리 길은 없는 것이다.

"당신은 찬성하지 않나?"라고 롤랑이 물었다.

"아니."라고 그는 말했다. "찬성이야."

■ 작품 해설

  시몬느 드 보브와르(Simone de Beauvoir)의 소설 《타인의 피》는 1945년에 발표되었다. 즉 이것은 제2차 세계대전이 종결된 해이며, 전년인 44년에는 연합군에 의한 상륙작전의 성공과 국내 저항운동의 결과로 독일 점령군은 프랑스 국경 밖으로 쫓겨났으며 전 국토가 완전히 해방되었다. 아마도 이 소설은 1944년부터 45년에 걸쳐서 씌어진 것 같다. 첫 페이지부터 저항 운동에 가담했다가 상처를 입고 빈사의 몸으로 병상에 누워 있는 엘렌을 묘사한 대목이 나온다. 연인인 장이 혼자서 그녀를 간호하고 있다. 그는 저항운동의 지도자여서 그 어떤 희생자가 생기더라도 운동을 단념하지 않았다. 엘렌 다음에는 롤랑에게 위험한 임무가 부과될 것이다. 그러한 지령을 내리는 것이 장의 괴로운 역할이었다. 날이 새기 전에 엘렌은 숨을 거둘 것이다. 날이 새면 이번에는 롤랑이 생명을 건 임무를 맡고 떠날 것이다. 장으로서는 그들의 죽음을 막아줄 수는 없었다. 사랑하는 연인 엘렌의 죽음조차도 막아주지 못했다.

  장은 처음부터 타인을 사지(死地)로 몰아넣는 무쇠 같은 의지를 가진 행동가는 아니었으며, 또한 엘렌도 동지를 구하기 위하여 생명을 내던질 만큼 건강한 여자는 아니었다. 오히려 그 반대여서 장은 자기의 말이나 행동이 타인의 생사를 결정하게 되는 것을 극도로 두려워하여 공산당에서도 이탈하여 온순한 조합주의자가 되었다. 엘렌도 평범한 여자였으므로 공산당이나 사회주의에도 기울지 않고 오직 자기 자신을 지키고, 연인을 사랑하며, 행복한 가정을 꾸리기를 꿈꾸고 있었다. 정치도, 전쟁도 그녀의 마음에는 없었으며 오직 장의 애정만 차지하려고 애썼다. 그러자 오히려 남자에게 버림을 받게 된다. 그러한 장이 저항운동에 가담하게 되고, 또 엘렌은 저항운동을 하다가 생명을 잃게 되는데 이처럼 마지막 순간에 두 사람이 애정으로 묶여지게 된 것을 묘사한 것이 이 소설이다.

보브와르는 실존주의자이다. 따라서 그녀는 여성 작가로서는 보기 드물게 역사의 흐름, 행동의 선택, 책임 같은 문제를 중시하여 전전, 전중, 전후의 힘든 상황 속에서도 인간이 어떻게 살아갈 것인가의 문제를 작품으로 다루고 있다. 명석한 두뇌의 소유자이며 뛰어난 그녀는 《제2의 성(性)》에서도 남녀의 구별없이 언제나 어떠한 경우에도 인간이 어떻게 살아갈 것인가를 생각하고, 그때그때의 자유롭고 책임 있는 행동으로 참다운 자기 자신을 다듬어가야 한다고 서술했다. 그리하여 소설이나 희곡에서 현대로 설정된 인간의 형이상학적 의미를 파악하려 하는 것이며 거기에 보브와르의 지론인 문학과 철학, 시간과 영원의 통합이 보이는 것이다. 《타인의 피》보다 먼저 쓴 소설 《초대받은 여자》(1944), 뒤에 쓴 소설 《레 망다랭》(1954)은 전전과 전후라는 차이는 있지만 역시 같은 의도하에 쓰여진 것이다.

소설의 수법으로 보자면 《초대받은 여자》의 정신분석적, 《타인의 피》의 영화적, 《레 망다랭》의 기록적 수법에서 보이듯이 각 작품에서 각기 다른 방법이 시도되고 있어서 흥미를 끌게 하는데, 특히 《타인의 피》는 장면 전환이 많고 매우 치밀한 수법을 보여주고 있다. 장의 의도를 통하여 서술되고 있는 부분이 있는가 하면 엘렌의 눈을 통하여 이야기하는 곳도 있으며, 과거의 이야기와 현재의 상황이 교차되어 나타나고 있다. 똑같은 인물을 일인칭으로 쓰거나 삼인칭으로 서술하거나 해서 약간 읽기 어려운 부분도 있으나 익숙해지면 그러한 전환이나 교착이 오히려 재미있게 느껴진다. 실존주의 소설은 자칫 이유만 많고 예술적 배려 등은 전혀 도외시한 관념소설처럼 보이기 쉬우나 사르트르도, 보브와르도 작품 하나하나에서 수법을 바꾸어 독자들에게 언제나 참신한 문학적 흥미와 감동을 안겨주고 있음은 주목해야 할 점이라 하겠다. 그들은 결코 틀에 박힌 작품을 쓰지 않고 내용도 형식도 새로운 것을 만들어내려고 노력하고 있다. 작가로서 써내는 작품마다 새로운 내용과 형식을 '선택하는' 것이 작가의 생명을 형상화해가기 때문일 것이다. 이것은 작가로서는 당연히 유의해야 할 점이겠지만 이러한 것을 의식적으로 집요하게 서술하고 있는 작가는 의외로 적은 것 같다.

보브와르는 여행을 좋아하여 유럽 여러 나라를 방문했으며, 미국, 러시아, 중국, 일본도 여행했다. 미국 여행에 대해서는 《아메리카 그날 그날》(1947)이란 여행기를 책으로 내놓았다. 또한 《긴 발걸음》(1957)에서는 중국 방문기를 적고 있다. 또한 철학, 문학, 도덕의 연관성을 설파한 에세이나, 반공주의자들을 공격한 날카로운 논문을 쓴 대단한 논객(論客)이기도 하다. 어떤 비평가는 그녀를 20세기의 스파르타 부인이라고 평했는데, 그 풍부한 지성과 감성을 두루 갖춘 보브와르에게는 확실히 그러한 면이 있다.

타인의 피

발행 • 1994년 9월 10일　　ⓗ 값 10,000원

- 저 자 / 보 브 와 르
- 역 자 / 반　광　식
- 발행자 / 남　　　용
- 발행소 / 一信書籍出版社

주 소: 121 - 110
　　　　서울 마포구 신수동 177-3
등 록: 1969. 9. 12. (No. 10-70)
전 화: 703-3001~6
FAX: 703-3009
대체구좌 / 012245-31-2133577

ISBN 89-366-0347-7